GRAZER HEXENJAGD

GRAZ
PACKER STAUSEE
RIEGERSBURG

TROSTS WELT
TEIL 8
BELLEZZA
SCHREINLECHNER NIKI

Robert Preis wurde 1972 in Graz geboren. Nach dem Publizistik- und Ethnologiestudium in Wien lebt er heute mit seiner Familie wieder in der Nähe seiner Heimatstadt. Er ist Journalist, Autor zahlreicher Romane und Sachbücher und Initiator des FINE CRIME-Krimifestivals™ in Graz.
www.robertpreis.com

ROBERT PREIS

GRAZER HEXENJAGD

Kriminalroman

emons:

Bibliografische Information der Deutschen Nationalbibliothek
Die Deutsche Nationalbibliothek verzeichnet diese Publikation in der Deutschen Nationalbibliografie; detaillierte bibliografische Daten sind im Internet über http://dnb.d-nb.de abrufbar.

MIX
Papier | Fördert gute Waldnutzung
FSC® C083411
FSC
www.fsc.org

Umschlagmotiv und Karte S. 2/3: Niki Schreinlechner,
www.nikischreinlechner.at
Umschlaggestaltung: Nina Schäfer, nach einem Konzept von Leonardo Magrelli und Nina Schäfer
Umsetzung: Tobias Doetsch
Gestaltung Innenteil: DÜDE Satz und Grafik, Odenthal
Lektorat: Christiane Geldmacher, Textsyndikat, Bremberg
Druck und Bindung: CPI – Clausen & Bosse, Leck
Printed in Germany 2023
ISBN 978-3-7408-1656-8
Originalausgabe

Für jene lieben Menschen,
die mit mir alljährlich den Rubikon überschreiten

Denn wenn es keine Hexen gäbe,
wer Teufel möchte Teufel sein!

Johann Wolfgang von Goethe

Prolog

Das Schlimmste war die Panik vor dem Schmerz.

Als sie realisierte, was soeben geschah, war es bereits zu spät. Der Schrei erstickte in ihren Lungenflügeln, die um jeden Atemzug kämpften.

Sie war durch den Schmerz der festen Knoten an Hand- und Fußgelenken aus einer schwarzen Besinnungslosigkeit aufgewacht. Was geschehen war und sie in diese Lage gebracht hatte, konnte sie nicht einordnen. Es war verwirrend, das Gesicht kaum aus dem staubigen Boden heben zu können. Die Erinnerung daran, wie sie in diese Lage gekommen war, war wie ausgelöscht. Was zählte, war die unsagbar grausame Gegenwart.

Jemand drehte sie plötzlich unsanft um und zerrte sie grob an ihren Armen. Seile knirschten und zwangen sie in eine sitzende Position. Sie musste sich übergeben, kotzte sich Gallenflüssigkeit auf ihre Brüste. Empört stellte sie in diesem Moment fest, dass sie fast nackt war. Ihre Kleidungsstücke hingen an ihr wie die Klamotten an den Zombies aus den Horrorfilmen.

Sie fühlte sich auch nicht gerade sehr lebendig und versuchte einen Hilfeschrei, doch ihr gelang nur ein unartikulierter Laut durch ihren Kopfschmerz hindurch.

Dann wurden auch ihre Beine hochgezogen. Wieder knirschten Seile mit einem unbarmherzigen Geräusch. Sie schnitten furchtbar in ihre Haut. Ihr Entsetzen mündete in ein verzweifeltes Luftschnappen, denn die Seile wurden weiter gestrafft und streckten ihren Körper jetzt bis an die Schmerzgrenze; oder das, was sie bis zu diesem Augenblick dafür gehalten hatte.

Die Luft blieb ihr weg. Die Schultern schmerzten. Die Sehnen und Muskeln taten bereits höllisch weh. Ihr Atem wurde immer flacher, und nur die Angst zu ersticken ließ sie vergessen, wie das aussehen musste. Vier Bäume. Vier Seile. Ihr Körper, der gestreckt wie ein großes X in der Luft hing. Die Kleider in Fetzen vom Körper hängend, und irgendwann würde sie die Kraft verlassen und der Kopf wieder zwischen die ausgestreckten Arme fallen. Eine Vierteilung wie in grauer Vorzeit. Sie musste bald aus diesem Traum aufwachen. Das konnte nicht real sein. Durfte nicht.

Das Atmen fiel ihr immer schwerer. Die Sonne knallte zwischen den dürren Ästen auf den geschundenen Körper. Ihre Blase entleerte sich, und der Urin tropfte zwischen ihren Schenkeln auf die trockene Erde.

Die Ohnmacht wäre eine Gnade gewesen. Sie hätte alles verschwinden lassen. Alles vergessen gemacht und den Körper auf das Wesentliche reduziert. Atmen. Einfach weiteratmen.

Doch die Ohnmacht kam nicht. Sie blieb wach, und sie hatte solche Angst vor dem nächsten Ruck am Seil, der ihr die Gelenke aus den Pfannen reißen würde.

Die Saat

1 Das Klopfen drang trotz der Kopfhörer in seinen Schädel wie die Blechtrommeln der Höllenpförtner, die ein neues Opfer ankündigten. Es war unmöglich, nicht aufzufallen. Es war unmöglich, unerkannt zu bleiben. Der Klang der Trommeln durchdrang alles. Machte alles *sichtbar*.

Leutnant Armin Trost, Leiter einer Sonderermittlungseinheit des Innenministeriums, Held unzähliger Einsätze und schrulliger Bär im Wolfsgehege des Bösen, konnte sich nicht rühren, presste stattdessen die Augen zusammen wie ein Kind, das die Wirklichkeit auszublenden versuchte, und lenkte seine Gedanken an einen fernen, beruhigenden Ort. Imaginiertes Meeresrauschen hätte ihn sekundenlang fast wegdösen lassen, wenn das penetrante Klopfen ihn nicht immer und immer wieder aufgeschreckt hätte.

Ein Ruckeln setzte ein, und er spürte, wie sich die Bahre, auf der er lag, bewegte und wieder stoppte. In seinen Beinen kribbelte es, und in seiner rechten Kniekehle setzte ein Jucken ein, das er jetzt gern weggekratzt hätte. Aber er konnte nicht. Er durfte nicht.

Neuerliches Klopfen hämmerte in seinen Schädel und brachte seine Gedanken durcheinander. Er versuchte, seine Atmung zu kontrollieren, und erinnerte sich an eine ähnliche Situation, als er in einem kalten Erdloch gelegen hatte, die Arme nicht bewegen und nur mit einer Muskelkontraktion seiner Pobacken weiterkriechen konnte. Damals war ihm etwas Schauerliches auf den Fersen gewesen. Diesmal zerrte nur eine aufkeimende Panik an seinen Nerven. Er konzentrierte sich. Einatmen. Ausatmen.

2 Armin Trost war noch keine fünfzig, als ihn die Gewissheit, dass das Leben einen Gang zugelegt hatte, wie ein Schlag traf.

Gestern die MRT-Untersuchung in der Röhre, heute der fast erwachsene Sohn, der vor ihm hockte und auf die Nägel eindrosch und dabei schwitzte wie ein Stier in der Sommerhitze.

Er hatte sich darüber gefreut, dass sein Großer von sich aus auf ihn zugekommen war und ihm angeboten hatte, ihm beim Bau des neuen Baumhauses zu helfen. Am Fuße des Plabutsch, in der schmalen Schneise auf dem Weg nach Thal, in jener Gemeinde im Westen der Stadt, die ihn seiner sanften Hügel wegen stets ans Tolkien'sche Auenland erinnerte, hatte Trost sich entschlossen, auf einem verwilderten Grundstück, das er vor Jahren geerbt hatte, wieder ein Baumhaus zu errichten. Das alte im Garten vor seinem Haus war abgebrannt, und seine Frau Charlotte hatte die Gewissheit, die seltsame Behausung nicht mehr jeden Tag sehen zu müssen, erleichtert.

Trost hatte sich also dazu entschlossen, sein Rückzugsareal, seine »Trutzburg«, hier auf diesem verwilderten Grundstück am Fuße der Ruine Gösting neu zu errichten. Es sollte eine Behausung werden, die trotz der finsteren Feuchte des Talkessels durchaus geeignet war, sogar im Winter genutzt zu werden. Die Plattform in vier Metern Höhe hatte er zu diesem Zweck mit Dämmmaterial isoliert, ein Solarpanel sorgte zumindest im Sommer für Strom, sogar ein altes Fenster hatte er sich eingebaut und die undichten Stellen mit Styropor und Dämmmatten aufgefüllt.

Hier konnte er seinen Gedanken nachhängen, wenn sie trüb wurden. Oder wenn das Leben schneller wurde. So wie jetzt.

»Wie ist es in der Röhre gelaufen?«, fragte Jonas fast beiläufig.

Trost bemühte sich um einen ruhigen Ton und antwortete, dass die Ergebnisse erst nächste Woche zu erwarten seien.

Eine Weile lang lenkten sich beide damit ab, Brett für Brett anzubringen, um eine Außenwand des Baumhauses fertigzustellen. Das Hämmern erinnerte Trost dabei wieder an das ungute Klopfgeräusch der Magnetresonanztomografie. Als sie ihn nach zwanzig Minuten aus der Röhre gelassen hatten, hatte er Schweißperlen auf der Stirn gehabt und sich schwer wie Blei gefühlt.

Trost ließ seinen Hammer sinken. »Was hast du gerade gesagt?«

Jonas tat so, als würde er weiterhin konzentriert auf einen Nagel zielen, hielt dann aber in der Bewegung inne und schaute seinen Vater an.

»Ich werde ausziehen, Paps. Ich geh nach Wien.«

Trost fühlte einen Stromschlag, so real, dass er tatsächlich zusammenzuckte.

»Aha. Und was machst du dort?«

»Ich weiß noch nicht. Studieren vielleicht.«

»Aber das geht ja auch in Graz.«

Jonas seufzte, als hätte er diese Reaktion seines Vaters vorhergesehen. »Ich will aber weg, verstehst du? Einfach weg von zu Hause. Ich glaub einfach, es ist Zeit dafür.«

Nicht einmal fünfzig war er und fühlte sich mit einem Schlag um Jahrzehnte gealtert.

Trost blinzelte, senkte die Lippenenden und wippte mit dem Kopf auf und ab. Er hantierte allerdings auch gekonnt weiter mit den Holzlatten, den Nägeln und dem Hammer, sodass Jonas nicht bemerkte, wie die Augen seines Vaters plötzlich glasig wurden.

»Weiß es die Mama schon?«

»Ja, schon lange.«

Den Bruchteil einer Sekunde später baute sich eine Schmerzwelle in Trost auf, die für den Moment alles beiseiteschob. Jede Emotion. Einfach alles.

»Ahhh«, brüllte Trost, wedelte mit seiner Hand in der Luft und versuchte auf diese Weise wohl seinen Finger zu kühlen, den er gerade mit dem Hammer gequetscht hatte. »Scheiße, verdammte«, presste er hervor. Sein Gesicht schwoll an, es wurde rot.

Jetzt interpretierte der Bub seine Tränen wenigstens anders, und das war ihm auch lieber. Sein Sohn war neunzehn. Erwachsen. Er hatte das Recht zu gehen, wohin immer er wollte. Er *musste* sogar raus. Jedes Kind musste das irgendwann. Und es war schließlich die Aufgabe guter Eltern, es darauf vorzubereiten. Aber niemand bereitete Eltern darauf vor, dass das tatsächlich eines Tages passieren würde.

»Verdammt, tut das weh«, jammerte Trost und wusste selbst nicht, welches Wehtun er damit meinte.

Mitten in den Schmerz hinein läutete dann auch noch das Handy, und Trost reagierte viel zu schnell. Er hatte zu spät daran gedacht, nicht abzuheben. Das war schließlich ein Vater-Sohn-Nachmittag. Ein seltener, besonderer Moment. Vielleicht der letzte dieser Art.

Er lauschte eine Minute der Stimme am anderen Ende der Leitung, dann sagte er: »Super«, und meinte es nicht so. Er legte auf und seufzte. »Es tut mir leid.«

»Nicht dein Ernst, oder?« Jonas sah ihn entgeistert an. »Jetzt?«

In diesem Moment verfinsterte sich auch der Himmel, als untermalte ein Regisseur die dramatische Szene mit einem Wettereffekt.

Trost zuckte resigniert mit den Achseln. Da ließ sein Sohn den Hammer fallen und schüttelte den Kopf.

Der Vater-Sohn-Nachmittag war vorbei. Trost musste ins Präsidium.

3 Der Pendlerlärm war längst verebbt, die kürzeste Nacht hatte sich fast überfallartig auf den längsten Tag im Jahr gestürzt. Es war nicht einmal halb acht, und schon breitete sich die Finsternis über den Parkplatz des Landespolizeikommandos am Stadtrand von Graz aus. Die seltsame Wetterkapriole der dunklen Wolkendecke, die den Sonnenuntergang fast vollständig abschirmte, wurde noch durch einen Stromausfall verstärkt. Über Graz herrschte Wetterleuchten, welches das Herannahen eines Gewitters anzeigte.

Armin Trost war gezwungen, die Taschenlampenfunktion seines Handys zu aktivieren, damit er nicht über die Bordsteinkanten stolperte.

Im Inneren des Glaskubus am Eingang zur Polizeikaserne reflektierte das blaue Licht eines Monitors auf das Gesicht zweier Polizeibeamter. Durch die Gegensprechanlage vernahm er die blecherne Stimme eines der beiden.

»Ist offen«, rief er, sprang zeitgleich auf und machte drei Schritte, um Trost energisch ins Innere zu winken. »Wo waren Sie denn so lang? Wir konnten die kaum noch beruhigen.«

Trost fiel nur ein Nicken ein, das die Hektik des Mannes irgendwie abwehren sollte. Dazu ein beiläufiger Blick in die Finsternis hinter ihm.

»Wir haben gerade noch genug Akku für die ganze Nacht, um den PC fit zu halten«, deutete der andere nervös auf den Bildschirm, als schuldete er Trost eine Erklärung dafür, dass trotz des großräumigen Stromausfalls der Laptop flimmerte.

»Und der Notstrom?«, sagte Trost und hob die Augenbrauen, als müsste er die beiden ans Einmaleins erinnern.

»Auch aus. Die Technik arbeitet schon dran. Seltsam.«

»Ja, seltsam«, bestätigte Trost und sah sich wieder demonstrativ um. »Alles ein Klumpert.«

Er stemmte ungeduldig die Arme in die Hüften. »Und wo soll sich die Person befinden, die sich angeblich nicht beruhigen kann? Ist ja alles völlig still hier.«

Die beiden wechselten einen Blick, was in dem blauen Schimmer noch eine Spur unheimlicher aussah. So als könnten sie sich nicht entscheiden, wer von beiden die Büchse der Pandora öffnen sollte.

Im Eingangsbereich der Polizeikaserne befanden sich eine Reihe an die Wand geschraubter Stühle, die obligatorischen Hygienespender, ein paar an die Wand geklebte Zettel über das richtige Verhalten im Brandfall und die vorgeschriebenen Covid-Maßnahmen. Außer den beiden Kollegen vom Nachtdienst und ihm selbst war niemand im Raum.

»Geh, bitte, Leute. Macht es nicht so spannend. Wieso bin ich hier?«

In diesem Moment ging weiter hinten im Flur eine Tür auf. Sofort ertönte heftiges Gekreische, das abrupt endete, als die Tür wieder ins Schloss fiel.

»Also, wenn der Spinner nicht bald auftaucht, dann rufen wir die Rettung. Liefern wir sie ein, die Alte ist ja nicht ganz bei Trost.«

Als sie um die Ecke bog, erstarrte die Frau zur Salzsäule.

»Herr Chefinspektor«, stammelte die Polizistin. Er hatte keine Lust, sie darauf aufmerksam zu machen, dass sein Dienstgrad seit Kurzem ein anderer war. Sie war etwas kleiner als er, trug zivile Kleidung, und die Pistole steckte in einem Brustholster. Ihr strohfarbenes Haar wirkte so dicht und struppig wie Hundefell, und ihre ganze Gestalt erinnerte an einen gedrungenen Kampfhund.

Trost fragte sich, warum er ausgerechnet sofort an einen Hund dachte, als er sie sah. Laut sagte er jedoch: »Und Sie sind?«

»Lust. Silvia Lust. Ich bin eine von den Neuen.«

Seine Verblüffung ließ sich Trost bestenfalls durch ein leichtes Heben seiner linken Augenbraue anmerken.

»Ich meine«, setzte die Polizistin schnell nach, »ich bin eine von den Anwärterinnen. Es läuft ein Auswahlverfahren für die Abteilung Leib und Leben.«

Trost wusste nichts von einem Auswahlverfahren. Auch nichts von neuen Kollegen. Eine Sekunde lang war er konsterniert, dann wich die Überraschung aus seinem Gesicht.

»Ja«, sagte er zerstreut. »Klar. Also was ist jetzt mit dieser Frau?«

»Die kam und wollte Sie sprechen. Es wurde immer schlimmer. Und in einem fort sprach sie davon, dass eine Katastrophe passieren wird, wenn Sie nicht bald auftauchen. Etwas Schlimmes. Mehr wollte sie uns nicht sagen.«

»Du meine Güte, das ist alles? Deshalb haben Sie mich geholt? Wissen Sie, wie viele Menschen da draußen herumlaufen und behaupten, jeden Moment würde etwas Schlimmes passieren?«

Lust machte ein nachdenkliches Gesicht. »Ehrlich gesagt, nein, das hab ich noch nie jemanden sagen gehört.«

Trost musste an das Gesicht seines Sohnes denken, als er ihm offenbart hatte, dass er aufbrechen müsse, und ihn gefragt hatte, ob es ihm etwas ausmachen würde, wenn sie ein andermal …

»Und ob es mir was ausmacht«, hatte Jonas geschrien. »Ich hab auch nicht immer Zeit, hörst du!«

Der Bub hatte sich nicht beruhigen lassen, war auf sein Motorrad gestiegen, der knatternde Motor hatte gegrummelt wie das nahende Gewitter, und schon war er in der Dämmerung davongerauscht. Bevor er sein Visier heruntergeklappt hatte, hatte er noch gerufen: »Kann sein, dass ich nicht mehr da bin, wenn du wieder einmal nach Hause kommst. Wir wissen ja bei dir nie, wann das sein wird.«

Trost hatte noch etwas sagen wollen, aber da war es schon zu spät gewesen. Der Klang des einzylindrischen Viertaktmotors war noch eine Weile durch das Tal gerollt.

Bis Trost dann das Werkzeug in eine Kiste verpackt und diese in einem wackeligen Unterstand verstaut hatte, hatte es gerade so lange gedauert, dass ihm der Bus vor der Nase davongefahren war.

Er erinnerte sich, dass es da noch siedend heiß gewesen war, ein gleißend heller Junitag, an dessen Himmelsrändern sich aber eine drohende Schwärze abgezeichnet hatte.

Später war Gösting vor den Busscheiben vorübergeflogen, und Trost hatte sich in einen dumpfen Gedankenstrom gegrübelt, der sich immer wieder um die sinnlose Frage gedreht hatte, wo denn all die Zeit geblieben war. Er war doch gerade noch der junge Vater eines kleinen Jungen gewesen, und plötzlich war daraus ein großer Kerl geworden und er ein alternder Melancholiker. Er hatte gar nicht gemerkt, wie schnell sich das Gewitter angebahnt hatte.

Alles war zu schnell gegangen. Alles. Schon immer.

Er folgte dem Handytaschenlampenspot dieser Silvia Lust den Gang entlang bis vor eine unscheinbare Tür.

»Ich gehe mit Ihnen rein. Diese Frau ist eine Furie. Wer weiß, warum die darauf bestanden hat, mit Ihnen zu sprechen. Vielleicht ist sie gefährlich, man kann nie wissen.«

Einen Moment lang betrachtete er die neue Fast-Kollegin. Sie trug Jeans und ein burschikos wirkendes Hemd, das sie an den Ärmeln aufgekrempelt hatte und kräftige Unterarme offenbarte. Mit ihren breiten Schultern und den muskulösen Armen machte sie fast den Eindruck, Ringerin zu sein.

Er fragte, ob sie nicht lieber wenigstens einen der beiden Wachebeamten hinzuziehen sollten.

Der Hauch eines Lächelns überflog ihr Gesicht. »Glauben Sie mir«, sagte sie, »Sie wollen mich an Ihrer Seite.«

Es kam nicht oft vor, dass er um eine Antwort verlegen war, aber diesmal stand Trost eine Sekunde lang mit offenem Mund da. Doch Silvia Lust achtete gar nicht auf die Wirkung ihrer Worte, sie drehte sich einfach um und öffnete die Tür, woraufhin ihnen eine vollkommene Finsternis entgegenschlug. Eine Dunkelheit, so schwarz, dass sie einen beinah das Gleichgewicht verlieren ließ.

4 Für einen Augenblick sah er nicht einmal seine eigene Hand vor Augen, dann zuckte ein Blitz hinter dem gegenüberliegenden Fenster auf, und Trost bemerkte eine Silhouette davor. Ein schwarzer Scherenschnitt, der ihn lauernd von der anderen Seite des Zimmers ins Auge fasste. Einen Sekundenbruchteil später wurde es wieder stockdunkel.

Hier hätten ein Tisch und ein paar Sessel zu sehen sein müssen, dazu eine ausgedörrte Topfpflanze und die Tageszeitung, die bis zum nächsten Tag am Tisch liegen blieb, denn es handelte sich um einen Gemeinschaftsraum, doch das Schwarz absorbierte alles, als würde nichts davon existieren.

Einen Moment lang war Trost sich nicht einmal sicher, ob er mit dem nächsten Schritt in einen tödlichen Abgrund stürzen würde.

Er setzte dennoch einen Fuß vor den anderen und wusste sogleich, dass sich für ihn damit tatsächlich ein Abgrund auftat. Er würde sich später noch darüber wundern, dass ihn seine Sensoren nicht gewarnt hatten, und erklärte es sich mit seinen Gedanken an Jonas, die immer noch durch seinen Kopf flirrten und ihn verwirrten.

Fest stand aber auch, dass sein Instinkt für das Böse ihn erst in jenem Augenblick erreichte, als er in die finstere Falle getappt war und mit dem nächsten Blitz bemerkte, dass sich die Silhouette vor dem Fenster bewegt hatte.

Im selben Moment schloss sich hinter ihm nun auch die Tür mit einem seufzenden Schmatzen, und er fragte sich, wo denn nun die Kollegin geblieben war, die ihm gerade noch so selbstsicher hatte beistehen wollen. Und obwohl der längste Tag im Jahr ein Badetag gewesen war, fröstelte ihn jetzt. Wie auf ein Kommando folgte nun auch der Donnerschlag.

»Kennen Sie die ›Legende von der Schwarzen Wand‹?«, vernahm er eine leise, gehauchte Stimme, die rauchig und so gar nicht nach einer verzweifelten, hysterischen Dame klang. Sie konnte nicht allzu weit weg von ihm sein, und er hätte fast einen erschrockenen Satz zur Seite gemacht.

»Diese Wand«, fuhr die Stimme fort, »taucht in den steirischen Wäldern ganz unvorhergesehen auf. Ganz plötzlich, und auch am helllichten Tag. Sie hüllt einen mit ihrem Schwarz vollkommen ein. So wie sie jetzt uns beide einhüllt.«

Er hörte nicht nur, dass sie sich ihm genähert hatte, er glaubte nun auch ihre Körperwärme zu spüren. Ihren Atem.

»Aber die Wand will nichts Böses«, sagte die Stimme nun. »Sie warnt einen nur vor einem Unglück. Man sollte umkehren, wenn sie auftaucht. Kehren Sie also um, oder bleiben Sie?«

Trost fühlte sich hin- und hergerissen. Einerseits war die Szene absurd. Er sollte endlich sein Handy nehmen und für Licht sorgen, anstatt hier im Dunkeln zu stehen. Andererseits faszinierte ihn die Situation, die so inszeniert wirkte, als wäre sie Teil der Dramaturgie eines Theaterstücks. Er blieb also stehen und rührte sich nicht. Natürlich nicht. Seine Neugierde war schon immer größer als die Vorsicht gewesen.

»Alle Achtung«, sagte die Frau. »Sie haben Mut.«

Kaum waren ihre Worte verklungen, ging das Licht an.

5 Grün schimmernde Augen musterten ihn aus einem scharf geschnittenen Gesicht, dessen Konturen durch das grelle Neonlicht noch stärker zur Geltung kamen. Die Frau trug einen schwarzen Hoodie, dessen Kapuze sie tief in die Stirn gezogen hatte, und drückte die Hände in die Taschen. Mit der grauen Jogginghose und den schmutzig weißen Laufschuhen sah sie aus, als wäre ihr beim Training die spontane Idee gekommen, einmal kurz bei der Polizei vorbeizuschauen.

Die Tür sprang auf, und die beiden Wachebeamten stolperten herein. »Entschuldigung, aber der Techniker hat angerufen. Die neue Kollegin spricht gerade mit ihm.«

Die beiden uniformierten Beamten von vorhin, beide größer und breiter als Trost, bauten sich links und rechts von ihm wie Atlanten auf. In ihren Uniformen sahen sie auch fast so beeindruckend aus wie die monströsen Kerle aus der griechischen Mythologie.

»Mein Name ist Armin Trost«, stellte Trost sich bei der Frau vor. »Ich bin Sonderermittler der Polizei. Sie haben explizit nach mir gerufen. Warum?«

Er hatte sich um einen beiläufigen Tonfall bemüht und gehofft, dadurch etwas die Spannung aus der Situation zu nehmen. Bei der Frau schien das aber nicht zu funktionieren. Mit schneidendem Tonfall, so als hätte er einen unverzeihlichen Fehler gemacht, erwiderte sie: »Sie haben sich aber Zeit gelassen.«

»Es ist Wochenende. Ich habe keinen Dienst. Und ich bin kein Kellner, der gelaufen kommt, wenn man ihn ruft.«

»Herr Leutnant«, mischte sich nun einer der Polizisten ein. »Wir wollten die Daten der Frau aufnehmen, aber sie ließ sich nicht dazu bringen, irgendetwas preiszugeben, ohne vorher mit Ihnen gesprochen zu haben. Die junge Kollegin hat gemeint …«

»Schon gut«, unterbrach Trost ihn. »Die Dame kann das sicher erklären.«

Die drei Männer fixierten sie nun und brachten sie immerhin dazu, genervt mit den Augen zu rollen. »Ich rede nur«, presste sie hervor, »unter vier Augen mit Ihnen, Herr Trost.«

»Ich bitte Sie …«

Doch sie unterbrach ihn mit einem angedeuteten Kopfschütteln. Eine kurze, knappe Bewegung, die Trost veranlasste, mit den Schultern zu zucken und die Kollegen wieder hinauszubitten. Er werde nach ihnen rufen, wenn er Hilfe benötige. Es war nicht zu überhören, dass er nicht wirklich glaubte, dass dieser Fall eintreten könnte.

Die beiden saßen sich nun an einem leeren Tisch gegenüber. Die Neonröhre an der Decke summte, ein Bild an der Wand, das einen Polizisten beim Eisstockschießen in aktiver Pose von vorne zeigte, hing schief im Rahmen. Der Linoleumboden war grün, die Möbel in Buchenoptik furniert. Im Eck hinter der Tür befand sich ein Kaffeeautomat. Trost stellte sich vor, wie oft es vorkam, dass sich dort jemand bediente und im selben Moment die Tür aufflog, gegen die Schulter krachte und so den heißen Kaffee zum Überschwappen brachte. Es sah aus wie das Vorzimmer eines Amtsgebäudes aus der Nachkriegszeit, war in Wahrheit aber der wenig einladende Aufenthaltsraum für die Beamten im Wachdienst.

Trost lehnte sich zurück, verschränkte die Arme, legte ein Bein übers andere und fixierte sein Gegenüber möglichst streng: »Wird das Licht jetzt wieder ausgehen?«

Die Frau blies geräuschvoll Luft durch die Nase. »Ach, glauben Sie etwa, ich war das? Trauen Sie mir solche Kräfte zu?«

Trost machte eine unbestimmte Geste. »Wie heißen Sie?«

»Mein Name ist Esther Befana.«

Trost holte Stift und Schreibblock aus seiner Hosentasche und notierte sich den Namen.

»Warum wollten Sie ausgerechnet mich sprechen?«

Die Frau legte beide Hände flach auf den Tisch. Er fand, dass sie lange, schöne Finger hatte, die an zu kleinen Händen steckten.

»Ich kenne Sie aus der Zeitung. Ich habe von Ihnen gehört, von dieser spektakulären Rettung des Musikers beim Aufsteirern. Und natürlich von dem Fall im Kaiserwald. Sie purzeln durch mystische Gräber, sind in Geisterhäusern eingesperrt.

Sie haben immer mit mysteriösen Dingen zu tun und scheinen darauf spezialisiert zu sein, alten Legenden und Sagen nachzuspüren. Genau so jemanden suche ich.«

»Ich spüre nicht den Sagen nach, sondern den Leuten, die sich der alten Geschichten bedienen.«

Seine trotzige Antwort brachte die Frau zum Schmunzeln. Sie lehnte sich nun ebenso zurück wie Trost und strich sich die Kapuze vom Kopf. Zum Vorschein kam ein zerzauster schwarzer Wirrwarr, der ihr über die Schultern fiel. Trost fand, ihr Gesicht war ein hartes, wie aus einem Stein gemeißeltes Antlitz, das ihn nun dünn lächelnd anblickte.

Ihn schauderte.

Vor dem Fenster zuckte wieder ein Blitz, der Donner folgte auf dem Fuß, und ein wilder Regenschauer setzte ein.

Er wurde ungeduldig: »Was amüsiert Sie so?«

»Sie wissen wirklich nichts von Ihrer Gabe? Ernsthaft?«

»Ich habe keine ›Gabe‹.«

»Doch, Menschen, die mit solchen Dingen konfrontiert werden, wie es bei Ihnen der Fall ist, die haben eine Gabe. Das ist doch nicht zu übersehen.«

Jetzt war es an Trost, seine Position zu verändern. Er schlug mit den Händen auf seine Schenkel und schickte sich an, aufzustehen. »So, und jetzt verraten Sie mir, weshalb wir hier sind. Ich vermute nämlich, dass es nicht nur wegen des Plauderns ist. Sollte es allerdings so sein, dann muss ich mich entschuldigen. Dafür habe ich keine Zeit.«

»›Wegen des Plauderns …‹ Wie schön Sie reden können.«

Das Schmunzeln der Frau gefiel ihm nicht. Mit Fortdauer des Gesprächs wurden ihre Augen auf irritierende Weise grimmiger. Sie fixierten ihn, ohne zu blinzeln, und die Mundwinkel blieben in einer Position des fortwährenden Lächelns, so als würde sie alles um sie herum amüsieren.

Währenddessen zuckten immer wieder Blitze vor dem Fenster auf. Die Gewitterzelle schien sich nun direkt über dem kleinen Gebäude zu befinden, in dem sich Trost und diese Frau gegenübersaßen. Aus irgendeinem Grund hatte er immer noch das Gefühl, dass das Gewitter dazugehörte. Dass es *gerufen* worden war.

»Gut, dann verrate ich es Ihnen. Die ganze Geschichte: Ich bin das Opfer einer Folterung.«

6 »Es begann vor vielen Jahren. Immer wieder fallen sie seitdem über mich her. Sie quetschen meine Daumen, legen mich auf Bänke, auf denen Eisenspitzen angebracht sind, und dann strecken sie mich. Die Torturen sind mannigfaltig und unvorhersehbar.«

»Ganz langsam«, Trost war noch dabei, das Wort »Folterung« aufzuschreiben. »Erzählen Sie von Anfang an, Frau …«, er schaute auf den Block, »… Befana.«

»Es läuft immer unterschiedlich ab. Immer wenn meine Wunden verheilt sind, schlagen sie erneut zu. Sie packen mich zum Beispiel, wenn ich an einer Bushaltestelle stehe, stecken mich in einen weißen Bus und verbinden mir die Augen. Sie bringen mich an einen geheimen Ort, meist einen Keller. Dort zerren sie an meinen Gelenken, reißen mir die Kiefer so weit auseinander, dass es danach noch tagelang schmerzt. Manchmal sind sie aber auch gemein, quälen mich mit dem Herzeigen und Beschreiben ihrer Torturen. Es kommt auch vor, dass sie mich einfach nur angekettet auf dem Steinboden so lange liegen lassen, bis ich vor Schüttelfrost kaum noch ein Wort herausbringe. Und immer wenn sie mit mir fertig sind, stecken sie mich zurück in den Bus und werfen mich irgendwo in der Stadt wieder hinaus.«

Eine Weile betrachtete Trost die Frau. Er wusste jetzt, was ihn an ihrem Gesicht störte – es glich einer Maske. Sie hatte sich wohl unzählige Botox-Spritzen verabreichen lassen oder sich eine dicke Schicht Schminke ins Gesicht gespachtelt. Ihre Wangenknochen hoben sich unnatürlich weit aus ihrem Gesicht, die Stirn war praktisch faltenfrei und das Kinn kantig wie aus Marmor gemeißelt. Sie tat ihm leid, weil sie offenbar mit ihrem

Äußeren nicht zufrieden war. Und wegen ihrer Geschichte, die natürlich – wie sollte es anders sein – erfunden war.

»Erzählen Sie weiter«, sagte er dennoch. Manchmal half es, wenn Menschen in psychischen Ausnahmesituationen einfach redeten.

Die Frau saugte die Unterlippe ein und nagte daran. »Sie haben doch bestimmt schon von Kramer gehört. Dem Dominikanermönch Heinrich Kramer, der auch Henricus Institoris genannt wurde. Er hat sich nach Speyer zurückgezogen, voller Zorn auf die Frauen und auf jene, die sie bei einem Prozess in Innsbruck einige Zeit davor erfolgreich verteidigt hatten. Monatelang schrieb er ein siebenhundert Seiten dickes Buch, es wurde eines der erfolgreichsten und leider auch eines der schrecklichsten Bücher der Menschheitsgeschichte: ›Malleus maleficarum‹, zu Deutsch: ›Hexenhammer‹.«

»Hexenhammer«, notierte Trost. Fast hätte er dabei geschmunzelt.

»Hundert Jahre später«, fuhr sie fort, »im Jahr 1579, erreichte der Wahnsinn auch uns in der Steiermark. Nach dem Marburger Hexenprozess und ein paar Einzelfällen wütete Jakob Bittner, ein Landprofos aus Sachsen, also ein Militärgerichtsverwalter. Er brachte Dutzende Frauen auf den Scheiterhaufen und verbreitete Angst und Schrecken …«

Trost hob die Hand wie in der Oberstufe, eine respektvolle Geste, die Befana zum Schweigen brachte.

»Wir schweifen ab, oder? Sie sprachen davon, gefoltert zu werden, nun geht es um Hexen aus dem Mittelalter.«

»Neuzeit.«

»Egal. Sie wissen, was ich meine. Oder wollen Sie damit etwa andeuten, selbst eine Hexe zu sein, die verfolgt wird?«

Wieder erinnerte Befanas Gesicht an eine Statue aus Marmor. Kein Muskel regte sich in ihrem Antlitz.

»Hören Sie mir einfach zu, geht das?«

Trost seufzte und machte eine ungeduldige Geste. »So fahren Sie schon fort.«

»Etwas mehr als zwanzig Jahre nach Bittners Schandtaten

wurden in Graz Teufelsaustreibungen durchgeführt. Sie wurden sehr genau dokumentiert – an einem Mann und zwei Frauen wurde ein Exorzismus vollzogen. Das gab damals einen Riesenauflauf, die Leute durften teilweise zuschauen, es fand ja vieles in den Kirchen statt, im heutigen Dom und in der Wallfahrtskirche Straßgang. Wussten Sie das?«

»Nein, Frau Befana. Woher auch? Ich bin kein Mittelalter-Experte.«

Diesmal ließ sie seine zeitliche Unkorrektheit kommentarlos im Raum stehen.

»Bitte«, fuhr sie stattdessen mit leiser Stimme fort. »Sie müssen mir *zuhören*. Diese Exorzismen wurden wahrscheinlich initiiert, um den Protestanten zu zeigen, wie mächtig die katholische Kirche ist. Nichtsdestotrotz haben sie stattgefunden und wurden dokumentiert. Tortur für Tortur, monatelang. Sie hörten nicht auf«, Befanas Stimme nahm jetzt ein flehentliches Wispern an. »Sie wiederholen sich immer wieder, ohne Unterlass. Sie wollen damit den Beweis anbringen, dass es Hexen gibt. Und dass man das Böse auch vertreiben kann, indem man den Körper quält. Eines Tages werden sie auch mich umbringen. Ich weiß das.«

Trost legte den Notizblock zur Seite, stützte seine Ellbogen an der Tischkante ab und massierte sein Gesicht. Er sah Jonas vor seinem inneren Auge, wie er ihn enttäuscht angeschaut hatte, ehe er auf dem Motorrad davongefahren war. Trost ärgerte sich jetzt darüber, dass er das Gespräch mit seinem Sohn wegen dieser absurden Geschichte einer offensichtlich verwirrten Frau abgebrochen hatte.

»Sie vermischen da etwas«, stellte er trocken fest. »Was haben die Hexenverfolgungen, der Exorzismus und Sie gemeinsam?«

Befana schlug mit der flachen Hand auf den Tisch und brüllte. »Sie sollen zuhören, verdammt!« In die folgende Stille hinein setzte sie ihre Geschichte mit bebender Stimme fort: Sie erzählte davon, dass die Hexen- und Zaubereiprozesse in der Steiermark genau zweihundert Jahre gedauert hatten, von 1546 bis 1746. Dabei verstrickte sie sich zunehmend in statistischen Zahlen und sah dabei so konzentriert aus, als würde sie von einer Tabelle ablesen.

So berichtete sie etwa auch davon, dass in achtundvierzig Prozent der Fälle im Herzogtum Steiermark Frauen die Opfer waren, vierunddreißig Komma drei Prozent betrafen Männer – bei den restlichen siebzehn Komma sieben Prozent waren weder Name noch Geschlecht bekannt. »Sie wurden einfach dahingemeuchelt.«

Irgendwann, nachdem er sich einige Jahreszahlen notiert hatte, mehr aus persönlichem Interesse als aus dem Bestreben heraus, diesen Fall wirklich zu einem *Fall* zu machen, nutzte er eine Atempause, um Esther Befana neuerlich zu unterbrechen.

»Warten Sie, warten Sie. Kehren wir wieder zurück in die Gegenwart. Zu Ihnen. Bitte. Wer foltert Sie? Und warum? Und seit wann geht das schon so?« Er rieb wieder so lange an seinem Gesicht, dass es ganz rot vom Druck seiner Finger wurde.

Diesmal gab sie eine Antwort: »Seit Jahren.«

»Und hat das dann nicht warten können bis Montag?«

Der Blick, den er dafür erntete, hätte ihn getötet, wenn er ihm standgehalten hätte. Stattdessen flüchtete er sich in eine Betrachtung des Stifts in seiner Hand.

»Sie müssen mich auch verstehen«, sagte er. »Ich habe Sie soeben kennengelernt, und Sie erzählen mir eine wirre Hexengeschichte. Wie soll ich so etwas glauben oder gar ernst nehmen?«

»Ach, habe ich Sie etwa beim Abendessen mit Ihren Kindern gestört oder beim ›Tatort‹-Schauen mit Ihrer Frau? Das tut mir aber leid, dass ich den *Herrn Inspektor* bei seinen wichtigen Dingen unterbrochen habe, während ich mich dazu entschließe, endlich über meine Qualen zu sprechen.«

»Schon gut, schon gut, beruhigen Sie sich. Wer sind diese Leute, die Sie quälen?«

Die Statue ließ ihn zum ersten Mal aus den Augen und starrte in eine Ecke des Raums. »Ich weiß es nicht.«

»Sie werden seit Jahren gequält und wissen nicht, von wem.« Es klang mehr wie eine Feststellung als eine Frage.

Sie nickte.

»Und warum sind Sie nicht schon viel früher zur Polizei gegangen?«

Jetzt huschte ihr Blick wieder auf sein Gesicht, und ihre Stimme hämmerte durch den Raum wie eine Baumaschine. »Weil ich auf jemanden wie Sie gewartet habe. Jemanden, dem ich so etwas erzählen kann. Oder glauben Sie, irgendjemand von den anderen dämlichen Befehlsempfängern nimmt mir so eine Geschichte ab?« Die Frau sprang auf und packte den Sessel, auf dem sie gesessen hatte. Sie schleuderte ihn gegen die Wand.

»Die Geschichten machen einem Angst. Und das sollen sie auch. Alle machen sie einem Angst. Der Oswald. Die Barbiepuppe Silvi. Das Monster. Die Heuschrecke. Hannah, die graue Maus. Und der Richter ist der Schlimmste von allen. Vor dem Richter will ich Sie warnen …«

Trost war sich nicht einmal sicher, ob sie gemerkt hatte, dass er den Raum verlassen hatte. Sie tobte einfach weiter, und er konnte hören, wie sie bei jedem Namen, den sie brüllte, mit blanken Fäusten auf die Tischplatte drosch und mit stampfenden Schritten durchs Zimmer rannte wie eine Wahnsinnige. Jetzt, wo er sie nicht mehr sehen, nur noch hören konnte, erschien sie ihm weitaus unheimlicher als zuvor. Ihn fröstelte.

Eine halbe Stunde später lag die Frau sediert auf einem Krankenbett, das in einen Rettungswagen geschoben wurde. Das Gewitter war weitergezogen und hatte eine kaum erträgliche Schwüle hinterlassen. Der Notarzt schwitzte und schüttelte den Kopf.

»Die hat sich ganz schön gewehrt.«

»Das kann man wohl sagen«, sagte einer der Beamten vom Wachdienst. Er hatte eine Quetschwunde über dem linken Auge abbekommen, das Hemd seines Kollegen war zerrissen. Silvia Lust stand etwas abseits und band sich die Haare zu einem Zopf. Sie hatte keine Schramme, und Trost hatte genau beobachtet, dass sie die beiden anderen gar nicht gebraucht hätte. Sie wäre mit der Furie allein zurande gekommen. Schließlich war es dem

Arzt erst durch ihren festen Griff gelungen, der Tobenden eine Beruhigungsspritze zu geben.

Trost betrachtete die Frau, die sich Esther Befana nannte und jetzt ruhig auf dem Bett lag. Er dachte an die merkwürdige Geschichte, die sie ihm erzählt hatte. Von ihren Folterungen, den Hexenverfolgungen und den Namen, die keinen Sinn ergaben.

»Passen Sie auf sie auf. Jemand von uns wird in den nächsten Tagen vorbeikommen, um noch einmal mit ihr zu reden«, sagte er noch, ehe er sich umdrehte und aus dem Lichtkegel der Straßenlaterne verschwand. Von seinen Kollegen hatte er sich schon zuvor mit einem knappen Kopfnicken verabschiedet. Auch von dieser seltsamen Erscheinung namens Silvia Lust.

Die schwarze Katze, die lautlos seinen Weg kreuzte, bemerkte er im Dunkel der Nacht nicht. So viel Symbolik hätte ihn dann wahrscheinlich auch zum Lachen gebracht. Wenngleich es wohl ein unsicheres Lachen gewesen wäre.

Er wollte nur fort. Fort aus dieser Nacht. Fort von den Hexengeschichten.

Er tastete in seiner Jacke nach dem Notizblock, auf dem seltsame Namen notiert waren. Oswald. Barbiepuppe Silvi. Monster. Heuschrecke. Hannah, die Maus. Und der Richter.

Oswald

1 »Als ich dich geheiratet habe, wusste ich, worauf ich mich einlasse. Ich bin die Frau eines Polizisten.«

Charlotte klang wie die Hauptfigur aus einer Cop-Serie, und wenn Frederik nicht zwischen ihren Beinen herumgelaufen wäre und Elsa sie nicht über ihre Frühstücks-Cornflakes hinweg gemustert hätte, wäre er vielleicht über sie hergefallen und hätte sie wild geküsst.

Andererseits lag auch etwas Abgebrühtes in der Stimme seiner Frau, um nicht zu sagen etwas, das *aufgegeben* hatte.

»Aber«, fuhr sie fort, »die Kinder haben sich dieses Leben nicht ausgesucht, weißt du. Die können nichts dafür.«

»Was heißt denn jetzt ›dieses Leben‹? Ist es denn so schlecht, dieses Leben? Ich meine, wir haben ein Haus, drei Kinder …«

»Streitet ihr euch jetzt, Papa?«, wollte Frederik wissen und klammerte sich an Trosts Hosenbein fest.

»Nein, wir streiten nicht, Kleiner«, presste Trost zwischen den Zähnen hervor. Aber seine Lust aufs Küssen war definitiv verflogen.

»Doch, tun sie«, rief Elsa vom Tisch herüber, schien aber nichts Besonderes dabei zu finden. Es tat ihm weh, in ihrer Stimme etwas mitschwingen zu hören, das Gewohnheit ausdrückte. Als wäre es alltäglich, dass ihre Eltern sich zankten.

Trost wäre am liebsten aus dem Haus gerannt, denn seine bei der Verbrecherjagd so ausgeprägte, fast analytische Gelassenheit verließ ihn in den eigenen vier Wänden regelmäßig. Und er wusste mit schrecklicher Gewissheit auch, warum.

Da tat Charlotte etwas völlig Unerwartetes: Sie kam näher, legte ihm ihren Zeigefinger auf die Lippen und lächelte. »Nein, unser Leben ist gut. Nicht perfekt, aber *gut*. Aber wir beide wissen, dass du mit deinen Gedanken meist bei den Fällen bist und nicht bei uns.«

Trost wollte etwas entgegnen, ihr sagen, dass sie aufhören

solle, sich etwas zusammenzureimen. Doch er konnte nicht. Weil sie recht hatte.

Charlottes Augen schimmerten. »Ich sagte doch, ich wusste, worauf ich mich einlasse.« Sie schaute auf ihre Hände hinunter und zuckte mit der rechten Schulter. »Aber da ist noch etwas anderes, das nichts mit uns beiden zu tun hat. Jonas zieht aus. Und das zerreißt dir gerade das Herz. Aber lass es bitte nicht an mir aus oder an den Kleinen. Rede mit ihm, solange er noch da ist.«

Und dann läutete das Handy wieder einmal genau zum falschen Zeitpunkt.

Das war vor einer Viertelstunde gewesen, und nun saß er im VW-Bus und quälte den Wagen durch den Luttengraben hinauf, sodass es im Innenraum glühte wie in einem Scheiterhaufen. Die Lüftung musste dringend repariert werden, denn immer wenn das Fahrzeug einen Berg hinaufbrüllte, strahlte alles in ihm eine unerträgliche Hitze aus.

Erst beim Binderwirt, einem seit Jahren leer stehenden Gasthaus, kam der Wagen zur Ruhe, und Trost ließ ihn Richtung Rohrbach an der Flanke zu den Mauern der Burg Plankenwarth ins Tal rollen. Er schaltete dafür in den Leerlauf, was nicht ungefährlich war, da der Wagen beachtlich an Fahrt aufnahm und die Bremsen ohne die Unterstützung des Motors nicht sehr vertrauenerweckend quietschten.

Während der Fahrt durch den Westen der Steiermark ging ihm vieles durch den Kopf. Etwa, wie er das Baumhaus geräumiger machen könnte und ob er Jonas wohl noch einmal dazu gewinnen könnte, ihm zur Hand zu gehen.

Er hatte einen Kloß im Hals.

Es war abzusehen gewesen, dass Jonas, den er bei sich immer noch »mein Bub« nannte, obwohl aus ihm längst ein junger Mann geworden war, eines Tages ausziehen würde. Natürlich war es das, schließlich ist es der Sinn der Übung, Kinder großzuziehen, um sie dann in die weite Welt hinauszulassen. Sie konnten doch nicht ewig zu Hause rumhocken und meckern, wenn der Kühlschrank nicht zum Bersten mit Schinken und Joghurt voll war. Doch anstatt sich zu freuen, es geschafft zu haben, aus dem kleinen, lustig stolpernden Kind einen gesunden, kräftigen Kerl gemacht zu haben, der sich ganz bestimmt allein in der Welt behaupten würde, verfiel er in Melancholie. Mehr denn je wurde ihm in letzter Zeit bewusst, dass nicht nur er älter wurde, sondern auch alle um ihn herum. Dass alles vergänglich war …

Sekunden später stand der Bus am Straßenrand, und Trost starrte ein paar Minuten aus dem Fenster.

Eine weitere halbe Stunde später verließ er die Passstraße über die Pack und bog in eine wilde Serpentinenstraße ein, die immer tiefer in eine Schlucht hinabführte und dabei auch noch immer schmaler wurde. Erschwert wurde die Fahrt weiter, weil eine ganze Reihe von Fahrzeugen am Straßenrand geparkt war, und Trost hoffte inständig, dass ihm jetzt niemand entgegenkommen würde.

Doch niemand kam, dafür waren aber sämtliche Parkplätze am Ufer des Packer Stausees besetzt. Auch vor dem Gasthaus, einem schmucklosen Kasten, der wenig gastfreundlichen Charme versprühte, war kein Platz frei, also stellte er sich in die Auffahrt eines Einfamilienhauses und stieg aus, ohne den Wagen abzuschließen.

Der See glitzerte im Sonnenlicht, und er konnte sich nicht erinnern, wann er das letzte Mal hier gewesen war. Es musste ein Schulausflug gewesen sein, einer, für den seine Mutter ihn mit Sunkist-Päckchen und in Alufolie eingewickelten Streichwurstbroten im Rucksack versorgt hatte. Bevor er in neuerliche Schwermut verfallen konnte, schritt er auf das weiße Zelt hinter der Absperrung zu. Von drinnen hörte er bereits eine bekannte Stimme fluchen.

»Kümmerts euch um die verdammten Viecher. Die scheißen da alles voll.«

Waldemar Dietrich, Tatortspezialist und von Natur aus pingelig, hatte offenbar ein Problem mit der örtlichen Fauna. Als ein verschwitzter Polizist mit einer Ente unterm Arm aus dem Zelt kam, musste Trost schmunzeln.

»Jaja, lach nur«, schimpfte Dietrich, »die depperten Viecher haben alle Scheu verloren und glauben, dass alles, was zwei Beine hat, ihnen Brotkrumen zuwirft. Wo du auch in dieser Wiese hintrittst, überall liegt Entenscheiße.«

Dabei hatte Dietrich selbst ein einem Vogel nicht unähnliches Aussehen, fand Trost. In seinem Gesicht blitzten schwarze Augen hinter dicken Brillengläsern, und Nase und Kinn liefen ebenso spitz und krumm aus wie die Schnäbel des Federviehs. Dietrichs Haut war zudem besonders im Sommer auffällig blass und trocken, und selbst unter seinen Gummihandschuhen waren die zu langen Fingernägel sichtbar.

»Sei lieber froh, dass wir es nicht mit einem altmodischen Einbrecher zu tun haben«, gab Trost grinsend zurück. »Die haben ja früher oft in die Tatorte geschissen. Die wollten nicht nur etwas wegnehmen, sondern auch was dalassen.« Er wusste nicht, warum er das gesagt hatte. Für einen Moment war er einfach glücklich darüber, so etwas wie eine witzige Bemerkung vom Stapel gelassen zu haben, was bei ihm ohnedies selten genug vorkam.

Dietrich, der in einem Tatortanzug steckte und in seinem Koffer etwas suchte, bedachte ihn mit einem seltsamen Blick.

»Zieh dir lieber den Anzug an und versuch es nicht mit Humor. Ich sag dir, das passt heute nicht. Heute würde dir die schlechte Laune, die du sonst meistens hast, besser stehen. Wir könnten es diesmal nämlich tatsächlich mit etwas sehr Altmodischem zu tun haben. Ich wette, so etwas hast nicht einmal du schon gesehen. Und ich trau mich auch, deiner Arbeit etwas vorzugreifen, und behaupte, dass es kein Einbruch war, sondern wohl eher ein Mord von der supergrauslichen Sorte.«

Als Trost sich in den Anzug gezwängt hatte und Dietrich aus dem Zelt hinaus zu den Wohnwagen am Nordufer folgte, bemerkte der Spurensicherer noch besorgt: »Hast du eine Allergie?«

»Wieso?«

»Weil deine Augen aussehen, als hättest du in einem Heuhaufen übernachtet.«

2 Die »supergrausliche Sorte« des Mordes kündigte sich in den bleichen Gesichtern der bereits vor Ort tätigen Beamten an. Die Wohnwagenkolonie am Packer Stausee war eine kleine Ansammlung von Dauercampern, die sich so eng aneinanderschmiegten, dass nur schmale Gassen zwischen die Wagen passten. Eine niedliche, Schrebergärten nicht unähnliche Kommune, die unter den Vorzelten Grills, Liegestühle und Laternen zum Vorschein brachte. Ein kleiner Terrier keifte aus dem aufgeklappten Fenster eines Wohnmobils, und da und dort bemerkte Trost, wie Kollegen bereits mit den Einvernahmen der Nachbarn beschäftigt waren. Er glaubte, auch die neue Kollegin Silvia Lust erkannt zu haben, wie sie sich etwas abseits mit einem älteren Paar auf einer Parkbank unterhielt.

Als Trost sich umwandte, fiel sein Blick auf eine Entenfamilie, die aus dem Wasser watete und direkt auf sie zuwatschelte.

»Zum letzten Mal, schafft mir die Viecher vom Hals, sonst mach ich heute ein Entengelage für die ganze Mannschaft.«

Trost wollte gerade eine beschwichtigende Bemerkung fallen lassen, als Dietrich so plötzlich innehielt, dass er beinahe in ihn hineingelaufen wäre.

»Wir gehen da jetzt rein.« Dietrich deutete auf das hüfthohe Tor eines kleinen Gärtchens, das sich vor einem Wohnwagen ausbreitete. »Und ich wette mit dir, dass du nach diesem Anblick auch keinen Bock mehr hast, dich mit blöden Enten herumzuplagen. Ich kenne das Opfer nicht, aber das Schwein, das das getan hat, müsst ihr unbedingt kriegen.«

Dietrich öffnete das Tor. »Die anderen sind übrigens eh schon alle da. Du bist wie immer der Letzte.«

Das war jetzt so eine Sache mit »den anderen«. Denn die gab es ja eigentlich nicht mehr. Trost war zum Leutnant ernannt worden, was an sich schon eine Besonderheit war, denn üblicherweise wurde man dazu nicht *ernannt*, sondern legte dafür eine Ausbildung zum leitenden Beamten ab. Innerhalb von drei Monaten wurde man danach automatisch zum Oberleutnant.

Bei Trost war das anders gewesen. Er war dazu tatsächlich *ernannt* worden und stand damit auch gleichzeitig einer Sonderermittlungseinheit vor, die mit besonders eigenwilligen Verbrechen zu tun hatte. So genau wurde das nicht definiert.

Mit anderen Worten, Trost war zwar in die nächste Gehaltsstufe gehievt worden, stand aber am Abstellgleis, war seine eigene Einheit in einem Apparat, der mit Typen wie ihm nichts anzufangen wusste. Nun kümmerte sich quasi direkt das Ministerium um ihn und nicht mehr Balthasar Gierack, der Chef der Landeskriminalabteilung. Ein Umstand, der ihm sehr zupasskam, wo doch allseits bekannt war, dass Gierack und er selten einer Meinung waren.

Die Hexe, die Trost am Vortag von der Rettung hatte abholen lassen, hatte es ja schon erwähnt: Er war so etwas wie eine Berühmtheit, einer, der selbst die dubiosesten Fälle zu lösen vermochte, und das noch dazu meist im Alleingang. Gut, ganz so stimmte das nicht, denn in der Regel lösten diese Solo-Aktionen ein finales Großaufgebot an Einsatzkräften aus, aber so wie die Ministerien und ihre Politiker derzeit dastanden, war die Kündigung eines Helden jedenfalls nichts, was medial auch noch verkraftbar gewesen wäre. Nur so konnte er sich seinen merkwürdigen neuen Status als Einzelkämpfer erklären. Diesen hatte er übrigens auch Gierack zu verdanken, der den von den Medien geliebten Helden in seinen Reihen loswerden wollte – nicht zuletzt weil er selbst allzu sehr mit ihnen liebäugelte.

»Die anderen« waren die Mitglieder seines früheren Teams, das nun ohne ihn auskommen musste. Dass sie es jedes Mal, wenn der Fall besonders heikel wurde, nun trotzdem mit ihm zu tun bekamen, gestaltete die Sache allerdings nicht gerade einfacher.

Trost folgte Dietrich und machte sich auf Konfrontationen gefasst. Annette Lemberg war die Erste, die, sobald er das Gärtchen betreten hatte, aus dem Wohnwagen auf ihn zukam.

Trost wollte ihr eine Begrüßung zurufen, doch ihr versteinertes Gesicht ließ es ihn sich anders überlegen. Sie nickte ihm nur steif zu, als sie wortlos an ihm vorüberging. Ihr Zopf knallte wie immer im Takt ihrer hart gesetzten Schritte auf ihre Schulterblätter. Einmal etwas weiter links, dann wieder etwas weiter rechts.

Trost sah ihr nach, bis sie hinter einer Thujahecke verschwunden war.

»Sie werden sie verstehen, wenn Sie näher treten«, vernahm er nun die nasale Stimme Reinhard Maria Hinterhers. Selbst im weißen Latexanzug der Tatortmode sah er noch adrett aus und wirkte eher wie ein Chemieprofessor als ein Spürhund der Polizei. Wegen seines seltsam anachronistischen Gehabes nannten sie ihn auch den »Grafen«, und wohl auch wegen seiner Pomade und des an die Kaiserzeit erinnernden aufgezwirbelten Barts.

»Wir sind hier eigentlich schon fertig«, sagte der Graf noch, und es klang fast wie ein Vorwurf.

Trost hob eine Augenbraue, doch ehe er etwas erwidern konnte, machte auch der Graf sich aus dem Staub.

»Keine Sorge«, sagte Dietrich, der schon in der Tür zum Wohnwagen stand, »du hast alle Zeit, die du brauchst. Das ist immer noch mein Tatort.« Und etwas leiser fügte er hinzu: »Und die Fälle hast auch immer nur du gelöst.«

Als er die Stufen zum Wohnwagen emporstieg, gelang es Trost, sämtliche Gedanken auszublenden. Der Wagen, die Enten, Lemberg, der Graf, Jonas, Charlotte, alles weg. Mit jedem Schritt, den er sich näherte, war er stärker im Hier und Jetzt.

Das Erste, was ihm auffiel, war der Geruch. Kalter Kaffee, Zigarettenstummel, ein Topf halb voll mit Nudeln in oranger Soße ergaben einen Gestank, der – in Verbindung mit den Exkrementen und den ausgetretenen Flüssigkeiten einer Leiche auf der Eckbank – kaum erträglich war. Trost verharrte und betrachtete den Tatort.

Die Daumen des Toten waren mit einem Spannelement, wie man es als Zubehör für alte Werkbänke kennt, an den Tisch geschraubt. Die Finger darunter waren nicht dicker als die Montagszeitung. Der Körper war jedoch nach hinten gebeugt, der Kopf lag im Nacken. Es schien, als ob der Kiefer regelrecht aufgebrochen worden wäre. Etwas steckte im Mund der Leiche.

»Eine Mundbirne«, sagte Dietrich, der Trosts Blick richtig gedeutet hatte. »Das Metallding wurde dem Opfer in den Mund gesteckt und dann aufgeschraubt, wodurch es sich gespreizt hat. Seine Kieferknochen sind gebrochen. Wie irrsinnig muss jemand sein, der so etwas tut?«

Trost machte einen langsamen Schritt näher, und er konnte Dietrichs Atem in seinem Nacken spüren. Es war eng hier drinnen, und die Luft wurde immer stickiger.

»Meine Theorie ist, dass man ihn zuerst mit einem Messer in die rechte Niere gestochen hat. Diese Verletzung löst einen derart furchtbaren Schmerz aus, dass man nicht einmal schreien kann, was vielleicht auch erklären würde, warum niemand von den Kollegen dieser Wohnwagenkommune etwas mitbekommen hat.«

»Du meinst, die Birne wurde ihm erst danach in den Mund geschoben?«

»Du weißt eh, das ist alles noch ein bisserl früh. Wenn ich ihn auf meinem Tisch hab, kann ich dazu mehr sagen. Aber ich glaube schon, ja. Durch den Nierenstich war der Mann nahezu wehrlos.«

Trost kam nun noch näher heran, betrachtete die Leiche von allen Seiten, vor allem die Folterwerkzeuge, die angewendet worden waren. Die Klemmen waren dem Opfer direkt auf die Fingernägel der Daumen gelegt worden, der Schmerz musste höllisch gewesen sein. Der Kieferspreizer war ein derart abartig gewaltsames Instrument, dass Trost die Luft anhielt.

»Aber das ist ein ziemlich kompliziertes Vorgehen. Schafft das einer allein? Ich meine, der Kerl ist ja nicht ganz so klein, und freiwillig wird er die Hände auch nicht auf den Tisch gelegt haben.«

»Wie gesagt, vielleicht hat der Täter das mit den Daumenschrauben auch erst gemacht, als er schon tot war.«

Trost musterte die Werkzeuge nicht ohne eine gewisse Faszination.

»Wer tut so etwas?«, flüsterte er.

»Tja, das ist …«

Doch Trost hob die Hand und wehrte damit eine Antwort ab. Nicht jede Frage, die er laut stellte, verlangte nach einer Antwort. Dietrich verstand sofort und schloss beleidigt den Mund.

Trost löste sich nach einer Weile vom Anblick der Leiche und schaute sich um. »Und sonst? Irgendetwas Auffälliges gefunden?«

»War das jetzt eine Frage, die ich wieder beantworten darf?«

Trost machte eine ungeduldige Geste.

»Gut, also … nein, wir haben nichts Auffälliges gefunden. Außer dass ich mir nicht sicher bin, wo man so ein Zeug wie dieses Kieferdings herkriegt. Sieht alt aus. Aber auch da musst du mir etwas Zeit geben. Ansonsten haben wir tausend Spuren, von diesem Mann natürlich, einige auch von anderen, die Fingerabdrücke werden wir mit denen der Nachbarn abgleichen. Nur rund um den Toten ist alles sauber, da wusste jemand, was zu tun war.«

»Wer ist der Tote?«

»Was ich von den Kollegen gehört habe, ist es ein frühpensionierter Lehrer. Oswald Neunburger, neunundfünfzig, aus Voitsberg, der diesen Wohnwagen als Hauptwohnsitz angemeldet hatte.«

Trost runzelte die Stirn. »Haus am See, auch nicht schlecht für einen Lebensabend.«

»Das war seine Lebensnacht, denn viel Zeit zum Genießen blieb ihm ja offenbar nicht«, gab Dietrich zurück und wies auf die Tür, was bedeutete, dass er Trost hinauskomplimentierte, um seine Arbeit in Ruhe fortsetzen zu können.

Trost hatte den Wohnwagen fast schon wieder verlassen, als sein Blick auf eine Sporttasche fiel.

»Was ist damit?«

»Ah, sorry, das hatte ich vergessen. Das ist eine gepackte

Tasche. Offenbar hatte er vor, zu verreisen. Es ist alles drin, Toilettenartikel, Unterwäsche für eine Woche, Bademode. Und dieses Prospekt …« Dietrich griff nach einem Flugblatt auf der Ablage über der Sporttasche. »Da steht ›Bellezza‹ drauf. Das heißt ›Schönheit‹. Tja, schöner Name für eine Ortschaft in Italien, aber viel Zeit für Vorfreude hatte er wohl nicht mehr.«

Trost steckte das Blatt Papier ein und runzelte die Stirn. »Haben die anderen die Tasche und das Prospekt bemerkt?«

Dietrich grinste. »Ich glaube nicht.«

»Und du hast auch vergessen, es ihnen zu sagen?«

»Was heißt ›auch‹, ich hab's dir ja gesagt. Ist mir eben erst jetzt eingefallen. Entschuldigung, es wäre alles ohnehin im Bericht gestanden. Ich muss hier alles gleichzeitig erledigen, und ihr macht so einen Stress. Haufenweise kommt ihr hier rein, unterbrecht mich, dann die Enten und …«

Trost ging wortlos aus dem Wohnwagen und ließ den wie ein Kleinkind nörgelnden Spurensicherer zurück.

Er stand draußen in dem kleinen Vorgärtchen, und sein Blick traf auf einen Kerl, der ein Gesicht hatte, das wirkte, als hätte man Augen, Nase und Kinn gewaltsam zwischen Doppelkinn und Stirnwulst gepresst. Er sah einem Shar-Pei nicht unähnlich, einem chinesischen Faltenhund, über den er vor Kurzem etwas in einem Magazin im Wartezimmer in der Klinik gelesen hatte. Vor dem MRT. Vor der Röhre.

Er schüttelte den Kopf, um das Bild zu verscheuchen.

Der Shar-Pei hielt eine Gartenschere in der Hand und tat so, als würde er Trost gar nicht beachten, was ihm eindrucksvoll misslang.

Als der Ermittler näher kam, hob der Mann beide Hände und rief, er habe den Kollegen bereits alles gesagt. Er wisse nichts. Habe auch nichts gesehen. »Aber sagen Sie, stimmt es, dass dem Ossi Daumenschrauben angelegt worden sind?«

Trost musterte den Shar-Pei. »Wie kann das sein, dass Sie das nicht wissen? Normalerweise laufen die Leute doch alle zusammen, wenn etwas passiert.«

Der Shar-Pei machte ein Gesicht wie ein Kind, das gerade

entdeckt hatte, dass die Schokoladenpackung leer war. »Ich weiß. Ich war blöderweise gerade in Graz, als es passierte. Zipft mich eh voll an.«

Als ihn Trost entgeistert anstarrte, fügte er hinzu: »Na ja, die andern haben alles gesehen, ich mein, die Leiche und so. Die haben ja dann auch die Polizei gerufen. Ich bin erst gekommen, als die Bullen … also ich meine, als ihr alles abgesperrt habt.«

Plötzlich klappte dem Mann der Mund auf. »Du meine Güte, macht mich das jetzt verdächtig? Ich meine, weil ich der Einzige …«

Doch Trost hatte sich schon wieder umgedreht und dem Mann den Rücken zugekehrt.

»Sagen Sie, glauben Sie, ich könnte einmal hinein und mir den Ossi anschauen?«

Trost machte eine wegwerfende Geste in Richtung des Shar-Peis.

Am Rande des Sees blieb er eine Weile stehen. Das Wasser war ruhig, spiegelglatt und schwarz wie ein öliger Film. Wie tief es wohl war? Er starrte auf die Wasseroberfläche, als zöge ihn etwas darin an. In Gedanken näherte er sich dem See, mit Schuhen, Hose und allem. Er ging hinein, bis das Wasser über seinem Kopf zusammenschlug, und selbst dann blieb er noch weiter am Grund, als würde es keinen Auftrieb geben. Er schritt immer weiter ins Schwarz hinein, bis er sich darin verlor.

Als er aufschreckte, hätte er fast geschrien – wie beim Erwachen aus einem Alptraum.

Er ging auf das Zelt zu, vor dem Lemberg auf und ab marschierte, das Handy fest ans Ohr gepresst. Sie sprach mit aufgeregt unterdrückter Stimme. Es war unschwer zu erkennen, dass sie Stress mit ihrem Freund hatte. Aus einem Reflex heraus wäre Trost beinahe stehen geblieben, entschied sich aber dann doch, schneller zu machen und von ihr unbemerkt ins Zelt zu gelangen. Ihn gingen ihre Liebschaften nichts an.

Im Gehen öffnete er seinen weißen Overall. Er drückte den Verschlag beiseite und lief dem Grafen direkt in die Arme.

»Arg, gö«, stellte dieser so unmittelbar fest, als wäre Trost die ganze Zeit an seiner Seite gewesen. Er konnte eine gewisse hitzige Begeisterung nicht verbergen. »Ein gefoltertes Opfer. So was hab ich noch nie gesehen. Schaut aus wie im Film. Das ist sicherlich das Grauslichste, was jemals in der Steiermark passiert ist.«

Trost erwiderte nichts, konnte aber nicht verhindern, dass eine kurze Bildabfolge all der Leichen, mit denen er selbst in den letzten Jahren zu tun gehabt hatte, vor seinem inneren Auge ablief. Da war tatsächlich allerhand an schrecklich Verstümmelten dabei gewesen. Am schlimmsten waren Kopfverletzungen und Kinderleichen. Verbrennungen kamen ihm auch in den Sinn. Zu behaupten, die Leiche im Wohnwagen wäre die schrecklichste von allen, so weit würde er aber nicht gehen. Er wollte über die Hitparade des Grauens jedoch auch nicht länger nachdenken.

Trost fiel auf, dass der Graf ein kleines buntes Buch in seine Manteltasche gleiten ließ.

»Wie geht es Ihnen jetzt so?«, versuchte er den Faden wieder aufzunehmen, auch wenn es eher so klang, als wollte er Trosts Aufmerksamkeit von dem Buch ablenken.

»Na ja«, sagte Trost, »wenn es seltsam wird und Sie nicht weiterwissen, bin ich eh dabei. Und sonst hab ich meine Ruhe.«

Der Graf schürzte die Lippen. »Klingt nach einer Verbesserung. Für Sie zumindest.«

Die Bemerkung brachte Trost fast zum Schmunzeln. »Finden Sie? Ich bin nicht so gern der Babysitter.«

Der Graf machte ein Gesicht wie ein Graf, der zweifelnd dreinblickte, mit hochgezogenen Brauen und einem affektierten Blick.

»Er verarscht dich gerade, Reini, merkst du das nicht?«

Beide Männer fuhren herum, denn sie hatten Lemberg nicht hereinkommen gehört. Sie sah müde aus.

Eine Sekunde lang erstarrte alles, ehe der Graf das Schweigen unterbrach: »Also ich helfe den Kollegen dann bei den Zeugenbefragungen.«

Lemberg machte eine zustimmende Geste, und der Graf verschwand – und plötzlich waren sie beide, Lemberg und Trost, allein im Zelt.

3 »Wir haben dich rufen lassen, sobald feststand, dass das abartig ist. So richtig abartig.«

»Hm«, machte Trost, doch es schien nicht, als hörte er richtig zu.

»Warum hat niemand etwas mitbekommen von dem Mord? Ist ja nicht so, dass das völlig lautlos abgelaufen wäre.«

Lemberg hob die Hände und deutete in Richtung des Gasthauses. »Du wirst es nicht glauben, aber es gab an diesem Abend eine Veranstaltung, ein Kartenspielturnier, ›Schnapsen‹ nennt ihr das.« Manchmal konnte sie nicht anders, als zu betonen, dass sie eigentlich gar nicht von hier war, sondern aus Sachsen stammte, auch wenn sie schon viele Jahre in Graz lebte.

»Und warum war unser Opfer nicht dabei?«

»Der scheint ein seltsamer Vogel gewesen zu sein. Ein Außenseiter.«

»Und sein Nachbar war in Graz und wusste nichts von dem Turnier?«

»Ja, das wird eh überprüft. Die Neuen kümmern sich darum.«

»Apropos die Neuen. Ich habe eine davon schon kennengelernt. Die Lust.«

Lemberg schaute immer wieder aufs Handydisplay und wirkte abwesend. »Ja, die Lust«, sagte sie. »Ist eine Gute.«

Trost stemmte die Hände in die Hüften und wartete.

Lemberg stieß hörbar Luft aus. »Hör mal, Armin. Es war Gieracks Idee. Wir schauen uns drei Kandidaten an, zwei davon nehmen wir. Wir brauchen schließlich Verstärkung. Schulmeister ist in Pension, du bist praktisch draußen …«

Trost machte ein säuerliches Gesicht.

»Na, ist doch so …« Sie massierte ihre Hände. »Außerdem hast du dich ja nie gemeldet.«

Es war nicht zu überhören, dass das nicht beruflich gemeint war. Trost nestelte unbeholfen an den Ärmeln seiner Jacke. »Ich hatte eine schwierige Zeit …«

»Ja … natürlich … wie immer …«

Ehe Trost etwas erwidern konnte, ging die Plane auf, und plötzlich wurde es eng im Raum. Dietrich kam herein, gefolgt von einem großen und schlaksigen jungen Mann mit einer gewaltigen Hakennase. In seinem Windschatten wehten auch zwei Frauen herein.

»Mei, Frau Lemberg, sagen Sie dem Nenad, dass er damit aufhören soll? Der macht mich fertig mit seinen Zahlen.«

Ganz ernst meinte Dietrich die Beschwerde aber nicht, denn er grinste dabei.

»Was denn«, hob der Große an, »ich habe nur angemerkt, dass der Packer Stausee eine Wasserfläche von sechshunderttausend Quadratmeter hat, das Freibad Fürstenfeld dagegen nur dreiundzwanzigtausend.«

Lemberg schaute zwischen Trost und dem Großen hin und her und räusperte sich. »Darf ich vorstellen: Das ist Nenad Gore, einer unserer drei Anwärter. Und das sind Silvia Lust und Melitta Owusu.«

Sie waren nun zu sechst in dem kleinen Zelt, und Trost wurde es mit einem Mal zu eng. Er nickte den Neuen zu, Silvia Lust bedachte er dabei mit einem flüchtigen Lächeln, überhaupt machte er insgesamt ein Gesicht, von dem er hoffte, dass es einigermaßen freundlich aussah – und dann verließ er das Zelt. Allerdings tat er das wortlos, was seinen freundlichen Gesichtsausdruck wohl kaum zur Geltung bringen konnte.

Er hatte seinen VW-Bus schon fast erreicht, als ihn Lemberg einholte. »Hättest du dich nicht ebenfalls kurz vorstellen können? Auch wenn es für uns andere nicht immer leicht ist, aber weißt du, die Jungen himmeln dich an, da könntest du schon einmal deinen nicht vorhandenen Charme spielen lassen.«

Trost zog den Autoschlüssel aus seiner Hosentasche. Immerhin hatte sein Charme damals ausgereicht, um sie beide intim werden zu lassen, doch er verkniff sich diese Bemerkung. Das war vorbei, und er kam sich dämlich vor, dass ihm das jetzt überhaupt in den Sinn kam.

Stattdessen sagte er: »Sorry, aber ich bin noch gar nicht lange weg, und schon gibt es einen Haufen Neue.«

Lemberg zuckte mit den Schultern. »Glaub mir, ich hab das nicht vorangetrieben.«

Peinliches Schweigen entstand, das Trost nach einer Weile unterbrach: »Wir kommen schon noch früh genug zum Mitarbeitergespräch. Schaut ihr euch in der Zwischenzeit bitte die Sporttasche an?«

»Sporttasche? Welche Sporttasche? Und wohin gehst du jetzt?«

»Frag Dietrich«, rief er ihr über die Schulter hinweg zu. »Ich muss weiter und melde mich später.«

Trost ließ sie stehen, und noch ehe er den Wagen erreicht hatte, hatte auch Lemberg sich umgedreht und war beleidigt zurück zum Zelt gestapft.

Er wollte sie nicht verärgern. Eigentlich wollte er nie jemanden verärgern. Er brauchte nur seine stillen Momente, und dieses Bedürfnis kam immerzu ganz abrupt. Er musste jetzt seine Ruhe haben, um seine Gedanken zu sortieren. Denn da war etwas …

Bevor er in den Wagen stieg, fiel sein Blick neuerlich auf das schwarze Wasser des Stausees. Es glitzerte im Sonnenlicht, und die Vorstellung, im Wasser die Kraft zu verlieren, löste ein unbestimmtes Grausen in ihm aus. Er würde sinken und hilflos ertrinken. Er konnte sogar spüren, wie er es tat. *Ertrinken.*

»Hey, Sie«, ließ ihn eine brüllende Stimme hochfahren, während er den Schlüssel zum Starten ansteckte. Vor Schreck entglitt ihm der Schlüssel und fiel zu Boden.

Vor dem heruntergekurbelten Fenster erschien das Gesicht eines knopfäugigen Ungeheuers. Eine dickwandige Brille mit dem Effekt, dass sich die Augen dahinter in ihrer Größe ständig veränderten, starrte ihn an. Ein Mund, so weit aufgerissen, dass er unmöglich verhindern konnte, ihm bis zum Gaumenzäpfchen ins Maul zu blicken, und Krallen, die sich an die Tür klammerten, wie in einem Alienmonster-Film.

»Was haben Sie hier zu parken? Das ist privat. Eine private Einfahrt.«

»Ich bin schon fort«, hörte Trost sich stottern, während er zwischen den Beinen nach dem Schlüssel tastete.

»Nix bist fort. Ich hol die Polizei. Da, da ist schon einer.«

Tatsächlich kam einer der Streifenpolizisten, die den Tatort sicherten, von dem Geschrei angelockt herüber. Als er Trost sah, tippte er sich an die Kappe.

»Hallo, Officer«, rief das Ungeheuer. »Der hier parkt illegal auf meinem Grund. Immer wieder tun das die Leut. Jetzt hab ich endlich einen von dieser Saubande erwischt. Ich will ihn anzeigen. Ich will ihn *bestrafen*.«

»Also«, schmunzelte der Polizist, »beides wird wahrscheinlich nicht möglich sein.«

»Wieso?«

»Weil das ein Tatort ist und zum Bestrafen kein Grund vorliegt«, sagte der Polizist.

Trost blickte den Streifenpolizisten dankbar an und bat ihn, die Kollegen zu holen. Sie sollten diesen Mann hinsichtlich der Gewalttat, die sich am Campingplatz ereignet hatte, befragen. Er sah dem Ungeheuer in die bebrillten Augen. »Und bis auf Weiteres hat sich der Herr zur Verfügung zu halten, darf die Gegend nicht verlassen und hat sich ruhig zu verhalten. Wir danken für die Kooperation.«

Dann fand er endlich den Schlüssel wieder und startete den Wagen.

Die Anstalt

1 Julius Wagner-Jauregg war ein Mann mit einem Gesicht wie ein Tränensack gewesen, dessen Oberlippenbart ausgesehen hatte, als würden ihm unter den Nasenlöchern zwei Tierschweife wachsen. Der Wiener hatte wegen seiner Verdienste um die Malariaforschung einst den Nobelpreis für Medizin erhalten, war aber auch an der Grazer Neuropsychiatrischen Klinik tätig gewesen, wo er sich zum Spezialisten für Kretinismus gemausert hatte, eine in der Steiermark überaus lohnende Forschungslücke, da es dabei um nichts anderes ging, als den schrecklichen Kropf, für den die Steirer so bekannt waren, zu bekämpfen. Die dem Mangel an Jod geschuldete Vergrößerung der Schilddrüse sorgte für Missbildungen unterhalb des Kehlkopfs, die mitunter äußerst schmerzhaft waren, vor allem aber abstoßend aussahen.

Doch Wagner-Jauregg hatte sich auch deshalb einen Namen gemacht, weil er den Grazer Volksschauspieler Alexander Girardi für geisteskrank erklärt hatte, ohne ihn jemals untersucht zu haben, und weil er während des Ersten Weltkriegs mit zweifelhaften Methoden versucht hatte, Simulanten von echten Patienten mit Kriegsneurosen zu unterscheiden. Etwa mit Elektroschocktherapien, die auch von Sigmund Freud kritisiert worden waren. Letztlich hatte sein Verhalten im Nationalsozialismus bis in die Gegenwart hinein für heftige Debatten gesorgt, immerhin hatte er das Frauenwahlrecht für »entartet« gehalten und war Mitglied des deutschnationalen Volksbundes gewesen, einer Tarnorganisation der NSDAP.

Wie dem auch sei, das alles war eigentlich unwichtig, Trost hatte sich das Wissen, das er am Abend wieder vergessen haben würde, im Wartezimmer einer Station des LKH Graz-II, Standort Süd – am Wagner-Jauregg-Platz – aus einer raschen Internetrecherche geholt.

Zumindest das war einer der Vorteile des von ihm so gehassten Smartphones: Man konnte sich jederzeit sofort über jede Kleinigkeit informieren.

Als die Tür aufschwang, hatte Trost das Gefühl, die Welt würde an Farbe verlieren und am Rad der Zeit drehen. Da trat doch tatsächlich ein Mann auf den Gang hinaus, der die gleichen Züge wie der gute alte Julius Wagner-Jauregg hatte. Er spürte auch den abschätzigen Blick des Stationsarztes, und einen Moment lang war er sich nicht sicher, wessen Magie stärker war, seine oder die des Psychologen. Schließlich war es auch eine seiner Stärken, Menschen abzuschätzen, sie mit einem Blick zu entlarven. Aber während Mediziner sich ihr Urteil anhand eines einstudierten Schemas bildeten, handelte Trost einzig nach seiner Intuition. Und schon nach wenigen Augenblicken war ihm klar, dass dieser Arzt wenig von ihm hielt, ihn nicht ernst nahm und er ihm lästig war. Aber das war völlig bedeutungslos: Letztlich war dieser moderne Wagner-Jauregg nichts anderes als ein Portier. Er sollte ihm nur den Weg zu einer Patientin zeigen.

»Sie sind der Polizist?«, wollte Wagner-Jauregg wissen, was eher nach einer überraschten Feststellung als nach einer Frage klang.

Nachdem er sich vorgestellt, Wagner-Jauregg im Übrigen aber darauf verzichtet hatte, wurde er ins Büro des Arztes gebeten, was dem Ermittler missfiel. Er wollte sich nicht mit einem Fremden über Esther Befana *unterhalten*, er wollte mit ihr *reden*. Etwas an der Art Wagner-Jaureggs, eine Art Aura der Unduldsamkeit, ließ jedoch keine andere Möglichkeit zu, es sei denn, Trost wäre dazu übergegangen loszustürmen, um jede einzelne Tür zu öffnen. Spätestens bei der vierten oder fünften hätten ihn wahrscheinlich die Pfleger gepackt, und schon hätte er sich als Patient wiedergefunden. Und wenn es auch in keinem Krankenhaus der Welt wirklich erträglich war, hier in dieser Anstalt wollte er keinesfalls länger als nötig verweilen.

Sie saßen sich also in einem Untersuchungszimmer gegenüber, Wagner-Jauregg auf einem Hocker mit Rollen, Trost auf einem niedrigen Stuhl. Sein Gegenüber blickte auf ihn herab.

»Ich nehme an, Sie kennen sich mit Neurosen aus.«
»Ich bin selbst Neurotiker, ja.«
Die trockene Antwort löste ein ungeduldiges Seufzen bei dem Arzt aus. »Ich meinte eher, dass Sie sich bisweilen beruflich damit auseinanderzusetzen haben.«
»Ich bin das auch beruflich, ja.«
Der Arzt kaute auf seiner Unterlippe. »Schauen Sie, bringen wir das schnell hinter uns, weil ich nämlich nicht so viel Zeit habe, um mich hier in Wortspielen zu üben.«
Er blätterte in einer Patientenakte. »Esther Befana, richtig? Zu ihr wollen Sie.«
»Richtig, die Frau, die aus dem Polizeipräsidium hierhergebracht worden ist. Ich habe mich angekündigt. Und ich habe auch klargemacht, dass es dringend ist.«
Wagner-Jauregg zwirbelte an seinem Bart herum, als wollte er damit zeigen, dass er nachdachte. Das sah ungemein lächerlich aus.
Der Arzt schaute auf einen Punkt im Raum und schloss dann sekundenlang die Augen. Trost vermutete schon, dass er eingeschlafen sei, Sekundenschlaf, doch es schien tatsächlich so, als fiele es dem Experten unendlich schwer, in Worte zu fassen, was er zu sagen hatte. In *einfache* Worte für den *einfachen* Kerl, der ihm gegenübersaß.
»Also, Herr … Trost. Neurosen sind psychische Störungen wie zum Beispiel Angststörungen oder zwanghafte Verhaltensmuster. Davon ist in etwa jeder Zehnte in der einen oder anderen Form betroffen. Das kann meist leicht behandelt werden. Schizophrenie dagegen ist eine Krankheit, die Wahnvorstellungen auslöst. Die Betroffenen hören Stimmen, fühlen sich verfolgt und wollen meist auch gar nicht wahrhaben, dass sie krank sind. Das griechische Wort ›schizo‹ heißt spalten, wir haben es also, wie man gemeinhin sagen würde, mit einer Persönlichkeitsspaltung zu tun. Etwas, das in Fachkreisen in vielen kleinen Facetten zu nuancieren ist und natürlich weit über diese bloße Bezeichnung hinausgeht. Ja, nicht einmal der Umstand, ob jemand schizophren ist, ist so leicht diagnostizierbar, da gibt es …«

»Lieber Herr Doktor«, unterbrach Trost ihn.

»... ich will damit sagen«, erhöhte Wagner-Jauregg seine Lautstärke, »dass Ihr ›Befund‹, nennen wir es einmal so, die Dame habe Neurosen und sei schizophren, nicht nur fachlich vollkommen unscharf, sondern auch diagnostisch nicht verifiziert ist, weshalb ...«

»Stopp«, knurrte Trost. »Ich bin Sonderermittler des Bundeskriminalamtes, es geht um einen Mordfall und um ein sonderbares Zusammentreffen mit Ihrer Patientin. Ich muss sie sofort sprechen und habe keine Zeit für Ihren zugegeben *äußerst interessanten* Vortrag.«

Die beiden belauerten sich. Trost zwang sich zu einem süffisanten Lächeln. »So unendlich leid es mir auch tut. Der Unterricht ist hiermit zu Ende.«

Wagner-Jauregg führte ihn steif und wortkarg durch die Gänge, und Trost hatte Mühe, ihn nicht vor sich her zu stoßen, um schneller zu machen. Endlich gelangten sie zu einer Tür.

»Sie werden sich vielleicht wundern, dass in dieser Abteilung keine Sicherheitsvorkehrungen anzutreffen sind. Das ist auch nicht unsere Spezialstation, Frau Befana machte nämlich einen überaus gefassten und stabilen Eindruck, als sie hierhergebracht wurde. Ich denke, sie weiß, dass sie überreagiert hat. Ich bitte Sie, die Dame dennoch nicht über Gebühr zu belasten.« Wagner-Jauregg ließ sich herab, Trost anzulächeln. »Versuchen Sie wenigstens, nett zu sein.«

Als er die Tür öffnete, schob Trost sich ungeduldig an dem Arzt vorbei und murmelte ein »Das sagt der Richtige«.

Wagner-Jaureggs Stimme wehte ihm noch ins Zimmer nach – »Was haben Sie gesagt?« –, als Trost wie angewurzelt stehen blieb.

»Sind Sie sicher, dass das Frau Befanas Zimmer ist?«

»Ja, warum ...?«

Wenige Minuten später eilten Pfleger durch die Gänge, untersuchten die Toiletten, spähten in Wartezimmer und andere Patientenunterkünfte. Nur Trost beteiligte sich nicht daran. Er schulterte seine Lederjacke und verließ das Krankenhaus, ohne auf das hektische Treiben zu achten. Er verschwendete keine Energie darauf, nach der Frau zu fahnden, denn schließlich hatte es keinen Sinn zu suchen, wo es nichts zu finden gab. Seine Intuition sagte ihm, dass Esther Befana längst über alle Berge war.

Derselbe sechste Sinn sagte Trost auch, dass er deshalb in ernsthaften Schwierigkeiten steckte.

Die Jungfrau

1 Eine Frau, die davon erzählte, dass sie seit Jahren gefoltert wurde, ein Mord, bei dem das Opfer zuvor ganz nach Art des mittelalterlichen Sadismus gequält worden war, die Verrückte, die plötzlich aus der Anstalt verschwunden war, und dann der Anruf eines Unbekannten – Armin Trost konnte körperlich spüren, wenn sich das Böse wie ein Virus in der Luft ausbreitete. Seine Haut am Rücken zog sich zusammen, und die Schläfen pochten.

Als er sich hinter das Steuer seines Wagens setzte, um aus der Stadt zu fahren, verschwendete er nicht einmal einen Gedanken daran, die Kollegen zu informieren.

Seine Vorliebe für historische Details, vor allem solche, die das Grauen vergangener Zeiten dokumentierten, verschaffte ihm auch ein manchmal sehr nützliches Netzwerk. Wobei in diesem Fall das Netzwerk bereits lange vor seiner Zeit gesponnen worden war.

Tobias Schlierenbaum war ein schrulliger Künstler, der in einer Kellerwohnung im Grazer Univiertel hauste. Der Mann musste längst die siebzig passiert haben, war ein Freund von Trosts vor langer Zeit verstorbenem Vater gewesen und hatte sich seitdem vorgenommen, die Geschicke des Sohnes zu verfolgen, ihn zu beschützen und ihn zu fördern. Der Lauf der Jahre hatte dann jedoch sein Übriges getan, um die Schwüre der Vergangenheit zu verwaschen, heute sahen sich Trost und Schlierenbaum kaum noch. Und wenn, dann verhieß das meist nichts Gutes.

»Ich habe Ihre Nummer von Tobias Schlierenbaum, dem Künstler, der hier bei uns ausgestellt hat und der auch eine Chronik über die Burg verfasst hat«, hatte der Begrüßungssatz des Anrufers gelautet, der ihn vor weniger als zehn Minuten erreicht hatte.

Trost hatte seinen Bus, noch während der Anrufer sich vorgestellt hatte, intuitiv in die Umfahrung auf die Autobahn Richtung Osten gleiten lassen.

»Er hat gemeint, ich solle nicht einfach die Polizei rufen, sondern gleich Sie. Das sei die richtige Abteilung für solche Fälle. Sonst würde ich nur verbunden werden und von einer Abteilung in die andere …«

»Ich habe verstanden«, hatte Trost ihn unterbrochen. »Kommen Sie bitte zur Sache.«

Der Bus reihte sich in den Verkehr ein, und Trost beschleunigte. Er tat das selten, aber in diesem Fall schien ihm Eile geboten. Er befestigte das mit einem Magneten versehene blaue Signallicht mit einem Handgriff am Dach, lenkte den Wagen auf die Überholspur und drückte das Gaspedal durch. Im Rückspiegel bemerkte er, wie ihm ein BMW gefährlich nahe kam, dann aber von ihm abließ. Hundertfünf, hundertsieben … der Bus nahm nur langsam Fahrt auf, doch Trost hatte nicht vor, die Überholspur noch einmal zu verlassen. Er hatte es eilig, und es war ihm egal, ob andere schneller dran waren als er.

»Ich bin so etwas wie der Hausmeister hier«, hatte die Stimme am anderen Ende der Leitung gesagt. »Und ich habe eine schreckliche Entdeckung gemacht. Eine Leiche, aber so etwas habe ich noch nie gesehen.«

Mit wenigen Worten hatte der Mann geschildert, was sich offenbar gerade vor seinen Augen abgespielt hatte. Trost hatte den Atem angehalten. »Und wo zum Teufel sind Sie eigentlich der Hausmeister?«

»Na, auf der Riegersburg«, hatte die Stimme geantwortet, als wäre das doch längst klar gewesen.

Eine halbe Stunde später überquerte er die Grub und den Krennachbach, dann sah er das seltsame Gebäude zum ersten Mal zwischen Hügelketten auftauchen und rasch wieder verschwinden. Ein spitzer Bergrücken, an dessen äußerster Kante, festgekrallt am Gestein, aberwitzig an den Abgrund gerückt und aus dem Felsen gedroschen, die Riegersburg ragte, eine Festung, die allen Angreifern den Mut genommen haben musste. Wie sollte man jemals eine solche Festung einnehmen?

Erst als die Burg in Trosts Sichtfeld rückte, griff er zum Handy und rief bei Lemberg an. Er überhörte ihre Empörung, weil er allein aufgebrochen war, schilderte in knappen Worten, was er wusste, versprach aber nicht, auf sie zu warten.

Kurz darauf umrundete er den Bergkegel, einen Mugel aus Vulkangestein in knapp fünfhundert Metern Seehöhe, und nahm die steile Zubringerstraße, die ihn bis hinauf vors Burgtor brachte, wo ihn der Hausmeister bereits erwartete.

Bevor Trost ausstieg, atmete er durch und ließ seinen Blick über die meterdicken Festungsmauern schweifen. Er war schon unzählige Male hier gewesen, hatte den Kindern zugesehen, wie sie die Münder beim Sturzflug des Steinadlers aufgerissen und die Gänsegeier misstrauisch betrachtet hatten; beide Geschöpfe gehörten zu den Attraktionen der Riegersburger Greifvogelschau. Der Panoramalift, der vom Parkplatz zur Burg hinaufführte, war jedes Mal beeindruckend, und natürlich die Anlage selbst, ein geradezu verwirrend irrationaler Steinkoloss, der ihm jedes Mal die Frage abrang, wie es nur möglich gewesen war, in der damaligen Zeit ein derart massives Gebäude in so exponierter Lage zu errichten.

Die Burg war tatsächlich eindrucksvoll und zählte nicht umsonst zu den größten Sehenswürdigkeiten der Steiermark. Der Koloss wurde im 12. Jahrhundert als »Ruotkerspurch« zum ersten Mal urkundlich erwähnt und dürfte im Besitz des Rüdiger von Hohenberg gewesen sein. Soweit Trost sich erinnerte, war es nur Herzog Ernst dem Eisernen im Jahre 1412 gelungen, zumindest die »Niedere Veste«, eine kleinere zweite Burg, an der sich heute die Aussichtsplattform befand, einzunehmen. Die sogenannte Walseer Fehde endete später aber damit, dass die vertriebenen Besitzer der Burg wieder zurückkehren durften, was einmal mehr die Lehre aus der Geschichte bestätigte, dass die meisten Schlachten sinnlos waren.

Diese faszinierende Burg war seines Wissens später nie wieder eingenommen worden, und es sollte bis ins Jahr 1639 dauern, dass die Gallerin zur Burgherrin wurde und die Riegersburg eine Besitzerin erhielt, die bis heute berühmt war. Regina Freifrau von Galler war eine resolute, selbstsichere – heute würde man sagen: emanzipierte – Frau gewesen. Sie hatte sich von ihren Männern – sie war dreimal verheiratet gewesen – nicht unterkriegen lassen, hatte zahlreiche Prozesse geführt und die Burg stetig ausgebaut.

»Ich hab Sie erwartet«, rief der Hausmeister und klopfte gegen die Scheibe des Wagens. Trost erschrak, stieg verlegen aus und folgte dem Mann über die heruntergelassene Zugbrücke ins Innere des steinernen Mahnmals einer düsteren Epoche.

Der kurze Weg zum Eingang ins Burginnere war steil, doch Trost prellten die Herzschläge aus einem anderen Grund gegen den Brustkorb. Er ahnte etwas.

»Kommen da nicht andere auch noch?«, fragte der Hausmeister. »Im Fernsehen sind ja immer ganz viele am Tatort. Die haben Gummihandschuhe und Absperrbänder und solche Sachen.«

»Die kommen schon noch«, wehrte Trost ab und drängelte. »Gemma weiter, bitte.«

Der Hausmeister betrachtete ihn ein paar Sekunden lang. »Der Tobias hat mir schon gesagt, dass Sie sonderbar sind. Aber irgendwie sind Sie mir auch sympathisch, weil Sie nicht lang drum herum reden und gleich zur Sache kommen. Deshalb sag ich's gleich. Erschrecken S' Ihnen nicht.«

Er öffnete die Tür, und sie betraten einen muffigen Raum im Halbdunkel. Gebilde aus Holz und Eisen ragten aus den Schatten der dunklen Winkel hervor, Gerätschaften mit Schlaufen und Schlingen und Ketten und Klemmen.

»Wir haben derzeit geschlossen. Ich bin der Einzige, der hier alle paar Tage durchgeht. Sie kennen das hier eh alles, oder?«

Die Dauerausstellung auf der Riegersburg behandelte eine der finstersten Zeiten in der Geschichte des Landes.

»Im nächsten Raum kommt's. Halten Sie sich Ihnen fest.«

Sie schritten durch eine offene Tür, und Trost geriet augenblicklich ins Wanken. Nicht nur weil ihn der Anblick der Gestalt im Zwielicht aus der Fassung brachte, sondern weil das gestockte Blut auf dem glatten Steinboden unter den Fußsohlen klebte und er aus dem Tritt kam.

»Sie können sich Ihnen vorstellen, dass ich mit den Nerven völlig am Boden war. Ich weiß auch nicht, ich hab nur den Tobias anrufen können, und sogar bei ihm hab ich ein paar Minuten gebraucht, um ihm zu schildern, was passiert ist.«

Trost rang um Fassung. »Und sonst weiß es noch niemand?«

»Niemand.«

»Niemand außer Ihnen und mir war bisher in diesem Raum?«

»Niemand.«

Eine Weile starrten sie auf die Silhouette im Halbdunkel, bis der Hausmeister das Schweigen brach.

»Sie wissen eh, dass mit dem Ding angeblich nie jemand umgebracht worden ist. Es hat nur der Abschreckung gedient.«

Trost erinnerte sich daran. Das wurde Tausenden und Abertausenden Besuchern so erzählt. Und doch standen sie jetzt vor der eisernen Jungfrau, in der ein Mensch aufgespießt von einem Dutzend Stahlspitzen steckte.

2 Nachdem er sich wieder gefasst hatte, schickte Trost den Hausmeister hinaus und blieb nun mit klopfendem Herzen allein mit der eisernen Jungfrau und ihrem Opfer im Raum zurück. Er hatte nicht vor, sich ihr zu nähern oder die Leiche zu begutachten. Dass der Mensch tot war, sah er auch von hier. Stattdessen nutzte er die verbleibenden Minuten, um das zu tun, was er vorgehabt hatte – weswegen er die Kollegen erst informiert hatte, als er schon fast am Tatort angekommen war: Er steckte die Hände in die Hosentaschen und drehte sich im Kreis. Er schritt die umliegenden Räume ab, lauschte auf das Rauschen in seinem Kopf und vollzog eine Parabel, eine Ellipse, eine Kurve seiner Gedanken und sah ihnen dabei zu, wie sie sich drehten und wanden, als wären sie ein komplexer Mechanismus, der imstande war, eine Zeitreise zu vollziehen. Und am Ende des Prozesses hörte er die Schritte, das Schreien und Flehen des Opfers, das der Mörder hinter sich her schleifte. Er zerrte es an den Haaren näher heran – Trosts Blicke fielen jetzt

tatsächlich auf ein Haarbüschel und eine Spur im Türrahmen, die vom Kratzen von Fingernägeln herrühren konnte.

Er sah durch sein inneres Auge zu, wie dem Opfer Gewalt angetan wurde, vielleicht ein Bauchtritt, die Blase entlud sich, es wurde in die offene eiserne Hülle der Jungfrau gestoßen und die Tür dazu zugedrückt. Anfangs vielleicht nur ganz leicht, sodass sich die Frau nicht mehr befreien konnte, aber noch lebte. Ein Stammeln und Würgen und Bitten und Flehen, und dann drückte der Mörder unbarmherzig gegen die Tür. Quetschte die Jungfrauenfigur immer fester in ihre Verankerung. Blut quoll zwischen den Scharnieren hervor, trat aus dem Mund des Opfers, breitete sich auf dem von den Jahrhunderten speckig gewordenen Holzdielenboden aus.

Das alles hatte Trost gesehen. Er schritt die Räume noch einmal ab und schüttelte den Kopf, als wollte er die grausigen Bilder wieder aus seinen Gedanken verbannen. Natürlich wusste er, dass ihm das nur zeitweilig gelingen würde. Die Bilder würden wiederkehren. Eines Tages. In seinen Alpträumen.

Als Lemberg und die Kollegen die Riegersburg erreichten, saß Trost draußen im Vorhof auf einer Bank und plauderte mit dem Hausmeister. Das sah so beiläufig aus, so unbekümmert, als würden sich zwei Männer in einem Park übers Wetter unterhalten, dass Lemberg Trosts Warnungen nicht ernst genug nahm. Er sagte ihr noch, der Anblick sei schrecklich. Doch sie stellte sich nicht darauf ein. Atmete nicht durch. Rannte einfach immer noch zornig wegen seines Alleingangs an ihm vorbei. Und platzte mit ihrer Truppe in den Tatort wie Blasmusiker ins Pianissimo eines Streichorchesters. Ihre Schritte und Atemzüge verhallten wie in der Luft zergehende Klänge.

Dann setzte jenes betretene Schweigen ein, das allen Tatorten anhaftete.

Das Schweigen des Todes.

3 Eine Stunde später wurde der Hausmeister von einem Kriseninterventionsteam betreut. Er hatte lange Zeit abgebrüht gewirkt, doch als seine Hände zu zittern begannen, gaben auch seine Knie nach. Zwei Kollegen von der Tatortgruppe begleiteten ihn zu Sanitätern, die ebenfalls an den Tatort gerufen worden waren.

Lemberg, der Graf und Gore standen mit Latexanzügen, begleitet von einigen Forensikern, um die eiserne Jungfrau herum und versuchten, aus den schrecklichen Details des Anblicks schlau zu werden.

Trost und Silvia Lust hielten sich etwas abseits.

»Wollen Sie sich die Leiche nicht noch genauer ansehen?«

»Wozu?«, sagte Trost entwaffnend. »Ich habe alles gesehen, was ich sehen muss.«

Waldemar Dietrich kam aus einem anderen Raum und bellte Befehle herum. »Alles raus, was nicht zu uns gehört. Wir öffnen jetzt die Jungfrau.«

»Sie sollten gehen, das wird jetzt hässlich«, raunte Trost, doch die junge Kollegin schluckte nur ihren Speichel hinunter und blieb. Sie konnte den Blick nicht mehr von der Leiche lassen. Eingeklemmt von der eisernen Figur, hatten ihre Augen zum Zeitpunkt des eingetretenen Todes einen Punkt auf dem Fußboden fixiert. In dieser Position verharrten sie.

Dietrich ging noch einmal um die schauerliche Szene herum. »So viel steht fest, Armin. Dieser Mord ist mindestens ein, zwei Tage her.« Dann fächerte er mit den Händen durch die Luft und verscheuchte Lemberg und die anderen.

»Wir öffnen jetzt. Auf drei …«

Zwei Kollegen in Latexanzügen näherten sich der Leiche und griffen nach der Stahlkonstruktion.

»Eins …«

Den Raum befiel eine allgemeine Unruhe. Jemand stöhnte auf.

»Zwei …«

Silvia Lust holte Luft und hatte offenbar nicht vor, so bald wieder zu atmen.

»Drei …«

Die Stahltür öffnete sich.

Ekelhaft schmatzend zogen sich die Eisenstäbe aus dem Körper der Leiche. Durch den Öffnungswinkel zerrten sie den Körper aber mit, der nun schauderhaft baumelnd mit der Tür in den Raum schwenkte. Der Kopf fiel nach hinten. Die Füße scheuerten am Boden und hinterließen eine Blutspur.

Während Dietrich Anweisungen gab, Fotos gemacht wurden und jemand mit einem Maßband Messungen vornahm, wandte Silvia Lust sich um, um in einen Eimer zu spucken. Lemberg stand bleich an Trosts Seite, Gore und der Graf waren verschwunden.

»Das ist ja grauenhaft«, sagte Lemberg mit zitternder Stimme, und Trost musste ihr beipflichten, und doch schwieg er, die Leiche nicht aus den Augen lassend. Nicht genug, dass der geschundene Körper wie im Schlachthof aufgespießt am Haken hing, in seinen Daumen klemmte auch jenes Quetschwerkzeug, das er auch bei der Leiche am Packer Stausee zu Gesicht bekommen hatte.

»Wer tut so etwas?«, hörte er Lembergs Stimme, und die ganze Last dieser Frage ruhte plötzlich auf seinen Schultern. Wer tut so etwas?

Gierack

1 Die Tobsuchtsanfälle von Balthasar Gierack waren legendär. Es kursierten mäßige Gang-Witze wie »Was ist schlimmer als der Irak-Krieg? Krieg mit Gierack«, und es war nicht ausgeschlossen, dass einige Kollegen die besten Wutausbruch-Sager notierten, nur für den Fall, dass es eines Tages zu einem Disziplinarverfahren käme und man Details bräuchte. Oder weil sich einer davon das große Geld mit Instagram-Postings oder – etwas konservativer und aufwendiger – durch ein Buchprojekt erhoffte.

Dabei passte der Zorn an sich gar nicht zur Erscheinung Gieracks. Der Mann wäre als Herrenmodenverkäufer in der Sporgasse durchgegangen oder als stets adretter ÖVP-Politiker. Er achtete mindestens so sehr auf sein Äußeres wie der Graf, mit dem feinen Unterschied, dass die Sachen, die Gierack trug, nicht nur das Zehnfache kosteten, sondern auch so aussahen.

Seine Frisur saß stets in einer Welle zurückgekämmt, wie sie nur Bundy und Bundy, die beiden Wiener Friseure, die die österreichischen TV-Werbeblöcke der achtziger und neunziger Jahre dominiert hatten, beherrschten. Man hörte seinen Rasierapparat in den Mittagsstunden im Büro schnurren, denn nur so blieb sein Gesicht den ganzen Tag über aalglatt. Die Zähne waren gebleacht, die Augenbrauen gezupft, und die Fingernägel wurden einmal pro Woche in einem Nagelstudio professionell gefeilt – jedenfalls hielt sich dieses Gerücht seit Jahren hartnäckig.

Zu behaupten, dass Gierack ein schöner Mann sei, wäre für Trost zu weit gegangen, zweifellos legte »der Boss«, wie er selbst gern genannt wurde, aber großen Wert auf sein Äußeres, was ihn schon einmal von einem Großteil der Männerwelt abhob.

Deshalb passte es nicht zu ihm, wenn ihm die Haare ins Gesicht hingen, die Adern an den Schläfen wie hässliche Krampfadern hervortraten und sein ganzes Gesicht einer Krampusmaske ähnlich wurde. Abgesehen davon, dass er so fest auf den Schreibtisch hämmerte, dass das Bild seiner neuesten Freundin auf den Boden knallte und das Glas zu Bruch ging.

Gierack starrte eine Sekunde lang fassungslos auf die Blondine, die ihn hinter einer Sonnenbrille im Monroe-Style anlächelte, die Nachfolgerin von Gieracks Ehefrau, die er in Linz, seiner Heimatstadt, zurückgelassen hatte. Mitsamt den Kindern, die ohnehin schon groß waren, dem Hund Charly und den Anwälten, die ihm ab und zu Drohbriefe schrieben, die er wiederum durch seinen Anwalt nicht minder drohend beantworten ließ.

Details, die Trost von seinem ehemaligen Chef wusste und die ihn nun ablenkten, denn auch wenn Gierack nach Trosts Beförderung in eine Sonderabteilung des Bundes nicht mehr dessen direkter Vorgesetzter war, nahm er sich immer noch das Recht heraus, auszuflippen, wenn ihm etwas nicht passte.

Und nachdem schon die Sache mit Esther Befana, die meinte, seit Jahren gefoltert zu werden, irgendwie auf Trost zurückfiel, während auf einem Campingplatz ein offenbar tatsächlich gefolterter Mensch tot aufgefunden wurde, hatte das Opfer der eisernen Jungfrau in der Riegersburg endgültig eine Grenze überschritten. Keine Frage, dass die Steiermark ins Visier internationaler Medien geraten würde, das Ganze hatte sich zu einem derart spektakulären Fall entwickelt, dass sich alles darauf stürzte, was mit Nachrichtenübermittlung zu tun hatte – von deutschen Privatsendern bis zu den Tratschereien in den Stiegenhäusern der Grazer Gemeindebauten.

Jetzt saß er da wie in alten Zeiten, hörte sich Gieracks Schimpftirade an und schaute mitleidsvoll auf die Blondine auf dem Foto.

Fesches Mädel, dachte er bei sich. Könnte Gieracks Tochter, vielleicht sogar schon Enkeltochter sein.

»Was starren Sie so auf Jacqueline? Können Sie nicht einmal so tun, als würden Sie zuhören?«

Sie waren also wieder einmal beim Sie angekommen, was bei Gierack stets bedeutete, dass man in Schwierigkeiten steckte.

»Ich halt das nicht aus. Jetzt sind wir Sie endlich los und haben Sie schon wieder am Hals. Ich verstehe das nicht. Sie sind wie ein Kropf.«

Von Kröpfen hatte er heute schon gelesen, dennoch verstand er den Zusammenhang nicht ganz.

»Da«, stöhnte Gierack, der sich offenbar ausgetobt hatte und sich in den Sessel fallen ließ, nachdem er ihm ein ausgedrucktes E-Mail hingeschoben hatte.

»Befehl von oben. Wir sollen Sie in den Fall integrieren. Der Herr General *geht sogar davon aus*. Natürlich. Ich hätte ja bestimmt nichts anderes vorgehabt, als bei der erstbesten Leiche zum Hörer zu greifen und den Helden von Graz anzurufen. Den steirischen James Bond, wie Sie ein Magazin einmal genannt hat.«

»Ach?«, machte Trost, verkniff sich aber die Frage, ob er den Artikel einmal sehen könnte.

Ein paar Sekunden lang sagte Gierack nichts mehr, starrte nur auf die Tischplatte und atmete tief ein und aus. Offenbar eine einstudierte Maßnahme, um seinen Blutdruck zu senken. Als Trost sich sicher war, dass die Schimpftirade ein Ende hatte, setzte er an: »Schau, Balthasar. Ich halte mich im Hintergrund, helfe Annette und Reinhard, die drei Neuen einzuschulen und …«

»Du tust nichts dergleichen. Hörst du. *Nichts*. Du gehst den Neuen gefälligst aus dem Weg.«

Er glaubte sogar, das Mahlen von Gieracks Backenzähnen hören zu können.

»Um Gottes willen, du verdirbst sie zum Schluss noch. Fehlt nur noch, dass die halbe Abteilung dann als Kasperl herumrennt und sich verkleidet, auf undercover macht, ohne sich mit irgendwem abzusprechen, oder irgendwelche anderen Trost-Dinge tut. So wie zum Beispiel ganz allein zur Riegersburg zu fahren und dort einen auf Solo-Ermittler zu machen. Nein, mein Lieber, das lass mal, du bleibst schön bei deinen Fällen. Wenn ich ein Richter wär, und Gott weiß, das wär eine Laufbahn gewesen, die ich einschlagen hätte sollen, dann …«

Das Telefon läutete, und Gierack riss am Hörer, noch ehe der erste Piepton verklungen war. »Was?«

Die folgende Transformation war zwar nicht die erste dieser Art, die Trost an Gierack beobachten durfte, aber es war jedes Mal verblüffend mitzuerleben, wie aus Dr. Jekyll Mr. Hyde wurde. Mit einem Handstreich saß die Frisur wieder, mit einem zweiten war von dem Schweißfilm auf der Stirn nichts mehr auszumachen.

Gierack riss die Mundwinkel hoch, sodass nur noch seine Augen hinter dem diabolischen Grinsen seine Wut verrieten. Dann räusperte er sich, stand auf und befahl Trost, das Gleiche zu tun.

»Presse?«, fragte Trost amüsiert.

Gierack zeigte ihm den Mittelfinger und ließ seiner Antwort ein Zwinkern folgen. Dann legte er eine Hand aufs Handy: »Kannst du bitte rausgehen? Wir sind fertig.«

Wirklich erstaunlich, wie schnell seine Stimmung umschwenken konnte, wenn es um Publicity ging.

2 »Jemand aus dem Krankenhaus muss etwas weitererzählt haben. Dort soll Befana herumgebrüllt und etwas von Hexenverfolgungen und Folterungen gefaselt haben. Ich will jedenfalls nicht glauben, dass es jemand von uns war, der diese Details an die Presse weitergab.«

Trosts Blick streifte Silvia Lust, die an der Wand lehnte und den Eindruck machte, sich am liebsten in der Mauer materialisieren zu wollen.

»Ich hab nichts gesagt.« Sie hob die Arme, und Lemberg und Trost erwiderten gleichzeitig: »Ich weiß.«

»Wie dem auch sei: Die ersten Nachrichten brachten bereits einen Zusammenhang zwischen dem Foltermord am Packer Stausee, der Hinrichtung auf der Riegersburg und der flüchtigen Hexe vom LKH. Wir können die Berichterstattung nicht stoppen«, seufzte der Graf.

»In den sozialen Medien ist auch die Hölle los. Die Kommentare überstürzen sich«, meldete sich nun auch Melitta Owusu zu Wort. Sie hielt die an die Brust gezogenen Beine mit einem Arm umschlungen, während sie mit der anderen Hand die Computermaus bediente, und sah aus, als würde sie bei einer Tasse Tee das Netflix-Programm nach einer neuen Serie durchsuchen.

»Ich verstehe zwar nicht, warum Dr. Wagner-Jauregg die Patientin nicht fixiert hat, aber das scheint sowieso allen egal zu sein«, sagte Trost.

»Wagner-Jauregg, heißt der Arzt wirklich so?«, horchte Gore auf.

»Nein, vergessen Sie es. Aber nicht vergessen sollten wir ein Wort, das in den Nachrichten gefallen ist, ein Wort, von dem ich befürchte, dass es uns die Ermittlungen nicht gerade leichter macht: ›Hexenjagd‹.«

Nach dem Disput mit Gierack hatte sich Trost ins Großraumbüro der Abteilung Leib und Leben verzogen. Wo sich früher Schulmeister, Lemberg und er die Tische geteilt hatten, hatten sich nun Lemberg, der Graf, der große Nenad Gore, die schüchterne Silvia Lust und die für Trost noch nicht einschätzbare Melitta Owusu breitgemacht. Außerdem stand ein Schreibtisch noch leer – seiner.

Lemberg bemerkte seinen Blick. »Von uns aus kannst du jederzeit zurück.«

Trost schenkte ihr ein Lächeln. Doch es verschwand rasch wieder, und er klatschte in die Hände.

»Zur Klarstellung, ich arbeite gewissermaßen als Konsulent mit. Kollegin Lemberg ist die Gruppenleiterin, sie führt die Ermittlungen. So und jetzt konkret: Was wissen wir über die Morde?«

Der Graf griff nach einem Tablet und strich mit einem Finger übers Display. Er räusperte sich. »Also, ich fasse zusammen: Die Leiche am Packer Stausee hieß Oswald »Ossi« Neunburger. Einundsechzig Jahre alt, ehemaliger Lehrer für Geschichte und Turnen, gebürtiger Voitsberger, seit zehn Jahren wegen einer

Krebserkrankung in Frühpension. Ledig, keine Kinder, keine Beziehungen. Lebt im Sommer im Wohnwagen am Packer Stausee, hat aber auch eine kleine Wohnung in Graz-Andritz.«

»Haben wir die schon durchsucht?«

»Ich war mit Gore dort«, sagte Lemberg. »Ziemlich muffig, was beweist, dass seit Wochen niemand mehr dort gewesen ist. Sehr ordentlich, keine Anhaltspunkte.«

Trost nickte dem Grafen zu, fortzufahren. Dieser wischte wieder übers Display.

»Zum Mord in der Riegersburg: Diese ist seit ein paar Tagen wegen Renovierungsarbeiten gesperrt. Bei der Leiche handelt es sich um die achtundfünfzigjährige Feldbacherin Silvia Stiefing. Büroangestellte eines Dachdeckers, war früher einmal Miss Vulkanland und gewann den ›Miss Wet T-Shirt‹-Contest beim Murecker Feuerwehrfest. Verheiratet, ein Kind, erwachsen, es lebt in Deutschland. Mann ist der Dachdecker.«

Trost wollte wissen, wer von den Kollegen bei dem Mann der Toten war.

»Ich und die Lust«, antwortete der Graf. »Alle sind sehr betroffen, die Frau wurde vor ein paar Tagen als abgängig gemeldet.«

»Hm«, machte Trost. »Sonst nichts?«

Der Graf zuckte mit den Schultern und schüttelte den Kopf. Weil Trost ihn einige Sekunden lang musterte, fragte er: »Was?«

»Nichts. Passt schon. Weiter.«

Der Graf warf Lemberg einen hilfesuchenden Blick zu, die ihn ebenso aufforderte weiterzumachen. Wieder wischte er übers Display seines Tablets.

»Es gibt tatsächlich etwas, das die beiden Morde verbinden könnte. Sie hatten recht mit Ihrer Beobachtung in den anderen Räumen in der Riegersburg. Die Museumsleitung vermeldete, dass einige historische Gegenstände verschwunden sind.«

»Gegenstände?«

»Folterwerkzeuge, um genau zu sein. Unter anderem zum Beispiel eine Mundbirne.«

»Lass mich raten«, sagte Lemberg. »Dieses Ding, das dem

Opfer vom Packer Stausee in den Mund geschoben wurde, stammt aus der Riegersburg.«

Der Graf nickte. »Exakt.«

Das darauf folgende Schweigen unterbrach Lemberg mit der Frage nach den Zeugenaussagen der Campingsiedlung vom Stausee.

»Wir sind noch mit der Auswertung und Überprüfung der Zeugenaussagen beschäftigt«, gab Gore mit einem Seitenblick auf Owusu zu, »das wird sicher noch ein paar Tage dauern. Aber Faktum ist, dass niemand jemanden gesehen hat, der bei dem Opfer ein und aus ging.«

»Was ist mit dem seltsamen Nachbarn, der aussieht wie dieser faltige Hund, der Shar-Pei?«, warf Trost ein.

Gore blätterte in einem Block, den er aus der Gesäßtasche seiner Jeans gezogen hatte: »Ich habe mit ihm gesprochen. Mit dem Hundegesicht«, er versuchte ein Grinsen, ließ es aber gleich sein, als er merkte, dass die anderen ihn nur erwartungsvoll ansahen und keine Anstalten machten, es zu erwidern. »Der Mann sagt, er sei geschäftlich in Graz gewesen«, fuhr er fort, »er habe in der Stadt mit Immobilien zu tun. Es habe ein berufliches Abendessen bei dem bekannten Italiener in der Schmiedgasse gegeben.« Er schnipste mit dem Finger. »Wie heißt der doch gleich?«

»Nicht wichtig«, unterbrach ihn Trost. »Checken Sie das noch. Anne, könntest du veranlassen, dass eine Tauchereinheit den Uferbereich rund um den Tatort absucht?«

»Wonach sollen sie suchen?«

»Ich habe so ein Gefühl …«, der Graf unterbrach seinen Gedanken mit einem Seufzen, »… dass der Täter etwas ins Wasser geworfen hat. Sagen Sie, Hinterher, seit wann seufzen Sie, wenn ich rede?«

»Also ich …«

»Nein, raus damit, was ist Ihr Problem?«

»Es ist nur«, sagte er kleinlaut, und seine Wangen glühten. »Ihre Ideen sind oft so, Sie wissen schon, weit hergeholt.«

Trost machte ein paar Schritte durch den Raum auf den Grafen zu. »So, sind sie das? Dann machen Sie sich jetzt bitte auf den Weg und statten dem Mann des verstorbenen Wet-T-Shirt-Models noch einmal einen Besuch ab. Fragen Sie, ob seine Frau ›Barbie‹ genannt wurde, und checken Sie, ob sie vorgehabt hat, zu verreisen.«

»Aber warum?«

Diesmal war es Lemberg, die ihm antwortete. »Reini, bitte fahr einfach.«

In diesem Moment sprang die Tür auf, und Gierack schaute herein. Sein Drachen-Blick warf einen Funkenregen in die Runde. »Das Fernsehen war gerade da, und raten Sie einmal, welches Wort dreimal gefallen ist. Genau. ›Hexenjagd‹. Wissen Sie, wann es das das letzte Mal gab? Im Mittelalter. Jetzt aber dalli her mit einer Idee, einem Täter und einer handfesten Fahndung.«

Melitta zeigte auf, immer noch in der legeren Sitzhaltung von vorhin. »Genau genommen, Boss, gab es bei uns im Mittelalter noch gar keine Hexenjagden. Und die letzte fand in den fünfziger Jahren in Deutschland statt. Also in den 1950er Jahren. Die Lüneburger Hexenprozesse, steht alles im Netz.«

Gieracks Gesicht wurde rot. Er brachte aber nur das Wort »Klugscheißer-Abteilung« heraus, ehe er die Tür wieder zuknallte und mit trampelnden Schritten davoneilte.

Trost musterte die Kollegin eine Weile und musste zugeben, für einen Moment so etwas wie Hochachtung für sie zu empfinden.

3 Nur ein Tag war seit der Entdeckung der Leiche in der Riegersburg vergangen, zwei, seit jene am Packer Stausee gefunden worden war, und schon spielten alle verrückt. Nicht nur Gierack und seine Medienkontakte flippten aus, auch aus Wien langten die Anrufe bei Trost ein. Zuerst der Büroleiter des Innenministers, dann General Norbert Pankraz, der Leiter des Bundeskriminalamts, kurz BKA, höchstpersönlich.

Pankraz war so etwas wie sein neuer Schatten, als Chef der

Sektion II/8, der Generaldirektion für öffentliche Sicherheit, hatte er Trost vor wenigen Monaten zum Sonderermittler gemacht und mit dem Dienstgrad »Leutnant« versehen und somit aus der Schusslinie von Balthasar Gierack genommen.

Pankraz war zwar bekannt dafür, diskret im Hintergrund zu agieren, doch bei Trost machte er eine Ausnahme. Trost wusste nicht, warum, vielleicht weil er noch eine Art Probephase durchlief, oder doch, weil Gierack ein paar Nadelstiche hinterlassen hatte, wer wusste das schon. Jedenfalls knurrte Pankraz zuweilen ins Telefon, oder er bellte gleich wie ein dressierter Schäferhund in den Hörer, so wie jetzt. Dabei war er gar nicht unfreundlich, er wollte nur wissen, ob der Fall »ein normaler« war.

»Auf einer Skala von eins bis zehn, zehn ist das Außergewöhnlichste. Ich will es von Ihnen persönlich hören, Ihre Meinung. Also: Wie schätzen Sie den Fall ein, Leutnant?«

Ihm war klar, dass seine Beförderung vor allem den Grund gehabt hatte, das »freie Radikal« aus dem Apparat zu nehmen. Leute wie Trost, mit seltsamen Fähigkeiten und einer auffälligen Anziehungskraft zu obskuren Fällen, mussten an die Seite gedrängt werden, bevor sie jemand gänzlich aus dem Verkehr zog. Wenn Trost sich jetzt als Spinner ausgab, dem Fall eine obskure Note verlieh, dann würde er seine Reputation endgültig verlieren, denn eine Regel wurde einem schon in der Polizeischule eingebläut: Im Beamtenapparat fragte ein Vorgesetzter nie nach der Meinung eines Rangniedrigeren. Das konnte folglich nur eine Fangfrage gewesen sein.

Nichtsdestotrotz hatte Pankraz offenbar großes Interesse an Merkwürdigkeiten. Er ließ nicht locker: »Sagen Sie es frei heraus, machen Sie schon. Haftet diesem Mordfall etwas Übernatürliches an? Etwas über das bekannte Maß Hinausgehendes?«

Trost wusste nicht, was er antworten sollte, also beschloss er, den Mittelweg zu nehmen. »Fünf. Ich bin mir noch nicht sicher. Also fünf.«

Eine Sekunde lang schwieg Pankraz, dann schepperte sein Lachen durch das Telefon wie ein Blechblasinstrument.

»Bescheiden ist er auch noch, unser neuer Mann. Das ist gut, Trost, gut. Aber fünf sagt mir, dass Sie sich nicht sicher sind. Ich will deshalb, dass Sie dranbleiben. Die Steirer sollen die Ermittlung leiten, aber Sie bleiben dran, hören Sie. Vergessen Sie nicht, Sie sind jetzt Sonderermittler, das bedeutet auch, dass Sie besondere Befugnisse haben. Und wenn der Fall Richtung zehn geht, sind Sie ganz besonders gefragt. Verstanden?«

»Und wenn er zu weniger als fünf wird?«

»Dann sind Sie raus. Das kriegen die dann allein hin.«

Trost war der Sonderstatus, den er neuerdings ganz offiziell genoss, noch nicht ganz geheuer. Offensichtlich war er also mehr als der Rest der Truppe.

Einerlei. Er hatte jetzt keinen Kopf für Wortklaubereien, bedankte sich artig und erntete dafür wieder ein bellendes Lachen. Doch wie aus dem Nichts ebbte das Lachen ab, und die Stimme des Generals wurde schneidend und scharf wie die Klinge eines Stanley-Messers: »Wir haben derzeit in den Ministerien genug Dreck am Hals. Die Politik ist unter Druck, sie hat ein Vertrauensproblem. Bei uns geben sich die Minister so oft die Klinke in die Hand, dass man sich jeden Freitag von allen Büromitarbeitern verabschieden muss, als wär's der letzte Tag. Wir brauchen deshalb ein Erfolgserlebnis. Lösen Sie den Fall, Trost. Egal wie. Nur lösen Sie ihn möglichst schnell.«

Trost nickte in den Hörer hinein und fragte sich, warum das Ableben fremder Menschen plötzlich so großes Interesse nach sich zog. Morde gab es immer wieder, und sie waren meist schrecklich und aufsehenerregend genug, aber – er wollte den Leichen ja nicht zu nahe treten – die Aufmerksamkeit der Generaldirektion in Wien weckte kaum etwas, das jenseits des Semmerings passierte.

Als hätte er Trosts Gedanken gelesen, raunte Pankraz' Stimme noch einmal beschwörend in den Hörer. »Zwei Tote. Einmal Mundbirne, einmal eiserne Jungfrau, zweimal Daumenschrauben. So viele Medienberichte gab's zuletzt nur bei der Schießerei in Wien vor ein paar Jahren. Sie können sich also vorstellen, was das für Sie da unten bedeutet. Gas geben!«

Trost erinnerte sich an den Fall. Im November 2020 waren vier Personen bei einem Terroranschlag in der Wiener Innenstadt getötet und dreiundzwanzig Menschen verletzt worden. Das Ganze war live im Fernsehen gelaufen und hatte zu mehreren hundert Beschwerden beim Presserat geführt, auch ein Polizist, der angeschossen worden war, war von einem TV-Sender immer wieder ins Bild gerückt worden.

»Ich erwarte Ihre Berichte, Trost. Einen von der Pack, einen von der Riegersburg. Und Sie wissen eh, keine SMS, keine Mails, keine Anrufe mehr. Das kommt alles irgendwann raus. Und für die Abhörspezialisten in diesem Land: Das war kein Geheimcode, das war für euch. Danke. Wiederschaun.«

Und als die Leitung unterbrochen wurde, war Trost erst recht ratlos. Er arbeitete gern verdeckt und im Geheimen. Aber das war ihm dann doch fast eine Spur zu verschwörerisch und erinnerte ihn an das, was Gierack einmal in einem seltenen Moment guter Laune verraten hatte. »Weißt du, Armin«, hatte er gesagt, »es gibt zwei Möglichkeiten, ins Visier der Medien zu geraten: Entweder du machst es so wie ich und gehst offen auf sie zu, dann bist du ihr Liebling und sie schnurren um dich herum wie hungrige Katzen. Oder du lässt dich bei irgendwas erwischen, einer falschen SMS oder so, dann zerfleischen sie dich wie hungrige Tiger in Schönbrunn.«

Und weil Gierack seine Pointen gern versemmelte, fügte er dann hinzu: »Oder wie ein Tiger aus Herberstein? Obwohl … haben die dort überhaupt Tiger?«

Horrorgeschichten

1 Das Team stand draußen am Parkplatz vor dem Landeskriminalamt, und Trost stieg in seinen Bus, dem man mit seinen Beulen und Kratzern mittlerweile anmerkte, dass er in die Jahre gekommen war, während Lemberg die Tür zu einem schicken dunkelblauen C-Klasse-Mercedes öffnete. Der Graf saß schon im Wagen, die drei Neuen standen unschlüssig da und blickten von einem Auto zum anderen.

»Also ich würde sagen, sicherer ist's bei uns«, rief der Graf ihnen zu. »Das bessere Auto, die bessere Fahrerin und der interessantere Termin.«

Lemberg rollte mit den Augen, konnte die Andeutung eines Grinsens aber trotzdem nicht verhindern. »Das ist ein normaler Dienstwagen, der zweihunderttausend Kilometer am Tacho hat. Wir fahren zum Packer Stausee, Ermittlungen vertiefen. Ich brauche nur zwei von euch. Wer will, wer mag?«

Trost warf den Ledermantel in die Fahrerkabine seines alten Wagens. »Da kann ich nicht mithalten. Ich fahre zum Haus einer Hexe.« Er öffnete die Beifahrertür und machte lächelnd eine galante Geste, die zum Einsteigen aufforderte.

Eine Minute später fuhren beide Fahrzeuge hinaus auf die Straßganger Straße, der Mercedes bog rechts ab, der VW-Bus hielt sich links.

»Alles klar?«, sagte Trost, um das Eis zu brechen.

»Klar. Alles klar«, gab Melitta Owusu zurück und zog die Beine wieder an, so wie sie es immer tat. Dass sie kein weiteres Wort verlor und aus dem Fenster schaute, fand Trost sehr angenehm. Er war überzeugt davon, dass sie sich gut verstehen würden. Melitta und er fuhren nach Birkfeld. Die Birke war ein Schutzbaum, in manchen Regionen glaubten die Menschen, dass er vor dem bösen Blick schützte, er sollte heilende Kräfte haben und wurde im Volksmund sogar »Hexenbesen« genannt. Dass sie ausgerechnet zu einem Ort dieses Namens unterwegs waren, um eine Hexe zu suchen, war überaus passend, dachte er.

Natürlich hatten sie bereits Polizisten in Birkfeld postiert, und natürlich stand Befanas Haus seit Stunden unter Beobachtung der Sektorstreife, aber Eile gab es für Trost sowieso keine, denn er spürte, dass sie nicht zu Hause sein würde. Es ergab keinen Sinn für ihn, also *musste* es so sein. Und weil er deshalb alle Zeit der Welt hatte, schaute er zuvor noch kurz bei sich zu Hause vorbei.

Trost sprang ins Haus und eilte in die Küche, riss den Kühlschrank auf und trank aus der Milchpackung.

»Das dürfen wir nicht«, vernahm er plötzlich eine schrille Stimme hinter sich. Elsa hatte ihn dabei beobachtet und machte ein strenges Gesicht.

Trost grinste und hob den Zeigefinger an die Lippen. »Unser Geheimnis.«

Dann gab er der Kleinen einen Kuss, schlich in Freds Zimmer und betrachtete den Buben eine Weile, wie er schlief. Er schlich weiter und umarmte Charlotte, die am Schreibtisch ihres winzigen Arbeitszimmers saß und schrieb. Er küsste sie an die Schläfe. Verwundert drehte sich seine Frau zu ihm. »Was machst du hier?«

»Wir sind auf dem Weg nach Birkfeld, da dachte ich, ich schau noch kurz vorbei.«

»Ach«, machte sie, ließ sich aber nicht weiter davon abbringen, auf ihre Tastatur zu hämmern. »Das ist lieb«, sagte sie zerstreut, »aber du weißt eh, meine Schreibzeiten sind begrenzt.«

Als er sich von ihr löste, unterbrach sie das Schreiben aber doch. Sie raufte sich die Haare.

»Was ist los?«

Sie machte eine wegwerfende Geste. »Es ist sicher nichts, kennst ja die Magda.« Magdalena war eine aus Charlottes »Damenrunde«, einer Frühstücksgesellschaft, die sich aus einer Turngruppe gebildet hatte und sich jetzt alle paar Wochen in einem Kaffeehaus traf.

»Was ist mit ihr? Will sie dir von einem neuen Liebhaber erzählen?«

»Nein. Sie kann ihren nur nicht mehr finden.«

»Aha. Dann soll sie sich auf Finder oder wie das Zeug heißt einen neuen suchen.«

»Tinder heißt die Datingseite. Aber nein, das ist es nicht. Sie ist mit ihm schon länger zusammen. Scheint was Ernstes zu sein. Derzeit sind sie gemeinsam in Italien auf Urlaub, aber er ist offenbar plötzlich verschwunden.«

Trost machte ein albernes Gesicht. Charlotte boxte ihn auf die Schulter.

»Jetzt lach nicht. Sie ist besorgt. Magda war auf einem Ausflugsboot für eine Rundfahrt zu den Bohrinseln vor der Küste zwischen Venedig und Rimini. Als sie zurückkam, war er nicht im Hotelzimmer. Abgemeldet hat er sich auch nicht. Jetzt suchen sie ihn überall.«

»Ach, am Meer sind sie. Wie schön. Wahrscheinlich haben sie sich gestritten, und er hat rechtzeitig das Weite gesucht.«

»Jetzt sei nicht so gehässig. Meinst du, du könntest einmal bei Andrea anrufen?«

Andrea Gattuso, Kommissar in Ravenna, ein alter Bekannter, der für solche Dinge sicherlich keine Zeit hatte.

Das war wie Perlen vor die Säue zu werfen. Wegen einer albernen Liebessuchsache einen wertvollen Kontakt bemühen … Aber er versprach es. Natürlich. Wenn Charlotte ihn um etwas bat, hatte er es noch selten abgeschlagen.

»Kommst du heute heim?«

Trost machte eine hilflose Geste, die Charlotte mit einem Schnauben beantwortete.

Ehe er kurz darauf aus dem Haus ging, schnappte er sich noch zwei Äpfel und eilte zum Wagen.

Owusus dunkle Mähne bewegte sich, als sie ihn bemerkte. Sie hatte sich eine Sonnenbrille aufgesetzt und sah damit und mit der bunten Bluse, die sie trug, wie eine weibliche Version des »Miami Vice«-Ermittlers Ricardo Tubbs aus. Oder wie eine

Sängerin. Er wusste auch nicht, warum er diese Assoziationen hatte. Vielleicht waren es ihre dunkle Hautfarbe, die schwarzen Augen oder die wilde Frisur, die sie exotisch wirken ließen. Jedenfalls hätte es ihn nicht gewundert, wenn sie einfach angefangen hätte zu singen und zu spielen, wenn man ihr eine Gitarre in die Hand gedrückt hätte.

Er fand Owusu nicht sonderlich hübsch, aber ihre unkonventionelle Art machte sie attraktiv. Sie war nicht schüchtern, ob sie aber auch für die Jagd nach einer Hexe taugte, würde sich erst weisen.

»Hier«, rief Trost und warf ihr einen Apfel durch die offene Fensterscheibe zu. Sie fing ihn nicht, so landete der Apfel auf dem Fahrersitz.

»Danke, aber ich mag keine Äpfel«, versetzte sie. Und Trost wusste, dass sie auch die weitere Autofahrt eher schweigend verbringen würden.

Seine Gedanken rotierten. Als sie aus dem Grazer Becken fuhren, fiel sein Blick auf das flache Plateau des Blocksbergs vor Graz. Der Hausberg der Stadtbewohner, der Schöckl, galt seit jeher als Hexenberg, zahlreiche Sagen und Legenden kreisten um ihn, und in den Dolinen, den winzigen, unscheinbaren Höhlen im Berg, sollten heute noch Hexen und andere Ungeheuer hausen, die vor allem bei Nacht und Nebel hervorkrochen. Natürlich waren die Geschichten Blödsinn, aber sie stammten aus einer Zeit, in der die Ängste der Menschen allgegenwärtig waren, in der es nachts stockdunkel war und Räuberbanden allzu gern auf dem Schöckl lagerten, weil sie wussten, dass sich kein vernünftiger Mensch hinaufwagen würde. Heute ragte das Plateau aufsehenerregend im Nordosten der Stadt empor und bot Tausenden und Abertausenden Menschen ein perfektes Ausflugsziel, mit Hüttenflair und Gondelfahrt.

Der T4 krächzte durch den Annagraben Richtung Radegund, das am Fuße des Schöckl lag. Kurz davor bogen sie auf den Faßlberg ab und nahmen die Weizer Straße, die B 72, die von Graz über Weiz und Anger nach Birkfeld führte.

Packer Stausee, Riegersburg, Birkfeld – dieser Fall lotste sie durch die halbe Steiermark, und für eine Sekunde verspürte Trost sogar so etwas wie Zufriedenheit, denn solange er im Wagen saß und ein Ziel hatte, konnte er keine Berichte schreiben, er würde auch Gierack nicht über den Weg laufen oder einem anderen Kollegen, der ihm liebend gern ein Bein stellen würde. Und im Feistritzgraben auf dem Weg nach Birkfeld hatte er bestimmt auch keinen Empfang und war somit auch für Pankraz unerreichbar. Er konnte nur fahren und dabei seinen Gedanken nachhängen.

Der Schöckl verschwand aus dem Sichtfeld und bald auch aus dem Rückspiegel. Keine der Hexen flog ihm hinterher, und er war erleichtert darüber.

2 Owusu lotste Trost über ihre Google-Maps-Funktion zum Haus von Esther Befana. Ein Streifenwagen stand vorne in einer Parkbucht der Landesstraße direkt an der Einfahrt zum Haus und gab vor, Radarkontrollen durchzuführen. Niemand sei hinein- und niemand hinausgefahren, lautete die Auskunft der Kollegen.

Trost rollte den Bus einen schmalen Kiesweg entlang, der links und rechts von Holzschnitzereien gesäumt war. Seltsame Kreaturen, Wichtel oder Kobolde vielleicht, die die Besucher beobachteten. Sie starrten sie derart unverwandt an, dass Trost sogar das Gefühl hatte, der eine oder andere würde sich bewegen und ihnen nachblicken. Als wären die Figuren gar nicht aus Holz. Gar keine *Figuren*.

Owusu hob die Augenbrauen und machte eine Blase mit ihrem Kaugummi. Dann schüttelte sie den Kopf und zog eine gelangweilte Miene.

Trost hielt den Bus direkt vor der Eingangstür zu einem Einfamilienhaus, das in den steilen Hang gebaut worden war. Diese Ansicht bot lediglich die Garagentür, auf die ein steirischer Panther gemalt war. Es handelte sich dabei aber keinesfalls um eine korrekte Darstellung des Wappentiers, denn der Panther war weniger fein ziseliert als das Original und trug obendrein noch ein Schwert und ein Kriegsbeil in den Klauen.

Sie stiegen die steilen Stufen hinauf zum Eingang und läuteten.

»Hinterm Haus«, hörten sie eine Stimme, die sie damit offenbar willkommen hieß.

»Ich bin hinterm Haus. Legen Sie das Paket vorne vor die Tür und verschwinden Sie.«

Trost zuckte mit den Schultern. Doch kein Willkommensgruß! Sie gingen ums Haus herum.

Im Spiegelbild der großen Glasschiebetüren sah er, dass Owusu ihm mit in den Hosensäcken verschwundenen Händen folgte. Sie sah aus wie ein Teenager, der gezwungen worden war, mit Erwachsenen einen Spaziergang zu machen.

Eine ganze Reihe weiterer Waschbetonstufen später fanden sie sich auf einer kleinen Ebene hinterm Haus wieder. Hier stand ein Kirschbaum in voller Blüte, darunter ein Holztisch, auf dem ein Laptop flimmerte. Die Ecken eines Zettelbergs, der von einem Stein beschwert wurde, flatterten unter einer leichten Brise. Ächzend drehte sich ein Koloss von einem Mann zu ihnen um. Offenbar fiel es ihm nicht leicht. Er blieb auf der Holzbank sitzen, bedachte seine ungebetenen Gäste mit einem abschätzigen Blick und warf ihnen nur vor die Füße, dass er beschäftigt sei.

»Es tut mir leid, dass wir Sie stören müssen. Aber es geht um Ihre Frau, Esther Befana. Mein Name ist Armin Trost, ich bin Sonderermittler der Polizei, das ist meine Kollegin Melitta –«

»Owusu«, unterbrach sie ihn und hob die Hand zu einem Gruß.

»Aha«, machte der Mann, »und was wollen Sie von mir? Ich sagte doch, ich bin beschäftigt. Ich meine, das sehen Sie doch auch. Ich *arbeite*.«

Trost machte einen unbestimmten Laut, der zeigte, dass er sich nicht abwimmeln ließ. Er wies auf einen Stuhl und runzelte fragend die Stirn.

Der Mann grunzte. »Meinetwegen, aber wirklich nur kurz, bitte.«

Trosts Blick fiel auf drei weiße Steintürme im Wald.

»Das ist der Galgenwald von Birkfeld«, erklärte der Mann. »Keine Angst, die Hinrichtungsstätte tut Ihnen nichts mehr. Aber mir hilft sie. Ist inspirierend. Sind sie nicht wunderschön?« Der Mann lachte auf, doch sein Lachen ging sofort in einen Hustenanfall über, der eine Weile andauerte.

J. F. F. Baumschlag, Autor von Horror- und Mysterygeschichten, Herausgeber einer Literaturzeitschrift, die sich »Eitertinte« nannte, Mitglied im örtlichen Krampusverein »Bluattoummerln« und ehemaliger Bassist der Punkrockband »Orschgeign«, die es allerdings nie zu einem eigenen Album gebracht hatte. Dieser Typ, wahrscheinlich fast zwei Meter groß und hundertfünfzig Kilo schwer, mit einem grauen Vollbart, einem verschwitzten weißen Leinenhemd, an den Knien abgetrennten Jeans und Crocs an den aufgedunsenen Füßen, mit Fingern dick wie Käsekrainer und einem Rasselatem, der einen fast automatisch den Notarzt rufen ließ, dieser Typ war also Esther Befanas Mann.

Trost ließ sich selten von Äußerlichkeiten irritieren und vertraute stattdessen auf seine Sensoren, die auf das Nichtsichtbare anschlugen. Aber diese Begegnung brachte ihn beinahe aus der Fassung. Doch nicht etwa der Umstand, dass Befana so klein und zierlich war, dass in Gegenwart dieses Riesen an intime Nähe gar nicht zu denken war und man stattdessen um ihr Leben bangen musste, verwunderte Trost. Nein, die *Umgebung* war es, die ihn stutzig machte. Da erzählte sie ihm von ihren Traumata, dass sie gefoltert würde und um ihr Leben fürchtete, und dann lebte sie mit einem Riesen in einem Haus umgeben von Fratzen, Horrorgeschichten und – einem Galgen? Sollte etwa diese Umgebung ihre Obsession ausgelöst haben? Waren es die drei Steinsäulen, die beinahe in ihrem Garten standen, die ihr den Verstand raubten? Gut, das machte Sinn.

Der Hustenanfall Baumschlags verebbte, und Trosts Gesicht

bekam den Ausdruck eines Mannes, der den Menschen tief in die Seele blickte, und war damit erschreckender als eine längst verblichene Hinrichtungsstätte. Jedenfalls bildete er sich das ein.

»Herr Baumschlag! Wo ist Ihre Frau?«

»Esther? Sie sind wegen ihr hier? Also bitte, dafür hab ich jetzt keine Zeit.«

»Ich frage Sie noch einmal. Wo ist Ihre Frau?«

»Ich weiß es nicht. Warum? Was ist mit ihr?«

»Wann haben Sie sie das letzte Mal gesehen?«

Schweißperlen rannen Baumschlag über die Schläfe. »Keine Ahnung. Vor zwei, drei Wochen. Was ist denn mit ihr?«

Trost wurde stutzig. »Ist das normal? Dass Sie einander oft längere Zeit nicht sehen?«

Baumschlag zuckte mit den Schultern. »Ich bin viel unterwegs.«

»Und Sie wissen also nicht, wo sie jetzt sein könnte?«

»Keine Ahnung.«

»Hat sie eine zweite Wohnung, eine Freundin vielleicht, bei der sie wohnt?«

»Oder einen Freund?« Das war Owusu, die sich plötzlich in die Befragung eingebracht hatte. Trosts Blick schnellte zu ihr und gebot ihr, still zu sein.

»Weder noch«, sagte Baumschlag. »Sie nimmt sich meistens ein Hotel oder eine Pension.«

»Allein?«, hakte Owusu nach. Trosts Blick fixierte sie bedrohlich.

»Sagen Sie, was macht Ihre Frau eigentlich beruflich?«, übernahm er wieder die Rolle des Gesprächsführenden.

»Sie hilft den Leuten bei Problemen.«

»Sie meinen, sie ist so etwas wie eine psychologische Beraterin?«

»Nein, eher eine Nachhilfelehrerin für Deutsch und Italienisch.«

»Okay, und warum haben Sie nicht die Polizei gerufen, wenn Sie sie seit Wochen nicht gesehen haben?«

»Muss ich das?«

»Nein, müssen Sie nicht, aber die meisten Menschen …«

»Hören Sie, die meisten Menschen interessieren mich nicht. Ich hab meine Arbeit, meine Geschichten … Ich bin ständig auf Lesereisen, besuche Messen, treffe mich mit Lektoren und Journalisten. Wir sehen uns oft tagelang nicht, was aber kein Problem ist. Wir vertrauen einander, sind schon lange zusammen …«

Melitta Owusu stand plötzlich auf und drückte ihr Handy ans Ohr. Noch bevor Trost die nächste Frage stellen konnte, unterbrach sie ihn. »Herr Leutnant. Wir müssen abbrechen.«

Trost fuhr herum. »Hören Sie …«

Owusu streckte ihm das Handy entgegen.

»Also gut«, erhob sich Trost, dem die Unterbrechung sichtlich missfiel. »Wir müssen leider …«

»Das trifft sich gut«, gab Baumschlag zurück und wischte sich den Schweiß mit einem kleinen Handtuch, das er offenbar zu diesem Zweck über die Sessellehne gelegt hatte, von der Stirn. »Ich muss nämlich gerade jemanden töten.«

Trost warf einen Blick auf den Stapel Papier. »Ich verstehe. Ein neuer Roman?«

»Kurzgeschichte.«

»Na dann, viel Spaß dabei.«

Baumschlag nickte kaum merklich und schien sie schon fast nicht mehr wahrzunehmen.

Trost hinterließ ihm noch eine Karte mit der Bitte, sich bei ihm zu melden, sollte seine Frau demnächst auftauchen. So wie Baumschlag sich jedoch benahm, musste er davon ausgehen, dass er die Karte einfach vom nächsten Windstoß wegblasen lassen würde.

Sie verließen das Grundstück, und die Kobolde und Wichtel schauten ihnen höhnisch grinsend hinterher.

Trost fluchte.

3 Eine Dreiviertelstunde später erreichten sie Graz, da war die erste Onlinemeldung bereits draußen. Owusu, die offenbar sämtliche News-Portale des Landes binnen Minuten gescannt hatte, war seit der Abfahrt aus Birkfeld ungemein redselig und hielt Trost über die aktuelle Meldungslage auf dem Laufenden. Das lenkte sie auch davon ab, auf die Straße zu schauen, denn Trost missachtete so ziemlich jede Regel, die es zu befolgen gab.

»Eine Zeitung schreibt: ›Graz startet jetzt die Hexenjagd‹.«

Trost schnalzte verärgert mit der Zunge. Was war nur mit den Leuten los? Waren alle verrückt geworden?

»Und da steht noch«, fuhr sie fort, »›Laut Balthasar Gierack, dem Leiter des Landeskriminalamtes, wird die Daumenschraubenmörderin nun auch per internationalem Haftbefehl gesucht.‹ Auf der Europol-Seite ist sie aber noch nicht.«

»Daumenschraubenmörderin, hat er wirklich Daumenschraubenmörderin gesagt?«

»Die schreiben das halt so, ja. Ob er das wirklich so gesagt hat, ist was anderes.«

»Wieso lassen wir diese Informationen raus?«

Owusu hob die Augenbrauen. »Sagen *Sie* es mir, Sie sind der alte Hase.«

Trost bedachte die junge Kollegin mit einem Seitenblick. Sie war frech und unbekümmert, und das gefiel ihm. Die unkonventionelle Art, wie sie sich gab und sprach, sie war exzentrisch und direkt. In ihr sah er viel von dem, was in den letzten Jahren verloren gegangen war – in seiner Umgebung. Und bei ihm selbst.

Sie deutete seinen Blick falsch und räusperte sich. »Entschuldigung.«

»Nein, nein, schon gut«, antwortete er rasch. »Sagen Sie, was Sie denken. Das gefällt mir. Solange Sie mir nicht ins Wort fallen, wenn wir jemanden befragen, ist alles gut.«

Er beschloss, diesmal einen anderen Weg durch Graz zu nehmen, und raste durch Mariatrost, den östlichen Außenbezirk von Graz. Die Bäume am Straßenrand sah er nur als verschwommene Riesen am Rande seines Sichtfelds.

»Also ich glaube«, rief Owusu irgendwann in den höllischen Lärm, den der hochtourig angetriebene Bus machte, »das *ist* eine Hexenjagd. Eine mediale Hexenjagd, ganz ähnlich der, die es vor ein paar hundert Jahren gegeben hat. Da ist halt alles erlaubt. Hauptsache, man kriegt die Hexe.«

Trost fielen ganz andere Gründe ein, etwa Gieracks Geltungssucht, die ihn manchmal trotz all seiner Erfahrung zum Grünschnabel degradierte. Er erzählte den Journalisten immer viel zu viel, im Vertrauen darauf, dass sie sich zurückhalten würden. Aber das war genetisch praktisch unmöglich. Wie sollte ein Journalist eine Information zurückhalten, die eine Story auffettete? Das widersprach seinem Berufsethos.

Sie waren schon im Studentenviertel, als Trost endlich das Blaulicht auf das Dach des Busses bugsierte. Sie donnerten auf diese Weise mit beinahe hundert Sachen über jede Kreuzung.

»Können Sie«, rief Trost, »das Handy von diesem Baumschlag anzapfen und herausfinden, mit wem er so telefoniert?«

»Kann ich machen.«

»Und können Sie auch in diesem Darknet Dingsbums, Sie wissen schon, in diesem geheimen Internet suchen?«

»Ich weiß, was das Darknet ist. Das Dingsbums, das sich vor Google und Co. versteckt«, versetzte sie.

Die Reifen des Busses quietschten bei den zahlreichen Überholmanövern. Rundherum hupten Autos, und junge Leute sprangen zur Seite, aber Trost dachte nicht daran, das Tempo zu reduzieren.

»Wie auch immer«, rief er vom Verkehr völlig ungerührt, »vielleicht finden Sie irgendetwas zu dem Fall. Suchen Sie.«

»Okay. Wird aber etwas dauern, und das geht nicht vom Handy aus.«

»Sie tun ab sofort nichts anderes mehr, als für diesen Fall zu arbeiten. Zeigen Sie mir, was Sie draufhaben, und rechtfertigen Sie Ihr lässiges Gehabe.«

Irgendetwas sagte ihm, dass sie ihn nicht enttäuschen würde.

In diesem Moment schreckte ihn ein kurzes Aufblitzen im Augenwinkel auf.

»Geh, reiß ab …«, fluchte Trost.

Ihre Blicke trafen sich, und Owusu musste grinsen. »Ich nehme an, ich soll die Sache mit der Radarfalle auch gleich aus der Welt schaffen.«

Trost vermied es, sie anzusehen, und presste einen zornigen Laut zwischen seine Zähne hindurch.

Owusus Grinsen wurde breiter. »Aber das Bild druck ich uns vorher aus.«

Der Hauch eines Lächelns siegte jetzt auch über Trosts Jähzorn.

Der böse Blick

1 Als der T4 dann endlich zum Stehen kam, knisterte und knackte der Motor so sehr, dass man befürchten musste, er bräche jeden Moment auseinander. Natürlich verschwendeten sie aber keine Zeit dafür, sich um den Wagen zu kümmern, und Trost wusste insgeheim ohnehin, dass die Geräusche irgendwann enden würden. Dieses Fahrzeug war treu wie ein alter Hund. Es würde sich erholen und beim nächsten Mal anspringen wie ein Neuwagen.

Sie eilten auf das Funkhaus des Landesstudios Steiermark in der Marburger Straße zu. Streifenpolizisten ließen sie durch, als sie ihnen ihre Ausweise entgegenstreckten, und überall standen Menschen in Trauben auf der Wiese und dem Parkplatz vor dem Gebäude.

Sie erreichten die Empfangshalle, einen hohen Raum, von dem aus wabenartige Gänge in die einzelnen Bereiche des Funkhauses abzweigten. Dieses Gebäude verströmte eine seltsam behütende Atmosphäre, als finge es die Stimmen und die Bilder schon ein, bevor man noch die einzelnen Radio- und Fernsehstudios betrat.

Normalerweise, das wusste Trost von Besuchen in der Vergangenheit, musste man sich hier anmelden und darauf warten, bis man abgeholt wurde. Diesmal wimmelte es hier von Polizisten, die meisten trugen schusssichere Westen, einige versuchten, aus Funksprüchen schlau zu werden, andere plärrten in Handys.

Annette Lemberg kam auf Trost und Owusu zugeeilt.

»Na endlich«, rief sie. »Kommt, der Chef wartet.«

Sie öffnete eine Tür und betrat einen Raum, der zunächst durch Zwielicht führte und in seiner Mitte grell beleuchtet war. Trost erkannte ihn als das Studio, in dem die »Steiermark heute«-Sendungen aufgenommen wurden.

In der Mitte saß Gierack auf einem Hocker und sah aus, als würde er demnächst auf Sendung gehen. Gore und Lust waren bei ihm sowie zwei Kollegen des Sondereinsatzkommandos, ausgerüstet mit Helm, Sturmgewehr und einer Rüstung in Schwarz. Als Gierack Trost entdeckte, bedeutete er den Schwerbewaffneten, sich zu entfernen, und Trost bemerkte, dass in dem Zwielicht rundherum noch mehr Kollegen der Spezialeinheit verborgen waren.

»Was geht hier vor?«, wollte er sagen, verkniff sich die Frage aber und wartete stattdessen ab. Es war offensichtlich, dass er gleich aufgeklärt werden würde.

»So«, raunte Gierack, »jetzt sind wir endlich vollzählig. Wo ist der Monitor?«

Der Graf tauchte auf, als wäre »Monitor« sein Stichwort für den Auftritt gewesen. »Wir sind bereit«, sagte er und winkte die Gruppe zu sich.

Eine weitere Tür öffnete sich, und eine Minute später standen alle in einem schmalen Regieraum und starrten auf einen Bildschirm.

»Also gut«, sagte der Graf, »zur Erklärung: Wir sehen jetzt Bilder, die vor etwa einer Stunde zu sehen waren. In der Nachmittagssendung ›Live!‹.« Er drückte einen Knopf.

Gierack zog ein Stofftuch aus seiner Hose und tupfte sich die Stirn ab. Trost fiel auf, dass er aus der Nähe betrachtet doch etwas derangiert wirkte. Die Krawatte war leicht gelöst, das Haar nicht ganz so perfekt frisiert wie sonst. Als Gierack Trosts Blick wahrnahm, blaffte er den Grafen an. »Jaja, *ich* war in der Sendung. Nun spielen Sie schon das Band ab, damit es alle sehen können.«

Eine Kamera machte eine rasante Fahrt über das Publikum hinweg auf die Studiobühne zu. Der in Neongelb und Neongrün gehaltene Schriftzug »Live!« kündigte die Sendung an, eine Talkshow, die seit einigen Wochen ausgestrahlt wurde. Eine sonore Stimme aus dem Off stellte die im ganzen Land bekannte Moderatorin vor. »Durch die Sendung führt Saskia Bunt.«

Schnitt.

Saskia Bunts Gesicht füllte den Bildschirm aus. Ihre zu Sternen geschminkten Augen blitzten in die Kamera, die Mundwinkel waren leicht nach oben gezogen und deuteten einen Hauch von vertrauensvoll guter Laune an.

»Meine Damen und Herren, ich begrüße Sie zu einer weiteren Ausgabe von ›Live!‹. Heute geht es um das brisante Thema Hexenjagd. Ja, Sie haben richtig gehört. Sie meinen, diese Zeiten lägen hinter uns? Weit gefehlt, in unserer Mitte befindet sich ein Relikt aus der Vergangenheit. Oder ist es doch nur die Hetze auf ein Phantom? Um uns darauf einzustimmen, haben wir einen kurzen Beitrag zusammengestellt. Sehen Sie selbst.«

Schnitt.

Polizeisirenen untermalten die Aufnahmen von Einsatzkräften am Packer Stausee. Einige Polizisten gingen durchs Bild. Als der Graf zu erkennen war, zuckten seine Lippen. Lemberg unterhielt sich mit Dietrich. Ein ernst dreinblickender Kommentator rückte ins Bild, er hatte Balthasar Gierack an seiner Seite und hielt ihm das Mikro unter die Nase. Gierack sagte mit etwas zu nasaler Stimme, dass dieser Fall an die Folterungen in grauer Vorzeit erinnere. Er schaute ernst: »Wir haben es mit einem abscheulichen Verbrechen zu tun.«

Schnitt.

Während noch einige Erklärungen zu dem Mord am See folgten, trugen im Hintergrund zwei Mitarbeiter eines Bestattungsinstituts einen Sarg an der Kamera vorüber.

Schnitt.

Nun war die Riegersburg zu sehen. Wieder tauchte der Reporter auf und wieder Gierack an seiner Seite. Diesmal sagte der Polizeichef: »Dies ist eine Hexenjagd. Wir müssen den Täter finden, bevor er erneut zuschlägt.«

Noch einmal glitzerte der Packer Stausee im Sonnenlicht. Dann endete der Beitrag.

Trost glotzte wie alle anderen auf den Bildschirm. Beim letzten Bild vom glitzernden See hob er die Tasse, die ihm jemand in die Hand gedrückt haben musste, und nahm einen nervösen Schluck von seinem Kaffee. Das Bild vom See löste etwas in ihm aus, das er bisher so nicht gekannt hatte. Eine Art unbestimmte Furcht. Eine Ahnung.

Er konzentrierte sich wieder auf die Bilder auf dem Monitor. Wieder raste nun die Kamera übers Publikum auf die Studiobühne zu. Gierack wurde gleich zu Beginn gebeten, den Ermittlungsstand zu erläutern.

Die weiteren illustren Gäste im Studio waren die Mittelalter-Expertin Nora Willander-Skanderbeg im hellblauen Hosenanzug mit zinnoberrot gestrichenen Lippen, knalligem Wangenrouge, das ihre knapp sechzigjährigen Fältchen überdeckte, und einer mit Taft fixierten Haarpracht, die ihr Kopfvolumen mindestens verdoppelte. Gierack und Willander-Skanderbeg gegenüber hatte sich der Psychiater und TV-Philosoph Leander Rosenrot in den Fauteuil gepflanzt, und daneben saß Xynthia Schwarzkopf und wippte mit ihrem rechten Bein. Sie war Buchautorin und bekannte Verschwörungstheoretikerin.

Trost wunderte sich über die Zusammenstellung dieser Runde. Offenbar hatte man bei der Auswahl der Gäste große Eile gehabt, immerhin waren die Morde am Packer Stausee und in der Riegersburg erst seit gerade einmal vierundzwanzig Stunden bekannt, und Gieracks erster medialer Auftritt war noch am Tatort erfolgt, offenbar nachdem er selbst den See verlassen hatte. Trost fand es auch für Gieracks Verhältnisse bemerkenswert, wie schnell er Zeit für gleich mehrere TV-Auftritte hatte.

Während die anderen keine Silbe von der Sendung verpassten, ging Trost im Raum auf und ab und war tief in Gedanken versunken. Es war seltsam, wie selbstverständlich durch ein Zimmer zu marschieren, in dem er noch nie zuvor gewesen war.

»Spulen Sie vor, nun machen Sie schon«, herrschte Gierack den Grafen an. Der tat, wie ihm geheißen, die Bilder schossen dahin, und als der Graf sie wieder zu normaler Geschwindigkeit drosselte, war Gieracks Gesicht in Großaufnahme zu sehen.

Offenbar hatte ihm jemand aus dem Studiopublikum eine Frage gestellt, und er versuchte in dem grellen Scheinwerferlicht, das auf ihn gerichtet war, zu erkennen, woher die Frage kam.

Welche Kompetenzen er denn habe, eine Hexenjagd auszurufen, wiederholte die weibliche Stimme aus dem Publikum.

Und ob er überhaupt wisse, worauf er sich einlasse, wenn er dunkle Mächte heraufbeschwöre und von Hexenverfolgung spreche. »Oder wollen Sie damit etwa nur von etwas ablenken?«

Saskia Bunt schaltete sich ein, wollte, dass die Zuschauerin ihre Frage erklärte, und prompt war diese groß im Bild.

Trost klappte der Mund auf.

»Ich meine«, rief die Frau und schaute dabei mit einem aufgebracht-verzerrten Gesicht in die Kamera, »dass Sie keine Ahnung von Hexen haben. Dass Sie offenbar im Gegenteil sogar Angst vor ihnen haben und hoffen, dass ein öffentlicher Aufruf die Jagd vereinfacht, weil die Polizei nie und nimmer Jagd auf das Übernatürliche machen kann. Und das wissen Sie auch. Sie sind verloren. Sie sind verflucht. Ich verfluche Sie!«

Trost starrte noch immer auf den Bildschirm, als der Graf die Aufnahme stoppte und stolz erklärte. »Das war der Moment, in dem wir die ersten Streifen losgeschickt und uns selbst auf den Weg gemacht haben, denn Kollegin Lust hat die Frau natürlich sofort erkannt.«

Trost schenkte ihr einen anerkennenden Blick, wusste aber, dass die Eile sinnlos gewesen war. Sie hätten sie niemals gekriegt und hatten mit ihrem Aufmarsch nur für jede Menge weitere Aufregung gesorgt. Die Zuschauerin war natürlich aus dem Studio gehuscht, noch bevor Lemberg und ihr Team auch nur in die Nähe der TV-Station gekommen waren.

Er betrachtete das mit der Pausetaste eingefrorene Gesicht Esther Befanas auf dem Monitor, die wutverzerrt in die Kamera blickte und dabei den Anschein erweckte, sie würde ihn direkt fixieren. Ihn. Armin Trost.

2 Die Angst vor dem bösen Blick war eine der Urängste der Menschheit. Auf dem gesamten Planeten, quer durch alle Jahrhunderte hinweg, hatten die Menschen Angst davor, durch den bösen Blick eines anderen Schaden zu erleiden. Die Magie, die von den Augen ausging, glaubten viele mit Gegenzaubern ab-

wehren zu müssen. Manche hängten sich Amulette um den Hals oder drückten sich ein Stoßgebet murmelnd ein Kreuz an die Lippen. Armin Trost parierte den zum Standbild gefrorenen Blick Esther Befanas mit einem Gegenblick. So starrten sie einander an. Die vermeintliche Hexe am Bildschirm und Trost, der sekundenlang zur Salzsäule erstarrt war.

»Kann ich die Sendung weiterlaufen lassen?«

Trost löste sich aus seiner Reglosigkeit, bat darum, dass das Standbild ausgedruckt wurde, und winkte ihm, das TV-Bild wieder einzuschalten.

Die Sendung war offenbar fortgesetzt worden, die Studiogäste diskutierten Sinn und Unsinn einer medialen Jagd.

Trost hörte gar nicht richtig zu, achtete auch kaum auf Gierack, der entweder gar nicht mitbekommen hatte, wer da im Publikum saß, oder sich darauf verließ, dass seine Leute jeden Moment auftauchen würden.

Irgendwann hatte Armin Trost wieder angefangen, im Raum auf und ab zu gehen. Seine Gedanken zirkulierten, und er wusste, dass er sie gewähren lassen musste. Sie tanzten in alle möglichen Richtungen, verirrten sich in Sackgassen und kehrten wieder zurück. Sie verfolgten unzählige Spuren und bildeten letztlich ein vages Bild. Trost hielt inne und betrachtete gebannt seine Fußspitzen.

»Ist alles in Ordnung, Chef?«

Trost schreckte hoch und schämte sich einen Augenblick dafür, dass er wie ein Demenzkranker, der sich in einer Erinnerung verhakt hatte, mit offenem Mund auf einen Punkt stierte, der gar nicht existierte. In Wahrheit hatte er das Bild gemustert. Owusu stand plötzlich an seiner Seite und hatte ihm zugeraunt.

»Ich bin nicht Ihr Chef«, erwiderte Trost trocken.

Owusu zuckte gleichgültig mit den Schultern. »Irgendwie schon, oder?«, sagte sie so, dass es die anderen nicht hören konnten.

Diese Frau schien nichts auf katzenhaftes Geschleiche zu geben, sie sagte, was sie dachte. Ohne große Ausschmückungen, ohne Hintergedanken, aber auch ohne Scham.

»Ich wollte nur sagen«, fuhr sie fort, »sie sind da. Auf dem Bildschirm, meine ich.«

Die Kamera zeigte, wie der Graf auf die Bühne kam und sich zu Gieracks Ohr beugte, ungeachtet der Tatsache, dass die spröde Autorin soeben etwas dozierte. Sie kam ins Stocken, und die Moderatorin blickte konsterniert um sich. Gierack nickte mit zusammengepressten Lippen und fasste sich an die Krawatte.

Auch der gegenwärtige Gierack, der sich selbst auf dem Monitor betrachtete, rückte reflexartig seine Krawatte zurecht und sagte »Jetzt geht's los.«

Gieracks Konterfei am Bildschirm murmelte etwas matt und kaum verständlich, dass es ihm leidtue. Unmittelbar darauf erschallten Rufe aus dem Publikum. Die Kamera schwenkte herum. Gieracks Stimme war zu hören, wie sie etwas halbherzig rief, man möge nun die Kameras ausschalten.

Doch die Bilder blieben an, und die Rufe von Polizisten, die mit Helm und Maschinenpistolen im Anschlag den Publikumsbereich durch zwei Notausgangstüren betraten, ertönten. Die Leute hoben sofort ihre Arme oder warfen sich auf den Boden, jemand schrie, andere empörten sich.

»Meine Damen und Herren, bitte bewahren Sie Ruhe«, war der Graf zu hören, und Trost beobachtete, wie Lemberg mit erhobener Waffe durchs Bild hetzte und auf eine Person im Publikum zusteuerte.

»Licht, mehr Licht!«, brüllte sie. Und: »Hierher!«

Das Bild wurde schärfer, näherte sich Lemberg. Ihr Zopf hüpfte an ihren Schulterblättern hin und her, sie hielt die Faustfeuerwaffe von sich gestreckt, rief einer Gestalt vor sich »Auf die Knie« zu. Und: »Kopf zu mir.«

Die Kamera näherte sich. Das Bild war zuerst unscharf. Dann zoomte es an die Person heran. Wurde schärfer. Lembergs Stimme war zu hören. Ganz deutlich. Sie sagte: »Scheiße.«

Erst dann wurde die Liveübertragung unterbrochen.

3 Stunden später hatten sie sich im Besprechungsraum des Polizeihauptquartiers versammelt, nicht nur Lembergs Mordermittlungseinheit, Gierack hatte auch die Fahndungsgruppe geladen, Kollegen aus der Sitte und dem Drogendezernat. Er machte eine große Sache aus dem Treffen, denn immerhin war via Großbildleinwand auch ein kantiges Gesicht zugeschaltet, das der Versammlung von Wien aus beiwohnte. Es handelte sich dabei um niemand Geringeren als General Pankraz höchstpersönlich, den Leiter des Bundeskriminalamts, von dem bekannt war, dass er ungeduldig war, dazu spaßbefreit und von Natur aus übellaunig.

Gierack machte einige einleitende Bemerkungen, begann damit, die Sachlage zu schildern, und wurde plötzlich brüsk unterbrochen. Natürlich von Pankraz.

»Gierack«, krächzte die Stimme aus Wien. Die Tonübertragung war schlecht, und Pankraz klang verzerrt, als hätte er synthetische Stimmbänder. »Lassen Sie das. Holen Sie Trost und kommen Sie zur Sache.«

»Aber Leutnant Trost ist schon auf dem Heimweg.«

»Ist er nicht. Ich habe ihn zurückbeordert, nachdem ich mitbekommen habe, dass Sie ihm von diesem Treffen nichts gesagt haben.«

In diesem Moment ging die Tür zum Versammlungsraum auf, und Trost trat ein.

Einige im Raum, vor allem die Kollegen aus der Sitte, konnten ein Kichern nur mühsam unterdrücken, während Trost jede Bitterkeit und Häme vermied und aus seinen Gedanken eine Mördergrube machte. Er ging, ohne ein Wort zu sagen, auf das übergroße Bild von Pankraz zu und wies Gierack mit einer höflichen Geste an, Platz zwischen den anderen zu nehmen. Er tat dabei so, als wäre dies ein ganz normaler Vorgang, und ließ mit keiner Geste durchschimmern, dass die ganze Aktion einer öffentlichen Degradierung gleichkam.

Trost schien das alles nicht zu kümmern. Seine Augenbrauen zogen sich zusammen, er sammelte sich, fixierte einige der Anwesenden und sprach, als ob er lediglich kurz unterbrochen worden wäre: »Wie allen bekannt ist, haben wir es mit zwei Morden zu tun. Am Packer Stausee wurde Oswald Neunburger durch einen Nierenstich ermordet. Laut Bericht von Waldemar Dietrich wurden ihm erst danach die Daumenschrauben und die Mundbirne angesetzt. Eine Theorie könnte also sein, dass diese Folterungen post mortem symbolischer Natur sind. Der zweite Mord ereignete sich auf der Riegersburg. Silvia Stiefing wurde in die eiserne Jungfrau gequetscht. Das Gemeinsame der beiden Delikte ist, dass die Tatwerkzeuge für die Folterungen am Packer Stausee aus der Riegersburg gestohlen wurden. Mittlerweile ist auch bekannt, dass Stiefing vor Neunburger ermordet wurde.«

»Und weiter, was wissen wir noch?«, bohrte die blecherne Pankraz-Stimme nach.

Trost fixierte den Grafen. »Sagen Sie es uns, Reinhard.«

Der Graf erhob sich. »Die Stiefing, diese Miss-Wet-T-Shirt-Frau, wurde früher auch ›Barbie‹ genannt.«

»Und, wie bringt uns das jetzt weiter?«, stöhnte Gierack auf.

»Das sind dann bereits zwei der Namen, die Esther Befana erwähnt hat«, antwortete Trost.

Gierack sprang auf, und auch die anderen rückten in den Sitzen nach vorn. »Warum sagen Sie das erst jetzt?«

»Weil ich es erst jetzt erfahren habe. Bei der ersten Leiche, die Oswald hieß, habe ich noch nicht sofort geschaltet. Nachdem die zweite aber ›Barbie‹ genannt wurde, scheint es klar zu sein.«

»Was ändert das jetzt?«

»Im Grunde ändert sich gar nichts«, sagte Trost. »Wir müssen Befana finden. Und wir müssen uns auf die Suche nach den anderen Namen machen.« Er zog einen Zettel aus seiner Hosentasche und las vor. »›Der Oswald. Die Barbiepuppe Silvi. Das Monster. Die Heuschrecke. Hannah, die graue Maus. Und der Richter ist der Schlimmste von allen. Vor dem Richter will ich Sie warnen …‹ Das waren Befanas Worte.«

»Und wann wollten Sie uns teilhaben lassen an Ihrem Wissen?«, blaffte Gierack.

»Wann ich es für richtig hielt. Deshalb steht Trost jetzt hier, und du sitzt.« Pankraz' Augen blitzten, und einen Moment schien es, als hätte Trost einen überdimensionierten Schutzpatron in seinem Rücken.

Das Schweigen, welches folgte, war eisig. Niemand wagte auch nur zu atmen.

Mit gefasster Stimme sagte Trost dann: »Owusu, Lust und Anne – ihr sucht nach Hinweisen auf diese Namen. Irgendwie müssen wir da weiterkommen. Alle anderen bitte ich, die Suche nach Befana zu intensivieren.«

Der Graf schien wieder auf ein Stichwort zu hören und sprang auf. Er verteilte Zettel, auf denen das Konterfei von Esther Befana zu sehen war.

»Kollege Hinterher wird diese Fahndung leiten, Gore unterstützt ihn.«

»Und ich wünsche, Berichte direkt zu erhalten«, bellte Pankraz noch einmal, ehe Trost die Sitzung mit einem knappen Gruß beendete.

Als alle den Saal verlassen hatten, saß nur noch Gierack auf seinem Sessel. Er starrte auf seine Schuhspitzen. Seine Finger krallten sich in die Lehnen.

Da war so viel Zorn in ihm. Und er wusste einfach nicht, wohin damit.

4 »Aber dir fallen doch sonst immer die Lösungen ein. Was ist los?«

Dass Trost am Abend mit der alten Regel brach, niemals seiner Familie von Ermittlungen zu erzählen, war dem Umstand geschuldet, dass Jonas nach einer gefühlten Ewigkeit wieder gemeinsam mit ihnen am Tisch saß. Normalerweise ließ er sich kaum blicken, verkroch sich in seinem Zimmer oder hing bei Freunden herum, doch diesmal hatte er sich wie selbstverständlich zu den Eltern an den Tisch gesetzt. Die Kleinen saßen im Nebenzimmer auf der Couch und schauten fern, so ergriff Trost das Wort und erzählte von seinem Tag, als wäre es ein ganz normaler Bürotag gewesen. Von seinem Tag, der wieder nur weitere Rätsel gebracht und keinen Schritt in Richtung Auflösung geführt hatte.

»Vielleicht«, sagte er, während er Besteck verteilte, »weil ich den Leuten Zeit gebe. Ich lasse sie denken und dann sprechen und versuche nicht, sie unter Druck zu setzen. Das Gleiche mache ich bei mir. Ich lasse mir bewusst Zeit, um eine Vorstellung davon zu bekommen, was wie geschehen sein könnte.«

»Aber inzwischen sterben Leute.«

Charlottes vorwurfsvoller Unterton war ihm nicht entgangen.

»Ich weiß, das ist ein Dilemma. Aber ich kann es nicht beschleunigen. Wir machen unsere Arbeit, überprüfen Fakten, ermitteln, führen unzählige Gespräche. Das ist das eine. Das andere ist aber … nenne es von mir aus Intuition. Und die sagt mir zurzeit nur, dass die Lösung ganz nah ist. Dass die Lösung vor unseren Augen liegt. In einem Zwischenton. Am Rande unseres Blickfelds. Im Zwielicht. Ich kann es nicht besser ausdrücken.«

»Das heißt, du lässt deine Gedanken kreisen. Immer und immer wieder.« Jonas schien sich allen Ernstes für seinen Vater zu interessieren.

»So in der Art, ja. Jedenfalls gebe ich den Gedanken die Chance, sich zu entwickeln. Wenn ich sie aber aussprechen würde, nähme ich ihnen den Zauber, das Überraschungsmoment, verstehst du. Dann verflüchtigen sie sich womöglich, weil Gegenargumente zu stark sind. Und die lauern bekanntlich überall, machen Ideen madig, bevor sie sich entwickeln können.«

Es gab eine seltsame Mischung zum Abendbrot. Charlotte hatte darauf bestanden, dass der Blackout-Vorrat aus dem Keller gekostet wurde, um zu erkunden, ob die drei Jahre alten Fleischschmalzdosen überhaupt noch bekömmlich waren.

Sie waren es. Und wie! Dazu gab's Pumpernickelbrot, das älter als ihr jüngstes Kind war, Mineralwasser vom Vorjahr und einen Wein, dessen Trauben sogar noch im vorigen Jahrtausend an den Reben gehangen hatten.

»Haben wir was zu feiern?«, fragte Jonas erstaunt, als er das Etikett auf der Flasche las.

Charlotte lächelte. »Dein Vater feiert den Moment.«

Ja, jeden Moment mit meinem Sohn, der bald auszieht, dachte Trost bei sich und schluckte den bitteren Gedanken hinunter. Stattdessen hob er sein Glas, und die anderen taten es ihm gleich.

»Auf die Vorahnungen«, sagte Jonas, und Trosts Blick blieb an ihm haften, ehe er den Trinkspruch zögernd wiederholte.

Maleficium

1 Am nächsten Tag wurde der Himmel so plötzlich pechschwarz, dass es schon beinahe unglaubwürdig war. Die Wolken türmten sich wie in einer zu schnell geschnittenen Roland-Emmerich-Produktion zu kilometerhohen Bergen. Steile Felsen, die sich am Himmel der Stadt näherten und aus dem schmutzigfarbenen Nachmittagsereignis eine bedrohliche Front mischten.

»Das sind keine gewöhnlichen Sommergewitter wie früher mehr«, knurrte Gierack, der plötzlich an Trosts Seite stand, als dieser vom Büro der Mordabteilung durch die Fensterfront hinunter auf den Parkplatz blickte.

»Gewitter hat es immer schon gegeben. Wir sind früher fast jeden Tag im Schwimmbad gewesen, und in der Erinnerung mussten wir auch fast jeden Tag irgendwo unterstehen, weil es ein Gewitter gegeben hat«, sinnierte der Chef des Landeskriminalamts. »Wir haben in den nassen Badehosen so lange gewartet, bis sich die Wolken verzogen hatten, und obwohl das Donnergrollen noch zu hören war und die Blitze noch über die Nachbarhäuser zuckten, sind wir wieder rein in die Schwimmbecken. Aber so etwas, solche schwarzen Weltuntergänge, das gab es früher nicht.«

Gieracks Deodorant hatte sich über den Tag hinweg zwar verflüchtigt, aber aus seinem Kragen dampfte immer noch eine leicht süßliche Mischung aus Kräutern und Männerschweiß.

Den ganzen Tag über verhielten sich die beiden ähnlich. Während der Rest der Truppe ausschwärmte oder sich hinter das endlose Material aus Überwachungskameras klemmte, wandelten Gierack und Trost Hausgeistern gleich durch die Gänge.

Wobei Gierack eigentlich nur Trost folgte und ihn beobachtete, ja geradezu wie den Probanden eines wissenschaftlichen Experiments studierte, fasziniert von dessen seltsamen Wegen und Verhaltensmustern. Und Trost wiederum schien lediglich vor sich hin zu dämmern. Man sah ihm an, dass er fieberhaft nachdachte, dass er sich in Details des Falles verlor, sich manchmal von Melitta Owusu erklären ließ, wie soziale Medien funktionierten und nach welchen Maßstäben die Nachrichten dort gefiltert wurden.

Und er betrachtete argwöhnisch den Bücherberg, der sich auf dem Ablagetisch im Großraumbüro der Mordgruppe nahezu stündlich vergrößerte. Immer wieder brachten Lust und Gore neue Bücher aus den Bibliotheken der Stadt herein. Die Ansammlung dieser Literatur hätte sich Gieracks Meinung nach für eine Bücherverbrennung geeignet, denn es ging darin um dunkle Magie, historische Hexenjagden, Aberglauben und Foltermethoden. Die Wälzer waren teilweise abgegriffen, ausgebleicht und vergilbt, in billigen Drucken knisterten die Seiten, Einbände waren eingerissen. Bibliothekskürzel zierten die Schmutzseiten, also jene Seiten, die vor dem eigentlichen Titelblatt eingefügt wurden. Manche Bücher waren überhaupt noch ganz in Folien eingeschweißt, was bewies, dass sie nagelneu waren.

Das Seltsame an dem Bücherberg war nur, dass Armin Trost ihn nicht anzurühren schien, und einmal mehr fragte Gierack sich, was in diesem Menschen vorging. Er würde ihn noch eine Zeit lang gewähren lassen, sich dann aber die Rechnungen geben lassen und sie dem Sonderermittler vorlegen. Keinesfalls hatte Gierack vor, die Kosten für diese ganz offensichtlich sinnlosen Ausgaben durch seine Abteilung zu tragen. Sollte doch das BKA für die Ausgaben seines neuen Schützlings aufkommen.

Nun standen die beiden Männer also Schulter an Schulter und beobachteten das sich nähernde Unwetter.

»Wenn ich es als Realist der Gegenwart nicht besser wüsste, würde ich behaupten, dieses Unwetter sei ein Maleficium«, knurrte Gierack. Ein ferner Blitz erhellte für einen Sekundenbruchteil sein Gesicht und ließ es wie aus der Zeit gerissen erscheinen. Erstarrt und bewegungslos.

Trost hob eine Augenbraue.

»Maleficium, ein Schadenzauber, böse Magie«, fuhr Gierack fort. Er bekam dabei seinen typischen nasalen Unterton, der immer durchschlug, sobald er etwas erklärte. Er bildete sich sehr viel auf sein lexikalisches Wissen ein.

»Es ist nur ein Unwetter«, erwiderte Trost trocken, und sein Widerwillen, diese Unterhaltung zu führen, die noch gar keine richtige war, war unüberhörbar.

»Ach, ist es das?« Gierack fuhr herum. Seine Stirn glänzte, und seine Augen stierten Trost mit geweiteten Pupillen an. Die Adern an Schläfen und Hals traten hervor. »Es ist Teufelswerk, sag ich dir.«

Überrascht von diesem theatralischen Gefühlsausbruch, ließ sich Trost von seiner Wetterbeobachtung losreißen. In diesem Augenblick läutete das Telefon, und er zog mechanisch das Handy aus seiner Hosentasche.

Als er es kurz darauf wieder wegsteckte und nach seiner Tasche griff, sagte er zur Erklärung nur, dass seine Frau angerufen habe, der Keller stehe unter Wasser.

»Oh«, machte Gierack und wirkte plötzlich, als wäre er aus einem Tagtraum aufgeschreckt worden. »Kann ich etwas tun? Helfen zum Beispiel?«

Trost winkte ab und verschwand wortlos.

Kurz darauf stand Gierack wieder allein im Raum und schaute hinunter zum Regen, den Trost nun laufend durchkreuzte, während er zum Auto lief.

Gieracks Blick wurde wieder fieberhaft. »Maleficium«, zischte er. Dann nahm er sich eines der Bücher und blätterte darin herum.

2 Im Frühling, wenn die Sonne durchbrach, der Himmel aufklarte und frische Luft über saftiges Grün wehte, gab es kein Land auf der Welt, das er mehr mochte als dieses. Er liebte die Mark der Steirer mit ihrer von Streusiedlungen zerstückelten Landschaft, die zuweilen wie die Hobbithügel aus »Der Herr der Ringe« aussah. Aber er musste zugeben, dass er die Sommer schon immer gehasst hatte.

Wenn Gierack von den täglichen Gewittern sprach, musste er ihm ausnahmsweise recht geben. Auch in seiner Erinnerung war er öfter aus dem Eggenberger Freibad vor einem Gewitter nach Hause gelaufen als ins Schwimmbecken gesprungen. Natürlich erinnerte er sich auch an die großen Zehen, die er sich regelmäßig an den uneben verlegten Steinfliesen aufgerissen hatte, und an die in die Fliesenfugen gequetschten Pommes. An den Duft von Vanilleeis, Sonnencreme und süßlichem Mädchenparfum. Aber die Gewitter waren mindestens ebenso allgegenwärtig und störten die nostalgischen Erinnerungen wie die sich nähernde dunkle Bedrohung in Michael Endes »Die unendliche Geschichte«.

Doch das, was sich da in letzter Zeit »Sommer« nannte, ließ ihn ernsthaft fluchen und ans Auswandern denken. Das waren keine Gewitter, die man mit Regenschirmen durchlief und bei denen man über Pfützen sprang und sich in Häusernischen rettete, bis sie vorüberzogen. Das waren kleine Weltuntergänge, die einen verzweifelt nach Auswegen suchen ließen.

Die Scheibenwischer rasten über die Frontscheibe des T4, dennoch konnte er nur für Sekundenbruchteile Blicke auf die Straße erhaschen. Und das, was er sah, war verstörend. Die Wetzelsdorfer Straße war überflutet, aus den Kanälen schossen Wasserfontänen. Einige Fahrzeuge hatten sich in höher gelegene Einfahrten gezwängt, andere versuchten ihr Glück und tauchten in die zum See gewordene Straße ein.

Auch Trost spurte sich durchs Wasser. Fasziniert schaute er aus den Fenstern links und rechts und beobachtete, wie Baumstämme wie Krokodile über die Straße schwammen. Alles rundherum verschwand in einer von weißen Blitzen durchzuckten Welt. Die schmutzige Suppe schoss aus dem Boden und vom Himmel, und es schien niemals enden zu wollen, der Schauer nahm sogar noch zu, und als er die ersten Einschläge vernahm, wusste Trost, dass er dem einsetzenden Hagel nicht entrinnen würde.

Es gab kein Entkommen, denn nur in der Mitte der Fahrbahn war das Wasser noch nicht so hoch, links und rechts blinkten ihm längst die Warnblinkanlagen schwimmender Autos entgegen. Aus dem Rückspiegel schimmerte ihm das rotierende blaue Licht eines Rettungswagens nach, und er versuchte wenigstens in der Spur zu bleiben, denn ausweichen konnte er nicht.

Das Einsatzfahrzeug näherte sich mit rasender Geschwindigkeit, das Martinshorn übertönte kaum die donnernden Hageleinschläge. Trost glitt irgendwie zur Seite, konnte kaum noch etwas sehen.

Die Hagelkörner bildeten eine weiße Schicht auf den Straßen, und er musste befürchten, dass sie ihm Löcher ins Auto schlugen.

Morgen würden sie in den Zeitungen schreiben, es habe sich um tennisballgroße Hagelkörner gehandelt, und einen Moment verharrte er beim Anblick einer Kugel, die sein Scheibenwischer von der Scheibe schob, und er musste zugeben, dass sie zumindest an einen Tischtennisball erinnerte.

Trost dachte nicht ans Stehenbleiben, denn würde er das tun, dann würde er gewiss mitsamt seinem Wagen untergehen. Ein absurder Gedanke. Wie sollte er mitten auf einer Straße untergehen? Doch der Regen hörte nicht auf, und auch wenn er den Hagelstreifen passiert hatte und sich der Lärm wieder senkte, so war ein Ende des Gewittersturms nicht auszumachen.

Das Telefon läutete, und er hob ab. Charlotte brüllte etwas, das er nicht verstehen konnte, also brüllte er zurück, dass er kein Wort verstehe. Er sei am Weg. Er beeile sich. Mehr könne er nicht tun. Dann brach die Verbindung ab. Und als er aus dem Fenster sah, bemerkte er, wie der Rettungswagen vor ihm vorüberglitt. Offenbar hatte er die Bodenhaftung verloren. Nur noch das Blaulicht wehte durchs Unwetter, ansonsten schwamm der Einsatzwagen lautlos über den Fluss, in den sich die Straße verwandelt hatte. Die beiden Sanitäter saßen im Cockpit und starrten fassungslos hinter den Scheiben hervor. Sie konnten den Wagen weder steuern noch aus ihm entfliehen. Ein groteskes Bild.

»Maleficium«, dachte Trost.

Er hasste Sommer in Graz.

3 Eine Stunde später parkte er seinen Wagen etwas abseits seines Hauses. Der Regen war nun endlich einem unschuldigen Nieseln gewichen, im Vorgarten standen Eimer und aufgeweichte Schachteln herum. Charlotte saß auf den Stufen der Veranda und sah abgekämpft aus. Als er sich näherte, hob sie resigniert die Schultern. Sie berichtete ihm davon, dass der Keller überflutet gewesen sei und die Feuerwehr ihn ausgepumpt habe.

»Kaputt ist nichts. Jedenfalls nichts Wertvolles. Aber das Putzen wird dauern.«

Trost stieg die Kellerstufen hinab, und die feuchte Luft, ein Anflug von Erde, nassem Gemäuer und aufgeweichten Holzregalen, ließ ihn schon erahnen, was ihn erwartete. Der Betonboden schimmerte im fahlen Kellerlicht, da und dort hatten sich dunkle Lacken gebildet, eingeknickte Kartons klebten am Estrich fest, und Blumentöpfe standen unter Wasser.

Trost seufzte, weil er ahnte, wie und wo er die nächsten Stunden verbringen würde.

Als er wieder die Stufen ins Erdgeschoss hochstieg, empfing ihn Charlotte mit einer Flasche Sämling 88 und zwei Gläsern in der Hand.

»Worauf trinken wir?«

»Darauf, dass der böse Zauber vorbei ist«, antwortete seine Frau.

Er berichtete ihr von seiner apokalyptischen Fahrt. Der T4 sei zwar alt, aber offenbar ein abgebrühtes Auto, das sich nicht so leicht abschrecken ließ. Es habe gedauert, aber er sei heil durchs Unwetter gekommen.

Dass der böse Zauber tatsächlich vorbei war, daran glaubte er zwar nicht, aber davon wollte er jetzt nicht sprechen. Sie schenkten einander ein und tranken schweigsam. Ohne dass jemand das Kommando dazu gegeben hätte, standen sie gleichzeitig auf, krempelten die Ärmel hoch und stiegen in den Keller hinab. Trost hatte recht gehabt mit seiner Vermutung. Einen großen Teil des Abends verbrachten die beiden dort.

Eine echte Hexe

1 Die Kunst, eine Hexe zu sein, beschränkte sich heutzutage auf das Tragen von unzähligen Ringen und weiten Tüchern, das Benutzen jeder Menge Duftlampen und das Hören von Klangschalen-Musik. Rika Herzbaum hieß in Wahrheit Erika Bäuml, und außerhalb ihres Wohnzimmers sah ihr Zuhause ganz normal aus. In der Küche stand das Frühstücksgeschirr bis zum Nachmittag auf dem Esstisch, im Vorzimmer türmten sich Taschen, das Bett im Schlafzimmer war ungemacht.

Sie wohnte allein, seit ihr Sohn Max vor Jahren ausgezogen war, und verdiente ihr Geld offiziell mit einem Halbtagsjob als Supermarkt-Kassiererin. Erst nach Feierabend begann allerdings ihr *richtiges* Leben, da schaltete sie ihren Computer ein und strahlte den spärlichen Besuchern als »Hexe« entgegen.

Im Hintergrund bemerkten ihre Kunden eine Ansammlung von Trommeln aller Art, eine Klangschale, indianische Traumfänger, Fell-Imitate an der Wand, auf A4-Blätter gemalte Symbole, die aus dem neumodischen Wicca-Kult stammten, und die Rauchschwaden der Räucherstäbchen.

Rika bezeichnete sich auch als Wicca-Hexe, die einer Schamanin gleich zukünftige Ereignisse ausloten konnte oder sich ganz einfach die Sorgen der Leute anhörte, um ihnen dann eine selbst gemachte Salbe zu verkaufen, die sie sich in Wahrheit natürlich in einem Diskonter besorgt und in ein kleines Glasfläschchen, das früher einmal Pudding oder Marmelade beinhaltet hatte, umgefüllt hatte. Die Leute glaubten, was sie glauben wollten, und das stärkste Heilmittel war sowieso der Placeboeffekt. Und weil der so stark wirkte, freute sich Rika schon auf nächsten Monat, denn da wollte sie ihren Traum wahr machen und sich endlich in die Selbstständigkeit wagen. Damit wäre sie die erste Hexe von Graz, ganz offiziell und amtlich.

Es kam ihr daher wie gerufen, dass sich eine Zeitung bei ihr gemeldet hatte, um einen Artikel über sie zu veröffentlichen. Sie schlug das Blatt auf und betrachtete zufrieden das große Bild von sich, das sie in eine Glaskugel starrend zeigte. Der Bericht titelte mit »Die echte Hexe von Graz« und bezog sich einleitend natürlich auf die aktuelle Hexenjagd, von der jeder sprach. Sie hatte zwar nichts mit Gewalt, Folter, Mord und Totschlag zu tun, und sie wusste auch wenig über die Zeit der Hexenverfolgungen, die in der Steiermark vor allem im 16. und 17. Jahrhundert, als sie in ganz Europa schon wieder abgenommen hatten, besonders schlimm gewesen waren. Aber warum sollte sie sich nicht über jede Gelegenheit freuen, die ihr Publicity einbrachte? Seit die Zeitung in der Früh ausgeliefert worden war, hatte sie ein halbes Dutzend Neuanmeldungen auf ihrer Internetseite zu verzeichnen.

Und dieser eine, der sich »Blocksberg« nannte, gefiel ihr besonders gut. Er wollte ein Buch über den Hexenkult schreiben und suchte dafür Interviewpartnerinnen. Er schien ein freundlicher, interessierter junger Mann zu sein, und immerhin bot er ihr sogar eine Mitautorenschaft an, sollte die Zusammenarbeit gut funktionieren. Das Glück war auf ihrer Seite. Er wollte gleich heute vorbeikommen.

Und als sie auf die Fensterbank blickte, musste sie lächeln. Da hockte eine Krähe, kohlrabenschwarz mit langem Schnabel und frech dreinblickenden Augen. Für normale Menschen mochte es ein schlechtes Omen sein, dass eine Krähe gar nicht scheu durchs Fenster starrte. Aber sie war ja eine Hexe. Eine richtig amtliche und nun auch richtig gefragte Hexe. Also ganz und gar nicht normal.

Unter normalen Umständen hätte sie jedoch mehr Vorsicht walten lassen. Aber wenn einen der Flügelschlag des Glücks ins Gesicht fuhr, durfte man nicht zaudern. Der Zeitungsartikel, all die Anfragen, warum hätte sie dann nicht auch dem Schriftsteller Tür und Tor öffnen sollen? Es dauerte keine Stunde, bis es an ihrer Tür läutete. Dafür, dass Bücherschreiben eine langwierige Sache war, die – da dachte sie jetzt ganz klischeehaft – von Leuten verrichtet wurde, die soziale Kontakte eher scheuten, war der Mann überaus schnell.

Ihre Ohrringe und Armreife klimperten, als sie den Flur entlang auf die Eingangstür zuhuschte. Im großen Spiegel musterte sie sich noch einmal, strich über ihre weite bunte Bluse und betrachtete ihr lockiges Haar, in das sie bunte Strähnchen geflochten hatte. Ihre Brille war eine Spur zu groß, betonte dadurch aber ihre Augen, die grün schimmerten und ein wenig gerötet waren. Sie streckte ihr Kreuz, richtete sich auf, was ihr mindestens fünf Zentimeter an Körpergröße schenkte, und öffnete die Wohnungstür.

Im Stiegenhaus war niemand zu sehen. Überrascht machte sie zwei Schritte hinaus und rief: »Hallo? Zweiter Sto-ock.«

Der dritte Stock war leer, im ersten wohnten die betagte Witwe eines Bundesheerangehörigen, die so schwerhörig war, dass der Fernsehapparat von früh bis spät durchs Treppenhaus schallte, und ein Student, der praktisch nie zu Hause war.

Rika wandte sich um, langte nach der Gegensprechanlage und öffnete erneut die Tür unten am Hauseingang. Niemand öffnete. Als sie wieder hochblickte, stand plötzlich eine Gestalt vor ihr. Sie war mindestens einen Kopf größer, sodass sie zunächst nur auf die Brust schaute und die Knöpfe eines schwarzen Hemds ausmachte. Im nächsten Moment dröhnte ihr Kopf, als hätte der Klöppel einer gewaltigen Kirchturmglocke nach ihr geschlagen. Sie ging zu Boden und hatte das Gefühl, jemand würde ihr mit einer Tuba ins Ohr blasen. Als sie auf allen vieren zurück in die Wohnung krabbelte, vernahm sie die ihr folgenden Schritte wie das blecherne Scheppern einer Blasmusiktrommel. Dann verschwammen alle Musikinstrumente und hinterließen nur den schwachen und immer schwächer werdenden Gong ihrer Klangschale.

2 Die Aufräumarbeiten würden Tage in Anspruch nehmen, vieles von der Einrichtung war zu Sperrmüll zertrümmert. An die Wand hatte jemand das Wort »Hexenbrut« gesprayt.

Durch den Flur zog sich eine Blutspur, die im Schlafzimmerbett endete. Die Federn eines Traumfängers lagen zwischen den Blutspritzern auf der Bettwäsche, die mit dem Motiv eines märchenhaften Feenwesens bedruckt war.

Das Blitzlicht einer Kamera fixierte für einen Moment auch den Spiegel am Kopfende des Bettes, auf dem das Wort »Sau« geschrieben war.

»Wir prüfen, ob es mit dem Blut des Opfers geschrieben wurde«, sagte Waldemar Dietrich, der Spurensicherer, den Trost in seinem Leben öfter im weißen Overall als mit normaler Kleidung gesehen hatte. Dietrich war eine blasse, hagere Erscheinung, die stets ernst und steinern wirkte. Niemals kam ihm ein Lächeln aus, andererseits begegneten sie sich aber auch nur in Situationen, in denen es nichts zu lachen gab.

Armin Trost deutete ein Nicken an und ging mit den Händen in den Hosentaschen durch die Wohnung. Musterte die Details aus zusammengekniffenen Augen und kämpfte gegen das Kopfweh an, das ihn befallen hatte, seit er die Wohnung betreten hatte. Die schweren Düfte aus den Kerzen und Stäbchen setzten ihm zu.

Nach seinem Rundgang kehrte er zurück in die Küche und nahm am Esstisch Platz. Dankbar griff er nach dem Glas Wasser, das ihm Anne Lemberg reichte, und trank es mit geschlossenen Augen aus. Dann starrte er Rika Herzbaum an. Sie saß vor ihm, das Haar zerzaust, die Hände auf dem Tisch, wie ein artiges Kind, das darauf wartete, tadelnde Rutenschläge zu erhalten. Sie war leichenblass und doch nicht tot.

»So reden Sie schon mit uns, ich bitte Sie. Sie haben doch auch angerufen. Wer hat Ihnen das angetan?«

Trost ließ seinen Blick über das zerrissene Kleid der Frau streifen und versuchte sich vorzustellen, welche Schmerzen sie erlitt. Offenbar war sie überfallen und misshandelt worden. Sie hatte aber darauf bestanden, nicht im Rettungswagen ins Krankenhaus gebracht zu werden, und wollte stattdessen hier am Tisch bleiben.

»Es war einer«, sagte sie endlich mit brüchiger Stimme. »Er hat mich verprügelt.«

Lemberg näherte sich ihr behutsam und legte ihr eine Hand auf den Arm. Herzbaum zuckte zurück.

»Hat er Sie … Sie wissen schon …«

»Nein. Er hat mich nicht vergewaltigt. Er hat mich nicht einmal richtig berührt. Nur mit einer Eisenstange geschlagen.«

Tränen rollten über ihre Wangen.

»Sie müssen ins Krankenhaus«, sagte Trost.

»Er sagte, er hasse Hexen. Alle hassten Hexen, das sei ja in den Medien zu hören. Ich solle die Stadt verlassen. Das nächste Mal würde es bitter enden.«

Trost seufzte. Das war Gieracks Werk. Dieser Mistkerl. Hätte er die Leute nicht aufgewiegelt, wäre das vielleicht nicht passiert.

»Und er hat noch etwas gesagt: ›Ich werde sauber machen‹, hat er gesagt. ›Ich bin der Reiniger.‹«

»›Ich bin der Reiniger‹«, wiederholte Lemberg, und Trost erwartete, dass sie ihn darauf aufmerksam machen würde, dass dieser Spruch aus einer Bibelstelle stamme oder aus einer Sure im Koran. Lemberg konnte so etwas. Ihr Gehirn vermochte blitzschnell Worte zuzuordnen. Als würde es alles speichern und wie ein Plagiatsprogramm nach Originalzitaten absuchen. Doch diesmal blieb sie still.

»Mir fällt noch etwas ein«, sagte Herzbaum. »Er hat auch gesagt, er sei die rechte Hand der Gerechtigkeit, denn die Polizei sei nicht imstande, Hexen zu jagen. Sie sei machtlos gegen die finstere Macht.«

Rika Herzbaum krümmte sich vor Schmerzen. »Ich hab doch niemandem etwas getan«, wimmerte sie, »ich bin doch nur …« Dann wurde sie doch noch von zwei Sanitätern behutsam aus der Wohnung geschoben.

Trost und Lemberg saßen sich später am Küchentisch einer echten Hexe gegenüber und schwiegen sich an, während sich draußen vor dem Fenster schon wieder ein Tag dem Ende neigte.

Die Zeit verging so schnell. Als wäre das Leben ein Film, den man in eineinhalbfacher Geschwindigkeit durchlebte, so wie die Jugend heutzutage streamte.

Ein Hauch von Zauberei

1 »Der General fordert, dass Trost die Ermittlungen leitet, und was lernt man schon in den ersten Tagen bei der Polizei? Wenn das BKA etwas fordert, dann spurt man.«

Gieracks Zähneknirschen war förmlich zu hören. Sein Unterkiefer bewegte sich, und die Augen wanderten angriffslustig über die Reihen der anwesenden Ermittlungsgruppe hinweg, ehe sie schließlich bei Trost haften blieben. Sie funkelten und erinnerten an scharf gemachte Waffen.

»Da kommt er uns abhanden und kehrt dann doch wieder zurück. Verrückte Welt. Na, dann wollen wir einmal hören, was unsere Wunderwaffe schon alles weiß, und hoffen, dass er uns teilhaben lässt an seinem –«

»Genug …«, unterbrach ihn Trost. »Du weißt genauso gut wie ich, dass mich eine leitende Funktion nicht interessiert. Ich will den Fall lösen, das ist alles. Und mit dir zu streiten, bringt uns überhaupt nicht weiter. Also bitte lass das.«

Jetzt war zu *sehen*, dass alle die Luft anhielten. Niemand rührte sich. Ein Trugbild ließ sogar den Deckenventilator eine Sekunde lang innehalten. Ein seltsames Knistern lag in der Luft, als stünde der Raum unter Strom und könnte jeden Moment alles in ihm zu Staub zerfallen lassen.

Trost hatte Gierack Paroli geboten, was ihm zweifellos den Respekt der Truppe einbrachte. Nun würde die Sitzung Fahrt aufnehmen, davon waren alle überzeugt. Die oft zermürbende, geradezu langweilige Polizeiarbeit wurde durch solche Vorkommnisse aufgelockert. Ein Streit unter Kollegen war stets eine willkommene Abwechslung, und in letzter Zeit machte es in dieser Hinsicht sogar richtig Spaß hier. Alle spürten die gefährlichen Schwingungen in der Abteilung.

Doch alle irrten sich.

»Soso, Armin, soso«, presste Gierack enerviert hervor und machte auf dem Absatz kehrt.

Schade, doch kein Streitgespräch vor Publikum.

Bevor Gierack jedoch durch die Tür in den Gang hinaus verschwunden war, brüllte er über die Schulter hinweg. »Zu mir, Trost. Sofort zu mir!«

Kein Streitgespräch. Ein *Donnerwetter*.

2 »Das hättest du nicht tun sollen.«

»Was denn genau? Ihn unterbrechen? Ihm sagen, dass er aufhören soll mit seinen Sticheleien?«

»Nein, nicht einfach rausgehen. Du hättest ihn wie üblich brüllen lassen sollen in seinem Büro. Hört doch eh keiner mehr hin.«

Trost starrte aus dem Wagenfenster. »Es gibt Morde, der Polizeichef startet eine unkoordinierte mediale Suchaktion, macht eine Hexenjagd daraus, lässt sich zu Talkshows einladen, die Leute spielen verrückt, er wiegelt sie auf, sie greifen ganz normale, arglose Bürger an. Findest du nicht, dass wir aufhören sollten, einem Idioten zu folgen?«

Lemberg war ihm nachgegangen, als er sich der Aufforderung Gieracks widersetzt hatte, und fuhr mit ihm vom Gelände des Polizeihauptquartiers. Ein Filialleiter einer Fast-Food-Kette hatte sich gemeldet und darauf hingewiesen, dass er eine möglicherweise interessante Aufnahme seiner Überwachungskamera habe. Als sie an einer Ampel warteten, betrachtete sie sein Profil.

»Was ist?«

»So kenne ich dich gar nicht«, sagte sie.

»Wie?«

»Du hättest früher nie gesagt, jemand sei ein Idiot. Du hast auf mich immer so gewirkt, als würdest du über den Dingen stehen und dich nicht auf solche Spielchen einlassen. Was ist passiert?«

Trost rollte genervt mit den Augen. »Geh bitte, ich brauch jetzt keine psychologische Betreuung. Lass uns hoffen, dass dieser Burgerchef etwas Brauchbares für uns hat und nicht nur ein Video von einer auf dem Besen sitzenden Hexe, damit Gieracks medialer Vorstoß wenigstens zu irgendetwas gut war.«

Lemberg saugte die Unterlippe ein und zuckte mit den Schultern, während sie den Wagen startete: »Gut, wie du willst. Reden wird ohnehin überbewertet.«

Das Burgerlokal befand sich im Kreuzungsbereich Fröhlichgasse/Conrad-von-Hötzendorf-Straße. Die Einflugschneise für Pendler löste hier stets regen Verkehr aus, die Messehalle gegenüber, dazu die spiegelnden Fassaden eines großes Medien- und Versicherungscenters und eine Tankstelle, auf deren Flachdach die heiße Luft flirrte, taten ihr Übriges, und demnächst würde auch ein weiteres Bauprojekt für noch mehr Frequenz sorgen. Da konnten die Leute Lastenräder und E-Autos fordern und fördern, so viel sie wollten, Diesel und Benzin werde es immer geben, meinte der Filialleiter, ein kleines Wesen mit von Bartflaum bedeckten Backen, die an einen Hamster erinnerten. Die schwarzen Augen huschten hastig in den Höhlen und wirkten stets verschreckt.

Trost bezweifelte seine Einschätzung zwar, ließ sich aber auf keine Diskussion darüber ein.

»Wir sind nicht zum Plaudern da. Die Filmaufnahmen, bitte«, sagte er wenig leutselig.

In dem Fast-Food-Laden roch es penetrant nach Faschiertem und frittierten Pommes. Dazu gesellte sich der Duft diverser Körpergerüche, denn vor der Theke stellten sich Dutzende Leute an und warteten mit ihren via Computer ausgedruckten Bestellcoupons auf die Auslieferung ihrer Fresspakete. Entweder die Klimaanlage funktionierte nicht oder die sich ständig öffnende Tür brachte zu viel heiße Sommerluft in den Innenraum. Es war schlichtweg zu warm in dem Restaurant.

Zwei Jugendliche wechselten sich damit ab, Nummern zu rufen, woraufhin sich die sichtlich erleichterten Kunden näherten, um ihre Päckchen abzuholen. In einer schier endlosen Reihe und mit hoher Taktfrequenz wurde dahinter von einem halben Dutzend Mitarbeitern ein Burger nach dem anderen produziert, eine Fließbandarbeit mit eingespielten Handgriffen.

Trost hatte sich nicht sonderlich Mühe gegeben, leise zu sprechen, und so drehten sich einige der Umstehenden zu ihnen um. Der Filialleiter machte ein Gesicht, das keinen Zweifel daran ließ, dass er Trost am liebsten einen verhunzten Burger gemacht hätte, und führte sie in eine kleine Kammer im hinteren Bereich der Küche. Er murmelte etwas davon, dass er der Polizei immer gern helfe, schließlich sei sein Cousin bei der Ordnungswache gewesen, bis sie ihn rausgeworfen hätten. Den Nachsatz »weil er zu fleißig war« grummelte er so unverständlich, dass er kaum zu verstehen war.

Trost interessierte der Grund des Rauswurfs gar nicht. Er hatte einfach keine Lust auf freundliche Konversation.

Als sie das winzige Büro des Hamsters betraten, sagte dieser, er habe sich das Bild auf der Kamera mehrmals angeschaut. »Es hat mich an die Fotos in den Zeitungen erinnert. Aber schauts selbst.«

Er wies Trost und Lemberg auf einen Bildschirm hin, der sich hinter Bierflaschen, einem vollen Aschenbecher und jeder Menge Verpackungspapier von Burgern und Pommes versteckte. Der kleine Mann setzte sich auf einen Drehsessel, stocherte mit einem zu lang geratenen Fingernagel Speisereste aus seinen großen ockerfarbenen Schneidezähnen und griff mit der anderen Hand nach der Maus, um das Video zu starten. Trost und Lemberg standen schweigend hinter ihm.

Er erkannte sie sofort. Die Kameraaufnahme zeigte den Parkplatz im Eingangsbereich des Ladens. Esther Befana stieg von einem Motorrad und nahm den Helm ab. Sie ging auf die Tür zu. Im Vorbeigehen schaute sie in die Kamera. Hier ließ Trost das Bild stoppen. Er sah der Hexe direkt in die Augen. Und staunte. Denn sie lächelte ihn an.

Er wies den Filialleiter an, das Video weiterlaufen zu lassen. Befana verschwand und kam kurz darauf wieder zurück. Diesmal ging sie direkt auf ihr Motorrad zu, blieb davor aber noch einmal stehen, drehte sich um und stemmte die Arme in die Hüften. Dann zeigte sie plötzlich mit einem ausgestreckten Zeigefinger in die Kamera.

Und war verschwunden.

Trost schrak hoch. Er und Lemberg wandten sich an den Filialleiter.

»Was ist mit dem Bild?«

»Ich weiß, da ist was passiert. Plötzlich ist das Bild aus. Aber warten Sie ein paar Sekunden. Das Video geht weiter.«

Und tatsächlich, nachdem es noch einige Zeit schwarz am Bildschirm war, setzte die Aufnahme wieder ein. Zu sehen war diesmal das Motorrad, das immer noch an der Zapfsäule stand. Weitere Autos kamen an und fuhren fort. Trost rutschte ungeduldig am Schreibtischsessel hin und her.

»Passiert noch was?«

»Nein.«

»Wie ›nein‹?«, sagte Lemberg. »Das ist alles? Die Frau ist fort?«

»Ja.«

Trost drehte den Stuhl und sah dem Hamster ins Gesicht. »Und wo ist das Motorrad jetzt?«

Da grinste der Mann, und es war nun allzu deutlich zu erkennen, dass er seine Zähne nicht vollständig von Essensresten freigepult hatte. »Ich wusste, dass euch das interessiert.«

3 Das Motorrad erinnerte vom Design her an ein älteres Modell, war ansonsten aber nicht weiter auffällig. Der Hamster hatte die Maschine auf eine freie Fläche neben der Waschstraße der Tankstelle gestellt. Die Sonne knallte auf die Maschine, Ledersattel und Chassis mussten siedend heiß sein.

Als Trost die Nummerntafel sah, ein offenbar italienisches Kennzeichen, zog er sein Handy aus der Hosentasche und drückte eine Kurzwahl.

Er hatte wie immer lange an seiner Gewohnheit festgehalten, die Lederjacke anzuhaben, und bei dem letzten Unwetter war er auch froh gewesen, sie dabeigehabt zu haben, denn da war es kurzfristig doch sehr kalt geworden. Aber unmittelbar nach dem vermeintlichen Weltuntergang war das Thermometer wieder in tropische Bereiche geklettert, gepaart mit schweißtreibender Luftfeuchtigkeit, und so trug er diesmal nur ein weißes T-Shirt über einer grauen Jeanshose. Die Hitze, die vom Handy ausging, war dennoch enorm, er spürte, wie ihm die Hose an der Stelle, an der er es eingesteckt hatte, an der Haut klebte und sich das Shirt am Rücken wie ein feuchter Waschlappen zwischen den Schulterblättern anfühlte.

Lemberg schaute ihn fragend an, doch Trost fixierte die Nummerntafel, gab sie nach einer kurzen Begrüßung durch und legte wieder auf. »Wird gecheckt«, sagte er.

»Fahrt ihr jetzt nach Italien zum Besitzer des Bikes?«, grinste der Filialleiter. »Wär doch ein klasse Urlaub.«

Trost schaute ihn an, erwiderte aber nichts.

Minuten später, Lemberg und er saßen bei offenem Fenster im Wagen, bekam Trost eine Nachricht.

»Und? Fahren wir jetzt tatsächlich ans Meer?«, fragte Lemberg wie beiläufig ins Kauen hinein. Sie war dabei, einen Cheeseburger zu verdrücken, was, wie Trost fand, gar nicht zu ihr passte. Noch dazu, da sie mit vollem Mund sprach. Eine Sekunde lang war er dadurch abgelenkt und fragte sich, ob sie das bewusst tat, um unbekümmerter zu wirken. So als wollte sie ihn damit beeindrucken und ihm zeigen, dass sie ein Kumpel war. Jemand, mit dem man Spaß haben konnte. In Wahrheit aber fasste Trost ihre Frage eine Sekunde lang persönlich auf. Ihre Worte klangen in seinen Ohren im ersten Moment wie eine Liebkosung, wie die süße Idee, gemeinsam Hand in Hand einen Strand entlangzuspazieren.

Er schaute durch die Frontscheibe und betrachtete einen schwitzenden Mann, der ausgerechnet bei dieser Affenhitze mit Anzug und Krawatte dabei war, sein Auto mit dem Tankstellenstaubsauger zu putzen, und war dankbar für die Ablenkung.

»Keine Zeit für Strand«, sagte er einsilbig.

Lemberg hielt kurz im Kauen inne, hob die Augenbrauen und aß dann weiter. Es war ihr anzusehen, dass ihr eine charmante Antwort lieber gewesen wäre.

Eine geisterhafte Begegnung

1 Trost ließ sich von Lemberg mitten in der Stadt absetzen und atmete tief durch. Seit ihrer kurzen Unterhaltung und der Strand-Anspielung hatten sie kaum noch ein Wort gewechselt. Er sagte nur, er wolle den Kopf frei bekommen, sprang am Radetzkyspitz aus dem Wagen und ging zurück zur Herrengasse. Ihre Nähe im Auto war ihm zu viel geworden, ihre Präsenz hatte seine Gedanken durcheinandergebracht.

Wie immer, wenn er die Gelegenheit dazu hatte, schaute er sich die Auslagen der Buchhandlung am Eisernen Tor an und schlenderte dann durch die Hans-Sachs-Gasse über den Tummelplatz mit dem Akademischen Gymnasium in die Bürgergasse, über Kopfsteinpflaster Richtung Dom und Burg. Hier war die Luft etwas kühler, und hin und wieder blieb er einfach stehen, um die Enge der Gasse zu genießen.

Aus dem Gasthaus Stainzer Bauer manifestierte sich der Küchengeruch als Festgelage. Schweinsbraten, Semmelknödel, Sauerkraut tauchten auf, Erdäpfelsalat mit Zwiebel, der in Kernöl schwamm, ein Glas Weißburgunder, Vanilleeis – er hatte plötzlich gewaltigen Hunger, ging ins Wirtshaus und bestellte sein imaginiertes Festmahl, das kurz darauf auch fast genauso aussah, wie er es sich vorgestellt hatte.

»Einmal Henkersmahlzeit«, sagte der Kellner, als er das Essen vor Trost auf den Tisch stellte. Dessen fragenden Blick deutend, fügte er hinzu. »Das war die häufigste Henkersmahlzeit in Graz. Hab ich gelesen. Aber ich hoffe, Sie werden heute nicht hingerichtet. Sie sind keine Hexe, oder?«

Über seinen eigenen Humor lachend, wandte sich der Kellner ab und war längst fort, als Trost ihm, Messer und Gabel in der Hand haltend, immer noch nachblickte.

Was geht hier vor?, fragte er sich. Warum hatte er ständig das Gefühl, tatsächlich in einer verhexten Welt zu leben? Und mit einem Mal kam ihm auch der Raum, in dem er sich befand, wie die Gaststube aus einer Märchenerzählung vor. Die Farben waren da und dort kräftiger als nötig, und die Gesichter der Gäste an den anderen Tischen waren feister und ausgeprägter, als wären sie von einem Karikaturisten wie Gerhard Haderer oder Manfred Deix illustriert worden. Die Schank mit ihren glitzernden Gläsern und Flaschen vor der Spiegelwand wirkte wie eine Kulisse, und für einen Augenblick vermeinte er sogar Duftwolken zu *sehen.* Und Sprechblasen über einem alternden Ehepaar.

Er, weil er den Mund gerade voll hatte, sagte »Mmmpf«, und sie, deren Doppelkinn wackelte wie bei einem Gockel, hatte »Glimper« in der Blase stehen – wahrscheinlich, weil ihre schweren Ohrringe die Läppchen lang zogen und sich ebenfalls im Takt ihres stetig zitternden Kopfes bewegten.

Trost entschloss sich, die Trugbilder hinzunehmen, und aß einfach weiter. Die Möglichkeit, dass er den Verstand verlor, zog er durchaus in Betracht, sein Hunger war im Augenblick trotz aller Phantasmagorien aber das größere Problem, das es zu lösen galt.

Während sich rundherum also alles in eine groteske Welt auflöste – einmal schrumpfte vor seinen Augen der Kellner sogar zu einer zwergenhaften Märchengestalt mit einem Bart, den er am Boden hinter sich her schleifte –, aß er einfach weiter. Vieles war möglich. Manchen Menschen wurde übel, andere waren grantig, wenn sie Hunger hatten. Vielleicht spielte ihm sein Hirn auch einen Hungerstreich.

Erst als der Schweinsbraten schon fast verdrückt war und draußen vor dem Fenster eine Frau in einem Pferdekarren vorübergeführt wurde, hielt er wieder inne und wischte sich seinen Mund betont gewissenhaft mit einer Serviette ab, als wollte er noch einen Rest Würde bewahren, ehe sie ihn in einer Zwangsjacke aus dem Raum befördern mussten.

Er kniff die Augen fest zu. Als er wieder aufblickte, war die Frau immer noch da. Sie hielt sich an den Sprossen eines Käfigs fest und fixierte ihn unverwandt. Offenbar wurde sie soeben zu einer Hinrichtung geführt.

Trost glaubte, sogar die in der Achse raunzenden Räder hören zu können. Jemand schimpfte der Frau etwas zu, und ein Gegenstand flog durch die Luft und traf sie am Kopf. Die Frau taumelte kurz, blinzelte und ließ den Brei, der ihr nun übers Gesicht lief, vom Kinn tropfen. Trost erkannte eine Burgerschachtel am Boden des seltsamen Gefährts. In diesem Moment löste sich das Bild vor ihm in einer heranströmenden Nebelwolke auf.

»Ist alles in Ordnung?«

Der Kellner stand plötzlich neben ihm, und Trost schloss den Mund, der ihm gedankenverloren aufgeklappt war.

Er blickte an sich hinab und betrachtete seine Hände, um zu sehen, ob auch sie sich verformt hatten. Sie waren noch da. Aber sie zitterten.

2 Trost verließ die Gaststube wieder und schlenderte durchs Burgtor auf den Stadtpark zu. Nahe dem Café »Promenade« setzte er sich auf eine Parkbank neben einen älteren Herrn, der unter seinem Hut schlummerte, streckte die Beine aus und musterte die Enten im Teich an der Stadtmauer unterhalb des Burggartens.

Er stellte sich vor, wie er auf Passanten wirken musste, die einen flüchtigen Blick auf ihn warfen – wenn sie denn überhaupt vom Handydisplay aufsahen. Ein mittelalter Mann, der am helllichten Tag auf einer Parkbank saß, musste etwas verloren haben. Seinen Job, einen wichtigen Menschen oder sich selbst.

Doch Trost war nichts von alledem widerfahren. Es ging ihm im Gegenteil sogar recht gut, nicht nur weil sich der geisterhafte Nebel, der die Welt um ihn herum in ein märchenhaftes Licht getaucht hatte, verzogen hatte, sondern auch weil er das Gefühl hatte, dass ihn die Trugbilder seiner Seltsamwelt auf eine Spur bringen wollten. Er wusste noch nicht, auf welche, aber er ahnte, dass er in die richtige Richtung abgebogen war.

»Jedes Aufeinandertreffen folgt einem Plan, den etwas Großes geschmiedet hat, das über uns allen liegt. Es gibt keine Zufälle.«

»Ich weiß«, erwiderte Trost. »Bist du es, der mir gefolgt ist, oder war ich dir auf der Spur?«

»Wer weiß schon, warum die Dinge passieren, die passieren?«

Wenn jedes Wort Sinn ergab und doch nur sinnlos war, wenn sich eine Unterhaltung in Form von einander zugeworfenen Fragen entspann, dann konnte das nur eines bedeuten: Er war einem alten Freund seines längst verstorbenen Vaters begegnet. Einem Freund, den er seit Jahren nicht mehr gesehen hatte. Tobias Schlierenbaum, der sich selbst als Wegelagerer am Rande der Welt der Reichen und Schönen bezeichnete, ein Künstler, wie man Leute wie ihn nannte, aber einer von der Sorte, die in die Jahre gekommen und fast in Vergessenheit geraten waren.

Schlierenbaum hatte sich selbst pensioniert, weil er eines Tages beschlossen hatte, seine Werke nicht mehr ausstellen zu lassen – und hatte damit ihren und seinen Marktwert rapide in die Höhe getrieben. Ein Kauz, ein väterlicher Freund und seit jeher einer der ganz wenigen, die Trost durchschauten, die ihm in seiner merkwürdigen Gedankenwelt ebenbürtig waren. Dass sie einander so selten sahen, lag vor allem daran, dass Schlierenbaum keine Nähe wollte. Aber er hatte dem Sohn seines ältesten Freundes vor langer Zeit versprochen, immer dann aufzutauchen, wenn es nottat. Er wolle da sein für ihn, wie ein im Berg schlummerndes Heer, das aufwacht, wenn das Land Hilfe brauchte.

Trost musste schmunzeln. Dieses Bild des dösenden Heeres im Berg hatte er noch allzu gut von seinem letzten Fall im Kaiserwald im Kopf. Er sagte »Atnamech« und erinnerte sich an die Maisfeld-Armee, die Gräber und die ausgegrabenen Schätze, die ihm dann immerhin eine Beförderung eingebracht hatten. Trotz der Verletzungen, die er damals davongetragen hatte, war die Erinnerung daran keinesfalls nur schmerzhaft. Der ganze Fall hatte ihn viel gelehrt. Nicht zuletzt darüber, wie schnell alles zu Ende gehen konnte.

»Ich bin vieles, aber sicherlich kein Heerführer«, gab Schlierenbaum zur Antwort und bewies damit einmal mehr, dass er selbst aus unvermutet hingeworfenen Wortbrocken sofort die richtigen Schlüsse zog. Sein lexikalisches Wissen war eine Sache, die Fähigkeit, es reflexartig abzurufen, eine andere, vielleicht noch viel nützlichere.

Endlich öffnete Schlierenbaum die Augen, und zwei bläulich schimmernde Punkte in einem Meer aus feinen Fältchen blitzten Trost freundlich an.

»Hexe oder Jäger?«

Trost zuckte mit den Schultern. »Bin mir selbst manchmal nicht sicher.«

Schlierenbaum richtete sich auf und fasste Trost am Handgelenk. Die Haut des alten Mannes war trocken und kalt. »Falsche Antwort«, sagte er mit einer Stimme, die an ein schwaches Krähenschreien erinnerte. »Du bist immer der Jäger. Hörst du? Nie die Hexe. *Immer* der Jäger. Da gibt es keinen Zweifel. Auch du darfst nicht zweifeln. Jäger. Hast du verstanden? *Jäger.*«

»Und wenn es etwas dazwischen gibt?«

Schlierenbaum ließ ihn los und musterte ihn wie ein Ausstellungsstück. Plötzlich zog sich eine senkrechte Falte über seine Stirn. »Da gibt es nichts dazwischen«, sagte er. Und es war deutlich zu vernehmen, dass das Gespräch damit beendet war.

3 Sie spazierten durch den Park auf das Univiertel zu. Schlierenbaum, dessen fortgeschrittenes Alter ihn in die stützende Kraft eines Gehstocks getrieben hatte, schleppte seinen Körper wie eine Last mit sich. Er habe gleich gewusst, als er die Zeitungsberichte gelesen habe, dass dieser Fall, die »Hexenjagd«, Trost mehr beschäftigen würde als viele anderen Fälle zuvor.

»Weil ich dich kenne, Armin. Weil ich weiß, dass ein Fall, der so viele in uns steckende Schreckensbilder hervorzubringen vermag, für dich eine Belastung ist. Du denkst immer in Bildern und folgst seit jeher deiner Intuition. Und das kann sich bei solchen Verbrechen nicht unbedingt als Vorteil erweisen. Anders gesagt: Sobald Hexen im Spiel sind, hört der Spaß auf. Ich weiß, dass du am Durchdrehen bist, Armin. Dass du fürchtest, die Welt wäre ein von Magie durchsetzter Ort.«

Er blieb stehen und atmete schwer.

»Eines muss dir aber klar sein. Die Welt *ist* ein von Magie durchsetzter Ort. Es ist besser, das zu akzeptieren. Das macht es einfacher. Und dann, wenn du das getan hast, wenn dich nichts mehr *wundert*, dann hör auf deinen Verstand. Hinter jeder Hexe steht das Bild, das man sich von ihr macht. Gib der Hexe einen anderen Namen und sie verliert viel von ihrem Schrecken. Meist ist sie dann nichts anderes mehr als ein verschrecktes Wesen, das Angst vor seinen Jägern hat. Und plötzlich entpuppen sich die Hexenjäger ihrerseits als die wahren Monster, denn am Ende des Tages sind es immer die Hexen, die brennen, und nicht deren Jäger. Das hätte uns schon längst zu denken geben sollen.«

So ging das noch eine geraume Zeit. Schlierenbaum warf in einem unerschütterlichen Monolog Satzbrocken und Gedankenfetzen vor sich hin, wie andere ihren Müll ausleeren. Es war seine Methode, in seinem alternden Gehirn aufzuräumen. Mit jedem Wort, das er sprach, schien ihm leichter zu sein, und tatsächlich fiel Trost auf, dass Schlierenbaum am Ende ihres Weges – sie waren schon im Stiegenhaus eines Mehrparteienhauses aus dem 19. Jahrhundert angekommen – den Gehstock mehr trug, als sich auf ihm abzustützen. Sie gingen in den Keller, öffneten eine Brandschutztür, das Licht flackerte auf, und er fand sich in einem zauberhaften Reich aus Bildern, Büchern und Krimskrams wieder, welches ihm wie die Lagerhalle eines Zeitreisenden vorkam.

Schlierenbaum grinste, als er die Verblüffung in Trosts Gesicht ausmachte.

»Schon lange her, dass du das letzte Mal hier warst.«

»Aber es hat sich nichts verändert.«

»Veränderungen sind in meinem Alter eher unüblich. Kaffee?«

4 »Also ich fasse kurz zusammen. Eine Frau kommt zu dir, du meinst, sie verfüge über Hexenkräfte. Ein Mord geschieht, ihr jagt die Frau, du siehst Gespenster, weißt, dass dein Unterbewusstsein dir etwas sagen will, womöglich des Rätsels Lösung kennt, doch du findest es nicht heraus. So weit korrekt?«

Trost starrte in die Kaffeetasse, als fände er darin die Wahrheit. Der Würfelzucker löste sich langsam auf. Er spürte Schlierenbaums Blicke auf ihm, erwiderte sie aber nicht. Er hatte dem alten Mann die letzten Tage umrissen und wollte jetzt ihm das Reden überlassen. Beide wussten, dass Trost nichts mehr sagen würde, bis er gegangen war, also griff Schlierenbaum den Faden wieder auf.

»Ich wusste, dass du kommen würdest. Dazu brauchte ich nur die Berichte der vergangenen Tage zu lesen und zu interpretieren. Es war nicht zu übersehen, dass du Hilfe brauchen würdest. ›Hexenjagd‹, so etwas Dummes. Ich wette, das ist diesem Gierack eingefallen.«

Erstaunt hob Trost jetzt den Kopf.

»Ja, da kannst du schon schauen wie ein Autobus. Ich bin zwar ein alter Knacker, aber ich hab dir immer schon gesagt, ich bin ein bisschen so wie du. Ich beobachte die Welt, mische mich nicht ein, betrachte sie nur, filtere aus, füge zusammen, mache mir ein Bild. Bei mir entstehen danach Kunstwerke, du klärst Morde auf, aber im Grunde zerlegen wir beide die Welt in ihre Einzelteile, entlarven und entblößen sie. Wir bringen die nackte Wahrheit ans Licht.«

Trost wusste, dass er jetzt für ein, zwei Minuten abschalten konnte. Wenn Tobias Schlierenbaum erst einmal in Fahrt war, konnte ihn nichts stoppen. Er redete sich in einen Wirbelwind und ließ die Wortfetzen aus sich heraussprudeln. Er traute ihm sogar zu, dass irgendwo im Hintergrund ein Tonband lief und dass alles nur ein Brainstorming für den Titel eines Happenings war, eine Installation, in der er, Trost, selbst den Protagonisten abgeben würde. Aber das war ihm im Augenblick egal, denn er spürte, dass er hier, wenn auch auf absurde Weise, einen Schritt weiterkommen konnte.

Die Bilder, zwischen denen sie Platz genommen hatten, waren größer und düsterer als jene, die er bei seinem letzten Besuch hier im »Studio der Wahrheit«, wie Schlierenbaum sein Atelier nannte, in Erinnerung hatte. Es musste Jahre her sein, doch interessanterweise war der Künstler nicht wesentlich gealtert. Er war immer schon der weißhaarige Freund seines Vaters gewesen, der bereits greisenhaft gewirkt hatte, als Trost noch ein Kind gewesen war und er mit seinem Vater in der elterlichen Wohnung in Eggenberg Zigarre geraucht hatte.

Faszinierend an dem Mann war stets, dass er über alles Bescheid zu wissen schien. Er musste vierundzwanzig Stunden lang online sein und sämtliche Zeitungen, die in Graz zu bekommen waren, lesen. Schlaf ging sich bei diesem reichhaltigen Schatz an Wissen und Meinunghaben gar nicht aus.

Schlierenbaum war wirklich ein Kenner seiner Zeit, er lebte nicht *mit*, sondern *in* der Gesellschaft, und das, obwohl er nur an deren Rändern auftauchte, von denen aus er allerdings pointierte Nadelstiche zu setzen pflegte, die seiner Kunst zuweilen auch den Makel der Nörgelei einbrachten. Nichts passte ihm. Nichts war gut genug. Schlierenbaum fand in jeder Suppe ein Haar.

»Also achte auf diese Lemberg, die eifert dir nach, was idiotisch ist, denn sie sollte ihren eigenen Weg gehen. Gierack dagegen ist kein Idiot, sondern ein vielgesichtiger Mann. Mehr fällt mir nicht ein. Vielleicht eines noch: In der Stadt stimmt etwas nicht. Da ist ein Gefüge durcheinandergeraten. Das, was dir dein Unterbewusstsein vorgaukelt, kommt nicht von ungefähr. Es gibt Leute, die sich von den Ereignissen der letzten Jahre aus dem Tritt haben bringen lassen. Und eine Hexenjagd kommt ihnen nun sehr gelegen. Sie springen auf den Zug der Wahnsinnigen und rollen damit durch die Stadt, als wär's ein fahrendes Irrenhaus.

Mein lieber Armin, ich würde dir so gern raten, dass du dich da raushältst, aber solche Ratschläge stacheln dich gewöhnlich ja nur an. Ich bitte dich also nur, den Kopf über Wasser zu halten. *Über* Wasser, verstehst du?«

Wasser.

Trost sah den Packer Stausee vor sich. Das schwarze Wasser des Sees. Wie es im Mondlicht glitzerte. Ihn schauderte.

Mit diesem Bild verließ er das »Studio der Wahrheit«.

Das Monster

1 An der Haltestelle verharrte er steif wie eine Säule und stieg schließlich in den Bus der Linie 63, die ihn zum Grazer Hauptbahnhof führte. Er war noch nicht bis zum Geidorfplatz gekommen, als er durch das stete Schaukeln des Wagens in ein unruhiges Dösen verfiel. Ein paar Reihen vor ihm saß eine Gestalt, die sich langsam zu ihm umdrehte. Er konnte nicht sagen, warum, aber er wollte unter allen Umständen vermeiden, dass sie sich ihm zuwandte, doch die Person ließ sich nicht aufhalten.

Sie drehte sich wie durch eine geheimnisvolle Kraft dazu angestiftet im Stuhl immer weiter, bis er ihr Gesicht unter dem Kopftuch sehen konnte. Ein spitzes Kinn ragte aus einem verwarzten Gesicht hervor wie ein mahnender Zeigefinger, die Nase krümmte sich über die Oberlippe, und ihr Blick verriet eine wilde, irre Leidenschaft, die nichts Gutes versprach.

Das Handyläuten holte ihn in der Keplerstraße aus dem Schlummer. Das Gespräch riss ihn aus der Müdigkeit. Er wies den Grafen an, seinen Bus zu fahren, der Schlüssel liege auf dem Schreibtisch. Danach sprang er auf und stieg an der nächsten Haltestelle aus.

Er wandte sich noch ein letztes Mal jenem Platz zu, an dem die grauenhafte Alte zuvor gesessen hatte. In Wirklichkeit saß ein Pärchen dort und musterte ihn schüchtern. Wieder nur ein Trugbild also.

Er bildete sich ein, dass die jungen Leute wussten, wer er war. Vielleicht aus einem Bild in der Zeitung oder einer Kameraaufnahme, die zeigte, wie er an einem Tatort seiner Arbeit nachging.

Etwas in seinem Kopf lief falsch. Die Trugbilder häuften sich. Das MRT reichte nicht, er musste weitere Tests machen lassen.

Doch davor musste er den Sirenen folgen und den Blaulicht an die Fassaden werfenden Einsatzwagen.

Er stieg aus, nahm die Beine in die Hand und rannte in Richtung Annenstraße, während er darauf achtete, nicht von den Schreckensbildern seiner Träume verschlungen zu werden.

2 Der Eingang zum Annenhofkino war abgesperrt, ein TV-Kamerateam war bereits vor Ort, Journalisten drängten sich zwischen Schaulustige, die Straßenbahn bimmelte wie verrückt, weil die Leute im Weg standen.

Trost sah seinen Bus etwas abseits im Bereich Esperantoplatz hinter einem Streifenwagen stehen. Offenbar hatte der Graf die restlichen Meter zu Fuß gehen wollen, um weniger Aufmerksamkeit zu erregen und die Peinlichkeit zu vermeiden, wenn er den Wagen nur stotternd zum Stillstand brachte.

Als sich die Kinotüren hinter ihm schlossen, wurde der Lärm der Straße von einem unheilvollen Murmeln abgelöst. Hier drinnen sprachen alle gedämpft. Tatortlautstärke.

Er lief durchs Foyer des Kinos, linker Hand hatte es früher eine Snackbar und dahinter den Kartenschalter gegeben, beides war im Lauf der Zeit verwaist. Die Möbel standen wie überdimensionierte Schuhschachteln, die im Keller verstaubten, herum und wurden seit Jahren nicht mehr benötigt. Wer das Kino betrat, musste einen Leerraum durchqueren, ein sinnloses Foyer im Halbdunkel. Kinokarten konnten mittlerweile nur ganz hinten, direkt am Popcorn-Schalter, gekauft werden. Die Zeiten, in denen hier große Premieren mit Menschenmassen gefeiert wurden, waren längst vorbei.

Er legte die hundert Meter durchs Foyer zurück und lief die Treppen hinab ins Untergeschoss, in dem sich weitere Kinosäle befanden. Die Gesprächsfetzen, die er von den Umstehenden aufnahm, und die Trauben von Kollegen, die wie ein Spalier angeordnet waren, wiesen ihm den Weg in Saal 7 gleich unterhalb des Stiegenhauses. Außerdem verriet ihm schon von Weitem Waldemar Dietrichs Stimme, dass er hier richtig war.

Der Tatortexperte erklärte Lemberg und einer Handvoll bestürzt dreinblickender Kollegen den Tathergang, so wie er sich für ihn im Augenblick darstellte, und das mit einer Gereiztheit in der Stimme, die verriet, dass er das alles nur deshalb erklärte, um die sinnlos im Weg Stehenden bald loszuwerden. Er kam gerade rechtzeitig zu Dietrichs Vorstellung.

»Die Täterin kam als Putzfrau verkleidet«, bellte er. »Der Wagen mit dem Putzzeug steht noch hier. Ich nehme an, dass sie vorgab, gestolpert zu sein. Das Opfer näherte sich, weil es helfen wollte. Danach muss alles sehr schnell und mit sehr geschickten Händen ausgeführt worden sein. Sie nahm das Kabel, wickelte es dem Mann um den Hals und riss daran. Er stürzte rücklings, konnte sich aber nicht hochziehen, weil die Täterin weiter daran zog. Durch diese Zugkraft schnürte sich der Knoten am Hals zu. Es ist durchaus möglich, dass er schon bewusstlos war, bevor seine Füße den Kontakt zum Boden verloren.«

Trost folgte Dietrichs Ausführungen, bis er die Leiche bemerkte, die an einem hoch oben angebrachten Scheinwerfer hing.

»Spätestens als sie dem Mann das Brenneisen an die Brust hielt, wird er wieder aus der Ohnmacht aufgewacht sein. Allerdings schmorte dieses Brandmal eine Wunde in seinen Körper, die bis hinein zum Knochen reicht. Der Schock muss entsetzlich gewesen sein. Ich gehe davon aus, dass die Daumenklemmen wieder mittelalterliches Werkzeug sind, gestohlen aus einer der zahlreichen Folterkammern, die es in jeder zweiten Burg im Land gibt. Sie dürften ihm aber erst nachträglich an seine Daumen geklemmt worden sein. Also zu einem Zeitpunkt, als er bereits tot war.«

»Warum hat das niemand bemerkt?«, wollte der Graf wissen, der in diesem Moment aus dem hinteren Schatten des dort weniger beleuchteten Kinosaals trat, als hätte ihn ein Regisseur näher ans Licht gewunken.

»Der erste Film läuft heute erst um siebzehn Uhr, es ist jetzt eins, eigentlich hätte nur der Mann vom Wachpersonal hier sein sollen. Er wird sich wahrscheinlich gedacht haben, dass es sich um eine Extra-Putzschicht handelt. Aber eingetragen war für heute nur er selbst.«

»Das heißt, dass ihn auch niemand schreien gehört hat.«

»So ist es. Apropos schreien. Also die eine Theorie ist wie gesagt, dass er erwürgt wurde und dann erst an die Daumenschrauben geklemmt wurde. Es ist aber natürlich auch möglich, dass das Würgen ihn nur geschwächt hat. Dass er also mit den Zehenspitzen verzweifelt nach Halt gesucht hat. Zu diesem Zeitpunkt hätten die Daumenschrauben einen furchtbaren Schmerz zusätzlich zur Todesangst ausgelöst. Diese Schreie müssen dann furchtbar gewesen sein. Aber wie gesagt: Niemand konnte ihn hören.«

Trost sah sich im Kinosaal um. Während Dietrich sein Referat hielt, gingen hinter ihm bereits die Forensiker zu Werke. Die Bühne des Kinos und Teile der ersten Reihen wurden von mobilen Scheinwerfern grell ausgeleuchtet. Die Leiche drehte sich im Seil, und wenn sie hersah, bemerkte Trost eine blaue Zunge, die dick aus dem Mund quoll wie ein Stofflappen. Die Augen waren vollkommen blutunterlaufen und die Daumen aufgeplatzt wie Cocktailtomaten.

»Von wem wurde die Leiche entdeckt?«, wollte Lemberg wissen.

»Von einem Kollegen des Mannes, der sich draußen im Kaffeehaus neben dem Kino noch einen Kaffee gegönnt hatte.«

»Ein Wachmann, der sich einen Kaffee gönnt, während der andere die Arbeit macht?«

»Na ja, Arbeit«, sagte Dietrich abschätzig. »Die armen Kerle müssen in der Regel durch leere Häuser spazieren, klimpern dabei möglichst laut mit ihren Schlüsseln, damit Ratten und anderes Zeug schnell verschwindet und sie ihre Angst überwinden, aber das war's dann auch schon mit der ›Arbeit‹.« Das letzte Wort unterstrich er mit angedeuteten Gänsefüßchen.

»Jedenfalls ist auch der Kollege dann irgendwann doch ins Kino gekommen …«, stellte Lemberg fest, und Dietrich nickte.

Trosts Blick schweifte durch den Saal. Etwas störte ihn. Etwas war zu spüren.

»Könnt ihr bitte alle rausgehen?«

Erst jetzt drehten sich die meisten zu ihm um und machten überraschte Gesichter. Offenbar hatte ihn niemand bemerkt.

»Wie bitte?« Der Graf war der Erste, der die Stimme wiederfand, und schaute sich mit einer theatralischen Geste um, dass er sich wohl verhört habe.

»Geht bitte alle raus«, wiederholte Trost. »Jetzt.«

Er achtete nicht darauf, dass sich ringsum einige bedeutungsvolle Blicke zuwarfen, die keinen Hehl daraus machten, was sie von ihm hielten.

Dietrich schnaufte und begrub sein Gesicht in den Händen. »Das darf nicht wahr sein«, zischte er. »Armin, immer wenn du dabei bist, machst du ein Theater.«

Trost schwieg. Beobachtete nur die dunklen Schatten im Saal und drehte sich langsam im Kreis. Er spürte immer noch, dass etwas falsch war. Er konnte das Gefühl nur noch nicht zu fassen kriegen.

»Ist das jetzt sein Ernst, oder was?«, meckerte der Graf immer noch, nur Lemberg sprang Trost bei und ergriff die Initiative. Wie ein Rudel Kindergartenkinder trieb sie den Haufen vor sich her, die Arme weit ausbreitend und manchmal in die Hände klatschend. »So, Leute, ihr wisst, wie das läuft. Keine Widerrede, wenn er da ist. Alle raus. Sofort.«

Trost folgte der Gruppe mit ein paar Metern Abstand und hörte noch, wie Lemberg ihm zuflüsterte, ob er glaube, dass das Opfer das »Monster« sei, ein weiterer Name auf der Liste Esther Befanas. Trost hob ratlos die Schultern. Woher sollte er das auch wissen?

Lemberg seufzte und raunte, dass sie hoffe, er wisse, was er tue.

Natürlich hatte er auch darauf keine Antwort. Er wusste nur, dass er allein sein musste. Allein mit dem Tatort. Und den Bildern in seinem Kopf.

3 Lemberg trieb die Kollegen die Stufen hinauf und blieb am Treppenabsatz stehen, um zu gewährleisten, dass sich alle auch daran hielten, Abstand zu wahren. Zu ihrer Erleichterung trat

Silvia Lust an ihre Seite, die mit ihrer gedrungenen Erscheinung Rückhalt bot.

Armin war jetzt allein im Untergeschoss, setzte sich auf den unteren Treppenabsatz und wartete.

Von oben konnten ihn die Kollegen sehen, und selbst Lemberg musste zugeben, dass sein Verhalten nicht nur merkwürdig, sondern therapiebedürftig aussah.

Es gab hier mehrere Kinosäle, dazu die entsprechenden Technikräume, einige Notausgänge, Lagerräume und Lüftungsschächte. In zwanzig Minuten hätten sie mit einem Insider des Kinos wohl sämtliche Nischen abgesucht. Aber Trost glaubte dennoch nicht daran, dass sie fündig werden würden.

Er ließ seinen Blick durch den Raum schweifen und schenkte dabei den übervollen Mülleimern, vor denen das Popcorn vom Vortag noch verstreut am Boden lag, keine Beachtung. Er betrachtete auch nicht die Kinoplakate, die auf die nächsten Blockbuster hinwiesen. Jemand anders war hier. Er wusste es.

Und dann kam er.

»Ja was ist denn hier los?«, brüllte Balthasar Gierack schon im Foyer. »Seid ihr noch zu retten? Das ist ein *Tatort*. Warum steht ihr da herum?«

Niemand wollte ihm darauf eine Antwort geben, es bildete sich jedoch eine schweigende Gasse, durch die Gierack hindurchmarschierte wie ein Armeegeneral.

Er hatte eine Ahnung, und mehr als Feststellung denn als rhetorische Frage bellte er: »Trost!«

Er konnte nicht fassen, was er sah.

»Armin, warst du das? Hast du die Leute da hinaufgeschickt? *Herr Trost*, sagen Sie mir bitte, dass das ein Scherz ist. Ich meine, schlimm genug, denn das ist ein Tatort, aber wenn es kein Scherz ist und Sie die Leute ernsthaft von ihrer Arbeit abhalten, die Ermittlungen behindern, dann sind Sie dran.«

Er stapfte die Stufen hinunter zu Trost. Einen Moment glaubten alle, er würde ihn packen und schütteln oder ihn schlagen oder treten. Stattdessen baute er sich nur vor ihm auf und brüllte wie von Sinnen. Diesmal hallte eine Tirade von Schimpfwörtern durch die Anlage, und am Ende griff er sich in die Manteltasche, zog eine Packung »John Player Special« daraus hervor, nahm sich eine Zigarette und steckte sie sich in den Mund. Als er den Blick eines konsternierten Polizisten auffing, rief er: »Was? Wollen Sie mir das etwa verbieten?«

Er zog an der Zigarette, schloss eine Sekunde lang die Augen und blies den Rauch aus. »Wegen solcher Aktionen«, raunte er so laut, dass es nur Trost hören konnte, »fang ich wieder zum Tschicken an, Armin. Wegen *dir.*«

Dann winkte er die gesamte Mannschaft wieder an die Arbeit.

Armin Trost hingegen rührte sich nicht. Er blieb einfach sitzen, als würde ihn das alles nichts angehen.

Zwei Stunden später war der Tatort gereinigt, allerdings blieb das gesamte untere Stockwerk gesperrt. Eigentlich hätte man das Kino überhaupt zusperren müssen, da im oberen Saal jedoch die Premiere eines lokalen Krimis stattfand und eine ganze Reihe von Ehrengästen zugesagt hatte, zog man die Veranstaltung durch. Die meisten Besucher glaubten ohnehin nicht daran, dass echte Polizisten vor dem Absperrband standen und dass der Mann, der dort unten auf den Treppen saß, gerade dabei war, den Verstand zu verlieren.

In Trosts Kopf kreisten die Gedanken: Da war doch etwas? Ganz bestimmt.

In diesem Moment registrierte er aus den Augenwinkeln, wie ein Schatten durch eine Seitentür huschte, und er wusste sofort, dass er recht gehabt hatte. Etwas war die ganze Zeit hier gewesen. Und dieses Etwas war im Begriff zu verschwinden. Trost zog seine Pistole und nahm die Verfolgung auf.

4 Die Schreie, die das Ziehen seiner Waffe auslöste, registrierte er gar nicht. Er stürmte durch die Menge und folgte dem Schatten, der durch eine unscheinbare Tür verschwunden war. Das Gitter aus dem Lüftungsschacht, aus dem die Gestalt gekrochen

war, lag noch am Boden. Offenbar gab es also tatsächlich eine Verbindung vom unteren Geschoss ins obere.

Trost fand sich in einem Treppenhaus wieder. Den Ruf »Halt, stehen bleiben, Polizei« sparte er sich. Er hörte, wie unten eine Tür ins Schloss fiel.

Als er endlich dort war, hatte er das Gefühl, eine Minute dafür gebraucht zu haben, dabei nahm er die Stufen wie früher als Kind im Treppenhaus, zwei, drei auf einmal. Er stürzte mit der gegen die Betonwand knallenden Tür auf einen Parkplatz und sah sich um. Gerade noch bemerkte er, wie der flinke Schatten zwischen den Autos Richtung Schranken und Elisabethinergasse spurtete, jene Gasse, die von der Annenstraße weg Richtung Süden führte.

Jetzt schrie er doch »Halt« und »Sofort« und nahm Tempo auf.

Früher war Trost unglaublich schnell gewesen. Vor allem auf den Kurzstrecken war es ihm mit seinen kräftigen Oberschenkeln gelungen, rasch ein hohes Tempo vorzulegen, doch alles, was über einen Fünfzig-Meter-Sprint hinausgegangen war, hatte ihm schon immer Schwierigkeiten bereitet. Angesichts der Tatsache, dass »früher« schon relativ weit zurücklag, legte er sich jetzt ein gemächlicheres Tempo zu und fiel in eine Art unerbittlichen Dauerlauf. Diese Lauftechnik würde seinen Gegner zermürben. Er hatte einmal einen Spielfilm über ein schottisches Volk gesehen, dessen enorme Ausdauer es seinen Jägern ermöglichte, selbst Pferde zu verfolgen.

Und noch ein Ass hatte Trost im Ärmel.

Ein Wagen raste an ihm vorbei und kreuzte den Weg seines Opfers. Lemberg und Lust sprangen aus dem Auto, die Pistolen im Anschlag. Im Sprinttempo lief ein Riese an Trost vorbei, sprang auf die Straße, zog die Pistole und schnitt auch diesen Fluchtweg ab. Trost steckte die Pistole ein, hob die Arme beschwichtigend und sagte ruhig: »Lassen wir das. Wir wollen Ihnen nichts tun. Wir wollen nur mit Ihnen reden.«

Im Näherkommen war Trost stolz auf sein Team. Lemberg hatte gewartet. Sie hatte gewusst, dass er noch drinnen im Kino hockte. Und sie kannte ihn mittlerweile gut genug, um zu wissen, dass er sich nicht ohne Grund seltsam benahm. Als sich alle anderen verzogen hatten, hatte sie ihr Team angewiesen, wachsam zu bleiben.

Trost kam näher, aber etwas an der Situation gefiel ihm nicht. Gore kam der Gestalt viel zu nahe und achtete nicht auf die anderen. Lemberg und Lust waren zu weit weg, und obendrein verstellte er Trost die Sicht.

»Warte, verdammt«, murmelte der Ermittler. Er hatte Seitenstechen, krümmte sich. Stolperte weiter.

Er hörte Gore schreien: »Hände über den Kopf!«

Er machte noch einmal zwei Schritte auf die immer noch im Schatten ihrer Kapuze versteckte Gestalt zu. Die Hand mit der Pistole hielt Gore weit von sich gestreckt.

Lemberg hatte im Hintergrund die Pistole bereits weggesteckt, da sie der Meinung war, die anderen hätten alles im Griff, und nestelte in ihrer Tasche nach einem Kabelbinder, um die Person zu fixieren.

Gore schaute kurz zur Seite, da bemerkte Trost einen Schatten aus einer sich plötzlich öffnenden Haustür. Die Gestalt machte einen Ausfallschritt, Gore ging zu Boden, und aus Silvia Lusts Pistole löste sich ein Schuss.

Die Gestalt fuhr herum und verschwand durch die Haustür hinter ihr.

»Was zum Teufel …?«, fluchte Trost und war der Erste, der die Verfolgung aufnahm, denn Lemberg und Lust warfen einen Blick auf den benommen am Boden liegenden Kollegen.

Bis Trost die Tür erreicht hatte, dauerte es wieder eine Weile, und hier waren die Gänge dann auch unübersichtlicher, denn dies war das Areal eines Privatkrankenhauses. Trost war sicher, im Untergeschoss etwas gehört zu haben.

Als Lemberg und die anderen zur Tür hereinstürzten, waren sie der Meinung, die Gestalt in anderer Richtung ausgemacht zu haben. Also beschlossen sie, sich aufzuteilen und jeder einen eigenen Verfolgungsweg zu nehmen. Trost suchte sich den Keller aus.

Ausgerechnet.

Und natürlich funktionierte hier das Licht nicht.

Was sollte er tun? Wenn er mit seinem Handy herumhantierte, machte ihn das nur selbst zur Zielscheibe, also beschloss er, kein Feigling zu sein, und drang in die Finsternis vor.

Irgendwo tropfte ein Wasserhahn. Es roch nach alten, feuchten Stoffen. Die Augen gewöhnten sich nur langsam an die Dunkelheit und schafften es gerade so, Konturen zu erkennen, um ihnen im letzten Moment auszuweichen.

Du meine Güte, dieser Keller ist ein Horrorfilmkeller, dachte er bei sich und wollte wieder raus. Doch als er sich umdrehte, war es hinter ihm genauso finster wie vor ihm. Er streckte die Hände aus, um sich wie beim Blinde-Kuh-Spiel voranzutasten, nur mit dem kleinen, feinen Unterschied, dass eine Hand eine geladene Neun-Millimeter-Glock-17 hielt.

Die Finsternis vor seinen Augen veränderte sich plötzlich. Wurde dichter und bekam mehr Substanz. Er hielt inne. Er sah die Umrisse einer Gestalt, die ihn jetzt ganz frappierend an jemanden erinnerten.

Er fühlte, wie er sich anspannte. Wie sich alles in ihm davor sträubte, hier zu bleiben.

Der Schatten kam näher, und er versteifte sich. Konnte keinen Finger krümmen. Eine Stimme hauchte in sein Ohr.

Sie sagte: »Mischen Sie sich nicht ein.«

Die Worte rieselten durch seinen Körper wie Nadeln. Er schnappte nach Luft. Hatte die Gestalt nicht nur das Licht, sondern auch den Sauerstoff weggezaubert? Konnten Menschen solche Dinge?

Er ging zu Boden, kauerte vor dem Holzgatter eines Kellerabteils.

Als das Licht anging und Lemberg und die anderen auftauchten, war die Gestalt verschwunden.

Trost sagte ihnen nichts von seiner Begegnung. Kein Wort. Aber eines wusste er mit Sicherheit: Das war nicht Esther Befana gewesen.

Gore hatte sich nicht sonderlich schwer verletzt, auch wenn er sich das jetzt gewünscht hätte, denn Lemberg ließ ihrem Zorn freien Lauf.

»Wieso hast du nicht gewartet? Wir hatten sie. Alles ist jetzt umsonst gewesen.«

Gore rieb sich den Kopf und betrachtete immer noch etwas benommen das Blut auf seinen Fingern, doch Lemberg kannte keine Gnade. Sie stand breitbeinig vor ihm, stemmte die Hände in die Hüften und funkelte ihn an: »Das war scheiße, wirklich scheiße.«

»Es ging so schnell«, verteidigte er sich. »Ich hatte nicht damit gerechnet, dass sie etwas in der Hand haben würde, um nach mir zu werfen.«

»Ja, das hat man gemerkt. Aber man muss mit allem rechnen, hast du verstanden? Mit *allem*.«

»Ich glaube, ich muss den Großen verteidigen«, sprang Trost für ihn in die Bresche. »Da war noch eine zweite Person, die etwas nach ihm geworfen hat. Deshalb waren wir uns danach auch nicht sicher, wohin wir laufen sollten. Diese zweite Person hat Gore ausgeschaltet.«

»Zwei, bist du sicher?«

»Ja. Ich glaube, die eine hat auf die andere gewartet.«

»Und der Schuss, wohin ging der?«

Trost betrachtete das Loch in der Mauer. »Ich vermute mal, zum Glück daneben.«

Der maskierte Rächer

1 Als er wenig später die Annenstraße zurück zu jener Stelle schlenderte, an der der Graf vor ein paar Stunden seinen Bus abgestellt hatte, war dort nichts als eine Halteverbotstafel auszumachen. Von seinem T4 weit und breit keine Spur.

»Hey, Alter. Ist nix passiert. Alles ist gut.«

Er schaute in die Teile des Gesichts eines Obdachlosen, die nicht von einem Vollbart und dicken, hässlichen Krusten, die wohl von alten Verletzungen herrührten, bedeckt waren. Der Mann kauerte an der Hausmauer hinter der Haltestelle Esperantoplatz. Eingewickelt in einen Schlafsack, tätschelte er eine Art Schäferhund, der an seiner Seite schlummerte. Der Hund sah im Gegensatz zu seinem Besitzer kräftig und gesund aus.

»Man ist nie allein. Zauberer gibt's überall und ihre Jäger auch. Alles wird gut, du wirst sehen. Halt dir nur den Rücken frei. Die Bösen kommen immer von hinten …«

Drei leere Bierflaschen im Schoß des Mannes verrieten ungefähr die Bahnen, in denen er gedanklich verweilte und wirres Zeug vor sich hin brabbelte. Seine Welt war in wattierte Alkoholwolken gehüllt, nur so spürte er den kalten Asphalt unter sich und das Wegschauen der Passanten nicht mehr.

Auch Trost ging wortlos weiter, konnte aber nicht verhindern, dass er einen Augenblick lang über die Worte des Obdachlosen nachdachte. Zauberer gibt's überall … immer von hinten.

Als er den Bahnhofsgürtel erreicht hatte, tippte er Lemberg eine Nachricht. Ob sie wohl dafür sorgen könne, dass der Graf seinen Wagen vom Abschleppservice hole.

»Das kannst du auch«, schrieb sie zurück. Und bevor er eine Antwort tippen konnte, sah er bereits »Anne schreibt …« am Display blinken. Er wartete, bis ihre nächsten Worte auftauchten.

»Soll ich dich heimbringen?«

Er wusste, dass sie praktisch schon zu Hause sein musste. »Nein, danke.«

»Gute Nacht.«

Er erwiderte auf diese letzte Nachricht nichts mehr. Sie war ihm zu intim.

Die Entscheidung, den Weg zum Baumhaus zu Fuß zurückzulegen, bereute er allerdings spätestens, als er die elendslange Waagner-Biro-Straße entlangmarschierte. Er schaute sich ein paarmal um, meinte einmal, eine Gestalt zu sehen, die ihm folgte, kurz darauf war sie aber wieder verschwunden. Das Gefühl, verfolgt zu werden, blieb.

Die Smart City schimmerte wie in einem Comic, ehe er Minuten später in den Grazer Randbezirk Gösting eintauchte und Einfamilienhaus um Einfamilienhaus passierte.

Die lauwarme Nacht dehnte sich. Der Weg, den er eingeschlagen hatte, war zu weit gewesen.

Da hörte er deutliche Schritte hinter sich.

2 Eine Zeit lang beschleunigte er seine Gangart, doch abgesehen davon, dass er außer Atem geriet, veränderte sich nichts. Auch wenn er niemanden sehen konnte, spürte er, dass etwas nicht in Ordnung war.

Er wendete sich einer Seitengasse zu und lief von der Göstinger in die Grafenbergstraße und von dort über einen schmalen Steg in Richtung Anton-Kleinoscheg-Straße. Die ganzen Namen schossen ihm durch den Kopf, als wäre dieser ein Routenplaner und die exakte Wegbeschreibung später bei der Ermittlung zum Überfall auf ihn von Bedeutung. Auf den Straßen war niemand auszumachen, nicht einmal Autos fuhren durch die Nacht, und hinter den Fenstern der Häuser war es finster.

Das Gefühl war ein anderes wie jenes am Nachmittag im Kino. Da hatte er eine Präsenz gespürt, die sich vor ihm verkrochen hatte. Er hatte gefühlt, dass es nur seiner Ausdauer bedurfte, um sie herauszulocken. Diesmal glaubte er, jeden Moment eine Kugel im Rücken zu haben. Das war etwas gänzlich anderes.

An der menschenleeren Busendstation Gösting setzte er sich dennoch auf eine Bank. Durch den kleinen Park in seinem Rücken zogen Nebelschwaden, so lauernd und abwartend, als wohnte in ihnen ein bislang verborgen gebliebener Geist.

Er hob seine Stimme und versuchte sie kräftig und mutig klingen zu lassen: »Ich gehe keinen Schritt weiter, ehe du dich nicht blicken lässt. Und glaube mir, ich kann ewig sitzen.«

Sein Herz raste, aber irgendetwas sagte ihm auch, dass sein Verfolger, wäre das sein echtes Bestreben gewesen, längst geschossen hätte, anstatt ihm durch die halbe Stadt hinterherzulaufen.

Er musste nicht allzu lange warten, ehe sich ein Schatten aus dem Gebüsch hinter ihm schälte und auf ihn zukam, und obwohl er ganz in Schwarz gehüllt war, war ein stattlicher Bauch auszumachen. Von wegen »Schwarz macht schlank«.

Die silbernen Schnallen an den Lederstiefeln des Mannes schimmerten im Licht der Straßenlaternen. Soweit Trost erkennen konnte, hatte er sich außerdem ein seltsames Gestell auf den Rücken geschnallt, und am Oberschenkel steckte ein Jagdmesser in einer Scheide. Die Hände verhüllten schwarze Lederhandschuhe, das Gesicht war von einer Kapuze verdeckt.

Trägt denn heutzutage jeder Kapuze?, dachte Trost bei sich.

Im Näherkommen musste er seine Einschätzung widerrufen, der Mann war nicht nur groß, sondern sehr groß, größer noch als Gore. Er konnte für die Wegstrecke nur die Hälfte an Schritten wie Trost aufgewendet haben. Erst jetzt bemerkte er, dass auch sein Gesicht mit einer schwarzen Maske verdeckt war, außerdem trug er eine Art Kettenhemd und ein Wams. Langsam fühlte Trost sich in eine Marvel-Produktion versetzt. Er konnte nicht anders, als ätzend zu fragen: »Sind Sie eine Comicfigur? Finden Sie das witzig?«

Der Typ antwortete nicht, was ihn noch ein Stück weit unheimlicher erscheinen ließ. Er näherte sich, holte mit einer flüssigen Bewegung das Ding von seinem Rücken, und als er damit auf Trost zielte, erkannte der es als Armbrust.

Trost hauchte ein paar beruhigende Worte. Er mochte sich die verheerende Wirkung gar nicht vorstellen, falls das Ding losginge und ihn träfe. Die Rückhaltevorrichtung war gespannt, an der Mittelsäule war ein daumendicker Pfeil eingespannt. Das Geschoss würde ihn auf diese Entfernung hin regelrecht zerschmettern.

»Hören Sie, das sind Pfeile aus Silber. Die sind mir zu schade für Sie und eigentlich für ganz andere Wesen gedacht. Also bitte ich Sie, keine Dummheiten zu machen. Ich will nur ein paar Informationen, dann bin ich weg.«

Trost ließ sich seine Erleichterung nicht anmerken. Der Kerl sprach, was bewies, dass er kein kaltblütiger Killer war.

Er legte seine Hände nun gut sichtbar auf die Knie und signalisierte damit, dass er keine Ambitionen hatte, den Helden zu spielen. »Wer sind Sie, und was soll dieser Aufzug?«, fragte er dann mit einem lauernden Unterton in der Stimme. »Sie wissen doch offensichtlich, wer ich bin, also können Sie sich auch ungefähr vorstellen, was bald los sein wird. Sie zielen mit einer Waffe auf …«

»Halt die Schnauze oder ich schieß dir ins Bein. Gar nichts wird los sein, weil ihr mich braucht. Die Polizei hat gegen diese Gegner keine Chance. Das sind Hexen, denen ihr nachjagt. Da sind ganz andere Kräfte im Spiel. *Ich* werde das für euch erledigen. Ich, der Reiniger.«

Tatsächlich. Er hatte so ein Exemplar noch nie zu Gesicht bekommen. Das war offenbar jemand, der zu lange in der Scheinwelt von Geschichten gelebt hatte, ein Außenseiter, der seine Zukunft als Comic-Held sah. Die Frage war, über welche Fähigkeiten er glaubte zu verfügen. Konnte er fliegen, schnell laufen oder mit seinen Augen Löcher in Banktresore brennen? Oder war das ein stinkreicher Verrückter, der sich Spezialwaffen kaufte und wie Batman durch die Nacht streunte? Oder doch nur jemand, der Frauen verprügelte, so wie er es bei Rika Herzbaum gemacht hatte?

Was auch immer der Kerl darstellte, Trost war nicht in der Position, Witze zu machen. Es war doch egal, um welche Art von Verrücktheit es sich handelte, bei einem Pfeil in der Brust konnte ihm das Lachen im Hals stecken bleiben.

Plötzlich fasste er Mut. »Also Sie sind ein Ritter, der die Polizei unterstützt und dabei auf wehrlose Frauen eindrischt? Ich sage Ihnen etwas: Sie werden gar nichts erledigen. Sie händigen mir jetzt Ihre Waffe aus, und dann reden wir. Ganz ruhig, von …«

»Ich hab gesagt, du sollst dein Maul halten«, presste der Maskierte hervor. Er hatte sichtlich Probleme damit, die Nerven zu bewahren. Der Armbrustbolzen schwenkte dabei in einer Entfernung von fünf, sechs Metern vor Trosts Körper gefährlich auf und ab.

»Ich hab davon gehört, dass ihr eine Hexe jagt. Das ist Schwachsinn, wie soll die Polizei so etwas machen? Ihr habt weder Silberkugeln noch verfügt ihr über das alchemistische Wissen. Deshalb werde *ich* das erledigen, denn wir leben in einer Zeit, in der Hexen aufgrund unserer oberflächlichen Vorurteile wieder auf dem Vormarsch sind. Diese Herzbaum hatte es nicht anders verdient, aber sie war nicht echt. Also sag mir, was du weißt, dann schnapp ich mir die richtige Hexe.«

»Du legst die Waffe nicht nieder?«

»Nein.« Trost seufzte und erhob plötzlich seine Stimme. »Gut, dann könnt ihr ihn haben.«

Kaum hatte er ausgesprochen, schossen drei Schattenwesen auf den Fremden zu. Wären es Hexen gewesen, der Comic-Held hätte keine Chance gehabt, seine Armbrust mit den Silberpfeilen auf sie zu richten.

Doch es war keine Hexe. Und er richtete den Pfeil nicht auf den neuen Gegner, sondern immer noch auf Trost.

Und drückte ab.

3 Es waren keine zwei Handgriffe nötig, um dem Mann die Waffe zu entreißen, nach einem dritten lag er auf dem Boden. Silvia Lust rammte ihm ein Knie zwischen die Schulterblätter,

legte ihm die Handschellen an und zerrte ihn mit einem gewaltigen Ruck auf die Beine.

Beeindruckt stellte Trost fest, dass die Frau fast zwei Köpfe kleiner war als der Armbrustheld und ihn dennoch herumstieß wie eine Kasperltheaterpuppe.

Der Graf und Lemberg standen etwas abseits und sicherten den Bereich, Gore hatte die Waffe an sich genommen.

Er musterte sie und blähte die Backen. »Also, wenn dir so ein Ding zwischen die Rippen dringt, schaust nicht gut aus.«

»Das ist auch nicht für Menschen gedacht. Au …«, jammerte der Hexenjäger unter dem Griff der Polizistin. »Das ist für die Hexen, die ihr jagen sollt. Au …«

Lemberg kam näher und zupfte dem Mann die Maske vom Gesicht. Zum Vorschein kam ein unrasierter Kerl mit Doppelkinn, ein Durchschnittsgesicht mit Knollennase und Pausbäckchen.

»Ihr werdet noch euer blaues Wunder erleben«, war noch zu hören, dann landete der Mann auf dem Rücksitz eines Streifenwagens, der in diesem Augenblick angefahren kam. Lemberg regelte mit den Kollegen den Transport, und der Graf murmelte: »Wieder einer für die Irrenanstalt.«

Gore, der immer noch die Waffe in Händen hielt, schien fasziniert von einem Gedanken. »Silberne Pfeile sind doch für Vampire, oder? Von Hexen habe ich in diesem Zusammenhang noch nie etwas gehört. Auf jeden Fall eine sehr originelle Waffe. Kann mich nicht erinnern, dass in den letzten Jahren jemand mit einer Armbrust ermordet worden wäre.«

»Passau 2019«, sagte Lemberg, die wieder zur Gruppe gestoßen war. »Diese drei Sektenmitglieder der ›Welterneuerer und Welterschaffer‹. Die haben sich in einer Pension gegenseitig mit einer Armbrust umgebracht.«

Trost beobachtete die Bewegungen seiner Kollegen wie ein Außenstehender, die Unterhaltung kam ihm so fern vor, als würde er sich in einem Kinosessel sitzend einen Film ansehen. Doch er saß immer noch auf der Parkbank. Der Hexenjäger fixierte ihn finster vom Rücksitz des sich entfernenden Einsatzwagens aus, bis er in der Nacht verschwand.

Lemberg setzte sich zu Trost auf die Bank und starrte den Pfeil an, der in der Rückenlehne steckte, eine Handbreit von Trosts Schulter entfernt.

»Ich hätte mir nicht gedacht, dass er schießt.«

»Ich schon«, erwiderte Trost. »Aber ich wusste, dass er nicht trifft.«

»Woher?«

»Einfach so.«

Lemberg rollte mit den Augen. Wie durch Zufall lag ihre Hand plötzlich auf seinem Oberschenkel. Eine beiläufige Geste, die freundschaftlich harmlos wirken sollte, aber nicht harmlos war.

»Und?«, sagte sie. »Soll ich dich *jetzt* heimbringen?«

Fünf Minuten später fragte sich Trost einen Moment lang, ob er sich anders entscheiden hätte sollen. Doch der Moment verflog, und er betrachtete die Schatten der Bäume, die nun dichter wurden. Mit jedem Schritt, den er allein in den Nachtnebel hineinging, wuchs seine Erleichterung. Er war Trugbildern entkommen, einem silbernen Pfeil und einer alten Versuchung.

Wie man sich gegen Hexen wehrt

1 Als Trost kurz darauf das Tor zu seinem Grundstück öffnete, stolperte er über den holprigen Weg durch Unterholz und Gebüsch bis zu einer gewaltigen Castanea sativa, einer Edelkastanie. Er liebte diesen Baum und freute sich schon auf den Herbst, wenn er Hunderte Maroni vom Boden aufsammeln und ein ums andere Mal zum Maronibraten einladen würde. Maroni mit Sturm, Maroni mit Junker. Aber noch war es nicht so weit, bis dahin wollte er zumindest sein Baumhaus so weit fertiggestellt haben, dass es zumindest im Sommer bewohnbar war.

Für heute Nacht musste noch der Geräte-Unterstand etwas abseits des Baumhauses reichen. Er machte es sich auf einer Luftmatratze und einem schmutzigen Polster, den er normalerweise zum Nachziehenlassen der Maroni verwendete, bequem und schlief sofort ein.

Mitten in der Nacht wachte er frierend auf.

Ein Geräusch hatte ihn geweckt, und im Unterholz beobachtete er zwei Schatten, die sich heranschlichen. Sie glichen einander und ähnelten sich auch in ihren Bewegungen. Er hatte solche Angst davor, von ihnen berührt zu werden, und keinesfalls wollte er sie zu Gesicht bekommen. Der eine von beiden war schon so nahe, dass er sich zum Boden beugte und auf allen vieren näher kroch.

Trost sah weiße Hände, die eher Krallen glichen, sich auf ihn zutasteten und sich dann plötzlich immer schneller bewegten.

Er schrie und riss die Augen auf.

Alles gut, alles nur geträumt.

Sein Herz hämmerte. Alles gut. Er schlummerte wieder ein.

In diesem Moment packte ihn eine eiskalte Hand am Fußgelenk und brachte ihn unverzüglich zum Aufspringen.

Trost stand da und bibberte in der Nacht. Er konnte noch *spüren*, wie sich die Krallen um seine Fußfessel gelegt hatten, ganz real. Sie waren *da* gewesen.

Und doch musste er sich eingestehen, in einem tückischen Alptraum festgesteckt zu haben. Er dachte nur, er sei wach gewesen, und war es doch nicht.

»Verdammt, es gibt keine Hexen«, murmelte er sich zornig Mut zu, versuchte sich in Embryostellung noch etwas mehr zu wärmen und einen Rest von Schlaf zu finden.

Noch vor dem Morgengrauen tippte er eine Nachricht an Charlotte. »Tut mir leid. Die Hexenjagd hat mich erwischt.«

Es dauerte keine zehn Sekunden, da antwortete sie bereits. »Baumhaus?«

Wie immer war sie schon gegen fünf Uhr morgens wach und saß bei einer Tasse Milch mit Honig auf der Veranda, um der Sonne beim Aufgehen zuzusehen. Neuerdings war sie meist auch schon vertieft in ihre Arbeit, denn sie schrieb Artikel für ein Regionalmagazin und arbeitete an einem Buchprojekt, von dem sie ihm aber erst mehr erzählen wollte, wenn es etwas zu erzählen gab, wie sie es ausdrückte.

»Ja«, schrieb er, »dumm von mir. Wär lieber daheim bei dir.«

»Gefällt's dir?«

»Was?«

»Na, das Baumhaus.«

Trost war plötzlich hellwach und ging hinüber zur Baustelle, die er vor wenigen Tagen mit Jonas verlassen hatte. Das Haus war in einem ersten geplanten Abschnitt fast fertig, nur das Dach hatte noch gefehlt. Doch das Dach war jetzt genau dort, wo es hingehörte.

Charlotte schrieb: »Sag bloß, du hast die Nacht im Unterstand geschlafen und nicht im Haus?«

»Kein Kommentar. Wer hat das gemacht?«

»Dein Sohn.«

Trost hockte sich auf einen Baumstumpf und betrachtete die in den Kastanienbaum, um den Stamm und die dicksten Äste herumgebaute Hütte. Sie war fertig und viel geräumiger als sein altes Baumhaus im Garten, das ja einem Feuer zum Opfer gefallen und seiner Familie stets wie ein Mahnmal seiner Verrücktheit erschienen war.

Ob sich auch sein Sohn eines Tages hierher zurückziehen und so verrückt wie sein Vater werden würde?

Als es hell genug war, machte sich Trost daran, Dinge umzustellen. Er nahm eine rostige Heugabel und einen Rechen und stellte sie mit den Zacken nach oben an eines der schmalen Bretter, die er zwischen die Rosensträucher montiert hatte und die ihm als Leiter dienten. Das sollte Hexen im Flug vertreiben, hieß es.

Den Besen lehnte er an die Hüttenwand, denn man sagte, dass man, wenn jemand kam, der einem Böses wollte, nur einen Besen vor die Tür legen müsse, dann würde er nicht in die offenbar saubere Stube eindringen.

Und als er daran dachte, dass er sich Knoblauch und Baldrian kaufen musste, eventuell auch Johanniskraut, setzte er sich auf einen Stein und betrachtete seine zitternden Hände: Er *wurde* verrückt.

Kein Zweifel, er würde dem Irrsinn anheimfallen, wenn das so weiterginge. Und wenn er an den Kerl von letzter Nacht dachte, dann hatte er keine Zweifel, dass bald die ganze Stadt durchdrehte.

Die Angst lässt einen immer frieren

1 Um neun wählte er die Nummer der Quästur in Ravenna. Als sich eine Stimme meldete, die so blechern klang wie ein Roboter, nannte er einen Namen. Die Stimme sprach weiter, also wiederholte er den Namen. Als die Stimme immer noch weitersprach, als existierte er gar nicht, legte er einfach auf.

Er konnte kein Italienisch, wollte es auch nicht auf Englisch versuchen. Eigentlich auch nicht auf Deutsch. Er wollte nur mit Andrea Gattuso sprechen, dem einzigen italienischen Polizisten, den er persönlich kannte, und sich nicht in irgendein peinliches Kauderwelsch mit einem seiner dortigen Kollegen verwickeln lassen.

Er hätte es wieder versuchen können, aber was hätte es gebracht? Die Methode, aufzulegen, davon war er überzeugt, war tausendmal zielführender.

Und tatsächlich, keine fünf Minuten später bekam er einen Rückruf aus Ravenna.

Am anderen der Leitung lachte jemand ein sehr tiefes Lachen. Eine knorrige Stimme rief: »Das macht nur einer so. Und wenn du in fünf Jahren wieder anrufst, wird es ganz genauso sein, und ich werde sofort wissen, wer das ist. Arminius, wie geht es dir?«

Andrea Gattusos Stimme brannte auf der Haut wie zu heißer Espresso. Er war das Pendant von Trost in Ravenna, nur etwas älter, etwas härter und – viel – sprachbegabter. Gattuso sprach – unter anderem – makelloses Deutsch, Trost konnte sich auf Italienisch gerade einmal eine Pizza bestellen.

Andrea nannte ihn bei seinem lateinischen Namen, schon allein deshalb, weil ihm der Gedanke gefiel, dass er es mit dem Namensträger eines Helden zu tun hatte, auch wenn ihre Vorfahren einst auf verschiedenen Seiten gekämpft hatten. Arminius, Armin, *Hermann*, der Mann, der die Germanen in der Schlacht im Teutoburger Wald zum Sieg gegen die Römer geführt hatte. Ja, Trosts Eltern waren diesbezüglich Freaks gewesen.

Die beiden Polizisten tauschten die üblichen Floskeln aus und erinnerten einander an die Zeit ihres Kennenlernens. Es waren eine Europol-Tagung vor einigen Jahren und ein Besuch der Gattusos im Ferienhaus, das Charlotte und Armin, damals noch nur mit Jonas im Schlepptau, in Lignano Sabbiadoro gebucht hatten, gewesen. Darüber hinaus hatte es nur noch spärliche Telefonate gegeben und ein weiteres berufliches Treffen. Die Einladung, die Gattusos in die südsteirische Weinstraße zu entführen, stand seit Jahren aus.

Irgendwann kamen die beiden dann doch auf Armins eigentlichen Grund für den Anruf zu sprechen, und Andrea wurde zunehmend stiller. Armin schilderte ihm von Magda, die ihren Freund seit zwei Tagen vermisste.

»Ehrlich gesagt«, sagte der Italiener, »ist das ein seltsamer Zufall, dass du anrufst. Wir haben eine Leiche, die in Bellezza an den Strand gespült wurde, hier bei uns, etwas weiter südlich von der Gegend, wo Ravenna früher selbst am Meer lag. Einen grausigen Fund.«

Wenn es sich jetzt wirklich um den Lebensgefährten von Magda handelte, dann würde sie bald Schreckliches durchmachen. Sie würde die Leiche identifizieren müssen.

»Es ist insofern besonders schlimm, Armin, weil der Leiche, nun, wie soll ich sagen …«

»Sag schon …«

»Nun ja. Ihr fehlt der Kopf.«

2 Gattuso schilderte ihm, was vorgefallen war, und Trost malte sich den Tag aus, der den wunderbaren italienischen Urlaubsstrand in den Abgrund einer Schandtat gestürzt hatte.

Es war ein gewisser Agente Gianluigi Rossi, der zuerst vom Strandwächter Francesco Zenga gerufen worden war. Er sprang von seinem Quad und zückte noch im Laufen sein Handy. Er wies Zenga, der auf seinem roten T-Shirt mit der Aufschrift »Salvataggio« weithin zu erkennen und als Rettungsschwimmer für einen Strandabschnitt zuständig war, an, die Leute zu verscheuchen. Die Mitarbeiter eines nahen Hotels unterstützten ihn dabei, doch es war nahezu unmöglich, die Badegäste dazu zu bringen, sich zu entfernen. Dabei hatten sie alle Hände voll zu tun, ihren Kindern die Augen zuzuhalten und die weinenden Gören dann auch zu beruhigen.

Die Staatspolizei, die Polizia di Stato, kam mit ein paar Leuten in Zivil, die Polizia Municipale mit einem Streifenwagen, die Carabinieri aus Bellezza waren zu zweit mit dem Fahrrad da, und endlich, nach mehr als einer Stunde, traf auch der Commissario aus Ravenna ein. Ein ganz unitalienisch aussehender, hellhäutiger Teufel mit weißem Haar und langen spitzen Fingern. Der Mann musste schon auf die fünfzig zugehen, machte ein Gesicht, als hätte man ihn aus einer Krankenanstalt für Eremiten in den Bergen von Santarcangelo di Romagna geholt, und sagte kein Wort. Seine Hände steckten in den Hosentaschen einer schwarzen Anzughose, die bleichen Arme spannten die kurzen Ärmel eines ebenso schwarzen Polohemds, so schritt er in polierten Lederschuhen zwischen den Strandschirmen, Luftmatratzen und Boccia-Spielern auf das Ufer zu. Er achtete nicht auf das, was links und rechts von ihm vorging, nur das Ziel seines Weges lag in seinem Fokus, und als er es erreicht hatte, machte es den Anschein, als hätte er alles längst durchschaut und durchdacht.

Das war Andrea Gattuso, Commissario der Polizia di Stato, der Staatspolizei aus Ravenna, wie er leibte und lebte.

Gattuso winkte Rossi sofort zu sich. Die Leute waren mittlerweile tatsächlich schon etwas abgedrängt worden. Jemand vom Hotelpersonal hatte sogar die Idee gehabt, einen Paravent aufzustellen. So hatten die beiden ein wenig Ruhe, als sie die Leiche betrachteten. Rossis Beine zitterten, doch Gattuso hatte kein Mitleid.

»Schauen Sie sich das genau an, mein Freund«, sagte er. »Das ist eine geköpfte Leiche. Ein Mann, dem der Kopf fehlt. Obendrein nicht sehr sauber abgetrennt. Und das ist nicht alles. Jemand hat seine Daumen gequetscht. Sinnlos zwar, da ohne Kopf auch die Daumen wertlos sind, aber in gewisser Weise steigert diese Handlung das Maß an Brutalität. Diese Leiche ist deshalb mehr als nur tot. Sie ist ein *Skandal*. Von uns beiden werden Fotos gemacht, sobald wir den Paravent wieder verlassen. Von Touristen-Handys, und wer weiß, welche Gazetten-Aasgeier nicht auch schon hier sind. Ich habe Sie aus einem bestimmten Grund hierher mitgenommen, mein lieber Agente Rossi. Nicht etwa, weil ich will, dass Sie mir auf den Strand kotzen. Nein. Ich will, dass Sie die Augen offen halten. Haben Sie verstanden? Es ist Sommer, alle denken nur an Aperol Spritz, Fußball und frivole deutsche Touristinnen. Aber da ist jemand, der denkt an etwas ganz anderes. Ich glaube, diese Leiche tritt die Hölle los. Ich habe da so ein Gefühl. Seien Sie wachsam. Beobachten Sie jeden, der hier auf diesem Strand ist. Ganz besonders in diesem Augenblick. Aber auch in den nächsten Tagen. Immerzu. Ich zähle auf Sie.«

Und auch wenn Rossi keinen blassen Schimmer hatte, wie nun sein genauer Auftrag lautete, so zweifelte er keine Sekunde daran, dass Gattuso recht hatte. Hier würde bald die Hölle ausbrechen. Und es lag an ihm, den Teufel zu entdecken.

Am Nachmittag stand die halbe Quästur im Besprechungsraum der Staatspolizei in Ravenna um Andrea Gattuso herum und lauschte seinen Worten. Der Tumult, den sein kurzes Referat ausgelöst hatte, kümmerte ihn nicht im Geringsten. Stoisch blieb er stehen und wartete, bis sich die Stimmen wieder senkten.

Es sei nicht seine Angelegenheit, einen Gedanken an die politischen, touristischen oder anderweitigen Auswirkungen zu verschwenden, sagte er. »Es ist für mich nur Folgendes von Bedeutung: Am freien Strand von Igea Marina, Ortsteil Bellezza, wurde heute eine Leiche ohne Kopf angeschwemmt. Dieser Leiche wurden zuvor Daumenschrauben angesetzt. Ganz offensichtlich wurde sie also gefoltert. Ob Sie diese Information an die Medien weitergeben oder nicht, obliegt nicht meiner Aufgabenstellung. Ich tendiere jedoch dazu, dies zu verschweigen, solange wir nicht mehr darüber wissen. Ich gebe nur zu bedenken, was geschehen würde, wenn es sich um einen Touristen handelt.«

Mit diesen Worten verließ Gattuso den Saal und fuhr nach Hause. Der Mann war tot. Für heute war das genug an Information.

Am nächsten Tag rief sein Kollege aus Graz an.

»Ist doch ein seltsamer Zufall, nicht wahr«, sagte Gattuso jetzt am Telefon. »Armin? Bist du noch dran?«

Trost starrte auf seine Fußspitzen. Seine Gedanken rotierten. An Zufälle glaubte er nicht. Aber was sollte das anderes sein? Sie fanden in Graz gefolterte Leichen, denen Daumenschrauben angesetzt worden waren, und dann tauchte fast siebenhundert Kilometer weit entfernt, an einem Strand zwischen Ravenna und Rimini, ein ganz ähnlicher Fall auf?

3 Er stapfte durch den Wald und wunderte sich.

Seine Schultern fühlten sich schwer an, und sein Herz schlug dumpf und langsam, wie ein trauriger Trommelschlag.

Er dachte an Jonas, doch vor seinem inneren Auge war der Bub keine zehn Jahre alt. Er schaute ihn aus großen schwarzen Augen an und griff nach seiner Hand. Trost konnte die warme Kinderhand fühlen, hörte sogar die Stimme des Buben, wie sie hell und klar »Papa« rief. Er sah sie beide – sich und seinen kleinen Sohn. Sie gingen Hand in Hand auf einem Weg, und er wünschte sich so sehr, dass dieser Weg nie enden würde. Doch natürlich tat er das. Jeder Weg endete irgendwann.

Die großen Augen, die zu ihm aufsahen, verschwanden, die Kinderhand auch. Zurück blieben ein erwartungsvoller Blick und eine Zunge, die weit aus dem Maul ragte. Hechelnd schaute Zeus zu ihm auf und wartete darauf, dass Trost endlich das tat, weswegen sie doch hierhergekommen waren. Endlich nahm er das Holzstück in die Hand, holte aus und warf es erneut in weitem Bogen über die Wiese.

Zeus machte kehrt, zischte davon und brachte das Holzstück

zurück. Er wirkte nicht so, als würde ihm das Spiel zu langweilig werden. Vor allem nicht, da Trost irgendwann endlich ein freundliches Gesicht machte.

Später führte Trost den Hund wieder an der Leine und genoss die Stille. Bis einem Rascheln zu seiner Linken ein riesenhafter Schatten folgte, der durch den Wald sprang. Kurz darauf setzte das unheimliche Schrecken eines Rehbocks ein, der seine Artgenossen warnte. Es klang wie das Bellen eines Hundes und verfolgte ihn minutenlang, mal näher, mal weiter weg, obwohl er kein weiteres Tier mehr zu Gesicht bekam.

Als stünde der ganze Wald in Aufruhr, hämmerte nun auch ein Specht wie wild gegen einen Stamm, ein Schwarm Krähen zog über die Wipfel und brüllte aufgeregt, und ein Windstoß ließ die Buchen rauschen.

Auch der Wald wollte ihn von seinen trüben Gedanken ablenken, doch es gelang ihm nicht. Zeus schritt mit gesenktem Kopf neben ihm her, als spürte er, dass es heute kein Lächeln seines Herrn mehr geben würde.

Seine Augen brannten, und er wusste nicht, ob es der Schweiß oder doch Tränen waren.

Er dachte an die vielen verpassten Gelegenheiten, sich Jonas zu nähern. So wie in den letzten Tagen kam seit Jahren, wenn sein Bub in eine entscheidende Lebensphase glitt, ein Fall dazwischen, der seine ganze Aufmerksamkeit forderte. Sein alter Chef, Karl Meinrad, Gott hab ihn selig, hatte ihm einmal geraten, eine Wahl zu treffen: diese Abteilung oder die Familie. Beides zu wählen sei nicht klug.

Meinrad hatte sich später aus anderen Gründen eine Kugel in den Kopf gejagt, da hatte Trost sich längst für die unkluge Variante entschieden.

Heute war sein Sohn ein erwachsener junger Mann und Trost alles – ein Mörderjäger, ein undurchschaubarer Ermittler, ein Verkleidungskünstler, ein Verhandlungsspezialist, ein gnadenloser Beobachter, vielleicht sogar so etwas wie ein Medium – aber bestimmt kein guter Vater.

Die Bilder flirrten weiter vor seinem inneren Auge. Jonas.

Wie er sich mutig ins Getümmel stürzte und sein erstes Tor schoss. Wie er bei der Erstkommunion voller Stolz seinen ersten Anzug präsentierte. Wie er ... Trost blieb stehen. Betrachtete die Baumwipfel. Er sah Fotografien seines Sohnes vor sich. Sie alle zeigten ihn, wie er klein war, sein Lachen mit Schokolade um den Mund, mit unmöglichen Kinderfrisuren, in Faschingskostümen, inmitten einer Welt, die noch zu groß für ihn war.

Jetzt war Jonas selbst groß. Größer als er. Wahrscheinlich stärker als er und bestimmt in vielen Bereichen auch klüger als er.

Und wo waren die Jahre dazwischen geblieben? Wie hatte es passieren können, dass Trost sie so leichtfertig hatte verfliegen lassen? Warum hatte er sich so auf sein Leben, seine Fälle und seine Probleme konzentriert?

Er kickte einen Stein zur Seite.

»Das ist Hexenwerk«, schrie er. »Maleficium.« Es war der Schweiß, der in den Augen brannte. Ganz bestimmt. Er ging in die Knie.

»Wo ist die verdammte Zeit geblieben«, wimmerte er, »wie kann es sein, dass sie so schnell verging?«

Und in seiner sinnlos wütenden Melancholie, seinem Hadern und dem Selbstmitleid keimte in ihm ein Entschluss. Einer, der ihm die Lösung des Falles näherbringen könnte, der aber vor allem eine Chance für sein Seelenheil bedeutete.

Da war es dann doch wieder, dieses Lächeln. Zeus verfiel ins Wedeln. Trosts Glück war auch seines. Eine Stunde später waren sie zu Hause.

4 »Du willst *was*?«

»Ja, der Bub soll mitkommen. Wir fahren in den Süden, haben etwas Zeit für uns, und nebenbei kümmere ich mich um diesen Mord.«

Die Familie saß gerade am Frühstückstisch, als Trost die Idee unterbreitete, mit Jonas nach Bellezza zu fahren, einem Ort zwei Stunden südlich von Venedig und fast in den Marken.

Jonas grinste, verdrehte aber gleichzeitig die Augen. »Und du glaubst, das macht Spaß?«

Trost zuckte mit den Schultern. »Du musst ja keine Sandburgen mit mir bauen.«

Jonas stocherte gedankenverloren in seinem Müsli. Ihm war anzumerken, dass er seine Entscheidung bereits getroffen hatte. Entmutigt seufzte Trost. »Es war ja nur so eine Idee.«

Er schob den Sessel zurück und stand auf.

Seine Beine fühlten sich taub an, als er den Teller in den Geschirrspüler verstaute. Er schaute aus der Terrassentür hinaus auf die kümmerlichen Überreste des abgebrannten Baums im Garten, der vor einiger Zeit noch sein Baumhaus, seinen Zufluchtsort, getragen hatte. Zeus, der treue Sennenhund, schlenderte an seiner Seite und drückte den Kopf gegen sein Bein. Trost kraulte ihn.

»Und wann glaubst du«, vernahm er Jonas' Stimme, »soll die Reise losgehen?«

Trost warf ihm einen vielsagenden Blick zu. »In einer halben Stunde.«

Jonas lachte auf, und Charlotte ließ energisch ihr Besteck auf den Tisch fallen. »Sag mal, wie stellst du dir das vor, Armin? Du fährst einfach mit Jonas nach … wie heißt der Ort?«

»Bellezza.«

»… nach Bellezza, und ihr macht ein paar Tage Ferien, während du in einer Ermittlung steckst, die durch sämtliche Medien rennt wie eine …«

»Hexenjagd.«

»… ja genau, wie eine Hexenjagd.«

»Ja. So ungefähr stelle ich mir das vor.«

Jonas deutete mit dem Löffel zwischen seinen Eltern hin und her. »Also, das klingt verrückt, aber es taugt mir schon.«

Charlotte sah die beiden Männer mit offenem Mund an. »Das könnt ihr nicht machen«, sagte sie. »Armin, das kannst *du* nicht machen. Was ist, wenn Jonas etwas passiert?«

»Was soll ihm schon passieren? Ich mach Ermittlungen, er ist am Strand. Am Abend gehen wir zusammen Pizza essen. Was soll da schiefgehen?«

Charlotte nickte und stocherte eine Weile in ihrem Essen herum, ehe sie eine unbestimmte Geste machte. »Ihr habt das offenbar eh schon entschieden. Außerdem wird es mir vielleicht auch ganz guttun, einmal allein zu sein.«

»Org«, rief Jonas, »ich geh packen«, und er sprang auf und rannte ins Zimmer.

Als er weg war, wurde Charlottes Gesichtsausdruck schlagartig ernst. Sie ließ ihren Mann, der immer noch vor der Terrassentür stand und den Hund unschuldig kraulte, nicht aus den Augen. Sie forderte Elsa auf, mit Fred in den Garten zu gehen. Die beiden Kinder ließen sich das nicht zweimal sagen und rannten aus dem Haus. Zuvor drehte sich die Kleine noch einmal um und schaute finster: »Werden Jonas und Papa jetzt ausziehen?«

Trost küsste sie auf die Stirn und schüttelte den Kopf. »Nein, Liebes, das werden wir natürlich nicht. Papa und Jonas kommen bald wieder. Jetzt nimm Zeus mit und spiel mit ihm im Garten, okay?«

Trost kam um den Tisch auf Charlotte zu und hockte sich vor sie auf den Boden.

Sie nahm sein Gesicht mit beiden Händen und fixierte ihn. »Ich werde dir nie verzeihen, wenn Jonas etwas passiert.«

»Das weiß ich. Aber ich würde es mir selbst auch nicht verzeihen.«

Er nahm ihre Hände in seine und küsste sie. Seine Augen schimmerten, was aber auch eine durch die Deckenlampe hervorgerufene Täuschung sein konnte. »Es ist vielleicht unser letztes gemeinsames Abenteuer.«

Sie entzog ihm ihre Hände und stocherte wieder in ihrem Essen herum.

»Und du glaubst, eine Mordermittlung eignet sich dafür?«

»Aber sicher«, er zwang sich zu einem Lächeln. »Außerdem ist es ein kleines Dankeschön für das Dach auf meinem Baumhaus.«

»Bitte kümmere dich auch um Magda.«

»Ich bin für sie da, versprochen.«

Sie nickte nur. Aber es hatte nicht den Anschein, als wollte sie das Gespräch fortsetzen. Enttäuscht stand er auf und ging aus dem Raum. Er hörte nicht mehr, wie sie »Gute Reise« sagte.

5 Schon allein deshalb, weil er seinen Wagen, den der Graf zuvor vom Abschleppdienst hatte bringen lassen, im Präsidium holen musste, ließ Trost sich ganz entgegen seinen Gepflogenheiten noch einmal in der Zentrale blicken. Eigentlich wäre es ihm lieber gewesen, still und heimlich einzusteigen und loszufahren und seinem Impuls nachzugeben, doch er bat Jonas, noch ein paar Minuten im Wagen zu warten.

Auf dem Weg durch die Gänge nahm er den Anruf von General Pankraz aus dem BKA an. Er versicherte ihm, einer »sehr heißen und vor allem mysteriösen Spur« auf den Fersen zu sein, was den General zu beruhigen schien. Als er auflegte, bemerkte er, wie Gierack am Gang auf und ab trampelte und irgendeinem Redakteur eine Neuigkeit diktierte und ihn dabei über das Handy hinweg fixierte wie eine drohende Gefahr.

Die Medien waren jetzt dazu übergegangen, sogenannte Liveartikel zu gestalten, würde Owusu später erklären. Das heißt, dass sie bei Onlineberichten wie bei einer Liveschaltung im Fernsehen immer dranblieben und den Artikel ständig erneuerten, wenn es neue Fakten gab. Trost fragte sich, wer die Zeit hatte, am Bildschirm zu kleben, um solche Artikel ständig zu aktualisieren, ganz zu schweigen von den Leuten, die Zeit damit verbrachten, sie zu *lesen*.

Die Krux an der Sache war außerdem, dass es im aktuellen Fall doch gar keine neuen Fakten zu berichten gab, jedenfalls nicht in dem hohen Tempo, das sich die Nachrichtenplattformen wünschten. So existierten nur eine Flut von Mutmaßungen, unendlich viele Konjunktive, die auch in den sozialen Medien für Unruhe und Häme sorgten. Und weil der Druck auf die Redakteure stündlich wuchs – Trost dachte an das nervöse Gewimmel im Newsroom der Großen Tageszeitung, den er vor einiger Zeit im Rahmen eines Falles besucht hatte –, riefen sie ständig alle möglichen Leute im Landespolizeikommando an. Am Display sah er jetzt auch eine Nummer der Zeitung aufleuchten, wahrscheinlich ein »Schauerei«-Berichterstatter, »Schauerei«, das war die interne Bezeichnung der Redaktion für die Berichterstattung über Gewaltverbrechen und Unfälle. Trost drückte den Anruf weg.

Lemberg hatte ein ganzes Heer an Fahndern aus allen möglichen Abteilungen ausgeschickt, um Esther Befanas habhaft zu werden. Auch aus anderen Bundesländern wie Kärnten und dem Burgenland waren Kollegen hinzugezogen worden. Lust und Gore unterstützten Owusu mittlerweile dabei, die Medienberichte zu durchforsten. Deren Recherchen könnten sich als nützlich erweisen, hatte sie gemeint. Trost bezweifelte das.

Er wusste, dass sie in Wahrheit die Kollegen nur beschäftigen wollte, um Trost in die Kaffeeküche zu locken, weg von Gieracks unmittelbarer Reichweite und dessen bösen Blicken.

»Wie ist das möglich?«

Ihre Stimme vibrierte, und sie schien sich trotz der Hitze am heißen Cappuccino zu erwärmen. Ihre Hände zitterten.

»Am helllichten Tag wird jemand in einem Kino aufgehängt, und uns entwischt dann eine Person, die offenbar etwas damit zu tun hatte. Und obendrein verfolgt dich ein Spinner im Batman-Kostüm mit einer Armbrust.«

Trost beobachtete Lemberg dabei, wie sie laut dachte. Ihre Stirn warf dabei Falten, die ihm an ihr noch nie aufgefallen waren. Sie hatte ein ungewöhnlich ernstes Gesicht, was so gar nicht zu ihrer glatten Haut passte, die sie als Model für Lippenstift, Augen-Make-up oder sonstige Werbe-Nahaufnahmen durchaus geeignet gemacht hätte. Doch hier ging es nicht ums Aussehen, sondern um eine zündende Idee, und er wusste, dass Lautdenken manchmal dabei half.

»Unmittelbar nachdem wir am Packer Stausee eine Leiche entdeckt haben, taucht in der Riegersburg eine auf, und jetzt auch eine in einem Grazer Kino. Allen dreien wurden Daumenschrauben angesetzt, die offenbar allesamt aus der Riegersburg gestohlen worden waren. Jetzt könnten wir uns ja zurücklehnen und darauf warten, was Gieracks mediale Hetze auslöst. An irgendeiner Tankstelle wird man schon wieder ein Bild von Esther Befana machen und sie finden. Oder sie taucht ewig unter wie Tibor Foco oder Friedrich Felzmann in Stiwoll. Das Dumme ist nur: Sie war vor ein paar Tagen an unserer Haustür. Was heißt, sie hat sich uns auf dem Präsentierteller gezeigt.«

Sie stellte den Kaffeebecher ab und packte Trost am Revers seiner Lederjacke. »Mensch, Armin, sie war *hier*. Bei dir.«

Trost reagierte nicht.

In einem ersten Impuls wollte er sie an den Handgelenken packen und zurückstoßen, doch das ließ er besser bleiben, um ihr nicht zu nahe zu kommen. Er traute sich selbst immer noch nicht über den Weg, was seine Kollegin betraf. Sie waren sich schon einmal so nahegekommen, dass sich sein Leben beinahe auf den Kopf gestellt hätte.

Als sie sich abreagiert hatte, machte sie einen Schritt zurück, und Trost sprach in einem Tonfall zu ihr, der seine Anspannung nicht verleugnen konnte: »So, du reißt dich jetzt zusammen und gehst die Sache so strukturiert an, wie es auch sonst deine Methode ist. Du wirst deine Leute darauf ansetzen, die Gemeinsamkeiten der Opfer zu suchen. Du brauchst einen exakten Zeitablauf der Tathergänge, sämtliche Zeugen müssen befragt werden, es gibt Dutzende Überwachungskameras, die ausgewertet werden müssen, ganz klassische Polizeiarbeit eben. Zeig deinen Leuten, wie man so einen Fall angeht, und lass dich nicht von dieser reißerischen Hexenjagd anstecken.«

»Aber …«

»Ja, Befana war bei uns und ist uns entwischt. Aber das heißt nicht, dass wir ihr nicht auf den Fersen bleiben. Konzentriere dich und nutz die Stärke deines Teams.«

»Stärke? Aber die machen doch alles falsch …«

»Sei nicht so streng mit ihnen. Ich finde, sie harmonieren gar nicht schlecht.«

»Harmonie? Seit wann ist das ein Kriterium bei uns? Gierack dreht mir durch. Der ist ständig nur noch im Büro irgendeines Chefredakteurs und lanciert Artikel in Zeitungen und TV-Berichten.«

»Ich weiß.«

»Ja, aber weißt du auch, wozu er das macht? Vertraut er uns etwa nicht? Was bezweckt er damit? Das kann doch nicht alles nur seinem widerlichen Drang nach Aufmerksamkeit geschuldet sein.«

Trost betrachtete seine Kollegin eine Weile und wartete darauf, dass seine Gehirnwindungen in Bewegung gerieten. Aber ihr letzter Satz löste nichts in ihm aus, weshalb er mit den Schultern zuckte. Einen Sekundenbruchteil lang hatte er gedacht, Pankraz gegenüber gar nicht geflunkert zu haben und tatsächlich einer heißen Spur zu folgen.

Stattdessen fiel ihm etwas anderes ein: »Was ist mit dem Batman-Kerl?«

»Was soll mit ihm sein, er ist in der Justizwache und kann sich von den Zellengenossen auslachen lassen.«

»Der Staatsanwalt wird ihn bald freilassen.«

»Wieso?«

»Die Suppe ist zu dünn, und solche Typen schreckst du mit einer Anzeige meistens ohnehin schon ab.«

Lemberg runzelte ungläubig die Stirn. »Meinst du das im Ernst? Mir hat der Kerl einen verrückten Eindruck gemacht, der hat eine Frau angegriffen und auf dich geschossen. Der lässt sich nicht so leicht einschüchtern. Ich meine, bitte schön, er hatte eine Armbrust und hat eine Frau überfallen.«

Trost war dennoch überzeugt davon, dass sie den Kerl bald wieder freilassen würden, und es war dann nur noch eine Frage der Zeit, bis Lemberg ein neuerliches Problem zu lösen hatte, falls er seine Drohung, die Polizei bei der Hexenjagd zu *unterstützen*, wahr machte. Fanatiker und Phantasten wie dieser Armbrustschütze konnten andere Fanatiker und Phantasten anziehen wie die Motten das Licht. Und Trost bezweifelte, dass seine Kollegen mit einem aufgewiegelten Mob zurande kommen würden, zumal ihr Chef selbst mit seiner Medienpräsenz dazu beitrug, alles noch schlimmer zu machen.

Lemberg hielt den Kaffeebecher vor sich, als stünde sie vor einer Skihütte und wärmte sich an einem Glühwein. Im trüben Licht der Kaffeeecke sah sie zerbrechlich und steinhart zugleich aus.

Sie musterte Trost. »Du darfst nicht zu verbissen nach der Erkenntnis suchen, sonst versteckt sie sich.«

Trost schaute sie lange an. »Ich weiß.«

Er wollte sich schon umdrehen und gehen, als sie ihn am Arm zurückhielt. Es war nur eine kurze Berührung, doch er konnte durch die Jacke hindurch ihre Finger spüren. Jeden einzelnen. Sie lösten ein Kribbeln in ihm aus.

»Du wirst wieder auf eigene Faust ermitteln, hab ich recht?« Jetzt war sie es, die ihn lange ansah.

Er erwiderte nichts.

»Pass wenigstens auf dich auf, ja?«

Er nickte. Löste sich aus ihrem Griff. Drehte sich um. Verschwand. Das Kribbeln, das ihre Finger ausgelöst hatten, blieb.

Der gejagte Jäger

1 »Du weißt aber schon, dass das absurd ist. Wir fahren auf Urlaub, und du ermittelst in einem Mordfall.«

»Genau genommen ermittle ich ja gar nicht. Das machen die Italiener. Wir schauen uns nur um, unterstützen die Freundin deiner Mutter und hängen die Beine ins Meer.«

Spätestens als sie einen kleinen Einkauf im Supermarkt erledigt hatten – jede Menge Extrawurstsemmeln, Schokoriegel, Eiskaffee und Energydrinks – und auf die Autobahn aufgefahren waren, wusste Trost, wo der Haken seines Plans war. Der Wagen donnerte zwar seine hundertdreißig, hundertvierzig Sachen dahin, aber im Innenraum war es so laut, dass sie sich anschreien mussten. Der T4, Baujahr 2003, war nicht gerade das neueste Modell am Markt.

Jonas schien das nichts auszumachen. Er legte ein Bein aufs Armaturenbrett, öffnete sich eine Dose Energydrink und packte die erste Semmel aus.

»Worum geht's bei dem Fall eigentlich?«, brüllte er.

»Na ja. Wir fanden Leichen, die offenbar zuvor gefoltert worden waren.«

Aus den Augenwinkeln beobachtete Trost, ob diese Information schon zu viel für seinen Sohn war, doch der nickte nur so sachlich wie ein Forensiker.

»Aber in der Zeitung steht was von einer Hexenjagd.«

»Ja, da gibt's eine Frau, die bei uns war und gemeint hat, sie werde seit Jahren gefoltert. Sie warf auch wirr mit ein paar Namen herum. Wir haben sie in die Nervenklinik einliefern lassen.«

»Und alle glauben jetzt, dass sie die Mörderin ist und sich quasi stellen wollte.«

»Hm«, machte Trost. »Vor allem glauben alle, dass sie eine Hexe ist.«

»Eine Hexe …?«

»Ja, eine Verrückte, die gefährlich ist.«

»Aber wenn sie schon bei euch war? Wer hat die dann ins Krankenhaus geschickt und nicht gleich eingesperrt?«

Trost fixierte die Straße vor ihm und sagte kein Wort.

Jonas machte: »Oh.«

»Ja, oh.«

2 Als sie die Vielzahl von Tunneln bei Klagenfurt mit ihren Achtziger-Beschränkungen hinter sich gelassen und auch den Wörthersee passiert hatten, legte Trost bei einer Raststätte eine kurze Pinkelpause ein. Es war eine dieser Aluhütten, die in den letzten Jahren aufgestellt worden waren und zwar recht sauber aussahen, aber dennoch stanken wie die Pest. Beim Händewaschen betrachtete Trost sich im verdreckten Spiegel und erschrak. Er sah älter aus, als er sich fühlte. Viel älter.

Plötzlich fuhr er herum und hatte Mühe zu atmen. Da war gerade der Umriss eines Menschen durchs Spiegelbild gerannt, der unmöglich hier sein konnte, denn hinter ihm war niemand. Er war allein am Klo gewesen.

Er besprenkelte sich mit Wasser und hatte einen Augenblick sogar Angst davor, die Augen wieder zu öffnen. Wer wusste, ob einem der Anblick nicht einen Schock fürs Leben verpasste. Doch da war nichts. Er hatte sich die Bewegung vorhin nur eingebildet.

Als er aus der Toilettenanlage hinaus ins Freie ging, war er noch einmal wie vom Donner gerührt. Jemand schlich um den Wagen herum. Er sah eine Jacke am Heck verschwinden.

Trost hechtete los. Rannte zwischen zwei parkenden Lkw hindurch und wäre beinahe über einen Hund gestolpert, den eine Urlauberfamilie aus dem Kofferraum springen ließ, um ihn austreten zu lassen, als er endlich bei seinem Wagen ankam.

Er lief ums Auto herum, doch da war niemand mehr.

»Jonas«, rief er seinem Buben durch die offene Scheibe zu. »Hast du da jemanden gesehen? War jemand bei dir?«

Jonas hatte ein Riesenstück Wurstsemmel im Mund. »Mhm?«

»Herrgott, da ist jemand ums Auto geschlichen. Du musst ihn doch gesehen haben.«

»Ich«, fand Jonas seine Stimme wieder, nachdem er das Riesenstück einfach runtergeschluckt hatte, sodass sein Adamsapfel auf und ab sprang, »hab niemanden gesehen.«

Trost blickte sich um und stieg dann ein.

Als der Wagen aus der Parklücke rollte und sich vorbei an den Lkw wieder zurück in den Verkehr auf der Autobahn reihte, spürte Trost den zweifelnden Blick seines Sohnes auf ihm lasten. Auf Trosts Stirn hatte sich kalter Schweiß gebildet.

Die Tunnel bei Tarvisio, Malborghetto und Pontebba verschlief Jonas, bis Udine öffnete er kaum ein Auge, wobei Trost den Verdacht hegte, dass er das absichtlich machte. Von früheren Fahrten wusste Jonas wohl, dass sein Vater in den Schluchten des Kanaltals immer davon anfing, über historische Schlachten zu schwadronieren. Ein beliebtes Thema, das er auf Urlaubsfahrten immer schilderte, war das Ringen um die Festung von Malborghetto, die heute Fort Hensel hieß. Es war nämlich Hauptmann Friedrich Hensel gewesen, der sich vom 14. bis zum 17. Mai 1809 mit gerade einmal dreihundertneunzig Mann gegen eine fünfzehntausend Mann starke französische Armee gestemmt hatte. Dreihundertfünfzig Österreicher hatten ihr Leben verloren, doch die vier Tage hatten ausgereicht, um Erzherzog Johann nach Graz entkommen zu lassen und Major Hackher auf das Halten der Stellung am Schloßberg einzuschwören. Außerdem hatten die nachrückenden Franzosen deshalb auch die Schlacht von Aspern versäumt, die Erzherzog Karl dann gewinnen konnte.

Kaum hatte er mit dieser Geschichte geendet, ging Trost noch weiter in die Zeit zurück und erzählte von der Flitscher Klause, ein paar Kilometer weiter in Richtung des heutigen Slowenien gelegen. 1478 hatten dort dreitausend Bauern gegen eine Übermacht von türkischen Kriegern gekämpft. Auch sie hatten verloren, und die Türken waren kurz darauf ins heutige Österreich eingedrungen.

An solchen Geschichten ergötzte Trost sich immer und fand es sonderbar, wenn plötzlich das Thema eine völlig andere Richtung nahm, sobald er einmal eine kurze Pause einlegte. Charlotte war da meist recht gnadenlos und fasste Trost auch kurz ans Knie, um ihn daran zu hindern, auch nur an eine weitere historische Anekdote zu *denken*. Diese Berührungen waren keineswegs zärtlich, sondern kamen einer Warnung gleich.

Bei Palmanova hielten sie sich rechts, und Jonas wollte wissen, ob es da, wo sie hinfuhren, auch ein Einkaufszentrum gebe. Er wolle sich »ein paar Sachen« kaufen.

Eine weitere Stunde später passierten sie die Ausfahrten zu den großen Urlaubsorten Lignano Sabbiadoro, Caorle und Jesolo. Trost bildete sich ein, zum ersten Mal das Meer riechen zu können.

»Erinnerst du dich an die Urlaube in Caorle?«

Jonas hatte mittlerweile wieder die Augen geöffnet.

»Ist das die Stadt, in der es dieses Modellfigurengeschäft gab?«

Die Erinnerung daran ließ in Trost Bilder aufblitzen. Einst hatte es auch in Graz solche Läden gegeben. Damals waren Modellfiguren im Maßstab eins zu zweiundsiebzig oder eins zu achtundvierzig der große Schrei gewesen. In handlichen Packungen waren Armeeverbände als Plastikfiguren dargestellt gewesen, die man bemalen konnte. Er hatte als Kind Tausende davon gehabt. Mit der Zeit waren diese Bastelgeschäfte jedoch aus der Grazer Innenstadt verschwunden, und als sie dann Jahre später jenes in Caorle entdeckt hatten, hatte er Stunden darin verbracht und sich Charlottes Zorn zugezogen, weil er sich deshalb nicht am Strand hatte blicken lassen und sie gedacht hatte, ihm sei etwas zugestoßen.

»Wir waren damals in dem Stadtteil mit dem breiteren Strand. Weißt du noch, wie wir die Megasandburg gebaut haben, über die dann die Nachbarn gestolpert sind? Ich musste ihnen ein Bier zahlen, weil sich der eine fast ein Bein gebrochen hätte.«

Das war jetzt wie lange her? Dreizehn, vierzehn Jahre? Trost erinnerte sich, wie gern er Jonas auf den Schultern getragen hatte und er mit seinen kleinen Händchen immer seine Frisur durcheinandergebracht hatte. Jonas war ein unkompliziertes Kind gewesen, für Charlotte und ihn war es im Grunde ein Kinderspiel gewesen, ihn großzuziehen. Der Bub hatte nie eine ernsthafte Erkrankung und auch in der Schule keine Probleme gehabt.

Dann waren die Kleinen gekommen, die Nachzügler. Ein paar Kroatienurlaube und Schneeballschlachten waren vergangen – und plötzlich war der Fünfjährige neunzehn Jahre alt, und Trost bemerkte völlig verdutzt, dass die Zeit verstrichen war.

»Sag einmal, was hat es mit diesen Hexen auf sich? Du glaubst doch nicht wirklich an so einen Mist, oder?«

Trost war dankbar, dass Jonas ihn aus seinen melancholischen Gedanken riss. Er schenkte ihm ein verlegen wirkendes Grinsen. »Also ich muss zugeben …«

»Nein …«

»Jetzt warte mal. Ich muss zugeben, dass ich zunächst einmal nie irgendetwas ausschließe. Das ist mein Credo.«

»So was wie dein Erfolgsgeheimnis?«

»Kann man vielleicht sagen, ja. Ich glaube nicht an Hexen, aber andererseits ist das vielleicht keine Glaubensfrage, sondern einfach ein Faktum: Manche Menschen haben Fähigkeiten, die man nicht für möglich halten würde.«

»Dir sagt man das ja auch nach.«

Trost lachte. »Es gibt auch Leute, die mir nachsagen, dass ich ein Spinner sei.«

Sobald die Worte ausgesprochen waren, biss Trost sich auf die Lippen. Er hatte das vor seinem Sohn nicht sagen wollen.

»Ich meine, ich versuche einfach, in mich hineinzuhören und zu erfühlen, was mich stört, verstehst du. Und meistens führt das zu einer Spur.«

»Pass auf!«, rief Jonas, als sie plötzlich ein schwarzer Kleinwagen schnitt und der Fahrer auf die Bremsen stieg. Trost reagierte mit kleiner Verzögerung, merkte aber, dass die Vollbremsung den T4 nicht schnell genug zum Stillstand bringen würde, und manövrierte den Wagen rechts vorbei. Bevor es runter nach Venedig ging, reihte er sich wieder in die Spur ein.

»*Das* war ein Spinner«, schimpfte Jonas, doch Trost hörte gar nicht richtig zu. Er sah immer wieder über die Schulter, ob er den Wagen noch ausfindig machen konnte, doch er war wie vom Erdboden verschluckt.

»Hast du dir gemerkt, wie der Wagen aussah?«

»Ein kleiner schwarzer, vielleicht ein Golf oder so. Wieso? Willst du den Fahrer einsperren?«

Trost hatte eine Gänsehaut. »Weil wir gerade eben davon gesprochen haben. Ich glaub, das war sie.«

»Wer?«

»Die Hexe.«

1 Venedig ließen sie links liegen, nahmen danach aber nicht die A4 über Padua und Ferrara, sondern hielten sich auf der Küstenstraße. Kurz nachdem sie das beschauliche Hafenstädtchen Chioggia passiert hatten und im Begriff waren, die Brücke über den Po zu nehmen, läutete Trosts Handy. Es war Magda, die seine Nummer von Charlotte haben musste und nun mit völlig aufgelöster Stimme davon berichtete, dass sie in einem Wagen der italienischen Polizei saß. Trost versuchte sie zu beruhigen und verabredete sich mit ihr in einer Stunde vor der Quästur, dem Polizeihauptquartier der Polizia di Stato in Ravenna.

»Sorry, aber unser Urlaub beginnt im Leichenschauhaus.«

Jonas grinste. »Großartig. Schauen wir uns danach einen Friedhof an oder vielleicht ein Gefängnis oder einen Massentierhaltungsbetrieb?«

Trost lachte. »Nein, aber du könntest die Gelegenheit nutzen und ein paar Orte in Ravenna besichtigen, die man gesehen haben muss, die Kirche San Vitale zum Beispiel, wir stellen das Auto gleich dahinter auf einen Parkplatz. Oder das Grab Dantes.«

»Wessen Grab? Ich geh lieber in ein Kaffeehaus und beobachte die Leute.«

»Die Leute …«

»Ja, die Leute.«

Trost überlegte, was er damals in Jonas' Alter gemacht hätte. Natürlich hätte er sich keine Kirchen angesehen, oder zumindest hätte er nur so getan. Die Faszination, die von den Auswirkungen des Bösen ausging, hatte ihn erst sehr viel später erreicht.

»Dantes Inferno …«

»Wie?«

»Ach nichts.«

Als sie die Quästur erreichten, wurde aus dem kleinen

Abenteuer eines Vater-Sohn-Ausfluges eine traurige Angelegenheit. Magda saß auf den Stufen vor dem Gebäude und weinte, flankiert von zwei Carabinieri, die nicht wussten, was sie tun sollten. Ihre Erleichterung, als Trost sich näherte, war so offensichtlich, dass es fast zum Lachen war. Ihre Arme baumelten an ihnen wie Fremdkörper, und sie kratzten sich am Kopf oder nestelten an ihrer Kleidung herum. Die Mimik der Polizisten wechselte zwischen dankbarem Lächeln und einer gespielt mitfühlenden Miene. Trost musste aber auch zugeben, dass Magdas Art, Trauer zu zeigen, gewöhnungsbedürftig war. Sie schnäuzte sich lautstark, ihr Weinen glich dem Geheul einer Opernsängerin, die sich einsang, und obendrein hätten ihre Achseln etwas Deodorant vertragen. Hätte sie Trauer *gespielt*, hätte sie es genau so machen müssen.

Verlegen räusperte sich Trost, als er sich von ihrer Umarmung löste und ihr Weinen seine Ohren zum Klingen gebracht hatte. Bevor er sich ganz lösen konnte, hielt sie ihn aber noch einmal zurück und hauchte ihm eine Entschuldigung ins Ohr: »Ich wollte nicht, dass du kommst. Schon gar nicht mit Jonas. Es tut mir leid.«

»Ich bitte dich«, wehrte Trost ab. Mehr sagte er nicht, denn er wusste eigentlich nicht, was er antworten sollte. Es war weder selbstverständlich, dass er hier war, noch war sie eine alte Freundin, der er etwas schuldig war. Er hatte einfach einen Entschluss gefasst, ganz unabhängig davon, wer sie war. Im Grunde war er längst im Ermittlungsmodus, was bedeutete, dass es einerlei war, in welcher Beziehung Magda zu wem stand: Er musste den Mörder ihres Freundes finden. Nicht mehr und nicht weniger.

Er vereinbarte mit ihr, dass er zuerst mit dem Commissario sprechen würde. Vielleicht sei diese Tortur einer Gegenüberstellung gar nicht nötig. Trost war nicht sicher, ob Magda überhaupt schon wusste, dass der Leiche der Kopf fehlte, und befürchtete, dass sie diesen Anblick nicht nur nicht verkraften würde, sondern dass er sie bis in alle Zeit in den Schlaf verfolgen würde.

In den Gängen der Quästur herrschte mäßiger Betrieb. Sie rannten durch eine Säulenhalle und anschließend durch kalte, hohe Flure, die ihre Schritte von den Wänden widerhallen ließen. Vor einer Flügeltür machten sie halt, Magda nahm auf einer Bank Platz, Trost wurde hineingebeten. Eine unglaublich aufgedonnerte Dame musterte ihn. »Signor Trost, vero?«, fragte sie mit jenem melodischen Timbre, den alle Welt so an der italienischen Sprache liebte, und begleitete ihn durch die nächste Tür, wo sie ihn ankündigte.

Das Zimmer, das er daraufhin betrat, war klein und obendrein bis an die Decke mit Regalen voller Bücher und Akten umstellt. Auf einem Schreibtisch türmten sich Papierberge, hinter denen der Monitor eines Computers hervorlugte wie eine archäologische Ausgrabung. Ein zweifach verglastes Fenster hinter einem Gitter wies den Blick hinaus auf eine gepflasterte Straße. Sie befanden sich im ersten Stock eines Gebäudes im Herzen Ravennas, im Büro von Commissario Andrea Gattuso.

Als Trost näher kam, musterten ihn zwei kalte Augen, die von der Arbeit vor dem Bildschirm rot gerändert waren. Ein grau melierter Kurzhaarschnitt, ein kantiges Kinn und eine Nase, die Caesar in den Asterix-Comics alle Ehre gemacht hätte, wiesen den Mann als äußerst strenge und unangenehme Erscheinung aus.

Als er Trost zu Gesicht bekam, hellten sich seine Züge allerdings deutlich auf, wenngleich nur sein Mund zu lachen schien, seine Augen nicht. Trost spürte gleich, dass Gattuso besorgt war. Und dass er eigentlich schon zu Hause sein wollte.

»Endlich«, bellte Gattusos Stimme durch den kleinen Raum, »nach so vielen Jahren sehen wir uns wieder.«

Für einen Außenstehenden war es ein seltsames Aufeinandertreffen. Die beiden reichten einander die Hand wie alte Freunde und doch auf eine distanzierte Weise, die darauf schließen ließ, dass jeder in seiner Rolle gefangen war.

Trost spürte sofort, worin die Distanz lag: Sie waren beide in ihrem Fall, ihre Gehirne ließen sich nur ungern auf banale Dinge wie unverfängliche Gespräche oder das Austauschen von

Freundlichkeiten ein. Sie wollten ihre Fälle lösen, das war der Grund ihrer Existenz.

»Es tut mir leid, es ist spät geworden.«

»Hattet ihr eine angenehme Reise?«

Trost schürzte die Lippen und wackelte unschlüssig mit dem Kopf. »Woher weißt du, dass ich nicht allein bin?«

Gattuso legte den Kopf zur Seite und schaute ihn schelmisch an. »Glaubst du, nur du wärest gut in deinem Job?«

Ohne näher darauf einzugehen, antwortete Trost auf die Frage davor: »Sieben Stunden Auto fahren, das ist nicht so meine Sache.«

Gattuso lachte und klopfte Trost auf die Schulter. »Ah, ich erinnere mich. Du bist immer noch der, wie sagt ihr, murrisch, murrische Kauz von früher.«

Trost deutete mit dem Daumen über seine rechte Schulter.

»Sie sitzt draußen und wartet auf die Begutachtung der Leiche.«

Sofort verfinsterte sich Gattusos Gesicht. Er blickte über Trosts Schulter zur geschlossenen Tür und nickte. »Setz dich zuerst. Ich muss dir etwas erzählen.«

Trost fiel nun auf, dass eine kleine italienische Flagge den Schreibtisch zierte, ebenso wie ein Füllfederhalter in Gold und ein aufgeschlagener Filofax, in dem Notizen des heutigen Tages mit unterschiedlichen Farben eines Leuchtstiftes markiert waren.

»Es ist so«, hob Gattuso an und rückte sich in seinem Schreibtischsessel zurecht, während Trost sich setzte. »Vor zwei Tagen wurde ja diese Leiche in Bellezza angeschwemmt. Ich habe dir davon erzählt. Auch von diesen zerdrückten Daumenkuppen. Zuerst dachten wir, ein Fisch habe sie angefressen, aber unsere Gerichtsmedizinerin stellte eindeutig fest, dass hier mit einem mechanischen Gerät hantiert worden ist. Mit einer Art Daumenschrauben eben.«

Das alles wusste Trost bereits, denn dies war ja auch der Grund, warum seine Alarmglocken geschrillt hatten und er beschlossen hatte, nach Italien zu fahren.

»Doch nun gibt es eine weitere Entwicklung.«

Trost lehnte sich über den Tisch und versuchte einen Blick auf die Akte zu erhaschen, die Gattuso nun öffnete.

»Heute Vormittag wurde auch der Kopf angeschwemmt.«

2 Er wusste, dass sich Magdas Beine anfühlen mussten wie metallische Fremdkörper. Sie ging auch so, als trüge sie hüftabwärts Prothesen.

Sie fuhren mit einem Lift in den Keller hinab, und als sich die Lifttür seufzend öffnete, hätte Trost am liebsten umgedreht. Dies war kein Ort für einen Menschen, der den Tod nur aus Filmen und Büchern kannte. Irgendwann kam jeder unweigerlich mit einem Begräbnis in Berührung, musste Abschied von einem geliebten Menschen nehmen und zusehen, wie ein Sarg in die Erde gelassen wurde. Tränen, Trauer, bedrückende Abschiedsreden, ja, das gehörte leider früher oder später alles zum Leben. Aber ein verfliester Keller, in dem der Gestank nach Formaldehyd in der Luft hing und Leichen auf Seziertischen lagen, gehörte in der Regel nicht dazu.

Vom Ende des Ganges drang schallendes Gelächter zu ihnen herüber, und Trost schob Magda sanft ein Stück aus dem Fahrstuhl.

»Bist du sicher, dass du das machen willst?«

Sie schniefte herzergreifend und nickte zögerlich.

Zwei junge Männer kamen aus einem der Räume, und ihr Lachen erstickte, als sie die sich nähernde Gruppe bemerkten. Gattuso bedachte sie mit einem vernichtenden Blick, und hätten seine Augen schießen können, wären die beiden auf der Stelle mausetot umgefallen. Trost ging davon aus, dass ihnen ein Donnerwetter blühte, sobald Magda und er aus dem Haus wären.

Wahrscheinlich aufgeschreckt von der plötzlichen Stille, erschien nun auch eine dürre, leicht gebückte Frau im Türrahmen, auf den sie zusteuerten.

»Signor Gattuso!«, rief sie, senkte aber sofort ihre Stimme wieder, als sie sagte: »Es ist alles vorbereitet.«

»Alles«, Trost hoffte, dass Magda die Sachlichkeit der Gerichtsmedizinerin überhört hatte.

Gattuso machte ein paar schnellere Schritte auf die Frau zu, und die beiden wechselten ein paar Worte. Er drehte sich um. »Das ist Dottoressa Fabia Baresi. Sie hat gemeint, ihr Möglichstes getan zu haben, um es erträglich zu machen. Aber sie weist noch einmal darauf hin, dass dies ein Ort ist –«

»Schon gut«, unterbrach Magda ihn. »Bringen wir es hinter uns. Zeigen Sie mir die Leiche und ich sage Ihnen, ob es mein Lebensgefährte ist oder nicht.«

Gattuso, der es nicht gewohnt war, unterbrochen zu werden, schnitt ein verlegenes, aber unwilliges Gesicht. Dann nickte er zerstreut, machte eine Geste mit der Hand, und Trost stützte Magda, während sie den Raum betraten.

Mehrere Betten standen in dem kleinen weiß-silbernen Saal. Auf einem Tisch lag diverses Geschirr fein säuberlich geschlichtet – Skalpelle, Sägen, Messer –, Blechschalen glänzten sauber im kalten Licht dreier Neonröhren. Baresi machte zwei Schritte auf ein Radio zu, in dem gerade Adriano Celentano »Azzurro« sang, Trosts italienisches Lieblingslied. Sie drehte es ab und rieb sich nervös die Hände, während sie mit dem Kopf auf zwei Tische wies. Der eine zeigte eine Auswölbung von der Größe eines menschlichen Körpers unter einer weißen Decke, auf dem anderen schien ein Fußball zugedeckt zu sein.

»Sind Sie bereit?«, fragte Baresi.

Magda nickte. Trost schluckte. Gattuso hielt sich abseits.

Die Gerichtsmedizinerin hob das kleinere Tuch vorsichtig an und war darauf bedacht, den ausgefransten Hals nicht freizulegen. So konnte Magda den Kopf betrachten, als wäre er Teil eines Körpers. Das Blut wich ihr aus dem Gesicht, ihre Lippen zitterten, und die Augen füllten sich mit Tränen. Sie stöhnte auf.

Auch Trost starrte den Kopf der Leiche an und war in diesem Augenblick froh, dass er Magda festhielt, denn sie stützte ihn dadurch gleichermaßen.

Plötzlich öffneten sich die Augen des Kopfes und starrten ihn an. Die Iris war weiß, als hätten Fische und anderes Meeresgetier alles Melanin ausgelutscht und die Farbe ausgelöscht.

Aus dem Mund streckte sich die Zunge und machte schmatzende Geräusche, bis ein Algenblatt hervorlugte. Der Kopf spuckte das Blatt aus, Wasser rann aus den Ohren und den Nasenlöchern. Er hustete gequält. Dann stellten sich die blassen Augen wieder auf Trost ein, fixierten ihn, und eine Stimme, hustend und würgend, krächzte: »Halt dich raus, Arschloch. Hörst du. Halt dich da raus!«

Trost wankte und fing Gattusos Blick auf. Schnell wandte er sich Magda zu und fragte, ob sie genug gesehen habe.

Sie nickte, mehr schockiert als betroffen. Ihre Lippen zitterten.

Schnell senkte Baresi das Tuch wieder über den Kopf.

Dann ging die Gerichtsmedizinerin zum zweiten Bett und schlug das Tuch nur über einem Arm des Toten zurück.

Nun wimmerte Magda auf, nickte, schluchzte, er sei es, ganz bestimmt, sie trage denselben Ring. Magda taumelte ein paar Schritte zurück.

Trost und Gattuso schoben Magda behutsam, einer links, der andere rechts, aus dem Raum.

Als Trost über die Schulter zurück zum Leichnam blickte, hob dieser die Hand und winkte ihm nach.

Als sie mit dem Lift wieder oben angekommen waren, bat Magda, auf die Toilette zu dürfen. Von drinnen hörten sie Schreie und ein herzzerreißendes Weinen. Trost ging hinein und fing die Frau, so gut es ging, in ihrem Schmerz auf, wohlweislich darauf bedacht, nicht die Augen zu schließen, denn in der Dunkelheit jedes einzelnen Wimpernschlages tauchte das Antlitz des abgetrennten Kopfes vor ihm auf, wie er ihn anstierte und verhöhnte.

3 Eine Stunde später, die Abendsonne tauchte die Fassaden der Altstadt in ein zartrotes Licht, saßen Trost und Magda im

straßenseitigen Gastgarten einer Trattoria an der Via Carlo Cattaneo. Magda war eine opulente Erscheinung, eine etwas kräftigere Frau, die Wert auf Armringe, Halsketten und weite, bunte Kleider legte, mit meist hochgesteckten Haaren, Ohrschmuck und einer Gesichtsbemalung, die sie Fremden gegenüber als exzentrische und an Kameras gewöhnte Frau erscheinen ließ. Sie war nicht hübsch, aber durchaus attraktiv und wusste sich in Szene zu setzen. Doch jetzt saß Magda vor ihm wie ein erblasster, verglühter Stern. In sich zusammengefallen, mit verschwitzten Haaren und einem Blick, der trüb und müde war. Sie drehte ein Glas Wasser mit den Händen, und Trost bekam zu allem Überfluss auch den Geruch des Formaldehyds nicht aus der Nase.

»Es tut mir so leid«, hauchte er, um das minutenlange Schweigen zu durchbrechen.

»Schon gut«, sagte sie. Es klang kalt und unfreundlich. Trost wusste, dass sie es nicht so meinte, denn sie hatte ja keinen Grund dazu, aber sie hatte bereits die nächste Stufe der Trauer erklommen, den Hass.

»Tu mir nur einen Gefallen«, fuhr sie fort. »Finde das Schwein, das das getan hat, und nimm es nicht fest. Erschieß es einfach.«

Sie sah ihn an, als forderte sie ihn auf, ihr auf der Stelle dieses Versprechen zu geben. Trost bekam eine ihrer Hände zu fassen und sagte: »Ich werde ihn finden.«

Fast hätte sie ein neuerlicher Weinkrampf gepackt, doch sie fing sich wieder, als ein Mann in Uniform neben ihnen auftauchte. In gebrochenem Deutsch machte er darauf aufmerksam, dass ein Wagen am Parkplatz San Vitale, dort, wo auch Trost parkte, auf sie wartete. Trost bedankte sich, und der Mann ging voraus.

Magda schob Trost einen Zettel über den Tisch. »Danke, dass du das machst. Das Haus ist die ganze restliche Woche bezahlt, ich will da nicht mehr zurück.«

Trost verstand. Sie hatten vereinbart, dass er Magda die Fahrt zurück nach Österreich arrangierte, was Gattuso dann sofort in die Wege geleitet hatte. Eine Schwester Magdas würde ihnen entgegenkommen und sie an der Grenze abholen. Trost könnte indes in jenes Ferienhaus in Bellezza einziehen, das Magda mit ihrem Lebensgefährten gebucht hatte. Da es spät war und Gattuso ihm versichert hatte, kein besseres Zimmer für ihn und Jonas auftreiben zu können, nahm er Magdas Angebot an, die Schlüssel und den Zettel mit der Adresse entgegen und verabschiedete sich von ihr.

Auf dem Parkplatz San Vitale drehte sie sich noch einmal um und sah ihm tief in die Augen.

»Bring ihn um, sonst tu ich es«, sagte sie, stieg in einen wartenden Polizeiwagen und sank in den Rücksitz. Er konnte sie verstehen. Jemand musste dafür bezahlen.

Gattuso stand an seiner Seite, als sich der Wagen entfernte.

»Schrecklich«, sagte er.

»Ja.«

Schrecklich vor allem auch deshalb, weil Trost mittlerweile wusste, wie der geköpfte Mann auf dem Seziertisch von Fabia Baresi hieß. Manfred Haberschreck, *der* Manfred Haberschreck. Leiter eines Grazer Einkaufszentrums, Society-Löwe, seit mindestens zwanzig Jahren in der rund dreißigjährigen Geschichte der Ennstal-Classic-Teilnehmer des Oldtimerrennens und bekanntermaßen bis in hohe Politkreise gut vernetzter Geschäftsmann. Mit anderen Worten: Sobald die italienische Polizei die Identität des Opfers preisgab, war daheim die Hölle los.

Er spürte Gattusos Hand auf seiner Schulter.

»Ich kann diese Sache vielleicht noch einen Tag hinauszögern«, sagte Gattuso. »Aber jetzt, wo seine Identität gesichert ist und seine Lebensgefährtin zu Hause ist, kann ich für nichts garantieren. Die italienische Behörde steht nicht gerne als langsamer Schneckenapparat da.«

»Ich weiß«, ahnte Trost, dass er nicht lange Zeit haben würde, zu ermitteln, ohne dass sein Telefon mit Anrufen überhäuft wurde.

Der Druck an seiner Schulter wurde stärker.

»Vorhin im Leichenschauhaus, Armin. Was hast du da gesehen?«

Er antwortete nichts.

»Ich weiß, dass du etwas gesehen hast. Was immer es war, mein Freund. Achte nie auf den Schrecken allein. Betrachte seine Zwischentöne. Das, was er dir wirklich sagen will.«

Er wusste nicht, ob Gattusos seltsame Weisheit von dem Umstand herrührte, dass Deutsch nicht seine Muttersprache war. Aber einerlei, er fand sie manchmal geradezu – *erhellend.*

Aufs Meer schauen und an Leichen denken

1 Sie waren hundemüde, als sie kurz vor Mitternacht in Bellezza ankamen. Es hatte gutgetan, Jonas' Schilderungen seiner Spaziergänge durch Ravenna im Wagen zu lauschen, das hatte Trost abgelenkt, und er hatte obendrein das Gefühl gehabt, dass Jonas das genau aus diesem Grunde gemacht hatte. Er hatte seinen Sohn seit Jahren nicht mehr so lange am Stück mit ihm sprechen gehört.

Sie überquerten einen Bahnübergang des Regionalzuges, der durch Bellezza führte, und bogen von der Via Panzini, benannt nach dem Schriftsteller Alfredo Panzini, in eine Pinienallee ein, die Richtung Strand verlief.

Trost ließ den Bus langsam über eine nicht befestigte Straße rollen. Der Wagen schaukelte über sandige Dünen, und sein Scheinwerferlicht streifte ein imposantes Gebäude, das sich vor ihnen abzeichnete. Schließlich parkte er den Wagen vor einer repräsentativen Treppe, die zu der Villa aus dem 19. Jahrhundert gehörte.

Als sie ausstiegen, spürte Trost den Duft des Meeres und streckte sich. Sie holten ihre Taschen aus dem Wagen und liefen die Stufen hoch. Oben angekommen, suchten sie nach dem geeigneten Schlüsselloch für den Schlüssel, den Magda ihm überreicht hatte. Trost erinnerte sich an ihren seltsamen Blick, als sie seine Finger um den Schlüssel geschlossen hatte, als würde sie ihm ein kostbares Geschenk machen.

Die Tür war so alt wie das Haus, doch war an ihr im Lauf der Jahrzehnte gnadenlos herumgefuhrwerkt worden. Sie hatte seltsame Ausbuchtungen, und offenbar waren nachträglich Schlösser eingebaut worden, von denen die meisten nicht mehr funktionstüchtig waren.

Als sie endlich das passende Schlüsselloch gefunden hatten und eintraten, entpuppte sich das Vorzimmer als mächtiger Speisesaal mit Wandmalereien an der Decke und drei Tischen, die zu einer lang gestreckten Tafel zusammengestellt worden waren.

Am Rande des imposanten Raums waren Sofas aufgereiht, die allerdings so alt und ausgesessen wirkten, dass Trost auf den ersten Blick beschloss, sie lieber nicht auszuprobieren.

Sie gingen von Raum zu Raum über Steinfliesen, entdeckten mehrere Schlafräume, in denen die Betten nicht bezogen waren, und blickten in ihr Spiegelbild, das von einer wuchtigen Psyche mit verschnörkeltem Spiegel zurückgeworfen wurde. Trost hielt kurz den Atem an, als er sich mit Jonas an seiner Seite betrachtete. Er hatte einen Augenblick angenommen, er selbst sei Jonas und das neben ihm ein fremder alter Mann.

Das Schlafzimmer, in dem Magda und Haberschreck die letzten Nächte verbracht hatten, sah genau so aus, wie Schlafzimmer eben aussahen. Überall waren Kleidungsstücke verstreut, eine Sportzeitschrift auf dem zerknitterten Leintuch zeigte Erling Haaland im hellblauen Manchester-City-Trikot. Am Kopfpolster des anderen Bettes lag ein von Sand und Sonne gewölbtes und ausgebleichtes Taschenbuch.

Er musterte Jonas, wie er aus dem Fenster schaute. Ein junger, fescher Kerl, stark und selbstbewusst und voller Abenteuerlust. Dann sah er sich wieder im Raum um. Etwas machte ihm Angst. Er fühlte etwas. Als hätte das Haus soeben registriert, dass neue Seelen in ihm hausten.

Er schloss die Augen.

»Alles in Ordnung?« Jonas riss ihn aus den Gedanken. Das ungute Gefühl verflüchtigte sich wieder.

Jonas und er bezogen ein anderes Zimmer. Eines, das einen direkten Zugang zu einer von insgesamt drei Terrassen hatte, mit Blick auf den Pool, die Strandbar und das Meer. Sie fanden die Bettwäsche in einem Schrank. Die Wände waren mit Landschaftsbildern bemalt, die das Anwesen darstellten, wie es vor hundert Jahren ausgesehen haben musste. Trost ging auf die Terrasse. Von irgendwoher drang Musik. Jemand lachte. Der Duft von Pizza wehte zu ihnen herüber. Das Meer rauschte. Es war das perfekte Anwesen für eine große Familie, und augenblicklich packte Trost das schlechte Gewissen, Charlotte und die Kleinen zu Hause gelassen zu haben.

Als Trost zurück ins Haus ging, sah er Jonas auf dem Bett liegen. Ohne sich umzuziehen, legte er sich neben seinen Sohn, wickelte sich in ein Leintuch ein, das als Decke diente, und schlief bei offener Tür ein.

»Armin!«

Haberschreck öffnete die Augen. Wasser rann ihm aus Mund und Nase, und gurgelnd versuchten seine Lippen, ihm etwas mitzuteilen. Seine Augen stierten ihn an, dann wanderten die Pupillen von links nach rechts, als wollten sie »Nein« sagen. Das schüttere Haar umwehte seinen Schädel wie feine Löwenzahn-Härchen, die sich bald lösen würden. Sein Mund öffnete sich, und ein unheimliches Zischen erklang. Er sagte: »Geht fort.«

Trost wachte mit wild schlagendem Herzen auf. Die Botschaft des Alptraums war unmissverständlich gewesen. Das Dumme war nur, dass seinesgleichen durch solche Drohungen, auch wenn sie noch so mysteriös und gruselig ausfielen, nur angestachelt wurde. Leute wie er, die obsessiv einer Sache hinterherjagten, die konnten solche kryptischen Botschaften aus dem Unterbewusstsein nicht abschrecken. Wenngleich er zugeben musste, dass sie ihm zusetzten.

Er schlich durchs Zwielicht eines heraufdämmernden Morgens. Leichte Böen sorgten für eine Geräuschkulisse, die mit jedem vorsichtigen Schritt, den er tat, zuzunehmen schien. Offenbar hatte sich ein Scharnier von einem Fenster gelöst und brachte einen Balken in Bewegung, der nun immer und immer wieder an dieselbe Stelle krachte.

Er tastete nach einem Lichtschalter, konnte aber keinen finden und verfluchte sich dafür, das Handy am Nachttischkästchen liegen gelassen zu haben. Er erreichte den mondänen Speisesaal, der ihm jetzt eher wie das düstere Kellergewölbe einer Templervereinigung erschien. Dem Krachen kam er hier ganz nahe, und er erkannte, dass eines der Fenster, das in die Eingangstür eingelassen war, schepperte. Das Echo des Geräusches täuschte seine Ohren, denn er vermeinte auch ein Klopfen zu hören, das in völlig anderem Rhythmus ertönte. Dazu ein Schlürfen und Schmatzen.

Seine Sinne spielten ihm Streiche. Reiß dich zusammen.

Er näherte sich der Tür. Hatte das Gefühl, jeden Moment attackiert zu werden. Seine Muskeln spannten sich an. Dann nahm er sich ein Herz, wandte dem Raum den Rücken zu und schloss endlich das Fenster.

Augenblicklich wurde es ruhig. Doch das schaurige Gefühl blieb. Was würde ihm gegenüberstehen, wenn er sich jetzt umdrehte? Sein Herz raste. Er war am Ausflippen. Holte zweimal tief Luft. Und drehte sich um.

Später, die Sonne ging gerade auf, weckte ihn abermals ein seltsames Geräusch aus dem Schlaf. Ein rhythmisches Kratzen, das diesmal vom Garten her zu vernehmen war. Offenbar säuberte der Gärtner mit einem gewaltigen eisernen Besen die Zufahrtsstraße von Blattwerk und Piniennadeln.

Trost wankte schlaftrunken hinaus auf die Terrasse, wo er feststellte, dass es der Rasensprenger war, der das merkwürdige Geräusch verursachte, indem er seine Fontäne über das Buschwerk streifen ließ.

Seufzend ließ er sich abermals ins Bett fallen. Er würde später nicht mit Bestimmtheit sagen können, ob er tatsächlich aufgestanden war.

Um sieben Uhr zwanzig weckte ihn das Hupen des vorüberfahrenden Zuges endgültig aus den letzten Resten eines unruhigen Schlafs.

2 »Was liest du da?«

Sie hatten beschlossen, ihr Frühstück an einer Strandbar einzunehmen. Es war gerade einmal halb acht, und sie wanderten über den Sand zwischen den noch leeren Liegestühlen entlang.

Im Abstand von rund zweihundert Metern duckten sich am Rand des Strands die Strandcafés unter die Schirme. Die Besitzer hatten allesamt die Planen zurückgeschlagen und die Tische für den Ansturm bereit gemacht. Trost hatte alte, ausgetretene Sandalen, eine kurze Kakihose und ein weißes Hemd, das er bis zum Brustbein aufgeknöpft hatte, an. Seine Augen bedeckte er mit einer Sonnenbrille, auf dem Kopf trug er einen Strohhut, den er am Vortag zu Hause in einem Kellerschrank gefunden hatte. Seine Haut war erschreckend weiß und trocken. Er kam sich vor wie ein bleicher Tourist am ersten Urlaubstag. Im Grunde war er das auch.

Sie saßen jetzt an einem Tischchen im Sand, der Cappuccino hatte exakt die Temperatur, die er haben musste, um genau so zu schmecken, wie er nur hier am Strand schmecken konnte. Er hatte sich das oft gefragt, warum es zu Hause niemals gelang, diesen Geschmack herzustellen, und war irgendwann zu dem Schluss gekommen, dass es eine Mischung aus allem sein musste, Sorte, Wasser, Maschine. Bis hin zu dem Umstand, dass sich der Blick aufs Meer auch auf die Geschmacksnerven auswirken musste.

Jonas gönnte sich zum Frühstück eine Cola und aß eine Piadina, ein Fladenbrot mit Schinken und Rucola. Mit seinem Ruder-Shirt wirkte er einschüchternd, denn sein Körper war der eines jungen, trainierten Mannes mit definierten Oberarmen und breiten Schultern. Trost dachte daran, wie er sich heute in der Früh gefühlt hatte. Er war wie gerädert aufgewacht und hatte nach Luft geschnappt, als wäre er aus einer unendlich tiefen Stelle im Wasser aufgetaucht. Fragen schossen ihm sogleich durch den Kopf. War er in der Nacht tatsächlich aufgestanden, um das Fenster zu schließen? War da wirklich etwas in dem Haus gewesen, das ihn beobachtet hatte? Und wer zum Teufel hatte ihn geweckt? Denn da war doch ganz deutlich diese Stimme gewesen, die »Armin« gerufen hatte.

Ganz deutlich. Er hatte es gehört. Jonas hatte leise geschnarcht, der konnte es nicht gewesen sein.

Was ging hier vor? Und so war er schließlich aufgestanden und hatte sich gefühlt, als hätte er gar nicht geschlafen. Als würde er den Verstand verlieren.

Er blickte aufs Meer hinaus zu den Wellenbrechern, die rund hundert Meter vom Strand entfernt eine Linie bildeten, die nur hin und wieder für den Bootsverkehr unterbrochen wurde. Ein Rettungsschwimmer stand aufrecht auf seinem roten Katamaran und ruderte im Stehen. Eine überaus anmutige, gemächliche Bewegung, die bei genauerem Hinsehen zeigte, wie schnell sich das Boot auf diese Weise aber bewegen ließ. Trost bemerkte trotz der Entfernung, dass seine Muskeln in der Sonne glitzerten. Er betrachtete aber eigentlich nicht den Körper des Rettungsschwimmers, sondern das Schimmern der Wellen und deren Bewegungen. Und dann sah er die Leiche vor seinem inneren Auge, wie sie langsam auf das Ufer zutrieb. Was für ein Zufall, dass sie nicht draußen an den Wellenbrechern hängen geblieben war.

»Weißt du eigentlich, dass du und Mama euch ziemlich ähnlich seid?«, unterbrach Jonas seinen Gedanken.

Trost sah ihn verständnislos an.

»Ihr denkt beide an nichts anderes, wenn ihr in einem Projekt steckt. Bei ihr sieht man das, wenn sie einen Artikel recherchiert oder so wie jetzt an einem Buch schreibt. Sie spricht dann zwar mit uns, aber in Wahrheit registriert sie uns gar nicht. In ihren Gedanken ist sie immer bei ihrer Geschichte und schaut sozusagen durch die Wirklichkeit hindurch. Und bei dir ist das ganz gleich mit deinen Fällen, nur mit dem großen Unterschied, dass du dich überhaupt absentierst, wenn es besonders brenzlig wird oder du Probleme hast. Du tauchst dann gleich ganz weg und kehrst erst wieder zurück, wenn das Problem aus deinem Kopf ist.«

Trost ließ den Sand zwischen seine Zehen rieseln und verzog sein Gesicht zu einem Lächeln, das jedoch eher verlegen wirkte.

»Ja, zum Beispiel jetzt. Wir sitzen hier, und du schaust aufs Meer hinaus und denkst an die Leiche.«

Trost nahm einen Schluck. »Du hast recht«, gab er anerkennend zurück, »deine Analyse ist richtig und auch wieder nicht. Es stimmt, mir geht der Fall nicht aus dem Kopf. Das ist so, wie wenn man vor einem Problem steht, von dem man weiß, dass die Lösung ganz nah ist, aber immer wenn man zuschnappen will, rutscht sie einem durch die Finger.«

So wie gerade eben, dachte er bei sich.

»Es tut mir leid«, sagte Trost. »War ich oft weg, wenn du mich gebraucht hättest?«

Jonas verdrehte die Augen. »So ein Gespräch wollte ich jetzt gar nicht.« Er schaute hinunter zum Strand. »Weißt du, was manchmal hilft, wenn man feststeckt?«

»Hm?«

»Etwas ganz anderes zu machen. Durch die Ablenkung kommt die Lösung. Komm, lass uns den Strand entlanglaufen. Wir rennen bis zum nächsten Ort und schauen uns die Leute an. Du wirst sehen, das regt den Kreislauf an und bringt die Gehirnzellen in Schuss.«

Durch die Sonnenbrille hindurch konnte der junge Mann es nicht sehen, aber Trost warf ihm einen langen, dankbaren Blick zu.

3 Ein Strandspaziergang am Vormittag, wenn die Sonne noch nicht so brannte, war eine Angelegenheit, die es wert war, in die Länge gezogen zu werden. Sie spazierten in Richtung Süden von Igea Marina bis hinunter ins Zentrum von Bellezza, gute zwei, drei Kilometer. Dieser Ort, der zwei, drei Autostunden südlich von jenen Adriaständen lag, die zu den üblichen Destinationen von Österreichern und Deutschen gehörten, wurde eher von Italienern besucht, ausländische Touristen waren hier deutlich in der Unterzahl. Es machte allerdings keinen großen Unterschied, denn am Meer wurden Erwachsene gleich welcher Nationalität ohnedies zu Kindern. Gruppenweise tanzten sie zu Musik, die Animateure aus Lautsprecherboxen plärren ließen, während sie Tanzschritte vormachten, die eher wenig anmutig im Wasser imitiert wurden.

Die Beachvolleyball-Plätze waren jetzt schon gut besucht,

wobei die wenigsten Volleyball spielten, sondern eher das zurzeit angesagte Beachtennis.

Ein Sandburgenkünstler baute eine Anlage, die jeden stolzen Laien in diesem Metier vor Neid erblassen lassen musste.

Ab und zu langten Stege ins Meer hinein wie lange Zungen, und dazwischen immer wieder die Hochsitze der Salvataggi, die in ihren roten Hosen zwar an David Hasselhoff und »Baywatch« erinnerten, allerdings allesamt doch ein wenig abgebrühter, fast entrückt in ihren Sonnenbrillen wirkten. Italiener eben, dachte Trost, die sind einfach von Natur aus abgeklärt.

Als Trost vor einem der Stege verharrte und hinaus aufs offene Meer schaute, folgte Jonas seinem Blick und sagte: »Was ist? Fahren wir einmal mit so einem Ausflugsschiff?«

Trost wurde aus einem Gedanken gerissen.

»Du fragst mich das? Das ist doch was für alte Leute und weißhäutige Touristen.«

Jonas sah seinen Vater an. »Trifft doch beides zu.«

Den darauffolgenden Wettlauf gab Trost schon nach wenigen Metern auf. Er hätte ihn eingeholt, wenn er nicht auf eine Muschel getreten wäre, war seine Ausrede.

Sie kehrten um, und Jonas erzählte ihm von zu Hause. Von seinen Freunden, den beiden abgebrochenen Studien, seinen Jobs. Trost hörte ihm aufmerksam zu, bemühte sich, ihn nur zu unterbrechen, um ihn mit kurzen Fragen dazu zu animieren, weiterzusprechen. Er hatte das Gefühl, seinem Sohn näher zu sein als je zuvor, er klebte förmlich an seinen Lippen und hätte am liebsten jedes seiner Worte auf Tonband aufgenommen. Für einen Moment dachte er, dieser Moment sei der schönste seit Jahren.

Und dann kam ein Quad auf sie zugerast, und ihre Reise nahm eine entscheidende Wendung.

Agente Gianluigi Rossis Deutsch war ausreichend, um Trost mitzuteilen, dass er aufsitzen solle, Commissario Gattuso erwarte ihn. Als er Trosts Zögern bemerkte, hakte er nach, es sei dringend. Und es sei im Übrigen *immer* dringend, wenn der Commissario etwas wünsche.

»Geh schon«, sagte Jonas. »Ich räum in der Zwischenzeit die Sachen von Magda und Haberschreck in die Koffer und leg mich dann mit einem Buch an den Strand. Ich lese einen Krimi«, zwinkerte er seinem Vater zu. »Wir sehen uns später.«

Trost setzte sich dankbar hinter Rossi auf den Zweiachser. »Sie werden Ihre Arme um meine Taille legen müssen, es wird eine holprige Fahrt«, rief der Polizist.

Und auch wenn es ihm unangenehm war, tat Trost unter Jonas' Grinsen und den zahlreichen Blicken der Strandurlauber, wie ihm geheißen. Er hatte schließlich keine Lust, mit einem Rückwärtssalto vom Fahrzeug zu kippen und der tollpatschige Hit von Facebook-Videos zu werden, denn zweifellos filmten einige der Urlauber gerade mit. Das war heutzutage immer so, wenn irgendwo etwas einigermaßen Außergewöhnliches passierte, die Leute stellten ja sogar Bilder der aufgehenden Sonne ins Netz.

Kurze Zeit später kurvte das Quad durch die Dünen und machte dabei einen Höllenlärm. Sie passierten den Campingplatz mit dem kreativen Namen »Happy Camping«, verließen den Strand und fuhren mit aufdringlich brüllendem Motor in die Via Marina bis zur Piazza Cesare Battisti im Herzen des Nachbarortes San Mauro Mare.

Dort winkte ihnen Gattuso schon von der Bar Centrale entgegen, und als sich Trost näherte, nachdem er sich von Agente Rossi verabschiedet hatte, indem er sich mit zwei Fingern lässig an die Stirn getippt hatte, stellte der Kellner bereits zwei Cappuccini für sie ab.

»Ich habe mir gedacht, ihr Österreicher kennt keinen richtigen Cappuccino, und hab deshalb gleich einen für dich mitbestellt.«

»Und dass wir uns ausgerechnet an der Piazza Battisti verabreden, hat auch keine Bedeutung?«

Gattuso schaute sich um. »Oh, ich hab nicht darauf geachtet, wie der Platz heißt. Hast du ein Problem damit, dass wir uns an einem Ort treffen, der nach einem italienischen Nationalhelden benannt ist, der bei euch als Verräter gilt?«

Cesare Battisti war einst Abgeordneter im Tiroler Landtag gewesen, hatte nach Ausbruch des Ersten Weltkrieges aber auf Seiten der Italiener gekämpft. Als er gefangen genommen worden war, hatten ihn die Österreicher wegen Hochverrats erhängt.

Trost lachte. »Nein, das war vor meiner Zeit.«

Gattuso und Trost lächelten jeder auf seine Weise in den Kaffee hinein. Auf Gattusos Kaffee hatte der Barista ein Herz in den Milchschaum gemalt, Trost ließ eine Art Blume mit seinem Löffel aus der Form gerinnen.

Als wäre das ein Zeichen gewesen, wurde Gattusos Gesicht ernst. »Hast du heute schon Sturmläuten am Handy?«

»Wieso?« Trost zog das Telefon aus der Hosentasche und bemerkte, dass es ausgeschaltet war.

Gattuso winkte einen Kellner herbei und bat ihn, ihm eine Zeitung zu bringen. Kurz darauf breitete er eine Gazzetta auf dem Tisch aus. Trost verstand nicht, was dort stand, aber er sah die Bilder, den Strand von Bellezza, Gattuso, wie er hinter einem Paravent hervorlugte, Rossis Quad, ein paar Polizisten, den Salvataggio Zenga.

»Was bedeutet ›decapitato‹?«

Gattuso strich sich mit dem Daumen über den Kehlkopf, was so viel wie »geköpft« heißen sollte, und schob sich eine Portion Milchschaum in den Mund.

»Wenn das in euren Zeitungen steht, kann es nicht mehr lange dauern, und es steht auch in unseren.«

»Soweit ich weiß, tut es das schon.«

»Nein.«

»Doch.«

In diesem Moment läutete Trosts Handy.

»Wo bist du?«, bellte Gierack am anderen Ende der Leitung.

»Ich ermittle.«

»Ach, du *ermittelst*. Und wie bitte lauten deine Fortschritte? Wir haben drei Leichen, Alter. DREI. Und jetzt sogar eine vierte in Italien. Und das Beste ist, die Scheißer reden nicht mit mir. Das musst du dir vorstellen. *Mit mir.* Sie wollen stattdessen *mit dir* reden. Sag einmal, jetzt ganz unter uns, seit wie vielen Jahren gehst du mir jetzt schon auf die Nerven? Überall hast du deine Finger im Spiel, jeden großen Fall reißt du an dich. Fehlt nur noch, dass du auch noch die Interviews gibst …«

Gierack machte nicht einmal ein Geheimnis aus seinem Antrieb.

»Ich habe dir die offene Tür verschafft, die dich in eine Sonderabteilung des Ministeriums brachte und nicht auf die Straße, wo du eigentlich hingehörst. Hast du das vergessen?«

Soweit Trost wusste, hatte seine Versetzung weniger mit Gieracks Intervention zu tun als damit, Trosts Fähigkeiten auf eine höhere Stufe zu heben. Allerdings wusste Trost auch, dass es in der österreichischen Beamtenwelt nicht zwingend auf Leistung ankam, sondern darauf, wen man kannte.

Andererseits war es Trost egal, in welcher Hierarchie er für wen arbeitete. Er war Polizist und klärte Fälle auf, aus einer Obsession heraus. Wahrscheinlich hätte ihn Gierack sogar vor die Tür setzen können, er hätte als Obdachloser noch Fälle aufgeklärt, weil es einfach nicht anders ging. Das war *sein* innerer Antrieb.

»Ich habe die Lemberg jetzt noch einmal auf diesen Schriftsteller in Birkfeld angesetzt. Der wird überwacht, ist schließlich unsere einzige Spur. Und diese Magda Braun haben wir auch noch einmal ins Präsidium gebeten. Kannst du jetzt Kontakt mit den Scheiß-Italienern aufnehmen?«

Trost fixierte Gattuso.

»Ich versuche, den Kontakt zu den *Scheiß*-Italienern herzustellen, ja.«

Gattuso wackelte mit dem Kopf und machte eine Geste, die so viel sagte wie: »Na, ich weiß nicht, ob sich das machen lässt.«

»Ich will, dass du den Draht zu *mir* herstellst. *Ich* will mit ihnen reden, hörst du? Das ist ein internationaler Fall. *Mein* Fall. Hast du mich verstanden? Hol mir einen von den Itakern ans Rohr, und *ich* führe die bilateralen Gespräche.

»Bilateral mit den Itakern, in Ordnung.«

Gattuso hob eine Augenbraue und spielte den Pikierten.

Gierack hörte sich jetzt an, als wäre ihm die Luft ausgegangen. Er wollte Trost eindeutig noch einiges vor den Latz knallen, aber es fiel ihm nichts mehr ein. Trost sah ihn vor sich, wie er über die Schreibtischkante gelehnt dasaß und schwitzte und sich dabei die Stirn massierte, bis sie Striemen hatte.

»Okay«, schnaufte Gierack. »Das wär alles.«

»Gut«, sagte Trost und legte auf.

Gattuso nahm einen Schluck von seinem Cappuccino und grinste über den Tassenrand hinweg. »Laufen die Gespräche bei euch in Österreich immer so?«

Die Nachrichtensperre

1 Sie schlenderten die Viale Pascoli bis zu ihrem nördlichen Ende entlang. Dort mündete sie über auf den Sand gelegte Bretter in einen Fußweg.

Trost hatte Gattuso von den Ermittlungen rund um den Daumenschrauben-Fall erzählt, auch von der Suche nach Esther Befana, was Gattuso zum Schmunzeln gebracht hatte.

»Ist sie hässlich, diese Frau?«

»Warum?«

»Na, weil Befana bei uns der Name eines wenig ansehnlichen Dämons ist, der nach Neujahr von Haus zu Haus geistert und das Jesuskind sucht. Manche bestraft sie, manche beschenkt sie.«

»Befana …«

»Ja. Eine Hexe. Warzengesichtig. Mit bösen Augen. Unheilvoll.« Gattuso ließ seine Worte etwas wirken und warf Trost einen heiteren Seitenblick zu, ehe er fortfuhr: »Ich habe Agenten eingesetzt, die den Strand beobachten, Armin«, berichtete er. »Wir haben aber immer noch keine Ahnung, aus welchen Beweggründen der Mann umgebracht wurde. Und da ihr auch noch im Dunkeln tappt, ist das derzeit eine noch ziemlich fadenscheinige Ermittlung. Nach vier Mordfällen – drei bei euch, einem bei uns – bewegen wir uns auf dünnem Eis.«

Sie erreichten eine Flussmündung, an der Gattuso stehen blieb und eine Frau dabei beobachtete, wie sie auf der anderen Seite des Flusses in Gatteo Mare mit ihrem Hund spielte, der immer wieder ins Wasser lief und einen Ball zurückbrachte.

»Du weißt, dass du hier keine offizielle Befugnis zu ermitteln hast.«

»Ich *ermittle* hier auch gar nicht. Sagen wir, ich bin dein geheimer verlängerter Arm.«

»Aber das ist gefährlich, nicht einmal dein Vorgesetzter weiß Bescheid. Du riskierst deine Zulassung. Deinen Ruf.«

»Er ist nicht mein Vorgesetzter. Und ich habe keinen Ruf, den ich verlieren kann.«

»Aber du weißt, was ich meine.«

»Ja. Du weist mich darauf hin, damit ich später nicht sagen kann, du hättest mir nichts gesagt.«

Gattuso lächelte schmallippig. »Trägst du eine Waffe?«

»Sie liegt im Wagen. Im Handschuhfach.«

Gattuso hob die Augenbrauen und konnte seine Überraschung kaum verbergen. »Im Handschuhfach?«

»Ich weiß. Dort bringt sie wenig.«

»Du musst sie mir übergeben.«

»Oder du weißt nichts von ihrem Versteck.«

Anstatt zu antworten, sagte Gattuso: »Du ermittelst im Geheimen. Wir tauschen sämtliche Informationen aus.«

Trost nickte einverstanden.

Gattuso stand jetzt steif wie ein Zinnsoldat und blickte den Fluss auf und ab, fast so stolz wie ein Feldherr über das Schlachtfeld, das er dem Feind aufgezwungen hat.

»Es ist ein seltsamer Zufall, dass wir ausgerechnet hier stehen und dieses Gespräch führen.«

»Warum?«

»Weil dieser Fluss der Rubicone ist, der Rubikon.«

»*Der* Rubikon?«

»Die Leute in Santarcangelo und Calisese beanspruchen den historischen Fluss zwar ebenfalls für ihr Territorium, aber die Mehrheit hält diesen Fluss hier für den wahren Rubikon, und da er auch so heißt, wird er es wohl sein. Es war der Grenzfluss, den Caesar einst mit seiner Armee überschritten hat, womit er gegen den Willen des Senats entschied. Der Beginn eines Bürgerkriegs zwischen Caesar und Pompeius, eine Kriegserklärung an Rom. Caesar soll damals ›Alea iacta est‹ gesagt haben – ›Die Würfel sind gefallen‹.«

Trost starrte auf das Gewässer, das sich lautlos in die Adria ergoss. »Und man sagt heute: Wer den Rubikon überschreitet, überschreitet eine Grenze.«

Gattuso schaute ihn an. »Ja, und weil du von Norden gekommen bist, hast du ihn überquert und diese Grenze überschritten. Ab jetzt ist dein Weg gefährlich. Pass auf dich auf. Pass auf deinen Sohn auf.«

2 Sie saßen auf der Terrasse und schauten aufs Meer. Die Sonneneinstrahlung wurde durch die hohen Pinien etwas gedämpft, und so war auch die Hitze erträglich. Außerdem wehte eine sanfte Brise vom Meer herüber.

»Unten am Strand haben sie gesagt, das seien die Vorboten des Scirocco«, meinte Jonas, streckte das Gesicht in den Wind und schloss die Augen. »Schwer vorstellbar, dass schlechtes Wetter aufzieht, oder?«

Trost kam mit einer Flasche Wein, die er von zu Hause mitgebracht hatte, aus der Küche. In dieser Hinsicht unterschied er sich nicht sehr von manchen Landsleuten, die, was Wein anging, stets lieber ihren eigenen Weinbauern vertrauten.

Er schenkte ihnen ein Glas ein, sie prosteten einander zu, und der kalte, trockene südsteirische Welschriesling schwemmte den Geschmack von Kaffee aus seiner Mundhöhle. Sie waren noch nie gemeinsam in einer Bar gewesen, hatten noch nie Schulter an Schulter an einer Theke gesessen, schon gar nicht bei einem Glas Bier oder Piñas coladas am Strand. Schließlich waren sie keine alten Freunde, sondern Vater und Sohn. Ein Unterschied, der Trost nicht zum ersten Mal schmerzhaft bewusst wurde.

Andererseits war das wohl auch genau so in Ordnung. Söhne brauchten Väter, Freunde hatten sie sowieso.

Sie plauderten über Belangloses, über Fußball, die letzte kleine Sportverletzung von Jonas und die Lokale im Univiertel von Graz, doch für Trost waren diese Informationen plötzlich wie mitreißende Nachrichten. Er musste sich zurückhalten, um ihn nicht mit Zwischenfragen zu traktieren, wie er es von den Vernehmungen mit Verdächtigen gewohnt war. Sie leerten auch das zweite Glas, als die Sonne am Zenit stand und der Wind wieder abschwächte. Trost merkte, wie sich sein Magen regte, und Jonas rief im nahe gelegenen Strandlokal »L'Ultima Spiaggia« an, um einen halben Meter Pizza zu bestellen. Sie würden dann in zehn Minuten losgehen und sie mit dem kühlenden Sand zwischen den Zehen verzehren.

Nach dem dritten Glas Wein brachen sie kichernd auf. Trost hatte das Gefühl, sein Sohn vertrug den Alkohol viel besser als er. Er spürte seine Backenzähne bamstig werden, und seine Knie fühlten sich wie in Watte gepackt an. Als sie auf dem Weg zum Restaurant am Bootsverleih »Freunde des Meeres«, *»Amici del Mare«*, vorbeikamen, meinte Jonas, Trost solle vorausgehen, er komme sofort nach. Plötzlich scherte sein Junge aus und lief zwischen den Segelbooten hindurch auf eine kleine weiße Baracke zu, vor der eine junge Dame saß. Sie hatte die Beine auf einen Tisch gelegt und warf Trost einen Blick zu, ehe sie sich Jonas zuwandte, der mit ein paar Metern Abstand stehen blieb.

Trost war beeindruckt. Hatte sein Sohn so viel Selbstvertrauen, dass er quer über den Strand zu einer fremden Schönheit lief? Um ihr genau *was* zu sagen?

Er war gespannt auf die Geschichte, die ihm Jonas später erzählen würde, kicherte dämlich und ging weiter zum Restaurant. Dort bestellte er zwei Gläser Pinot Grigio, der hier ganz anders, viel grober und trockener schmeckte als in der Steiermark und auch nicht so kupferfarben schimmerte wie der Grauburgunder zu Hause, aber, wie er zugeben musste, einfach perfekt hierherpasste. Er betrachtete den halben Meter Pizza, der imposant zwischen den beiden Gedecken auf dem kleinen Tisch serviert wurde. Er würde nicht einmal die Hälfte davon schaffen, aber sie konnten sich den Rest ja einpacken lassen. So wartete er. Trank das Glas Wein leer und aß einige Stücke Pizza. Der Alkohol machte ihn schwermütig. Er war satt. Und müde. Und er kämpfte mit den Bildern in seinem Kopf, die sich mit der Realität vermischten.

Er holte den Zettel mit den Namen, die Esther Befana ihm damals auf der Polizeistation aufgezählt hatte, aus seiner Hosentasche. »Der Oswald. Die Barbiepuppe Silvi. Das Monster. Die Heuschrecke. Hannah, die graue Maus. Und der Richter. Der Schlimmste von allen …« Die Identität von Oswald und der Barbiepuppe hatten sie so weit geklärt, das waren die Leichen am Packer Stausee und auf der Riegersburg. Der Tote im Kino hieß Titus Braunschweiger, das konnte ein Monster, eine Heuschrecke oder dieser Richter sein, Hannah eher nicht.

Trost massierte sich das Gesicht. Er hatte das Gefühl, dass seine Gedanken an eine verriegelte Tür hämmerten. Er kam nicht weiter.

Er blickte sich um und fuhr erschrocken zurück. Eine Frau war hinter ihm vorbeigegangen, eine Besucherin des Restaurants, doch einen Moment lang hatte es so ausgesehen, als hätte sie es auf ihn abgesehen. Er hatte den Eindruck, als würde sie ihn mit finsteren Augen fixieren, den Mund aufreißen, die Hände wie Krallen und das Gesicht zu einer Furie verzerrt. Einen Sekundenbruchteil dachte er, sie würde sich auf ihn stürzen, ihm brüllend und schreiend ihre Nägel in den Hals bohren und an seinen Haaren reißen. Stattdessen hatte die Frau nur einen weiteren Gast auf jene so typisch italienische, lautstarke Weise begrüßt und Trost dabei mit dem Ellbogen gestreift. Erschrocken sah sie ihn nun an, lächelte, trällerte eine Entschuldigung auf Italienisch und setzte ihr Begrüßungsstakkato fort.

Als Jonas endlich erschien, war die Pizza fast kalt und der Wein warm geworden. Er trank das Glas dennoch mit einem Schluck leer und langte nach einem mächtigen Pizzastück.

»Ich kann nicht mehr, der Rest gehört dir«, sagte Trost und griff sich an den Bauch. Er war froh, dass er endlich zurück war und ihm sein Herzrasen nahm, das er immer noch wegen der Furienerscheinung hatte.

»So, jetzt raus mit der Sprache. Du rennst zu einem wildfremden Mädchen? So hätte ich dich nicht eingeschätzt. Alle Achtung.«

Jonas grinste. »Sie war nicht ganz fremd«, sagte er.

Trost hob interessiert die Brauen. »Woher kennst du sie? Wir sind erst gestern angekommen.«

»Als dich das coole Polizeigefährt heute abgeholt hat, stand ich offenbar plötzlich so verloren da, dass sie mich angesprochen hat. Sie hat gerade ein Boot gewaschen. Ich hab nichts verstanden, also hat sie es auf Deutsch wiederholt. Und da sind wir ins Gespräch gekommen. Und da dachte ich mir, wenn ich jetzt nicht frage, ganz frech und einfach so, ob wir uns wiedersehen, war's das. Manche Chancen hast du nur einmal im Leben, und zu verlieren hatte ich nichts. Wenn ich mich blamiert hätte, hätte es niemand erfahren. Also hab ich sie gefragt, und sie hat Ja gesagt.«

»Ja? Zu was?«

»Ob wir uns wiedersehen. Heute Abend. Ich hab ihr jetzt nur gesagt, dass wir schnell Pizza essen gehen und ich danach zu ihr komme.«

Trost starrte seinen Sohn mit offenem Mund an. Der Kerl hat Schneid, dachte er bei sich.

Als hätte Jonas seine Gedanken gelesen, winkte er ab. »Ich glaube, ihr ist nur langweilig. Sie wird sicher ständig von Touristen angequatscht.«

»Auch egal«, erwiderte Trost, »ist auf jeden Fall die bessere Beschäftigung, als einem Halsabschneider hinterherzujagen.«

Jonas lachte auf. »Aber das ist ja normalerweise nicht wörtlich gemeint.«

Trost lachte auch. »Egal, aber du weißt, was ich meine.«

»Da fällt mir etwas ein«, wechselte Jonas das Thema, während er sich ein weiteres Pizzastück in den Mund schob. Trost war fasziniert von den Mengen, die er verzehren konnte.

»Ich hab beim Wegräumen der Sachen von Magda und diesem Haberschreck – die haben übrigens das meiste eh noch im Koffer gehabt – etwas entdeckt. Das Prospekt einer Reisegesellschaft. Die müssen hier für ein Treffen zusammengekommen sein ...«

Trost hatte soeben zu einem weiteren Schluck Grauburgunder angesetzt, stellte das Glas nun aber bedächtig auf den Tisch.

»Was für eine Reisegesellschaft?«

»Hatte so einen seltsamen Namen. ›Wiesel‹ oder so. Scheint eine Einladung zu sein. Ich hab's auf den Tisch in unserem Speisesaal gelegt.«

Trost war mit einem Schlag nüchtern und stand auf. Er legte Jonas einen Hunderter auf den Tisch. »Entschuldigst du mich? Ich muss der Sache sofort nachgehen. Führ deine hübsche Italienerin mit dem Restgeld aus.«

»Oh, danke. Damit geht sich aber kein allzu teurer Wein aus.«

»Du solltest ohnehin nichts mehr trinken beim ersten Date.«

»Das ist kein Date«, rief Jonas ihm nach.

Trost ging über den Strand zurück ins Ferienhaus. Auf dem Weg dorthin passierte er den Bootsverleih »Freunde des Meeres«. Die junge Italienerin war gerade dabei, ein Surfbrett wegzuräumen. Ihr schwarzes Haar wurde vom Scirocco hochgewirbelt, was sie aussehen ließ wie die Protagonistin eines Werbeclips.

Er lief rund ums Ferienhaus zum Eingang und bewunderte einmal mehr die Größe des Anwesens. Der ebenerdige Keller diente als Lagerraum, darüber führten drei Treppenaufgänge zu den drei Eingängen des Hauses. Er nahm das Hauptportal, durchmaß die kleine Empfangshalle und fand das Prospekt auf dem Tisch.

Er sah sich den vierseitigen Folder genauer an. Auf der Titelseite war der Strand von Bellezza zu sehen und in kreisrunden Bildern einige Schnappschüsse wie eine Tüte Eis, ein Kind mit einer Sandschaufel, das dem Fotografen die Zunge herausstreckte, eine Blondine mit übergroßer Sonnenbrille und ebenfalls übergroßen Brüsten und die Aufnahme einer Fahne, die im Wind wehte. Auf der Fahne war das Wort »Wiesel« zu erkennen. Gestaltet wie eine vergilbte Postkarte aus den achtziger Jahren.

Die zweite und dritte Seite erklärte, was es mit »Wiesel« auf sich hatte: Offenbar handelte es sich um eine Organisation, die ein Ferienlager organisierte, »ein Ferienlager wie früher«, stand dort. Dazu ein paar Angaben zu den Sehenswürdigkeiten rund um Bellezza, ein Bild vom Vergnügungspark Mirabilandia in Ravenna, eines vom »Italien in Miniatur«-Park auf dem Weg nach Rimini, die Burg von Cesena und die Anhöhe von San Marino – alles Orte, die in rund einer Stunde von Bellezza aus zu erreichen waren.

Die letzte Seite enthielt nur eine Telefonnummer, doch am anderen Ende der Leitung meldete sich lediglich eine monotone Frauenstimme auf Band: »Kein Anschluss unter dieser Nummer.«

Er überlegte kurz und drückte eine Kurzwahltaste auf seinem Handy. Lemberg hob ab.

»Wir haben vielleicht eine Spur.«

Es war daraufhin kurz still, und er vernahm atmosphärisches Rauschen, als würde seine Stimme irgendwo im Äther zwischen Bellezza und Graz versickert sein. Dann hörte er Lembergs flüsternde Stimme: »Jetzt nicht.«

Sie hatte einfach aufgelegt.

3 Er saß mit dem Folder auf der Terrasse und starrte hinaus aufs Meer. Er hatte soeben mit Magda telefoniert, die minutenlang nur geheult und geschluchzt und dazwischen davon erzählt hatte, wie sehr sich Manfred auf diese Reise gefreut habe. Vor vierzig Jahren sei er mit dieser Vereinigung ans Meer gefahren. Ein unbeschwerter Sommer, eine herrliche Erinnerung, all das habe er wieder heraufbeschwören wollen. Und er habe es so schön gefunden, die Leute von damals wiederzusehen. Er habe nur gehofft, dass sie ihn nicht wieder »Heuschrecke« nennen würden.

Trost fühlte sich, als hätte ihm jemand eine Packung Eiswürfel in den Nacken geschüttet.

»Ja, Heuschrecke«, wiederholte sie. »Im Mittelalter war Haberschreck ja der Name für Heuschrecke …«

Oswald. Barbiepuppe Silvi. Heuschrecke.

Dann war der Tote im Kino entweder der Richter oder das Monster, keine Spur von Hannah.

Trost blickte auf die Sonne, als könnte er an ihr erkennen, wie spät es war. Er spürte deutlich, wie ihm die Zeit durch die Finger glitt. Zwei Menschen waren noch am Leben. Vielleicht.

Mechanisch nahm er einen weiteren Anruf an, der seine Gedanken jäh unterbrach.

Das Krankenhaus in Graz. Laborergebnisse. Einige Werte waren zu hoch, andere zu niedrig. In seinem Alter war mit so etwas zu rechnen.

Nach einer weiteren Terminvereinbarung beendete er das Gespräch. Er hatte gemerkt, dass er schon nach wenigen Augenblicken Mühe gehabt hatte, den blasierten Worten des Mannes am anderen Ende der Leitung zu folgen.

Da die Wirkung des Weins nachließ und niemand in der Nähe war, der seine Gedankenströme durchbrach, stellte sich wieder einmal ein altbekanntes, aber dennoch unangenehmes Gefühl ein. Trost spürte, dass etwas ganz und gar nicht stimmte.

Kurz darauf rief Lemberg endlich wieder an.

Windgeräusche überlappten ihre Stimme. »Tut mir leid, ich musste rausgehen«, sagte sie. »Wir haben eine Nachrichtensperre.«

»Wie, Nachrichtensperre? Ihr dürft nicht mehr kommunizieren?«

»Na ja, eigentlich betrifft die Nachrichtensperre nur dich. Gierack hat uns verboten, dich über die aktuellen Entwicklungen in dem Fall auf dem Laufenden zu halten. Ich glaube, er ist zornig, weil er dich nicht gut erreichen kann, du nicht bei den Tagessitzungen bist und er deshalb beim Ministerium abgeblitzt ist. Er kann nicht damit umgehen, keine Kontrolle über dich zu haben, und ehrlich gesagt kann ich ihn verstehen.«

Darin müsstet ihr eigentlich doch schon Übung haben, dachte er genervt bei sich

»Also, sorry, aber ich darf nichts sagen.«

Trost schloss die Augen und atmete tief durch. »Anne, ich hab keine Zeit für so einen Kinderkram. Gierack weiß doch genau, dass ich ihm als Sonderermittler keine Rechenschaft schuldig bin. Was ist mit dem Kerl los, dass er ständig reagiert, als hätte man ihm sein Matchboxauto weggenommen?«

Er fand, Lemberg lachte ein wenig zu laut über seine Bemerkung. Ihr Lachen endete jedoch abrupt.

»Weißt du«, sagte sie mit plötzlich verändertem Tonfall, »du musst zwar keine Rechenschaft ablegen, aber einige von uns betrachten das Ganze immer noch als Teamarbeit. Das Mörderjagen und so. Verstehst du? Einige von uns sind, wie soll ich sagen, manchmal irritiert, so wie du dich verhältst. Einfach abtauchst. Sie hätten gern gewusst, wo du steckst.«

Er musste kein Psychologe sein, um zu wissen, wen Lemberg mit »einige von uns« meinte.

»Tut mir leid, Anne, aber manchmal geht es nicht anders, manchmal muss man schnell sein und auf eigene Faust losziehen, ohne den Dienstweg einzuhalten.«

Er vernahm ihr Seufzen und wusste, dass sie jetzt, wo auch immer sie war, mit dem Handy am Ohr auf und ab ging.

»Du musst etwas rausfinden für mich, Anne. Check doch bitte alles über einen Verein namens ›Wiesel‹. Die bieten Ferienlager in Italien an.«

Am anderen Ende der Leitung war es immer noch still.

»Anne? Bist du noch dran?«

»Ja. Sagtest du gerade ›Wiesel‹?«

»Warum?«

»Weil der Arbeitskollege von unserer Kino-Leiche auch davon sprach, wie sehr sich sein Freund auf die Reise nach Italien gefreut hatte. Auf ein ›Wiesel‹-Treffen.«

4 »Okay, Anne. Ihr macht jetzt bitte Folgendes. Dieses ›Wiesel‹-Dings ist unser Schlüssel. Findet alles darüber heraus. Es muss damit zu tun haben, die Leiche am Packer Stausee hatte ja auch so ein ›Wiesel‹-Prospekt und die Leiche hier in Italien ebenfalls.«

»Du träumst wohl schon von Sonne, Strand und Meer?«

»Geh, bitte.« Mit Trost ein belangloses Gespräch zu führen war manchmal schwierig. »Das ist wichtig für den Fall. Ich brauch die Informationen so bald wie möglich.«

»Sag mal, Armin, jetzt kommt's mir erst. Das klingt ja, als würde bei dir das Meer im Hintergrund rauschen. Wo bist du denn? Doch nicht wirklich in Italien?«

Trost betrachtete die Wellen und fühlte die warme Brise auf seiner Haut. Einen Moment lang konnte er nicht anders, als zu lächeln.

»Doch, ich bin in Italien«, sagte er beinahe mehr zu sich selbst.

In knappen Worten erklärte er Lemberg in ihre Entrüstung hinein alles. Es hatte den Anschein, als würde sie ihm gar nicht richtig zuhören, so fassungslos war sie.

»Armin, aber du kannst doch nicht einfach nach Italien fahren und dort ermitteln. Das muss … da gibt es offizielle Wege.«

»Und es gibt inoffizielle Wege. Das sind meine.«

Lemberg wollte etwas erwidern, doch Trost unterbrach sie.

»Hör zu, ich weiß, dass das machohaft klingt, aber ich habe im Augenblick keine Zeit, immer darauf zu achten, das Richtige zu tun oder zu sagen. Was ist übrigens mit diesem Comic-Helden? Habt ihr den noch in Gewahrsam?«

Lemberg machte ein Geräusch, das ihm verriet, dass sie sich stöhnend die Haare raufte.

»Soweit ich weiß, ja. Sollen wir ihn beschatten, wenn er wieder herauskommt? Wird eher auf eine Anzeige auf freiem Fuß hinauslaufen.«

»Was? Nein, natürlich nicht, dafür fehlen dir die Leute.«

»Gott sei Dank. Ich wollte ohnehin nicht vor irgendeinem Schloss eines reichen Fuzzis warten, bis er mit seinem Batmobil durch die Stadt rast. Da passen wir ihn lieber bei einer Verkehrskontrolle ab.«

Solche Sprüche standen Lemberg gar nicht zu Gesicht, aber sie gefielen ihm.

»Pass auf: Ihr macht jetzt Folgendes. Ich will alles über diesen ›Wiesel‹-Verein haben. Wir brauchen noch mehr Daten über die

Opfer. Vielleicht ist damals etwas vorgefallen, das der Grund für die Morde ist. Es muss jedenfalls mit diesem ›Wiesel‹-Verein zu tun haben, das ist unsere einzige Spur, der einzige Zusammenhang zwischen den Leichen. Findet heraus, wie die Kino-Leiche genannt wurde: Monster, der Richter …«

»… oder Hannah.«

»Ja, sehr witzig. Im Ernst. Bisher haben wir den Oswald, Barbie, und die Leiche in Italien ist die Heuschrecke.«

»Sicher?«

»Sicher. Ich schick dir weitere Informationen, sobald ich welche habe, und gehe davon aus, dass Gieracks Nachrichtensperre nicht umgesetzt wird.«

»Armin …«

Doch Trost hatte bereits aufgelegt.

5 Er legte sich auf einen Liegestuhl und schlief ein. Um sein Unterbewusstsein weiterarbeiten zu lassen, dachte er an die letzten Vorkommnisse, die Leichen, die Verfolgungen, die Befragungen, das Meer. Die Methode, sich vor dem Schlaf mit einem Problem zu beschäftigen, führte manchmal dazu, dass ihm die Lösung tatsächlich im Schlaf einfiel. Vielleicht fand er sogar den Mörder im Schlaf. Er lächelte, merkte es aber schon nicht mehr, weil die Müdigkeit bereits ihren breiten Mantel über ihn gelegt hatte.

Diese Nickerchen zu Mittag fühlten sich an, als würde er an Steinen hinabgezogen werden in eine unendliche Tiefe. Die Gedanken drehten sich, und er konnte keinem folgen, kein einziger Traum, der sich in seinem Gedächtnis verhakte und daran haften blieb.

Die einzige Empfindung, die er hatte, war, dass er sich in einem Strudel bewegte, in dickflüssigem Wasser, aber es war so dunkel, es hätte auch Blut sein können. Das fühlte sich angenehm an, so schwerelos, und erzeugte ein wohltuendes Ziehen am ganzen Körper.

Ein zweimaliges Klopfen weckte ihn.

Er öffnete die Augen und war sofort hellwach.

»Jonas?«

Er stieg aus dem Liegestuhl und sah sich um. Im Haus war auch niemand.

Er überprüfte die Tür, doch sie ließ sich geräuschlos bewegen.

Er war sich sicher gewesen, dass jemand geklopft hatte. Ein aufforderndes, schnelles »Klopf-klopf«.

Als würde jemand um die Ecke stehen und ihn wecken wollen.

Als er realisierte, dass er das Klopfen nur geträumt, es sich nur *eingebildet* hatte, war an Schlaf nicht mehr zu denken.

Das Klopfen erschien ihm unheimlich.

Die dunkle Macht des Meeres

1 Er traf sich mit Agente Rossi am Strand. Der kleine Italiener mit dem dichten, wallenden Haar stemmte die Arme in die Hüften und stand breitbeinig im Sand. Seine Füße steckten in weißen Turnschuhen, er trug eine kurze blaue Hose und ein weißes Hemd, das er bis zum Solarplexus aufgeknöpft hatte. Trost sah sein Spiegelbild in Rossis Sonnenbrille. Ein blasser, unrasierter und müde wirkender Mann, der auf eine schwer zu deutende Art ungepflegt wirkte. Eine Schrecksekunde lang sah Trost sich mit Glatze. Seine Augen weiteten sich, dann war das Trugbild fort. Ein unbestimmter Kopfschmerz blieb.

»Alle sechs Stunden hebt und senkt sich das Meer«, dozierte Rossi. »Das hat mit der Gravitation von Sonne und Mond zu tun. Hier an der Adria ist der Unterschied nicht so hoch. Sie sehen es am Sand. Bei Flut steigt das Meer so weit an, dass die Ausläufer etwa zwei, drei Meter weit in den Strand reichen, mehr nicht. Innerhalb von knapp fünfundzwanzig Stunden gibt es zweimal Hoch- und zweimal Niedrigwasser. Fünfundzwanzig Stunden deshalb, weil der Einfluss des Mondes auf die Gezeiten größer ist und der Mond fast fünfundzwanzig Stunden braucht, um ungefähr an derselben Stelle zu sein wie am Vortag. Derzeit ist es so, dass ungefähr um neun Uhr vormittags die Flut einsetzt, gegen halb vier die Ebbe, um elf dann wieder die Flut und wieder um etwa halb vier in der Früh die Ebbe.«

»Kann man bei Ebbe mit dem Boot problemlos hinausfahren?«

»Ja natürlich. Wie gesagt, der Unterschied ist hier nicht so groß wie in anderen Küstengegenden. Dort kommt es schon vor, dass Boote im Hafen auf Grund liegen, wenn die Ebbe einsetzt.«

Sie gingen den Anlegesteg für das Ausflugsboot entlang. Hier draußen waren sie im Augenblick allein, und das Meer breitete sich vor ihnen aus wie ein Panoramabild. Hinter den gewaltigen

Felsen, die als Wellenbrecher dienten, zeichnete sich die Silhouette des Ausflugsschiffes ab, das am Ende seiner Tagesreise die Passagiere in wenigen Minuten an diesem Landesteg abliefern würde.

Trost beobachtete, wie ein Salvataggio auf einem Katamaran stand und ruderte. Er pfiff zweimal und winkte Tretbootfahrer zurück.

»Die Leute dürfen nicht über die Wellenbrecher hinaus«, erklärte Rossi. »Auch Schwimmen ist nur bis zu den Felsen erlaubt. Die ganz Strengen pfeifen auch jene Leute zurück, die bis zu den Felsen schwimmen und dann an ihnen hochklettern.«

Trost beobachtete die Leute im Meer, die auch hundert Meter vom Strand entfernt nur bis zu den Knien im Wasser standen.

»Dürfen sie es nur nicht, weil das Meer hinter den Felsen plötzlich tiefer wird?«

»Das auch, ja. Es ist eine Art Klippe. Der wahre Grund ist aber die Strömung. Bei Ebbe ist es etwas einfacher, aber bei Flut ist es nur geübten Schwimmern möglich, wieder zurück zum Ufer zu gelangen, da die Strömung hinter den Felsen vom Ufer wegführt und alles hinaus aufs offene Meer zieht. Auch mit diesen Tretbooten ist es nicht einfach, und man braucht ganz schön Kraft. Die Salvataggi haben einfach keine Lust, den ganzen Tag über Urlauber abzuschleppen, also pfeifen sie alle rechtzeitig zurück. Der Raum hinter den Felsen ist nur den Schiffen und Motorbooten sowie den größeren Yachten vorbehalten.«

Das weite Meer als »der Raum hinter den Felsen«, das gefiel Trost.

»Dort draußen«, erzählte Rossi weiter, »etwa dreizehn Kilometer von der Küste entfernt, befindet sich die größte Miesmuschelzucht Europas. An weißen Bojen sind etwa vier Meter lange Seile angebracht, an denen die Muscheln gedeihen. Da dort Fischereiverbot besteht, ist auch die Anzahl der Fische sehr groß. Es ist ein interessantes Schauspiel, wenn man sich dem weißen Fleck im Meer nähert.«

»Ich habe in der Nacht Lichter am Horizont gesehen. Waren das die Bojen?«

Rossi lachte. »Was? Nein. Bojen leuchten nicht. Das waren Schiffe. Oder die Bohrinseln, die sind dreißig Kilometer von der Küste entfernt, schon im internationalen Gewässer.«

»Ihr grabt nach Öl?«

»Nein. Erdgas. Und das sind nicht *wir*, das sind internationale Konzerne. Das wird von Ravenna aus gesteuert, alles digital überwacht.«

Versonnen blickte Trost aufs Meer hinaus. »Wie weit ist es von hier nach Kroatien?«

Rossi zuckte mit den Schultern. »Hundertfünfzig Kilometer oder so. Wenn du exakt Richtung Osten fährst, müsstest du direkt in Nin ankommen, der ältesten Stadt Kroatiens.«

In diesem Moment ließ der Klang eines Bullhorns Trosts Herz in die Hose sinken. Er hatte unterschätzt, wie schnell das Ausflugsboot näher gekommen war und wie laut das Horn sein konnte.

Jetzt tönte auch eine blecherne Stimme vom Boot herüber. »Rudi, Rudi, meine Damen und Herren, wir bitten um Ihre Aufmerksamkeit …« Die Stimme vom Band kündigte die Ausflugsfahrten für den nächsten Tag an und nannte dabei die deutschen Gäste »Rudi«, was Rossi nur mit einem verständnislosen Kopfschütteln quittierte.

Minutenlang konnten sie kein Wort wechseln, da die Aufnahme vom Band die Litanei über die zu erwartenden Anlegestationen und Aussichtspunkte auch auf Französisch und Englisch herunterbetete. Indes sprang ein Matrose auf den Steg und taute das Boot fest, dann öffnete er die Tür, und die Ausflugsgäste strömten von Bord. Ein paar Leute lachten aufgeweckt, einige blähten die Backen, als hätten sie es kaum erwarten können, wieder an Land zu sein, die meisten liefen aber schweigend an ihnen vorüber. Sie machten auch keine sonderlich glücklichen Gesichter, was Trost wunderte, wo sie doch zur Erholung hier waren.

Bevor das Schiff wieder ablegte, versuchten sie mit Gesten, Rossis Aufmerksamkeit zu erregen.

»Wollt ihr noch mitfahren?«

Rossi lachte und verneinte, doch da stieß ihn Trost an der Schulter und rief: »Aber sicher doch. Ich fahre mit. Können Sie das für mich übernehmen?«

Ehe Rossi widersprechen konnte, hatte sich Trost schon über die Reling geschwungen und war im Innenraum des Ausflugsbootes verschwunden.

»Ich dachte, ihr fahrt heute nicht mehr«, sagte Rossi auf Italienisch zum Matrosen, während er seine Geldtasche aus der Hose zog.

»Juli und August fahren wir immer länger, das solltest du doch wissen.«

»War mir bisher immer egal«, murmelte Rossi so leise, dass es der Matrose nicht hören konnte. Der riss ihm dann lachend den Geldschein aus der Hand, und schon legte das Boot ab. Rossi stand unschlüssig eine Weile am Steg und wusste nicht, ob er winken sollte. Bevor er es tat, drehte er um und ging zurück zu seinem Quad. Sollte der österreichische Sonderling doch tun und lassen, was er wollte. Er war schließlich kein Kindermädchen und die Adriaküste kein gefährliches Dritte-Welt-Land, wo einer auf Schritt und Tritt Schutz brauchte. Nur kurz dachte er an die Sacra Corona Unita, die apulische Mafia, aber erstens waren sie nicht in Apulien, und zweitens war nicht jeder abgeschnittene Kopf der Mafia zuzuschreiben.

2 Da stand er nun und schaute dabei zu, wie sich der Strand entfernte. Er hatte nicht nachgedacht, war einfach seinem Instinkt gefolgt und auf das Boot gesprungen. Sollte er hier keine Antworten finden, so fände er bestimmt wenigstens seine Ruhe und könnte sich den Wind um die Ohren blasen lassen. Jonas hatte ohnehin zu tun, und nachdem sie keinem Verdächtigen unmittelbar auf der Spur waren, hatten sie auch keinen Zeitdruck. Jedenfalls nicht mehr als sonst. Morde klärten sich nicht immer von heute auf morgen auf. Manche Fälle lagen sogar jahrelang bei ihm auf dem Tisch.

An der Reling wurde er jetzt von links und rechts bedrängt. Kleinere Kinder wurden von ihren Vätern nach vorne gepresst, ein Urlauber drängte seine Schulter an Trost vorbei, um mit seiner Kamera eine bessere Position für ein Foto zu bekommen. Irgendwann wurde Trost das alles zu körperlich und außerdem ohnehin zu zugig, also begann er, das Boot zu erkunden.

Nach drei Umgehungen sprach ihn ein Matrose an. Ob er sich nicht setzen und die Aussicht genießen wolle. Im Innenraum gebe es außerdem Getränke und etwas Fisch zu essen.

Trost folgte der Einladung und bestellte zudem noch ein Bier. Als er aufstand, erinnerte er sich daran, dass er ja gar kein Geld bei sich hatte, und versuchte das dem Kellner zu erklären. Der verstand in dieser Hinsicht jedoch wenig Spaß, also wurde ein Matrose hinzugezogen, der etwas Deutsch sprach. Die beiden redeten wild gestikulierend und melodiös zeternd auf ihn ein. Irgendwann wurde Trost der Tumult, den die beiden machten, zu bunt, und er streckte ihnen seinen Ausweis entgegen.

»Ich bin von der Polizei«, sagte er. »Polizia. Alles klar?«

Die beiden sahen einander an und zuckten mit den Schultern. Der Matrose sagte: »Wir sind am Meer, und du bist nicht von hier. Das könnte ein Ausweis für alles Mögliche sein.«

Sofort redeten sich die beiden wieder in Rage, und Trost registrierte fassungslos das italienische Wort für »Arschloch«. Die beiden glaubten ihm nicht, und er konnte es ihnen nicht einmal verübeln.

Da baute sich plötzlich ein korpulenter Mann an Trosts Seite auf, streckte dem Kellner einen Zehner entgegen und klopfte Trost auf die Schulter. »Der Polizei hilft man immer gern«, sagte er mit breitem steirischem Dialekt.

Der Preis, den er dafür zahlen musste, war hoch, denn mit der Einsamkeit und Ruhe war es für Trost damit einstweilen vorbei. Der Mann hatte sich gewissermaßen seine Gesellschaft *erkauft*.

Trost erklärte ihm die peinliche Situation, natürlich ohne zu erwähnen, dass er in einem Mordfall ermittelte. Der Mann wiederum war in San Mauro Mare zugestiegen und wollte schon seit Jahren zu den Bohrinseln, doch seine Familie hatte kein Interesse. »Heut hab ich mir gesagt: Dann fährst du halt allein. Man weiß nie, wen man kennenlernt. Und schau an, wen ich getroffen hab.« Er blitzte ihn aus glücklichen Augen an.

Bohrinseln? Trost starrte aus dem Fenster.

»Ich habe gedacht, das wäre eine Fahrt an der Küste entlang.«

»Na ja, weit weg sind wir eh nicht.«

Nicht? Das war das offene Meer, denn das Ufer war nur noch als schmale Dunstglocke am Horizont auszumachen. Das Boot schaukelte in den Wellen, und Trost kämpfte plötzlich mit einer Panikattacke. Sein geistiges Auge betrachtete ihn jetzt von oben, wie eine Möwe. Dann stieg es hoch und höher, das Boot wurde immer kleiner und rundherum das tiefblaue, nein *schwarze* Meer. Aus dieser Perspektive sah es so aus, als hoppelte das Boot nur durch Zufall von Welle zu Welle. Er vermeinte, gewaltige Meerestiere zu erkennen, deren Schatten unter dem Boot kreisten. Wie durch ein Wunder blieben sie an der Wasseroberfläche, denn unterhalb, im unfassbar tiefen Meer, da ging es Hunderte Meter hinunter bis zum Grund. Schier endlos.

Plötzlich stieß ihn ein Matrose an die Schulter und deutete ins Wasser.

»Medusa«, zischte er, und Trost fiel die Vielzahl von Quallen auf, dunkle, schwammige Wesen, die in Schwärmen knapp unter der Wasseroberfläche tanzten.

»Nicht gefährlich«, erklärte der Matrose. Er grinste dabei und zeigte einen goldenen Eckzahn. »Nicht gefährlich«, wiederholte er.

Würden sie sinken, würden ihnen allen nach ein paar Metern die Ohren zufallen, dachte Trost. Und noch weiter unten würde ihnen dann das Trommelfell platzen. Sie würden ersaufen, und diese Medusa-Quallen würden gelangweilt über sie hinwegtanzen. Niemand würde sie jemals finden.

»Hey, hat jemand ein Glas Wasser für den Herrn? Ich glaube, ihm ist schlecht.«

»Kein Wunder, er hat ja nicht einmal eine Kopfbedeckung mit.«

»Legt ihn auf eine Bank.«

Erst nach ein paar Minuten fing sich Trosts Kreislauf wieder. Auch seine Hände zitterten nicht mehr. Der Vorteil an seinem Auftritt war nun allerdings, dass er sich einen Platz aussuchen durfte, und so wählte er einen Sitz ganz vorne am Bug, wo ihm jemand Platz machte und er die Bohrinseln näher kommen sah.

Sie umkreisten die Stahlkolosse ein paarmal, winkten einem der wenigen Arbeiter, die auf den Bohrinseln ihren Dienst versahen, während das Band wieder seinen Sermon quakte und etwas davon erzählte, dass hier bis zu sechstausend Meter tief nach Erdgas gebohrt wurde. Trost war tief in Gedanken versunken, als sie langsam wieder den Rückweg antraten.

Er beobachtete, wie sich die Leute wie schon bei der Abfahrt kurz vor der Einfahrt am Steg an der Reling drängten. Trost stand zufrieden allein an der dem Strand abgewandten Seite und genoss die frische Brise. Er war zufrieden und hatte herausgefunden, was er wollte.

3 Das Dumme war nur, dass die Fahrt noch lange nicht zu Ende war, denn sie fuhren ein halbes Dutzend Stege an, ehe sie endlich jenen erreichten, an dem er aussteigen konnte. Sie kamen erst an, als es schon dunkel war, und Trost sprintete bis zum Ferienhaus, wo er als Erstes seine Blase entleerte und sich dann über die Mineralwasservorräte hermachte und eine halbe Flasche in einem Zug leerte.

Jonas war erwartungsgemäß noch nicht zurückgekehrt, und Trost hatte keine Lust, sich allein in ein Restaurant zu setzen. Also legte er sich einfach hin und schlief ein. Die Tür zur Terrasse ließ er offen, sodass eine angenehme Brise durchs Haus strömte.

Der Schlaf kam schnell.

In der Nacht hörte er, wie Jonas nach Hause zurückkehrte.

Die Schritte des jungen Mannes tapsten durchs Haus, er öffnete Türen und schloss sie wieder, und fast hätte Trost sich dazu hinreißen lassen, sich über den Lärm zu beschweren.

Ein Fenster quietschte, eine Schublade ächzte, und die Schuhe kratzten über den Steinboden, obwohl man ihnen anhörte, dass ihr Träger versuchte, leise zu sein. Doch irgendwann, wenn man eines Geräusches gewahr wird, sind alle Sinne geschärft, da reicht ein Atemzug, ein Knacken der Gelenke, das Rascheln von Kleidungsstücken, man hört einfach alles.

Trost stand dennoch nicht auf, um seinen Sohn zurechtzuweisen. Der Schlaf würde ohnehin wiederkommen, und sie konnten am nächsten Morgen darüber sprechen. Er wollte kein nörgelnder Vater sein, sondern seinem Sohn so viele Freiheiten lassen, wie er brauchte, schließlich war aus dem »Jungen« längst ein erwachsener Mann geworden.

Und so fiel Trost irgendwann zurück in die Schwerelosigkeit eines Traums.

Bleiern und schwer gaukelte ihm sein Unterbewusstsein Szenen vor, manche so stark, dass sie einem Film hätten entsprungen sein können.

In der Früh waren sämtliche Erinnerungen an sie gelöscht. Er war wieder durch ein zweimaliges Klopfgeräusch aufgewacht. Klopf-klopf. Und diesmal klang es, als würde direkt neben ihm jemand stehen und auf das Nachttischkästchen klopfen. Trosts Herz schlug wie wild. Er öffnete die Augen.

Doch da war niemand.

Er stand auf. Etwas war anders.

Er ging bloßfüßig durchs Haus. Eine kühlende Brise wischte noch einmal die für den Tag angekündigte schwüle Hitze fort, die dem Scirocco, der sich zuletzt nur mit leichten Böen angekündigt hatte, vorausgehen sollte. Verstärkt wurde die Brise durch den Umstand, dass die Tür nicht geschlossen war. Er sah in den anderen Schlafzimmern nach. Magdas und Haberschrecks Koffer befanden sich immer noch dort, wo sie gestern Abend gewesen waren. Als Trost sich umdrehte, erschrak er dennoch. Die Tür zum Badezimmer stand offen, und er hatte freie Sicht auf den Spiegel. Er kam näher und betrachtete den Schriftzug darauf. Mit roter Farbe, vielleicht Lippenstift, war dort das Wort »Verschwindet« geschrieben worden.

»Jonas!«, rief Trost. Es war zwar erbarmungslos, aber er musste Gewissheit haben und seinen Sohn aufwecken, obwohl der ja erst mitten in der Nacht heimgekommen war. Er lief durch das Haus. Öffnete sämtliche Türen. Doch Jonas war nicht da. Das Bett war unberührt. Sein Koffer noch gar nicht ausgepackt.

Jetzt schrillten Trosts Alarmglocken erst recht, und wieder erinnerte er sich an das Klopfgeräusch, das ihn aus dem Schlaf geholt hatte. Und an die Schritte, die er in der Nacht gehört hatte. An die Geräusche, die er abgetan hatte.

Das Klopfen erschien ihm jetzt wie eine Botschaft. Als hätte ihn das Böse im Griff und weckte ihn nach getaner Arbeit mit boshafter Freude, um ihm zu zeigen, dass es trotz seiner Nähe schalten und walten konnte, wie es wollte.

Das Geisterhaus

1 Trost saß auf einem Campingsessel auf der Terrasse und betrachtete das Haus. Jemand war heute Nacht hier gewesen, während er geschlafen hatte, und hatte ihnen eine Botschaft hinterlassen. Jemand, der wusste, dass er hier war.

Andrea Gattuso konnte sich das Gekritzel auf dem Spiegel nicht selbst ansehen, da er zuerst an einer Videokonferenz mit dem Generalkommando der Carabinieri in Rom, dem ihnen vorgesetzten Verteidigungsministerium sowie den Polizeistabschefs der Provinzen Rimini und Forlì-Cesena teilnehmen musste. Danach hatte er nach Bologna zu fahren, um gemeinsam mit dem Innenminister, der dort zu Besuch war, sowie der italienischen Honorarkonsulin aus Österreich, die ihren Sitz in Bologna hatte, das Büro für öffentliche Sicherheit in Wien per Videoschaltung zu kontaktieren.

Gattuso ließ Trost wissen, dass vor Ort aber ohnehin Agente Gianluigi Rossi die Ermittlungen führe, da Bellezza ja zur Provinz Rimini gehöre und Gattuso nur in den Fall eingeschaltet worden sei, weil die Kollegen der Kriminalpolizei in Rimini derzeit unterbesetzt seien. Ein Fall dieses Ausmaßes gehe außerdem über die Zuständigkeit einer einzelnen Provinz hinaus.

Trost, der sich nur die Hälfte des Referats gemerkt hatte, war es einerlei. Als Rossi mit seinem Quad, gefolgt von zwei Kleinbussen mit Polizisten in Zivil, anrückte, überließ er ihm das Haus zur Inspizierung. Während sich die Spurensicherer drinnen zu schaffen machten, spazierte Trost zum Strand hinunter. Er schielte hinüber zum Bootsverein »Freunde des Meeres«, traute sich aber nicht, nach seinem Sohn zu fragen oder ihn anzurufen. Wie sah das aus, wenn der Vater dem erwachsenen Sohn nachstellte? Er konnte schließlich machen, was er wollte. Jonas war im Begriff, eine Frau näher kennenzulernen, sonst nichts.

Also tat Trost das, was er gefühlt ständig in Italien machte. Egal, in welches Lokal er ging, egal, welche Kaffeesorte draußen auf den Schildern lockte, das Gebräu schmeckte stets hervorragend, war perfekt in Temperatur und Geschmack – Cappuccino.

Als er zum Ferienhaus zurückkehrte, war die Hälfte von Rossis Mannschaft schon wieder abgerückt. Der Agente kam ihm mit besorgter Miene entgegen.

»Commissario Trost, ich befürchte, Sie müssen ausziehen. Das ist zu gefährlich. Die Schlösser sind ein Witz, da kommen sogar Kinder rein, selbst wenn abgesperrt ist. Und das, was da heute Nacht passiert ist, ist kein Kinderscherz mehr. Das ist eine massive Drohung.« Rossi senkte die Stimme und blickte sich verschwörerisch um. »Einige haben sogar die Befürchtung, dass tatsächlich die apulische Mafia im Spiel ist, denn die ist bekannt dafür, ihre Opfer zu verstümmeln und zu foltern, bevor sie sie tötet.«

Trost blickte sich um. Der Aufmarsch der Polizei war den Leuten in der Umgebung sicherlich nicht entgangen. In einem Strandlokal stand eine Gruppe Männer an der Bar und beobachtete sie, am Pool hob ein Pärchen die Sonnenbrillen, irgendwo wurde sicherlich auch ein Handy gezückt, und wahrscheinlich kursierte ein Bild der Polizisten in seinem Haus bereits auf irgendeinem privaten Profil in den sozialen Medien.

»Nein«, sagte Trost. »Wir bleiben. Die Mafia-Theorie ist abenteuerlich, aber falsch. Ich glaube nicht, dass die Mafia heutzutage Botschaften auf Spiegel kritzelt«, sagte er.

Als er in das entgeisterte, aber auch ein wenig beleidigte Gesicht Rossis blickte, fügte Trost hinzu: »Ich meine damit nicht, dass sie gänzlich von der Hand zu weisen ist. Ich bin auch kein Experte für die lokalen Gegebenheiten. Aber, wie soll ich es erklären, ich *spüre* einfach, dass sie nicht stimmt. Hier ist etwas anderes am Werk. Etwas *Altes*.«

Die restlichen Polizeieinheiten verschwanden in dem zweiten Bus. Die Schiebetür knallte zu, der Wagen entfernte sich.

Nur Rossi war zurückgeblieben. Er zündete sich eine Zigarette an und blies den Rauch geräuschvoll aus, wobei er dabei auch seine Backenzähne sehen ließ.

»Ich weiß, was Sie meinen«, sagte er wieder in seinem ganz eigenen verschwörerischen Unterton. »Commissario Gattuso hat mir von Ihnen erzählt, und ich habe ein wenig recherchiert. Wir haben in der Biblioteca Civica Gambalunga in Rimini einen Kunstdruck aus dem 14. Jahrhundert. Er wird »Die Begegnung mit dem Dämon« genannt. Sie sehen also, auch wir haben mit Dämonen Erfahrung.«

Trost versuchte, seine Überraschung zu verbergen, und wich Rossis Blick aus. Er fühlte plötzlich eine tiefe Abneigung – nicht gegen den Agente persönlich, doch auf jeden Fall gegen die Wendung, die dieses Gespräch nahm.

»Meine Dämonen sind meine Sache und gehen niemanden etwas an«, wiegelte er ab. »Aber noch einmal: Die Mafia hat damit nichts zu tun. Ich bleibe.«

Rossi warf sich die Zigarette vor die Füße, trat sie aus und blies den Rauch demonstrativ in die Luft. »Wie Sie möchten. Ich wollte Ihnen nicht zu nahe treten, sondern Ihnen damit nur sagen, dass unsere Dämonen auch nicht ungefährlich sind.«

Als Trost nichts mehr erwiderte, setzte Rossi sich auf sein Gefährt und startete es. Bevor er losfuhr, wandte er sich noch einmal um. »Ich bewundere Ihren Mut.«

2 »Armin, komm nach Hause. Diesmal hab *ich* ein Gefühl, und das sagt mir, dass es zu gefährlich ist, dort, wo du jetzt bist. Wir können Befana nicht finden …«

»Habt ihr ihren Mann, diesen Schriftsteller, noch einmal befragt?«

»Nein.«

»Dann gleich heute. Lasst ihn holen und quetscht ihn aus. Hat Owusu irgendetwas aus den Kameraanalysen rund ums Kino herausfiltern können?«

»Ja, genau. Das hätte ich fast vergessen. Ist interessant. Sie hat ein Bild von einer im schwarzen Jogginganzug gekleideten Person auf der Höhe Roseggerhaus einigermaßen scharf stellen können. Ich meine, du weißt ja, was ›scharf stellen‹ heißt. Man kann erahnen, dass es eine Frau ist, aber eigentlich nicht einmal das. Auffallend ist aber, dass es ein zweites Bild gibt. Aus dem Eingangsbereich des Krankenhauses der Elisabethinen, da ist ein Schatten auszumachen, mehr nicht. Könnte tatsächlich eine zweite Person gewesen sein. Die Uhrzeit passt ins Zeitfenster zwischen dem Mord und unserer Verfolgung.«

»Anne, das sind mehrere Stunden …«

»Ich weiß, aber was soll ich machen? Mehr ist nicht da. Außerdem deckt uns die Staatsanwaltschaft mit Berichtsanforderungen zu, ich komme einfach nicht nach. Die drei Jungen machen Überstunden ohne Ende und brechen mir weg.«

»Wer nicht mithalten kann, der ist draußen, hat es früher immer geheißen. Es gibt keine Auszeit, keine Pause. Aber keine Sorge, die schaffen das schon.«

»Und du?«

»Ich bin hier Dämonen und der Mafia auf der Spur.«

»Was? Um Gottes willen, brich diese Ermittlung ab, das ist ja Wahnsinn.«

»Nein. Ich glaube, wir haben den Täter nervös gemacht.«

»Den Täter? Glaubst du plötzlich, es ist ein Er?«

»Nein, wie kommst du …? Ach so, nein, ich finde ihn, egal, ob Mann oder Frau. Lass mich bitte mit diesem Genderscheiß in Ruhe.««

»Schon gut. In diesem Fall wär's mir eh lieber, es hätte ein Mann getan. Weißt du schon das Neueste? Gierack war schon wieder im Fernsehen. Und weißt du, was er gesagt hat?«

Langsam gingen ihm ihre Fragen auf die Nerven. Woher sollte er das wissen?

»Dass er einen Experten zur Unterstützung der italienischen Kollegen entsendet hat. *Er* habe dich entsendet, verstehst du? *Er.*«

Trost rieb sich mit Daumen und Zeigefinger an der Nasenwurzel. Ein Tick, den er seit Jahren nicht losbekam und der signalisierte, dass er versuchte, die Belanglosigkeiten dieser Welt auszublenden und sich aufs Wesentliche zu konzentrieren.

»Ist doch egal, was er sagt. Sag du mir lieber, ob ihr schon etwas über diese ›Wiesel‹ herausgefunden habt?«

»Ja, dazu wollte ich jetzt kommen. Es gab tatsächlich eine Organisation, die sich ›Wiesel‹ nannte und Ferienlager an der Adria veranstaltete. Das war aber bereits in den achtziger Jahren. Sie dürften allerdings nur zwei, drei Jahre stattgefunden haben, dann wurden sie eingestellt. Eines davon war übrigens tatsächlich in Bellezza.«

»Bitte schick mir die Koordinaten, wo das gewesen sein soll.«

»Das müssten deine Kollegen doch auch wissen.«

Trost drückte fester auf die Nasenwurzel.

»Bitte, Anne, tu es einfach.«

Er sah auf und ließ seinen Blick über das Geisterhaus, in dem er im Augenblick lebte, schweifen. »Warum wurden die Lager eigentlich wieder eingestellt?«

»Keine Ahnung. Alles, was dazu aktenkundig war, ist verjährt oder wurde vernichtet, weil es nicht bedeutungsvoll genug war. Den Verein gibt es seit vierzig Jahren nicht mehr. Wir versuchen jetzt, jemanden ausfindig zu machen, der ihn damals geführt hat oder wenigstens etwas dazu sagen kann, dass jetzt wieder Flugblätter kursieren. Aber das alles geht nicht von heute auf morgen. Ich war gestern vierzehn Stunden im Dienst, weißt du …«

Und ich hab gestern über die Reling eines Ausflugsbootes gekotzt. Aber das erzählte Trost lieber nicht.

»Und Armin …«

»Ja?«

»Wir sind bei all dem Stress auch deinem Hinweis mit dem Packer Stausee nachgegangen. Wir haben Taucher eingesetzt, ohne zu wissen, wonach sie suchen sollen. Das hab ich auf deine Vermutung hin veranlasst.«

»Und?«

»Nichts. Es kam nichts dabei heraus.«

»Tut mir leid.«

»Ja, mir auch.«

»Hör mal, Anne. Ich weiß, dass das alles viel ist –«

Weiter kam er nicht. Sie hatte aufgelegt. Er schaute ungläubig aufs Handydisplay, als ihm plötzlich eine Hand auf die Schulter schlug. Trost fuhr wie vom Donner gerührt herum.

3 Jonas strahlte übers ganze Gesicht.

»Oh, sorry, ich wollte nicht, dass du einen Herzkasperl bekommst, in deinem Alter muss man da schon aufpassen.«

Trost freute sich so sehr, Jonas zu sehen, dass er ihm fast um den Hals gefallen wäre. Weder die überschwängliche Freude noch seine Schreckhaftigkeit wollte er aber zu sehr betonen.

»Hey«, sagte er deshalb lächelnd und spürte seine Halsschlagader immer noch. Er wäre vor Schreck tatsächlich beinahe umgekippt. »Alles okay?«

Jonas ging gespielt locker an ihm vorbei. »Alles gut, sicher.« Er hatte eine Tragetasche in der Hand. »Ich war einkaufen. Milch, Saft, Joghurt, Weißbrot, Schinken, Marmelade, Butter und Tomaten.«

Im Nu war der Tisch auf der Terrasse gedeckt, und die beiden aßen ihr verspätetes Frühstück. Trost liebte den Albicocca-Dicksaft, Aprikosensaft, den es nur in italienischen Supermärkten gab. Den in Plastik verpackten Wurstaufschnitt verzehrten sie zu zweit, und schließlich löffelte Trost das Kaffeejoghurt, das Jonas ebenfalls mitgebracht hatte. Fast hätte er bei dem üppigen Frühstück übersäuert, aber viel wichtiger war, dass seine Lebensgeister zurückkehrten. Die positiven, die zuversichtlichen.

Trotz des morgendlichen Schocks und seiner Alpträume, trotz der Aussicht, mit der Mafia konfrontiert zu sein und keine Erfolge bei den Ermittlungen vorweisen zu können, genoss er den Augenblick mit seinem Sohn. Er erinnerte sich nicht daran, wann sie beide das letzte Mal gemeinsam an einem Tisch gesessen und sich so lange unterhalten hatten. Trost spürte, dass

Jonas glücklich war, und wollte dieses Gefühl auf keinen Fall mit düsteren Gedanken trüben.

»Du hast schon wieder diesen Blick.« Jonas zeigte mit dem Buttermesser auf ihn.

»Welchen Blick?«

»Na den, den du immer aufsetzt, wenn du mich ansiehst und dabei an früher denkst. Als ich klein war und so.«

Trost lächelte verklärt, denn natürlich hatte Jonas recht. Trost waren soeben Bilder von früher in den Kopf geschossen. Als sein Bub nicht selbst gehen hatte wollen und sich ständig von ihm tragen hatte lassen. Als er sich unter einer Decke versteckt hatte und Trost so tun hatte müssen, als würde er ihn nicht finden. Als sie gemeinsam Panini-Sammelbilder in ein Fußball-Sticker-Album geklebt hatten und er seinem Sohn beigebracht hatte, wie man die Bilder gerade anlegte. Als …

»Papa, aufwachen …«

Dann lachten sie beide darüber.

Während sie den Abwasch machten und den Tisch abräumten, berichtete Trost von dem nächtlichen Besuch und dem Aufmarsch der Polizei. Er zeigte Jonas ein Foto von der Schmiererei im Badezimmer. Die Polizei hatte den Spiegel wieder gesäubert, doch mit dem Foto kehrte die Erinnerung zurück. Nicht die Erinnerung an den Spiegel, sondern an dieses Gefühl, das ihn ganz am Anfang beschlichen hatte, als er noch allein in dem Haus gewesen war. Jemand war in seiner Nähe gewesen, während er geschlafen hatte, und Trost hatte nichts gemerkt.

Er schaute sich um, hatte das Gefühl, jeden Moment könnte sich eine graue Fratze aus dunklen Winkeln winden. Was, wenn es heute Nacht wieder passierte? Was, wenn ihn das Grauen so unwillkürlich packte, dass er den Schreck niemals vergessen konnte? Wenn ihn …?

»Du, macht es dir was aus, wenn ich heute weg bin?«

»Natürlich nicht. Du bist fast zwanzig.« Trost zwang seine Zweifel mit einer Gleichgültigkeit heischenden Miene zur Seite.

Hauptsache, sie verbrachten noch ein paar Stunden miteinander, plauderten, lenkten einander ab. »Wann denn?«

»Na ja ... jetzt dann bald einmal.«

»Treffen wir uns am Nachmittag oder am Abend zum Essen?«

»Mal schauen«, blieb Jonas ungewiss.

Und Trost hatte das Gefühl, das Haus würde ihn beobachten. Das Haus und all die Wesen, die sich in ihm befanden.

4 Nach dem Essen meldete sich Gattuso bei ihm. Der Polizist wollte auf dem Rückweg von Bologna bei ihm vorbeischauen. Er wollte mit Rossi abklären, wo dieses Ferienlager damals gewesen sein könnte und es sich dann gemeinsam mit Trost ansehen.

Eine Stunde später stand Trost einen halben Kilometer abseits vom Strand am Rand eines ungepflegten Grundstücks am Zaun. Gattuso stieg aus einem schwarzen SUV und steckte sich dabei die Sonnenbrille auf die Nase. Eine flüssige »Miami Vice«-Bewegung.

Als sie sich die Hand reichten, spürte Trost, dass die Klimaanlage im Wagen auf Vollbetrieb gelaufen sein musste, denn Gattusos Finger waren eiskalt, während Trost seine an der Hose abwischen hatte müssen, so sehr schwitzte er unter der Mittagshitze.

Sie befanden sich zwar etwas weiter weg vom Strand, dafür aber nahe dem Ufer des Rubikon. Der Boden war sandig und dämpfte ihre Schritte, Myriaden von Mücken umschwirrten sie. Es roch nach einer Mischung aus Kot und scharfen Kräutern.

»Bist du etwa gelaufen?«

»Gegangen«, präzisierte Trost und schämte sich für seine feuchten Handflächen.

Sie spähten über den Maschendrahtzaun hinweg auf das Brachland, in dem zwischen dem Gestrüpp noch die Reste der einstigen Ferienhütten auszumachen waren. Der Zaun war in miserablem Zustand, da und dort so tief heruntergebogen, dass man mühelos darübersteigen konnte, was sie dann auch taten.

»Das Grundstück wurde früher vom Tourismusverband geführt und an Organisationen wie diese ›Wiesel‹ verpachtet. Ist lange her. Seit vielen Jahren gehört es einer Hotelkette, die seit ebenso vielen Jahren behauptet, hier eine Bettenburg errichten zu wollen. Aber du siehst ja, bisher konnten sie sich noch nicht durchringen, ein paar Millionen Euro zu investieren.«

Auch sie wollen eben den Rubikon nicht überschreiten, dachte Trost bei sich.

Zwei, drei Baracken waren so ausgerichtet, dass sie einen Platz in ihrer Mitte kennzeichneten. Die Fensterbalken hingen schief in den Angeln, sämtliche Türen waren entfernt worden, die Fensterscheiben eingeschlagen. Der Boden war sandig, und Gras und Gebüsch waren mannshoch gewachsen. Manche Sträucher hatten Äste dick wie Oberarme. Nichts machte den Eindruck, als hätte dieses Stück Brachland in den letzten Jahren jemand betreten.

»Jetzt haben wir das auch gesehen«, sagte Gattuso mürrisch und schlug sich eine Gelse vom Hals. Er wandte sich zum Gehen.

Trost machte einen Rundumblick, hatte eine unbestimmte Ahnung, verlor sie wieder, drehte sich um und folgte dem Commissario hinaus in die geordnete Welt, in der die Zeit in der Regel nicht so stillstand wie hier.

»Zwei Cappuccino«, rief Gattuso dem Kellner zu, noch bevor sie am Tisch Platz nahmen. Wieder einmal ein Kaffeehaus. Trost hatte draußen eine für ihn neue Kaffeemarke auf einem Schild entdeckt und freute sich darauf, seine inoffizielle Kaffeetestserie fortzusetzen.

»Wir haben nichts«, seufzte Gattuso, »und alle sitzen mir im Nacken.«

»Das sehe ich anders«, sagte Trost, als er sich im Sessel zurechtrückte, und hatte damit Gattusos volle Aufmerksamkeit.

»Der Täter kennt sich hier aus.«

»Wie kommst du darauf? Ich behaupte das Gegenteil. Es war kein Einheimischer, weil er die Gezeiten nicht kannte. Als er die Leiche verschwinden lassen wollte, hatte er die Rechnung ohne die Ebbe gemacht. Die Strömung bei Flut ist draußen hinter den Wellenbrechern fast genauso stark wie bei Ebbe, nur zieht sie einen stärker hinaus aufs Meer. Er hatte also Pech, erwischte die Ebbe, und die Leiche wurde zwischen den Wellenbrechern irgendwie an Land gespült.«

»Und der Kopf?«

»Der wurde entweder zu einer anderen Zeit ins Meer geworfen, oder aber er verfing sich in den Felsen. Ganz einfach.«

Trost schüttelte den Kopf.

»Was passt dir an meiner Theorie nicht?«

»Der Zufall.«

»Wie meinst du das?«

»In der Steiermark hat sich der Täter nie die Mühe gemacht, die Leichen verschwinden zu lassen. Im Gegenteil, sie wurden uns präsentiert. Und nicht nur das, er servierte uns mit den menschlichen Überresten auch ein Abbild seiner Grausamkeit. Er will uns schockieren. Deshalb hat er uns auch diesen Kopf praktisch vor die Füße gelegt.«

»Aber warum die Mühe? Laut gerichtlichem Gutachten ist die Leiche drei Tage länger im Wasser gewesen. Warum hat er nicht beides gleichzeitig ins Meer geworfen?«

»Weil er ganz im Gegenteil genau wusste, was er tat. Er wusste, dass die Leiche eine Zeit lang brauchen würde, um an Land gespült zu werden. Er musste das aber in Kauf nehmen, da er ein Boot brauchte, um sie zu entsorgen, schließlich konnte er sie ja nicht schultern und mit ihr über den Strand marschieren. Mit dem Kopf war das aber ein Leichtes. Er ist einfach damit den Strand entlanggelaufen und hat ihn im Morgengrauen ins Wasser geworfen. In eine etwas tiefere Stelle, die von weniger Urlaubern besucht wird. Es dauerte dann ein paar Stunden, ehe der Kopf an Land gespült wurde. Vielleicht hat er sogar dabei zugesehen, wie er herausgezogen wurde. Sich an den Schreien ergötzt. Ich bin sogar überzeugt davon, dass das so ein Typ ist.

Ein Sadist, einer, der das Grauen, das er auslöst, über alle Maßen genießt.«

Die beiden schwiegen eine Zeit lang. Als der Kellner mit dem Kaffee kam, ließen sie sich auch beim Trinken nicht zum Reden bringen. Jeder hing seinen Gedanken nach, bis Gattuso von Trost mehr über die Fälle in Österreich wissen wollte. Trost schilderte in Kurzform, wie die Opfer dort zugerichtet waren.

»Dem Mörder geht es möglicherweise gar nicht um den Tod, sondern nur um das Foltern. Wir haben Köpfen, Aufhängen und Kieferspalten und, nicht zu vergessen, die Daumenschrauben. Alles Folter- und Tötungsmethoden aus dem Mittelalter. Und du sagst, dass Originalutensilien aus dieser Burg gestohlen wurden?«

»Riegersburg.«

»Die muss ich mir übrigens unbedingt anschauen.«

»Du bist eingeladen.«

Gattuso lächelte scheu, danach schwiegen die beiden wieder.

Trost schaute in die Richtung, in der das Brachland lag, das sie zuvor besucht hatten.

»Es gibt noch eine Theorie«, sagte Trost plötzlich. »Möglicherweise will der Täter Aufmerksamkeit. Die Aufmerksamkeit eines bestimmten Menschen. Er will ihm Angst machen. Schreckliche Angst.«

Gattuso nickte. »Möglicherweise ist er aber auch nur ein abartiger Irrer. Was für ein grausiger, bestialischer Fall.«

Eine unerwartete Zeugin

1 Er stand am Strand und rieb sich den Nacken. Niemand beachtete ihn, und die Leute strömten bei ihrem Strandspaziergang an ihm vorüber. Er betrachtete seine Zehen, wie sie vom Wasser umspült wurden, und dachte daran, dass das vielleicht genau die Stelle war, an der die Leiche angeschwemmt worden war.

Hinter ihm schaufelte sich der Vater zweier Kinder Schwielen an die Hände und hatte offenbar das Bedürfnis, eine Sandburg zu bauen, die nicht nur den Gezeiten trotzte, sondern auch dem Rechen des Bademeisters, der den Sand jedes Mal in der Früh glättete und alle Löcher, in die sich die Kinder eingraben ließen, Wehrtürme aus Muscheln und pittoreske Kugelbahnen gnadenlos vernichtete. Jeden Tag aufs Neue waren dann die Väter gefordert, eine weitere Burg zu formen. Schwitzend und mit Sonnenbränden auf den Schultern posierten sie dann für die Fotos, die Jahre später von glücklichen Urlaubstagen erzählen würden. Sie würden dann mit Wehmut auf die Bilder schauen, erkennen, wie sich die eigene Figur im Lauf der Jahre verändert hatte, aber auch die der Kinder, die plötzlich keine mehr waren, sondern junge Erwachsene, die auf einen herunterblickten und viel lieber nach vorne als zurückschauten.

»Sie sollten sich einschmieren.«

Trost erschrak, so sehr war er in Gedanken gewesen. Eine gedrungene Frau blickte zu ihm hoch. Sie wirkte so sicher auf den beiden kurzen, dicken Beinen, dass sie aussah, als könnten sie nicht einmal drei Männer vom Fleck schieben. Ihr graues Haar fiel ihr auf die altersfleckige und von Sommersprossen übersäte Schulter, und ein bunter Badeanzug straffte sich so sehr über ihren Körper, dass Hautlappen unter den Achseln und über den Brüsten hervorquollen wie aufgedunsene Germknödel. Für ihr Aussehen konnte sie nichts, für ihr Alter auch nicht, aber der Blick dieser Frau war so stechend, so entlarvend, dass selbst

Trost, der sich äußerst selten einschüchtern ließ, Mühe hatte, ihn zu erwidern.

Die Frau streckte ihm eine stark nach Mandelöl und Kokos duftende Sonnenmilch entgegen.

»Sie sind doch noch nicht lange hier und schon ganz rot an den Schultern. Sie müssen aufpassen. Die Sonne ist tödlich.«

So krass hätte er es nicht gesehen, aber kurz entschlossen nahm er die Creme dankend entgegen und schmierte sich ein.

»Ich beobachte Sie schon eine Zeit lang«, sagte sie. Da Trost nichts erwiderte, fuhr sie fort: »Ich wollte Sie wissen lassen, dass ich Sie sehe.«

»Aha. Und warum?« Trost gab ihr die Sonnenmilch dankend zurück.

»Drehen Sie sich um.«

»Was? Nein, danke, ist schon gut.« Bei dem Gedanken, die Hände dieser Frau würden seine Haut berühren, runzelte sie sich automatisch zur Gänsehaut.

»Drehen Sie sich um«, wiederholte sie herrisch. Trost sah den Salvataggio im Augenwinkel, wie er ihn anlächelte und das Kinn zum Gruß hob. Er machte sich hier lächerlich mit dieser Matrone. Aber einen Widerspruch duldete die Frau offenbar nicht, also fügte er sich wie ein kleiner Junge.

Ihre Hand fuhr grob an seinem Rücken auf und ab und fühlte sich eher so an, als wollte sie die Sonnencreme abwischen als sie ihm auf die Haut auftragen. Als sie fertig war, klatschte sie zweimal auf seine Schulter, was wehtat und ihm schon ein Zeichen war, dass seine Haut tatsächlich bereits Brandwunden von der Sonne aufwies.

Er drehte sich wieder zu ihr um und war jetzt entschlossener. »Was wollen Sie von mir?«

Sie machte: »Ts, ts. Jetzt geht er aber ran, der Bursche.«

Trost legte den Kopf schief. Er war sich nicht sicher, ob mit der Frau alles stimmte.

»Sie beobachten mich. Also frage ich Sie noch einmal: Was wollen Sie von mir?«

»Also ein Urlaubsflirt sind Sie nicht, das können Sie mir glauben«, versetzte die Frau und vermied den anklagenden Unterton in ihrer Stimme gar nicht. »Aber ich bin gut im Leute-Raten, und ich glaube, ich weiß, was Sie hier machen.«

Trost schaute sich betont gut gelaunt um: »Urlaub?«

»Ich sage es Ihnen, aber Sie müssen mir versprechen, ehrlich Ja zu sagen, wenn ich recht habe. Ich habe nämlich meistens recht beim Leute-Raten, das sagen alle meine Freunde.«

»Aha.«

»Also: Sie sind der Mann von der Frau, die vorher in der alten Villa gewohnt hat. Sie sind ihr nach, weil sie befürchten, sie betrügt sie, und jetzt suchen Sie sie.«

»Wie kommen Sie zu dieser Annahme?«

»Na, weil man es Frauen ansieht, wenn sie mit ihrem Liebhaber unterwegs sind. Und man sieht es Männern an, die nach ihren Frauen suchen, wenn sie vermuten, dass diese sie betrügen. Ich zähle also eins und eins zusammen.«

Trost seufzte. Es widerstrebte ihm, aber es konnte ihn auch weiterbringen: »Darf ich Sie auf einen Cappuccino einladen?«

»Na, jetzt wird er doch noch charmant.«

2 »Es ist mein Hobby, Leute zu beobachten, und ich bin gut darin, wissen Sie. Der Bademeister da drüben«, sie deutete auf den Salvataggio, der mittlerweile wieder auf seinem Hochsitz Platz genommen hatte und das Meer inspizierte, »der versucht, mit der Deutschen dort drüben anzubandeln«.

Wie ein Kompass wanderte ihr Zeigefinger durch die Luft.

»Die Italiener haben einen plumpen Charme, der aber bei den Touristinnen fast immer wirkt. Die beiden da hinten mit ihren Kindern«, sie zeigte auf einen Mann, der in einem Buch las, das auf der Wölbung seines Bauchs ruhte, und auf eine Frau, die in ihr Handy tippte, während die Tochter sich eine Ladung Sand in den Mund stopfte, »lassen sich bald scheiden, wenn das so weitergeht, die reden keine drei Worte am Tag miteinander …«

»Sie wollten mir etwas über die Frau erzählen …«

»… die vom Ausflugsboot gekommen ist und erfahren hat, dass ihr Freund tot ist. Meinen Sie die? Ihre Frau?«

Trost rollte mit den Augen. »Wie hat sie das eigentlich erfahren? Das mit ihrem Freund.«

»Durch mich.«

Die Fragezeichen auf seinem Gesicht mussten sichtbar sein.

»Na, ich hab den Kopf gesehen und ihn gleich erkannt. Ich hab auch gewusst, dass die Frau, Magda heißt sie, nicht wahr …«

»Richtig.«

»… einen Ausflug gemacht hat. Und da hab ich es ihr gleich erzählt, als sie vom Steg runter ist. Also natürlich behutsam, sodass sie nicht gleich umfällt. Ich hab das Boot bemerkt, hab mein Buch zugeklappt und bin zu ihr hinüber.«

Trost konnte sich vorstellen, was sie unter »behutsam« verstand, jedenfalls war sie nicht die Person, die man sich als Überbringer schlechter Nachrichten wünschen würde, weil das sicher so klänge, als würde sie den neuesten Tratsch weitererzählen, ganz egal, wie schmerzhaft die Nachricht für den Empfänger auch wäre.

»Aber mir ist ja vorher schon aufgefallen, dass etwas nicht stimmt. Sie war so …«

»Moment, Moment, der Reihe nach. Sie haben den Kopf gesehen?«

»Ja, da war ein Riesenrummel drum herum, bevor die Polizei kam, und die Kinder haben geschrien und so. Ich hab den Toten sofort erkannt. Ich meine, den Haberschreck kannte ich auch schon vorher, den kennt ja jeder. Schauen Sie, ich hab eh auch ein Foto gemacht, damit man sich was vorstellen kann.«

Fassungslos starrte Trost auf das Foto, das sie ihm entgegenstreckte, doch ehe er insistieren und sie bitten konnte, das Foto von dem am Strand liegenden Kopf wieder zu löschen, sprach sie weiter.

»… als Magda dann kam, bin ich zu ihr hin und hab ihr das von ihrem Freund erzählt. Sie ist ganz blass geworden, die

Arme, hat mich auf die Seite geschubst und ist ins Haus gelaufen. Und ich bin ihr nach …«

»Warum?«

»Na, um zu helfen. Wer weiß, ich dachte, vielleicht tut sie sich was an oder so. Und ehrlich gesagt hab ich auch ein schlechtes Gewissen gehabt, weil ich es ihr gar so direkt gesagt habe …«

»Sie sind ihr also ins Haus nachgeeilt …«

»Ja, und sie hat die Tür aufgerissen. Als ich geklopft hab, da war sie grad am Handy. Seltsam, oder? Benimmt man sich so, wenn man gerade erfahren hat, dass sein Freund geköpft wurde? Rennt man da ins Ferienhaus und telefoniert?«

»Ich habe keine Ahnung, wie man sich benimmt, wenn man so etwas erfährt.«

»Na, egal, ich hab ihr auf jeden Fall gesagt, dass sie zur Polizei soll. Da wurde sie erst recht zornig und meinte, das gehe mich nichts an. Sehen Sie, und da bin ich ganz anderer Meinung. Ich finde, dass mich das sehr wohl etwas angeht. Eigentlich hätte ich auch sofort die Zeitungen daheim anrufen müssen, weil ich den Toten ja kannte und wusste, dass es ein Promi-Grazer war, und … Na ja, ich hab ihr das auf jeden Fall gesagt, dass ich jetzt gleich anrufen werde, die Medien und so. Da hat sie mich auf einmal ins Haus gebeten. Sehr freundlich war sie, ein Glaserl Wein haben wir getrunken, und sie hat mir geschworen, sie würde mit der Polizei reden. Ich sag Ihnen was, die war nervös. Die hätte sich etwas angetan, wenn ich nicht gekommen wäre. Ich hab ihr mein Buch über den Tisch geschoben und gemeint, ob sie nicht was lesen will, ich würde ihr den Roman borgen. Ich weiß, das war idiotisch, aber ich wusste nicht, was ich machen sollte. Ich wollte sie einfach ablenken. Sie hat dann wirklich ein paar Minuten in dem Buch geblättert. Bis sie wieder zu weinen begann und sagte, dass sie das vorhin gemacht habe. Die Polizei anrufen. Also eigentlich habe sie eine Freundin angerufen, und deren Mann sei Polizist.«

Trost schaute sie ausdruckslos an, da hielt sie plötzlich inne. Ihre Augen wurden groß. »Nein. Sie?«

Trost rückte sich ungelenk im Sessel zurecht.

»Sie sind das? Sie sind der Mann von der Freundin vom Telefon? Sie sind der Polizist?«

»Sie könnten zum Radio.«

Die Frau wurde rot um die Nase. »Gefällt Ihnen meine Stimme?«

»Nein, ich meine, ja, das auch, aber ich meine, weil Sie so schnell sprechen können.«

Er winkte den Kellner herbei und bat um einen Zettel und einen Stift. Danach notierte er sich ihren Namen und die Kontaktdaten.

»Ich bitte Sie, sich zur Verfügung zu halten. Es könnte sein, dass Sie von Kollegen kontaktiert werden. Wenn Ihnen etwas einfällt«, er schrieb eine Nummer auf einen weiteren Zettel und reichte ihn ihr, »rufen Sie mich an.«

Als hätte sie ihm gar nicht zugehört, wiederholte sie wieder und lächelte dabei: »Sie sind der *Polizist*.«

Er machte ein verschwörerisches Gesicht. »Ja. Und der Mörder ist noch unter uns. Also bleiben Sie wachsam.«

Ihre Augen wurden immer größer. Sie griff in die Strandtasche, aus der das Buch hervorlugte. »Das ist alles viel spannender als im Buch.«

Trost nickte auf das Cover. »Dasselbe Buch, das Sie Magda zum Lesen geben wollten?«

Sie strahlte. »Ja, wollen Sie es?«

Trost winkte ab und stand auf. »Nein, danke. Mich beschäftigt die Realität.«

»Klopf-klopf«

1 »Wir können Magda Braun, die Freundin des geköpften Mordopfers, nicht finden. Offenbar ist sie untergetaucht. Oder sie hat sich etwas angetan.«

»Was hat das mit uns zu tun? Wir haben sie eurem Kriseninterventionsteam an der Grenze übergeben. Was danach passiert, ist eure Sache.«

»Ich weiß.«

»Noch etwas, Armin. Ich fürchte, du musst zurück. Die Sache wird uns zu heiß, es gibt keinen offiziellen Ermittlungsauftrag, und wenn dir was passiert … Möglicherweise ist wirklich die Mafia involviert.«

Trost schnalzte mit der Zunge. »Das bildet sich dieser Rossi doch nur ein. Ich sag dir, die haben damit nichts zu tun …«

»Seit wann kennst du dich mit unseren Verbrechern aus, hä? Ich sage, wir machen das allein und du gehst zurück. Gleich morgen. Basta!«

Das Telefonat mit Gattuso war kurz und bündig gewesen. Als er auflegte, hatte Trost das Gefühl, das Haus wäre ein Schiff. Es knarrte und knackste, als würden die Wände unter dem ungeheuren Druck von Millionen Kubikmeter Wasser ächzen. Ihm war schwindelig. Er musste sich hinsetzen.

Am Abend kam Jonas ins Ferienhaus, und Trost sah ihm an, dass er glücklich war. Ihm jetzt die Nachricht von der morgigen Abreise zu unterbreiten, würde ihm das Herz brechen. Also behielt er es vorerst für sich. Wahrscheinlich würde Jonas ohnehin nicht mitkommen.

»Jonas, könntest du bitte nachsehen, ob in den Koffern von Magda und diesem Haberschreck etwas fehlt?«

»Warum soll ich in ihren Taschen herumwühlen?«

»Ist so ein Gefühl. Ich denke, es fehlt etwas, sonst kann ich mir nicht erklären, was der Einbruch gestern Nacht sollte. Und du weißt besser von uns beiden, was drin war. Du hast sie eingeräumt.«

Jonas verschwand im Zimmer und kehrte nach ein paar Minuten wieder zurück.

»Ich kann's dir sagen. Aber nur wenn du nichts dagegen hast, wenn ich heute Nacht wieder woanders übernachte.«

»Du meinst mit ›woanders‹ im Bootshaus?«

Jonas machte eine unbestimmte Geste, und Trost hakte nicht mehr nach.

»Es fehlt nichts«, sagte Jonas, während er eine Packung Milch aus dem Kühlschrank holte und ohne Glas direkt daraus trank.

»Muss das sein?«

Jonas sah zwischen ihm und der Milchpackung hin und her und sagte: »Jaja.« Das zweifache »Ja« hatte Trost noch nie ausstehen können, aber er verkniff sich eine bissige Antwort um des Friedens willen.

Eine Stunde später war er wieder allein.

»Und wie läuft's mit euch beiden? Macht der Männerurlaub Spaß?«

»Na ja«, seufzte Trost, »ich rede mit seltsamen Leuten, und dein Sohn hängt mit einer hübschen Italienerin herum. Wir haben ehrlich gesagt nicht viel voneinander.«

Trost saß auf der Bettkante, starrte auf das Wandgemälde in dem sonderbaren Ferienhaus, das früher offenbar einem italienischen Adeligen gehört hatte, und telefonierte mit Charlotte. Er hatte dabei das seltsame Gefühl, dass die Distanz zwischen ihnen größer war als die Entfernung in Kilometern, die zwischen ihnen lag.

»Alles in Ordnung?«

Sie schnaufte, was ein wenig verächtlich klang. »Natürlich ist alles in Ordnung. Und bei dir?«

»Auch.«

Er hätte sich gewünscht, dass es so wäre.

Trost wechselte das Thema: »Charlotte, irgendetwas stimmt

mit Magda nicht. Sie wurde vom Kriseninterventionsteam übernommen …«

»Ja, ich weiß, und dann war sie eine Zeit lang bei mir. Sie machte aber einen sehr gefassten Eindruck und ist längst wieder zu Hause.«

»Was, sie war bei uns zu Hause?«

»Ja, warum? Ist das ein Problem?«

»Nein. Nur, meine Leute haben sie überall vergeblich gesucht. Egal jetzt, versprich mir nur, dass du mich anrufst, sobald sie sich wieder bei dir meldet. Okay?«

Sie war bei ihm zu Hause gewesen. Wenn Gierack das herausbekäme, wäre der Teufel los.

Er konnte es deutlich fühlen, die Antwort lag so nahe. Trost trank noch ein Glas Wein, aß das restliche Weißbrot auf, das nach einem Tag schon recht zäh war, und legte sich aufs Bett. Er würde sich später richtig zum Schlafen hinlegen, wollte jetzt nur ein paar Minuten ruhen. Schlummern. Powernapping.

Und dann überwältigte ihn doch der Schlaf, nicht der große Schlaf, der wäre ja endgültig, aber doch ein sehr, sehr tiefer.

2 Wie er diese Nacht hasste.

Als er aufwachte, hatte der Scirocco eingesetzt. Das war kein »Klopf-klopf« aus dem Reich des Unterbewusstseins mehr, da schepperten die Fenster und Türen ganz unzweideutig und in echt. Er sprang fluchend aus dem Bett und lief barfuß durchs Haus, um im gespenstischen Halbdunkel, das durch Wetterleuchten stakkatohaft erhellt wurde, die Fenster dicht zu verriegeln, was ihm angesichts des Alters der verzogenen Rahmen und Schnallen freilich nur unbefriedigend gelang. Es schepperte und polterte immer noch an allen Ecken und Enden. Und zu allem Überdruss musste er gleich noch einmal fluchen, als er das Licht einschalten wollte, denn der Strom war ausgefallen.

Im Nachhinein würde er sagen, da hätte ihm bereits etwas spanisch vorkommen müssen, aber er war im Augenblick nur sauer auf die Italiener, die ihr Stromnetz nicht in den Griff bekamen.

Während draußen immer häufiger schweigende Blitze übers Firmament zuckten, tastete er nach seinem Handy, das glücklicherweise noch genügend Akku hatte. Dem Lichtstrahl folgte er durchs Haus, einfach um sicherzugehen, dass nicht doch jemand – »Klopf-klopf« – eingedrungen war. Aber diesmal war er wirklich allein.

Er legte sich wieder ins Bett, während irgendwo im Haus immer noch unentwegt ein Balken gegen die Mauer knallte. Unmöglich, wieder einzuschlafen. Also sprang er abermals auf die Beine – angezogen war er ja noch – und machte sich auf den Weg, um den krachenden Balken ausfindig zu machen.

Er ging ins Freie. Lief ums Haus. Die Luft roch nach Gewitter und Meersalz. Tatsächlich stand ein Kellerfenster direkt unter seinem Schlafzimmer offen und schepperte vom Wind angetrieben unentwegt. Er hockte sich hin, der Wind machte Geräusche wie klagende Wesen, und hinter ihm rauschte der Pinienwald, als würde er einem riesigen Wesen Platz machen. Eine Bewegung ließ ihn aufschrecken, aber es waren nur die sich krümmenden Äste, die aussahen wie die Arme eines riesigen Tausendfüßlers, der sich streckte und sich über irgendetwas ärgerte. Trosts Phantasie ging mit ihm durch.

Böen fegten umher und wirbelten den Sand auf, ganz feiner Sprühregen machte ihn kaum nass, ging aber dann doch irgendwie unter die Haut.

Dann wandte er sich dem völlig verstaubten und blinden Kellerfenster zu, versuchte, die verklemmten Scharniere einzurichten, hockte sich dafür hin und näherte sich der Öffnung noch ein Stück.

Ein weiterer lautloser Blitz hellte die Umgebung auf, und er entdeckte im Lichtzucken, dass das Fenster auch von innen mit Brettern abgedeckt worden war. Eines dieser Bretter hatte sich gelöst, Trost versuchte, es zu fixieren, doch es brach und fiel endgültig in den Innenraum.

Trost hatte nun plötzlich das ganze Fenster in der Hand und

fluchte zum wiederholten Mal in dieser Nacht. Wieder hellte ein Blitz die Umgebung auf, beleuchtete für einen kurzen Moment den Keller und ließ Trost mit dem Fenster in der Hand zurücktaumeln.

Er fiel auf den Hosenboden, lag im feuchten Sand, starrte auf die Öffnung im Keller und hielt das Fenster zitternd in den Fingern. Er hatte etwas entdeckt, von dem er vermutete, dass er es nicht entdecken hatte *wollen*, denn er wusste, dass er jetzt erst recht in diesen Keller musste. Sofort. Bei Nacht. Und Sturm. Und ganz allein.

Ja, wie er diese Nacht hasste.

3 Der Sturm zerzauste Trosts Haar und sang unaufhörlich sein grausiges Lied. So mussten die Sirenen klingen, diese bärtigen Frauenwesen, halb Vogel, halb Mensch, die Seefahrer anlockten, um sie dann grausam zu quälen und zu töten.

Das Geheul übte eine enorme Anziehungskraft aus, denn auch wenn es einem den Schlaf raubte und in den Ohren schmerzte, konnte man sich ihm nicht entziehen. Man wollte seinem Ursprung nahekommen.

Trost hatte nicht durchs Fenster kriechen wollen und war abermals ums Haus gelaufen. Nun stand er vor der Kellertür.

Er sah aus wie ein Unheilbringer, mit seinen breiten Schultern, der gegen den Wind geduckten Gestalt und seinem zur grimmigen Fratze entstellten Gesicht.

Die Tür ließ sich leicht öffnen. Ein Windstoß riss sie ihm aus der Hand und ließ sie krachend gegen die Mauer knallen. Die Scharniere quiekten auf wie schreiend erwachende Geisterbabys, und eine Böe wirbelte Papierfetzen im Inneren des Kellerganges auf.

Trost atmete schwer, wusste längst, dass ihm seine Sinne alle möglichen Streiche spielten. Er hielt sein Handy fest umschlossen und folgte dem Lichtstrahl ins Innere.

Zwei Stufen über morsche Dielen führten hinab auf einen

rissigen Betonboden. Er schloss die Tür hinter sich, und abermals wurde sie ihm von einer unsichtbaren Kraft aus der Hand gerissen. Diesmal fiel sie krachend ins Schloss und klang, als würde sie sich nie wieder öffnen lassen. Da er wusste, dass das Blödsinn war, kümmerte er sich nicht weiter darum. Das, was er zuvor durchs Kellerfenster gesehen hatte, war dringlicher als seine Angst.

Das Pfeifen des Scirocco hörte durch die geschlossene Tür nicht auf, klang jetzt aber eher so wie seine kläglichen Versuche als Kind, Blockflöte zu spielen. Gedrängt von seinen Eltern, in der leisen Hoffnung, vielleicht ein verborgenes Talent zu entdecken, hatte er ganze zwei Jahre lang versucht, dem Holzblasinstrument vernünftige Klänge zu entlocken, und zwei Weihnachtsfeste damit versaut, leiernde »Stille Nacht«-Varianten in den feierlichen Abend zu heulen.

Trost hielt stutzig inne, weil er vermeinte, genau jene schreckliche Version des Weihnachtsliedes jetzt in diesem Keller zu hören, so als bliese ihm der Wind schaurige Bilder aus der Vergangenheit um die Ohren.

Der Lichtkegel tanzte über kahle Wände und erreichte den ersten Nebenraum, der mit Gartenmöbeln vollgestellt war. Offenbar handelte es sich hier um das Lager des Anwesens, denn soweit Trost mittlerweile wusste, gehörte das Ferienhaus zu einer Hotelanlage ganz in der Nähe. Als er sich umdrehte, spuckte er plötzlich aus und wischte sich mit der schwitzenden Handfläche übers Gesicht. Er war in Spinnweben gelaufen, die jetzt über seine Wangen und Ohren kitzelten und an seinem Barthaar klebten. Dabei übersah er zwei weitere Stufen, rutschte auf den glitschigen Holztreppen aus und verlor das Gleichgewicht.

Er konnte das Knacken hören, als er fiel, und brauchte einige Sekunden, bis er bemerkte, dass das Geräusch nicht von einer gebrochenen Holzdiele gekommen war, sondern von seinem Knöchel.

Er stöhnte auf und schnappte nach Luft. Der Schmerz schoss durch seinen Körper wie ein Stromschlag, und minutenlang hockte er auf dem Kellerboden und rieb sich den rechten Knöchel so lange, bis er fast wund gescheuert war. Doch es half, der Schmerz ließ nach, und Trost konnte sich nach einer Weile wieder aufrichten.

Humpelnd torkelte er weiter.

Zwei weitere Räume entpuppten sich als Rumpelkammern, die ihre schauerlichen Schatten ins Blitzlicht des Gewitters warfen und sekundenlang den Anschein erweckten, als wären sie Spukgestalten, die ihre Klauen nach ihm ausstreckten.

Es war das x-te Mal, dass Trost bei einer Ermittlung durch einen Keller musste. Fluchend dachte er bei sich, dass es eigentlich zum Jobprofil eines Mordermittlers gehörte, sich durch finstere Untergeschosse zu tasten. Hätte ihm das jemand vor fünfundzwanzig Jahren gesagt, hätte er es vielleicht bleiben lassen.

Vor allem gehörte es aber zum Jobprofil, sich nicht ständig zu fürchten. Nicht so schreckhaft zu sein. Und keinesfalls in Panik zu geraten, wenn man plötzlich vor einer Tür stand, die sich nicht öffnen ließ, von der man aber wusste, dass sich dahinter die »Kammer des Schreckens« befinden musste.

Vor so einer Tür stand Trost nun. Einer niedrigen, mit Metallscharnieren verstärkten Holztür, massiv und gedrungen wie ein schlecht bezahlter Türsteher vor einer Diskothek.

Trost spähte nach einem Gegenstand, um sie zu öffnen. Zuerst versuchte er es mit einem Stück Draht, den er im Nebenraum gefunden hatte, doch das Stochern im Schloss führte zu nichts. Die Fähigkeit mancher Berufskollegen, Türschlösser geschickt aufzuknacken, hatte er noch nie gehabt. Seine Fingerkuppen schmerzten bald.

Das Pochen in seinem Knöchel wurde ihm immer bewusster, und er sinnierte über seine Möglichkeiten. Es war nur eine Frage der Zeit, bis ihn die Schmerzwellen abermals in die Knie trieben und die Lust auf die Ermittlung endgültig beendeten.

Also versuchte er es mit roher Gewalt, ging zwei Schritte zurück und sprang gegen die Tür. Beim ersten Mal geschah nichts, außer dass er sich einen blauen Fleck am Oberarm zuzog. Beim zweiten Mal wieder der Knöchel. Er stöhnte und machte ein wildes Gesicht, während er versuchte, die diversen Schmerzquellen in seinem Körper auszublenden.

Im Blitzlicht leuchteten seine Augen wie die eines in die Enge getriebenen Raubtieres. Immer wieder sprang er gegen die Tür. So oft, bis er das Krachen des berstenden Türstocks trotz des Gewitterlärms hören konnte.

Es ärgerte ihn, dass er so lange brauchte, um eine Kellertür einzutreten. Sein Zorn entlud sich mit einer immensen Wucht, mit einem wilden Schrei ging er ein letztes Mal auf die Tür los, und tatsächlich, der gesamte Türstock knirschte, Mauerteile bröckelten, und das blöde Ding gab endlich nach. Nach ein paar weiteren Stößen fiel sie krachend zu Boden.

Es gehörte auch zum Jobprofil, nicht durchzudrehen und davonzurennen, wenn man in einem Raum stand, der trotz der frischen Böen, die durch den Keller brausten, wie ein Schlachthaus nach Eingeweiden stank. In einem Raum, in dem sich auf einer speckigen Werkbank Blechschalen voller scharfer, spitzer Werkzeuge befanden, in denen eine dunkle Flüssigkeit schwamm, die Blut oder anderes sein konnte. Dieselbe Flüssigkeit, die auch einige Blecheimer füllte.

Da war auch eine Kette, die in einen offenen Halsring mündete und aus der Betonmauer ragte. Sogar ein offener Kamin, in dessen Asche Zangen lagen, war zu erkennen.

Der Boden war mit Plastikfolie ausgelegt, die voller Blutpfützen war, der Wind, der durchs offene Fenster und die jetzt auch offene Tür zog, brachte das Plastik zum Knistern, und es hörte sich an wie das Wispern zahlloser Geister, die in dieser Folterkammer, denn was anderes sollte das sein, ihr Leben gelassen hatten.

Trost musterte den Raum und erinnerte sich daran, dass sein Handy auch eine Kamerafunktion hatte. Mit zitternden Händen schaltete er um, wobei das Taschenlampenlicht jedoch erlosch. So blitzte nun auch seine Kamera abwechselnd mit dem Scirocco ins schummrige Dunkel vor ihm. Ein Blitz auf die Ketten, ein Blitz auf an einem Tisch angebrachte Daumenschrauben, ein Blitz auf das Dämmmaterial, das hinter den Holzlatten am Fenster angebracht war. Ein Blitz auf einen Berg voller blutiger Handtücher. Ein Blitz auf ein Gesicht, das ihn anstarrte.

Trost ließ vor Schreck das Handy fallen. Dann traf ihn etwas hart am Kopf, und er fiel in eine zeitlose, ewige Dunkelheit.

Trosts Tod

1 Die Schmerzen holten ihn aus seiner Ohnmacht zurück. Aber die Dunkelheit blieb.

Etwas zerrte an seinen Beinen, und er spürte, wie er über den nackten Fußboden geschleift wurde. Sein Knöchel fühlte sich einen panischen Moment lang seltsam taub an, fast so, als wäre da gar kein Fuß mehr an seinem Bein. Doch dann kehrte die Pein jäh zurück, und Trost war vor wahnwitziger Freude darüber fast zu Tränen gerührt.

Sein Kopf dröhnte von dem Schlag, den er offenbar abbekommen hatte. Er konnte allerdings nichts sehen, was nicht nur daran lag, dass es finster war, sondern auch daran, dass man ihm einen Sack über den Kopf gezogen hatte. Es roch nach Urin, und er wollte sich gar nicht vorstellen, was in dem Sack bisher transportiert worden war.

Er stellte auch fest, dass seine Hände gefesselt waren, und weil ihm das Luftholen so schwerfiel, rührte der Druck in seinem Genick wohl daher, dass ihm jemand einen Lappen in den Mund gesteckt und ein Tuch um seinen Kopf gebunden hatte, dessen Knoten nun in seinen Nacken drückte.

Ein Tritt in die Seite ließ ihn sich zusammenkrümmen wie ein Embryo. Der Schmerz war so überraschend gekommen, dass er sich nicht hatte vorbereiten können.

»Steh auf«, knurrte eine Stimme, und er konnte im Toben des Sturms kaum hören, ob sie zu einem Mann oder einer Frau gehörte.

Er wurde hochgezerrt und auf einen Sessel geschoben und spürte sofort, wie ihm schwindelig wurde. Entweder der Schlag hatte seinen Gleichgewichtssinn malträtiert und die Muskeln völlig aussetzen lassen, oder ihm war eine Substanz eingeträufelt oder injiziert worden, die ihn so schwach und willenlos machte.

Jemand packte seine linke Hand, etwas wurde an seinen Daumen geklemmt, dasselbe geschah mit seiner rechten Hand.

Seine Gedanken wirbelten und fanden keine klare Linie.

Doch dann setzte der furchtbarste Schmerz ein, den er jemals verspürt hatte, und ließ ihn alle Fragen vergessen. Sein linker Daumen wurde gequetscht, etwas Schweres presste sich auf seinen Fingernagel, und er brüllte wie von Sinnen in den feuchten Lappen hinein.

Verzweifelt versuchte er, die Hand aus dem Schraubstock zu ziehen, doch es gelang ihm nicht. Stattdessen wurde die Qual schlimmer, er ging in die Knie, der Sessel, auf dem er gesessen hatte, kippte nach hinten, und er versuchte irgendeine Körperhaltung zu finden, die es erträglicher machte. Er schlug mit seinem Kopf auf die Tischplatte zwischen seinen eingeklemmten Daumen. Dann vernahm er ein schreckliches Krachen, das ihm verriet, dass sein vorderes Daumenglied gebrochen sein musste. Geborsten vielmehr. Zerquetscht unter dem Druck einer Daumenschraube.

Trotz allen Leidens waren seine Sinne plötzlich hellwach. Wie hatte das passieren können? Er war in die Fänge des Daumenschraubenmörders geraten, oder vielleicht in die Fänge der hier von so vielen Leuten gefürchteten Sacra Corona Unita, der Mafia. Oder, fast *noch* schlimmer, in die Fänge einer Hexe.

»Bitte«, stammelte er. »Frau Befana, hören Sie auf.«

Doch er merkte selbst, dass kein Wort, das aus seinem Mund kam, zu verstehen war. Es war nichts als ein unverständliches Gemurmel. Und er war nichts als ein zappelndes Bündel Schmerz.

Die Empfindungen verlagerten sich jetzt wieder in seinen Kopf. Es stach und brannte und pochte, er konnte gar nicht sagen, welche Art von Qual es war. Sein ganzer Körper rüttelte unter Muskelzuckungen, die sich wie Schüttelfrost anfühlten. Dann machte sich die Daumenschraube am zweiten Daumen zu schaffen. An der rechten Hand. Würde er sie ohne Daumen so verwenden können wie bisher? Schreiben können? Schießen können? Würde der Schmerz je wieder abflauen?

Er versuchte, eine Methode anzuwenden, die ihm beim Zahnarzt stets gute Dienste erwies. Einfach an etwas anderes denken, an einen schönen Moment.

Charlotte … er klammerte sich an Charlotte und ihre Augen, die ihn immer erkannten, egal, was er vorgab zu sein, zu fühlen, zu denken … Auch wenn die letzten Jahre sie mehrmals vor harte Prüfungen gestellt hatten, auch wenn er oft nicht bei ihr war, auch wenn … Charlotte …

Er dachte an die Kinder. Wie er sie hochhob. Ein Bild aus …

Er ging wieder in die Knie. Jammerte, schrie, stöhnte, denn der Schmerz, den er fühlte, war noch einmal hässlicher geworden, weil er dessen nächste Stufe schon erwartet hatte.

Dieser verfluchte Schweinehund quetschte ihm tatsächlich beide Daumen. Dafür würde er ihn büßen lassen. Dafür würde die Hexe *brennen* …

Das war für lange Zeit dann sein letzter »vernünftiger« Gedanke, wenn auch ein hässlicher.

Die nächsten Minuten verbrachte er ganz nah bei seinen Qualen. Er wurde wieder umgestoßen und an den Beinen fortgezogen. Die Finger an den am Bauch gefesselten Händen, der verstauchte Knöchel, an dem jetzt unbarmherzig gezogen wurde, der Kopf, der eine klaffende Wunde haben musste, denn er fühlte, wie eine dicke Flüssigkeit über sein Gesicht in seine Augen rann.

Alles war nur noch Furcht. Und Leid.

Die Kellerstufen schrammten über seinen Rücken und ließen ihn aufstöhnen, sein Kopf polterte hart auf die Dielen. Als sich die Kellertür öffnete, dröhnte der Lärm des Scirocco alles Bisherige übertreffend an seine Ohren, ein wildes, ungestümes Brüllen. Kurz darauf spürte er den Regen auf seinem Körper.

Er wurde über Sand und Geröll geschleift, und die spitzen Steinchen schnitten und stachen ihm ins Fleisch. Verzweifelt versuchte er festzustellen, wo er sich befand und wohin er gebracht werden sollte, und vermutete, dass er quer über den Parkplatz gezogen wurde.

Wieder raunzte eine Tür, und er spürte Beton unter sich. Das musste der Hintereingang einer der Baracken am Strand sein, die sich zwischen den Strandlokalen befanden. Baracken, wie sie etwa auch die »Freunde des Meeres« hatten.

Trost versuchte seine Beine zu bewegen und zu strampeln. Was auch immer sie mit ihm vorhatten, er befand sich in Gefahr und wollte es ihnen wenigstens so schwer wie möglich machen.

»Hör auf, oder ich spieße dich auf wie einen Fisch«, knurrte die Stimme wieder ganz nah an seinem Ohr, und er glaubte jetzt, sie zu erkennen, doch die Erinnerung brach wieder weg, als eine neuerliche Schmerzwelle von seinen Daumen durch seinen Körper rollte.

Er wurde hochgerissen und in eine Kiste geworfen.

Nein, dachte er bei sich. Nicht Schulmeisters Schicksal. Nicht in einen Sarg sperren, wie sie es bei seinem früheren Kollegen Johannes Schulmeister gemacht hatten. Der war wochenlang gequält worden, hatte nie gewusst, ob er lebendig begraben werden würde oder nicht.

Dann hörte er wieder eine Stimme, und jetzt musste Armin Trost, der unerschütterliche Mordermittler, der mittlerweile zum Sonderbeauftragten des Ministeriums geworden war, zum ersten Mal zugeben, restlos die Beherrschung zu verlieren. Er geriet dermaßen in Panik, dass er versuchte, um sich zu schlagen, dass er zu weinen begann und zu flehen und zu stöhnen und zu wimmern. Denn er konnte diese neue Stimme zuordnen, die ebenso hinter einem Knebel zornig und verzweifelt und verängstigt brüllte.

Jonas. Sie hatten auch Jonas.

2 Sein über alles geliebter Sohn.

Er hatte doch nur ein wenig Zeit mit ihm verbringen wollen und angenommen, dass er zwischen einer langwierigen Ermittlung genügend Gelegenheiten finden würde, um Gespräche mit ihm zu führen. Die Zeit würde deshalb nicht stehen bleiben, das wusste Trost. Und er würde auch die Vergangenheit nie mehr aufholen können, jene Jahre, in denen er Jonas auf die Schultern gehoben hatte und mit ihm durchs Haus gesprungen war. In denen sie Verstecken gespielt hatten. In denen sie Legostädte gebaut und zu zweit Fußbälle auf ein Tor geschossen hatten.

Sein Junge, der jetzt groß geworden war. Ein junger Mann, der bald von zu Hause ausziehen würde.

Trost hatte ihn doch nur noch einmal richtig spüren wollen, ehe die Phase anbrach, in der er nur noch zu Besuch kommen würde, anfangs häufiger, dann immer seltener. So lief das doch immer. Phasen, die ganz normal waren, wo er selbst eine Familie gründen würde und Trost nur noch ein *Besuch* war, vielleicht sogar ein lästiger, weil es für die Enkelkinder so langweilig war, die Geschichten des Alten zu hören.

Seine Augen brannten.

Hatte er mit seiner wehmütigen Haltung, seiner selbstsüchtigen Vaterliebe das Leben seines Buben zerstört? Himmel, es konnte doch nicht sein, dass diese verdammten Fesseln sich nicht lösen ließen.

Dann fühlte er plötzlich, dass sich die Kiste, in der sie sich befanden, bewegte. Sie wurde über den Strand gezogen, platschte ins Wasser, und rhythmische Schläge erzählten ihm nun davon, dass die Kiste ein Boot war, das jemand jetzt aufs Meer hinausruderte.

Der Sturm hatte nachgelassen. Mit einem Mal hatte er sich wie durch Geisterhand gelegt, und das Raunzen und Klagen seiner Böen war verstummt. Auch die Wellen waren sanfter geworden. Die Welt war nahezu still. Nur das Schlagen der Ruder aufs glatte Wasser war zu hören.

Das musste Hexerei sein. Was sonst?

Aber was sollte das alles? Was hatte die unbekannte Gestalt mit ihnen vor? Und plötzlich ließ der Schmerz nach. Als wollte ihm sein Körper mitteilen, dass es etwas gab, das das vordergründige Leid noch bei Weitem übertraf. Und eine neue, sehr scharfe Empfindung stieg in ihm hoch.

Er konnte fühlen, wie sich unter diesem Boot eine gähnende, schier endlose schwarze Leere ausbreitete. Es gab nur die paar Zentimeter Holz, die ihn von dieser Leere trennten. Er murmelte etwas. Unverständliches Brabbeln.

Wieder ein Flehen?
Oder ein Gebet?

3 Das regelmäßige Plätschern der Ruder endete und wurde durch ein Motorgeräusch ersetzt. Das Heck des Bootes senkte sich, und der Bug bewegte sich auf und ab wie ein schnappendes Maul. Trost verlor das Gleichgewicht und rollte auf den Bauch. Etwas Wasser hatte sich in dem Boot gesammelt, befeuchtete den Sack, der immer noch über seinen Kopf gezogen war, und brannte in der Wunde an seiner Schläfe. Doch dieses Brennen registrierte er kaum, verlagerte sich sein Gewicht nun doch auf seine am Bauch gefesselten Hände mit den gequetschten Daumen und jagte eine neuerliche Pein durch seinen Körper, die ihn fast betäubte.

Er drehte sich um, ertastete mit seinen ebenfalls gefesselten Beinen Jonas und spürte dessen Körper. Doch zu seinem Entsetzen reagierte der Junge nicht.

Trosts Zorn auf eine Situation, die er nicht im Griff hatte, steigerte sich so sehr, dass er gar nicht mitbekam, dass der Motor nach einer Weile nur noch ein gemächliches Blubbern von sich gab.

Sie hatten angehalten, und gierige Hände tasteten jetzt nach seinem Revers, zogen ihn hoch und zerrten an ihm. Und mit einem Mal wusste Trost, was diese Hände vorhatten, und er stemmte sich mit aller Kraft dagegen. Seine Füße versuchten sich irgendwo zu verhaken, und die furchtbar schmerzenden Finger krallten sich an irgendwelchen Teilen fest, die er nur erahnen konnte.

»Gib auf«, keuchte jetzt eine Stimme über ihm. »Gib endlich auf. Ich hätt euch schon im Camp aufspießen sollen. In diesem Gestrüpp hätt euch keiner gefunden …«

Die Hände, die nach ihm griffen, wurden immer stärker, und auch wenn Trost den schnaufenden Atem seines Mörders spüren konnte, der möglicherweise sogar am Ende seiner Kräfte war, hatte Trost letztlich keine Chance, dem Unvermeidlichen zu entkommen. Seine Schultern verkrampften sich, und seine Arme tasteten plötzlich ins Leere, Blut schoss ihm in den Kopf, und er stürzte kopfüber ins Wasser.

Er war über Bord geworfen worden. Mitten im Meer.

Fast war er dankbar dafür, dass ihm ein Sack über den Kopf gezogen worden war, so konnte er nicht sehen, wie einsam sein Tod sein würde.

Er sank.

Adrenalin schoss durch seinen Körper, und seine Beine zuckten wild und versuchten seinen Körper mit Froschbewegungen aus dem Wasser zu heben. Der Schmerz in seinen Daumen jaulte so entsetzlich durch seinen Leib, dass er neue Kraftreserven freisetzte. Mit den gefesselten Händen zerrte er an dem Sack an seinem Kopf und zog ihn herunter. Dann krallten sich die Finger in das Halstuch, der bereits mit Salzwasser vollgesaugte Knebel lockerte sich. Da bemerkte er auch, dass sich die Fußfesseln gelöst hatten, offenbar waren sie nur nachlässig und hastig verknotet worden. Jetzt spürte er, wie sich sein Körper gegen das Wasser wehrte und auf die Oberfläche zustrebte. Im letzten Moment zerrte er sich auch den Knebel aus dem Mund, und seine Lungen stachen und brannten, als er über der Wasseroberfläche angelangt nach Luft gierte.

Es war im wahrsten Sinn im letzten Moment gewesen, denn schemenhaft nahm er gerade noch wahr, wie Jonas von Bord geworfen wurde.

Mit seinen Zähnen biss er sich in die Handfesseln, schaffte es jedoch nicht, sie zu lösen.

»Nein«, keuchte er und näherte sich mit wilden, strampelnden Bewegungen jener Stelle, an der Jonas ins Meer gesunken war.

Der Motor des Bootes heulte indes wieder auf, und der Schatten entfernte sich Bugwellen schlagend rasch und ließ ihn in der unheimlichen Stille eines nächtlichen Meeres zurück.

Wieder verbiss er sich in den Handfesseln, und tatsächlich lösten sie sich. Augenblicklich tauchte er hinunter ins Wasser.

Mit weit ausholenden Schwimmbewegungen zwang er seinen Körper gegen den Auftrieb hinab in die Tiefe und nahm sich vor, erst wieder aufzutauchen, wenn er Jonas in die Finger bekommen hatte. Sollte es ihm nicht gelingen, würde er den Freitod wählen und ertrinken. Er könnte keinen Tag mit der Tatsache leben, Jonas auf dem Gewissen zu haben. Er könnte Charlotte nie mehr in die Augen sehen.

Seine Lungen schmerzten schrecklich. Er riss seine Augen auf, in der Hoffnung, irgendetwas erkennen zu können, doch das Meer war schwarz wie Öl.

Es nutzte nichts. Er musste wieder auftauchen, konnte keine Sekunde mehr unter Wasser bleiben. Und als er umdrehte und noch einmal eine Beinbewegung machte, stieß sein Fuß an einen Körper. Trost wirbelte herum. Seine Lungen drohten zu platzen, und er kämpfte verzweifelt gegen den Drang an, einfach Luft zu holen. Da bekam er plötzlich Jonas' Oberarm zu fassen, wäre fast erschrocken zurückgewichen, beherrschte sich aber gerade noch, packte ihn fester und entwickelte eine Kraft aus bisher nicht gekannten Reserven.

Seine Muskeln brannten, seine Daumen schienen zu brüllen, und jede Sekunde würde er ohnmächtig werden. Er sah sich selbst, wie er im Wasser trieb. Mit von Salzwasser aufgeblähtem Brustkorb und schwarzen, von kleinen Fischen ausgefressenen Augenhöhlen.

Als sein Kopf durch die Wasseroberfläche stieß, schrie er förmlich nach Luft, zog Jonas zu sich, hob dessen Gesicht aus dem Wasser und riss ihm den Knebel aus dem Mund.

Trosts Beine strampelten wie wild, und es war nur eine Frage von Sekunden, bis sie verkrampfen würden. Er versuchte sich auf den Rücken zu legen, seine Atmung beruhigte sich nicht, und er ohrfeigte seinen Sohn.

»Jonas, verdammt, wach auf! Jonas. Bitte. Ich kann nicht mehr.«

Dieses verdammte Meer. Wie tief war es unter ihnen? Und mit diesem Gedanken kehrte die Panik zurück. Die überwältigende Angst vor der Dunkelheit unter ihm. Es war fast schon egal, ob es Nacht war oder Tag, sich selbst im freien Meer zu wissen, machte ihm solche Angst, wie er sie vielleicht noch nie zuvor gehabt hatte.

»Jonas, ich bitte dich …«

Seine Wade krampfte. Verzweifelt machte er nur noch Bewegungen mit einem Bein und spürte, dass er neuerlich zu sinken drohte. Diesmal würde er es nicht schaffen, wieder hochzutauchen. Schon gar nicht mit seinem Sohn im Arm.

»Jonas. Wach. Auf«, er drückte an der Brust seines Buben herum, in der Annahme, das könnte ihm das Wasser aus der Lunge treiben.

»Jonas, es tut mir so leid …«

Und dann bekam er plötzlich einen neuerlichen Schlag auf den Kopf.

4 Doch diesmal war es kein heftiger. Es fühlte sich eher so an, als wäre er gegen einen Gegenstand geprallt. Augenblicklich fraß sich die panische Angst wieder durch seine Glieder. Das musste der Zahn eines Meerestiers gewesen sein, eines gewaltigen Wesens, dem sie hilflos ausgeliefert waren. Allein dessen Anblick würde ihn lähmen und bis in alle Ewigkeit, die angesichts der Situation aber wohl recht kurz wäre, schreien lassen wie am Spieß.

Ein seltsamer Laut entwich ihm. Ein Gurgeln zwischen Zorn und Verzweiflung. Einmal mehr wurde er seiner Beine gewahr, die hilflos ins Leere traten und gegen die Schwerkraft ankämpften.

Er zwang sich schließlich, sich umzudrehen, tastete in die Finsternis und hatte plötzlich eine Planke in der Hand, die sich von einem havarierten Boot gelöst haben musste oder der Rest eines Stegs war, der von den Gezeiten auf das offene Meer hinausgespült worden war. Ein Brett jedenfalls, groß genug, um Jonas' Oberkörper daraufzuschieben und sich auch selbst so weit in Stellung bringen zu können, dass er zumindest seine Beine etwas zu entlasten vermochte.

Das ganze Glück war ein Stück Holz voller Moos und Algen.

Der Krampf löste sich langsam wieder, aber er hatte Angst, dass er wiederkehrte. Er wollte stehen, einfach nur stehen, aber dieses verdammte Wasser war so unendlich tief. Und diese Tiefe zog an ihm, wollte ihn auf den Grund des Meeres hinabzerren, und er spürte, wie ihn rasend schnell wieder die Kraft zu verlassen drohte, um seinem Buben beizustehen.

Verzweifelt versuchte er, seinen Atem zu kontrollieren. Die umgebende Schwärze und das unangenehme Ziehen seiner Muskeln, die ihm deren Grenzen andeuteten, versetzten ihn jedoch nicht nur in Angst und Schrecken, sie verliehen ihm auch ungeahnte Kräfte.

So gelang es ihm zunächst, sein Hemd auszuziehen, das ihm lästig und schwer an den Schultern hing. Auch wenn er fror, war er nun froh darüber, dass er nur kurze Hosen trug. Jedes zusätzliche Gewicht hätte ihn geschwächt.

Jonas war ohnehin bis auf seine Shorts nackt. Wieder ohrfeigte er seinen Sohn und legte sein Ohr an seine Brust, um herauszufinden, ob sein Herz überhaupt noch schlug. Kein Laut. Trost würgte. Und wenn er längst tot war? Wenn sein Sohn, sein Sohn, mit dem er doch nur etwas Zeit verbringen hatte wollen, nie wieder aufwachte? Seinetwegen. Weil er ihn in einen Fall gezogen hatte, der ihn mit der Abart des Bösen konfrontierte.

Ein Weinkrampf schüttelte Trost. Der Sternenhimmel über ihm war so perfekt, so überirdisch gewaltig, dass Trost in ihm eine schöpferische Urkraft, eine Art Göttlichkeit erahnte, die ihn doch sehen *musste*. Er brüllte den Himmel deshalb an: »Wozu soll das gut sein? Wozu? Gib mir meinen Sohn zurück!«

Die Sterne blieben stumm. Er wimmerte. Wellen plätscherten in der Finsternis. Und dann sagte eine Stimme. »Ich bin eh da.«

Trost erschrak so sehr, dass er von der Holzlatte rutschte. Einen schrecklichen Augenblick lang tastete er ins Leere, und durch die eigenen Wellenbewegungen entfernte sich das Brett von ihm. Trost befürchtete, es nie wieder finden zu können.

»Jonas!«, kreischte er, griff in die Dunkelheit und erschrak, als er die Hand des Buben plötzlich wieder zu fassen bekam. Er ließ sie nicht los, auch wenn die Schmerzen in seinen Daumen seinen Tastsinn fast völlig betäubt hatten. Er zog sich heran und erklomm das Holzstück wieder.

»Jonas, du lebst!«

»Ja. Aber mir ist kalt. So furchtbar kalt.«

Er konnte Jonas kaum hören, so leise sprach er. Aber nun spürte Trost sie auch. Die Kälte, die vom Meer aufstieg, lähmte ihn. Seine Glieder. Seinen Geist. Sie begann sich in seinen Mut und in seine Verbissenheit zu fressen. Sie zähmte die Sturheit, die seinem Charakter innewohnte. Sie lullte ihn ein. Machte ihn gefügig. Selbst die furchtbarsten Dinge begannen ihm egal zu werden.

Alles war so grausam still. Und Trost wimmerte in die grausige Befürchtung hinein, dass er sich auch die Stimme seines Sohnes nur eingebildet hatte.

5 Doch er hatte sich nicht geirrt.

Sie brauchten ein paar Minuten, um wieder zu Atem zu kommen, und umklammerten einander, schöpften dadurch neue Kraft.

Trost suchte die Umgebung ab und konnte nun auch das Land ausfindig machen, einen schwach schimmernden Streifen, viel zu weit weg. Dennoch, auch wenn er kaum Hoffnung hatte, jemals das rettende Ufer zu erreichen, dirigierte er das Stück Holz mit schwachen Beinschlägen langsam darauf zu.

»Sie heißt Franziska, Papa«, flüsterte Jonas schwach.

»Hat sie dir das angetan?«

»Nein, sie hat gesagt, sie holt uns eine Pizza. Sie ist so wunderschön, weißt du.«

»Ja, das ist sie. Aber vielleicht hat sie auch versucht, dich zu töten.«

Trost kämpfte wieder mit den Tränen. Wenn sich sein Sohn so vor ihm offenbarte, konnte das nichts Gutes bedeuten.

»Plötzlich schlug mir etwas Hartes auf den Schädel, ich wollte mich wehren, aber da kam noch ein Schlag und noch einer. Es dröhnt so in meinem Kopf, Papa. Ich glaub, da ist etwas kaputtgegangen.«

»Um Gottes willen …«, Trost konnte kaum noch klar denken, solche Sorgen machte er sich um ihn. »Gar nichts ist kaputt, Jonas. Hörst du, alles ist ganz. Nichts ist kaputt …«

»Ich hab solche Angst.«

Trost konnte nicht mehr an sich halten, drückte seinen Buben fester an sich. »Ich auch, Jonas. Ich auch.« Und um sie herum nur das Meer in seiner unendlichen Weite. Wenn sie jetzt sanken, würde niemand sie jemals wieder finden.

Die Nacht wurde endlos lang. Zu lang für das Stück Holz. Trost wusste, was das bedeutete. Sein Herz raste. Dieses rettende Brett war wie eine Insel. Würde es verschwinden, wären sie allein und hilflos.

»Okay, Jonas, ich schwimme am Rücken, und du liegst auf mir. So schaffen wir das.«

Als hätte er das Kommando dazu gegeben, tauchte die Holzlatte ins Wasser und verschwand. Trosts Körper spannte sich an. Solange er schwamm, lebten sie. Er musste nur schwimmen. Einfach nur schwimmen.

Etwas ekelhaft Weiches streifte seinen Nacken. Aus den Augenwinkeln bemerkte er einen Schatten im Wasser, dem Dutzende weitere folgten. Und er erinnerte sich. »Medusa«. Die harmlosen Quallen, die hier zu Tausenden das Meer bevölkerten, zogen an ihm vorüber. Eine schweigende Armee seltsamer Kreaturen.

Trost stöhnte auf. Drängte seinen Ekel vor dem Meeresgetier aus seinen Gedanken und suchte hastig den Horizont nach jenem weißen Streifen ab, der die Bojen der Miesmuschelzucht kennzeichnete, denn wo die Quallen waren, musste auch die Zuchtanlage sein. Doch der Horizont war unsichtbar. Nur einzelne Lichtpunkte waren auszumachen. Die Lampen der Bohrinseln. Von den Bojen der Muscheln keine Spur. Die Nacht verschluckte alles.

Er wimmerte. Dann kehrte der Krampf in seinem Bein zurück. Sein Muskel zog sich schmerzhaft zusammen, er verlor an Höhe, schluckte Salzwasser. Hustete.

»Jonas«, gurgelte er, zu mehr fehlte ihm die Kraft.

Er sank.

Sank mit ausgestreckten Armen, die Jonas noch so lange wie möglich über Wasser halten sollten. Auch wenn das sinnlos war, denn ohne seine Hilfe würde sein Bub ihn schon bald in eine andere Welt hineinbegleiten.

Er verlor den Kontakt zu ihm. Spürte, wie alles in ihm nachließ. Eine Leichtigkeit sich seiner bemächtigte.

Dieses verdammte Meer. Diese verdammte Hexenjagd.

Lichtblitze schossen um Trost herum. Sie waren die letzten Zuckungen seines Gehirns, vielleicht letzte Versuche, doch noch etwas Licht ins Dunkel des Meeres zu bringen.

Dann verlor er den Halt zum Irdischen. Spürte Jonas nicht mehr in seinen Fingern. Spürte seinen eigenen Körper kaum noch. Nur die Lunge brannte.

Er holte Luft. Und saugte den langen Atem des Meeres ein. Am Ende war das fast eine Erleichterung.

Trost, die Legende, der Spürhund des Bösen, war tot.

Eine schlaflose Scirocco-Nacht

1 Lichtblitze verfingen sich in der Nacht. Ein Fluchen war zu vernehmen, das Licht flackerte über den Boden, dann bildete sich plötzlich ein konstanter Kegel. Der Wackelkontakt war vorerst behoben. Jetzt wanderte das Licht behäbig über den Kiesweg und über die Fassade der Villa hinweg.

Zwei Ortspolizisten der Polizia Municipale näherten sich langsam dem Gebäude.

»Ich sag dir, das ist falscher Alarm. Der Wind hat irgendwo einen Fensterbalken gelöst, und der schlägt gegen die Mauer, das wird alles sein. So wie meistens. Deshalb hasse ich diese verdammten Nachtschichten, weil es immer irgendwo irgendeinen Idioten gibt, der nicht schlafen kann und uns dann mit seinen dämlichen Vermutungen und hirnrissigen Befürchtungen belästigen muss.«

Mario, ein untersetzter Mittvierziger tat das, was er immer tat – maulen. Seine schlechte Stimmung war eigentlich keine miese Laune, sie war der Normalzustand. Bei echt mieser Laune zertrümmerte er regelmäßig seine Computermaus oder ruinierte sich seine Schuhe, weil er gegen Steine trat.

Alessandro dagegen war ein eher besonnener Typ. Erst seit ein paar Jahren im Dienst und sehr aufmerksam, was die Kleinigkeiten betraf.

Sie wussten beide, dass in diesem desolaten Haus die Österreicher untergebracht waren.

»Komm, lass uns gehen. Nicht dass wir noch diesen Kriminalbeamten aufwecken. Wer weiß, was das für ein Typ ist. Die meisten von denen sind mir nicht geheuer.«

Er fand, dass man auch sonderbar sein musste, wenn man seinen Lohn damit verdiente, Gewaltverbrechen auf der Spur zu sein, und darauf spezialisiert war, Leichen und deren Umfeld so lange zu betrachten, bis man an ihnen Spuren des Tathergangs entdeckte. Diese Tätigkeit hatte etwas Obszönes. Man konnte nicht normal sein, wenn man im Leid der anderen stocherte und so lange herumfingerte, bis man dem Grauen gegenüberstand. Auge in Auge.

Doch Alessandro, der es genoss, ein Dorfpolizist zu sein, dessen Aufgabe es auch war, den Menschen zu helfen, wenn die ihr Kind am Strand mal nicht mehr finden konnten, oder den Verkehr zu regeln, ging einfach weiter und folgte seinem Taschenlampenlicht durch die windige Nacht. Er stieg die Treppen hoch und leuchtete ins Haus hinein, doch da war nichts Verdächtiges zu sehen.

»Lass uns gehen«, rief ihm Mario mit gepresster Stimme vom Auto aus zu. Es war deutlich zu hören, dass er sich keine Mühe mehr machen wollte.

Als Alessandro wieder über die Treppen herunterkam, setzte der Wind plötzlich aus. Die Sträucher ringsherum beruhigten sich mit einem Knistern, das wie das Rauschen einer Menschenmenge in großer Entfernung klang.

Alessandro blickte sich um. »Ein magisches Geräusch wie im delle Alpi«, lächelte er, und diesen Ball griff Mario bereitwillig auf.

»Delle Alpi? Also erstens heißt das Stadion schon lange nicht mehr so, und zweitens ist es verdammt gefährlich, in dieser Gegend von Juve zu schwärmen. Du kannst von Bologna reden, von Ferrara, aber nicht von Juventus Turin. Nur Lazio oder die Roma wären noch verwerflicher.«

Fußball, bei keinem anderen Thema verfiel Mario so in Leidenschaft, wobei er damit in seinem Land bei Weitem nicht der Einzige war.

»Ronaldos erster Fehler war, dass er zu Juve ging. Sein zweiter, dass er die alte Dame Richtung England verlassen hat …«

Alessandro hörte ihm gar nicht mehr zu. Das knisternde Rauschen des Blätterwaldes und Marios Gefasel begleiteten seinen Rundumblick, der schließlich an einem Detail haften blieb. Er näherte sich wieder dem Haus.

»… reden wir doch von Bologna. Die haben eh diesen Österreicher. Arnautovic. Eine Granate, wenn er nur zehn Jahre jünger wär … was machst du? Was willst du denn noch bei diesem verfluchten Haus?«

Er wollte über Fußball reden und fand es unhöflich von Alessandro, dass der ihm den Rücken zuwandte, während er ihn über die Serie A aufklärte.

»Sieh dir das an«, forderte ihn der Kollege stattdessen auf, näher zu kommen. Alessandro ging in die Hocke und musterte das Kellerfenster, das auf der Wiese lag. Dann fiel sein Taschenlampenlicht auf die Bretterwand, die von innen an die Fensteröffnung genagelt worden war. Er spähte durch die losen Bretter hindurch. Das Licht spielte mit den Schatten darin. Er hielt den Atem an.

»Sieh dir das doch an«, wiederholte er, und seine Gedanken rotierten.

»Ruf diesen Wichtigtuer an, der den Lackaffen aus Ravenna in den Arsch kriecht.«

Alessandro machte einen Satz zur Seite, so sehr erschrak er. Er hatte nicht gehört, wie Mario sich genähert hatte. Soeben hatte er noch über Fußball philosophiert, jetzt klang seine Stimme alarmiert: »Ja, dieser Agente Rossi soll kommen. So schnell wie möglich.«

2 Rossi war es einerlei, ob er mit seinem Quad durch die Nacht kurvte oder sich in seinem Bett von einer Ecke in die andere wälzte. Scirocco-Nächte bedeuteten für ihn ohnehin schlaflose Stunden, also konnte er sich genauso gut alte Häuser in Bellezza anschauen.

Die beiden Nachtwächter – so nannte er sie, als er von seinem Gefährt abstieg, und erntete dafür vernichtende Blicke – hielten sich etwas im Hintergrund, während er durchs Haus streifte.

Die Tür der Villa stand offen, und es war schnell klar, dass sich niemand im Haus befand, doch jedes Mal wenn er um eine Ecke bog, hielt er den Atem an. Zu präsent waren ihm noch die Bilder, die er vor wenigen Minuten aus dem Keller abgespeichert hatte. Das würde einen Riesenskandal geben, denn das Haus, in dem sie die Österreicher einquartiert hatten, beherbergte die Miniausgabe einer Folterkammer. Er fühlte sich in Mittelalterfilme zurückversetzt, und immer wenn der gespenstische Sturm wieder einsetzte und Planen zum Rascheln brachte und Fensterläden zum Klackern und diese verdammten Bäume zum Wispern, fuhr ihm die Gänsehaut über den Körper wie eine Berührung durch eiskalte Fingerkuppen.

Als er den Blick durch das Haus schweifen ließ, bemerkte er draußen am Strand hinter den Baracken eine Bewegung. Wer bitte schön schob um diese Zeit ein Boot ins Meer? Da legte sein Hirn einen Schalter um und ließ ihn die Beine in die Hand nehmen.

Zwei, drei Stufen auf einmal nehmend, sprang Rossi aus dem Haus und über die Treppen hinunter Richtung Strand. Seine Turnschuhe leisteten ihm gute Dienste am Kiesweg, fluchend stellte er am Strand aber fest, dass sich der Sand zwischen Fersen und Schuh drängte und für schmerzende Reibung sorgte. Er hatte die »Freunde des Meeres« gerade erreicht, als die Gestalt das Boot ins Wasser ließ.

Agente Rossi zog seine Pistole und forderte die Person auf, sofort stehen zu bleiben. Er vernahm einen unwilligen Laut. Dann hörte er die Stimme einer jungen Frau. »Lassen Sie mich. Es geht um Leben und Tod.«

Sie dachte offenbar auch nicht daran, innezuhalten.

»Stopp«, rief Rossi erneut und fluchte. Er hatte soeben bemerkt, dass er mit seinen Turnschuhen bis zu den Knöcheln im Wasser stand. Er lief näher und erreichte das Boot.

Er sah sich einer jungen Frau gegenüber, die nur mit einem Hemd, das ihr fast bis zu den Knien reichte, bekleidet war. Sein Taschenlampenspot strich über ihren Körper, und einen Augenblick lang war er verwirrt.

»Hören Sie, ich hab keine Zeit für so was. Kommen Sie mit oder gehen Sie, aber halten Sie mich nicht auf, indem Sie mich anstarren. Und stecken Sie die Waffe ein, sind Sie verrückt?«

Verlegen schob Rossi die Pistole zurück in das Holster. »Aber dann müssen Sie mir sagen, was zum Teufel Sie mitten in der Nacht auf dem Meer wollen.«

»Ich glaube, jemand wurde da draußen über Bord geworfen.«

»Aha«, es war deutlich zu hören, dass Rossi nicht an die Zurechnungsfähigkeit der Frau glaubte. Diese Nacht stellte sich als zunehmend verwirrend heraus. Er hörte, wie sich nun auch die beiden Nachtwächter näherten, und sein Taschenlampenlicht streifte das Gesicht der Frau. Sie war attraktiv, das hatte er schon festgestellt, als er sie nur von Weitem im Mondlicht gesehen hatte.

»Würden Sie bitte aufhören, mir ins Gesicht zu leuchten? Das blendet.«

»Entschuldigen Sie.« Er schaltete es aus. »Jemand ist ins Meer geworfen worden, sagten Sie? Wer denn?«

»Ich glaube, die Österreicher.«

3 Etwas sagte ihm, dass er diese schlaflose Scirocco-Nacht, die mit ihrem Saharasand die Luft gelb machte, so schnell nicht vergessen würde.

Immerhin tuckerte er gerade mit einer langmähnigen »Freundin des Meeres« in einem Motorboot hinaus aufs Meer. Es wäre fast romantisch gewesen, wenn da nicht diese lauernde Panik gewesen wäre.

Sie hatte sich eine Stirnlampe auf den Kopf geschnallt und leuchtete zusätzlich mit einer großen Stabtaschenlampe hinaus aufs Meer, während er am Bug eher unwillig das Ruder hielt.

Es war kalt, und ihn fröstelte, und zudem sah er keinen vernünftigen Grund auf Hoffnung. Galant, wie er war, hatte er der jungen Frau dennoch sein Sommersakko angeboten, denn die Brise auf dem Meer war ungleich frischer als an Land, und das junge Ding trug ja nichts als dieses dünne Hemd. Nachdem er sie aber zweimal gefragt und keine Antwort erhalten hatte, ließ er es bleiben.

Ab den Wellenbrechern begann sie zu schreien. Offenbar

kannte sie den Sohn des österreichischen Polizisten besser, denn sie rief immerfort seinen Vornamen. Ihre Nervosität übertrug sich langsam auch auf ihn, und er malte sich aus, was geschehen würde, wenn die beiden wirklich ertrunken waren. Auf irgendeine Weise würde es auf ihn zurückfallen, denn er war schließlich der Einheimische. Er war so etwas wie ihr Reiseleiter gewesen, und er hatte es auch verabsäumt, dieses verdammte Folterkammerhaus genauer zu untersuchen, bevor er die beiden dort einquartiert hatte.

Hastig streifte sein Blick über die schattenhaften Wellen, die manchmal Geräusche machten, als würde jemand neben dem Boot herschwimmen oder sich ein Fisch nähern. Er erinnerte sich daran, dass er einmal bei Nacht im Wasser gewesen war. Aber da war er zwanzig gewesen, jung und unbekümmert und vor allem nahe am Ufer. Sich vorzustellen, jetzt in den schwarzen Fluten zu schwimmen, löste ein unbestimmtes Ziehen in seinem Brustkorb aus. So begann auch er, die Namen der beiden Verschollenen zu rufen. Doch jedes Mal wenn sie über seine Lippen kamen, wurde die Gewissheit größer, dass sie zu spät waren. Dass die Österreicher bereits irgendwo im Wasser trieben und sich von Meeresgetier anknabbern ließen. Was für eine unvergesslich traurige Nacht.

Gieracks Trauerarbeit

1 Es war fünf Uhr morgens gewesen, als Annette Lemberg vom Handyläuten aus dem Schlaf gerissen worden war. Sie war nach dem kurzen Gespräch aus dem Bett gesprungen, hatte sich mechanisch die Zähne geputzt und war, ohne zu duschen, ins Büro gefahren.

An diese Fahrt konnte sie sich nicht mehr erinnern. Jetzt starrte sie auf den Bildschirm, doch es war ihr anzusehen, dass in Wahrheit ganz andere Bilder vor ihrem inneren Auge flimmerten. Das Chaos auf dem Schreibtisch war untypisch für sie. Auch trug sie ihr Haar nur flüchtig hochgesteckt und nicht so makellos frisiert wie sonst. Eine lose Strähne hing über ihre Wangen, ihr schwarzes T-Shirt war zerknittert, die ebenso schwarze Hose an den Knien etwas abgeschürft. Die Haut um ihre Augen schlug winzige Fältchen und warf dunkle Schatten.

Sie war nicht allein. Balthasar Gierack stand am Fenster des Büros und stierte schweigend in die aufgehende Sonne. Er hatte die Ärmel seines Hemdes aufgekrempelt, was seine vom Bürohocken blassen Arme zum Vorschein brachte. Seine Krawatte saß locker, und die Schweißränder unter den Achseln waren nicht nur zu sehen, sondern auch zu riechen, was bemerkenswert war, da der Tag ja erst begonnen hatte.

Obwohl die beiden Ventilatoren an der Decke rotierten, zirkulierte die Luft in dem Raum kaum. Es war stickig und mucksmäuschenstill. Kein Telefon läutete, niemand tippte geräuschvoll in den Computer. Nur ab und zu ertönte das Mausklicken, das Melitta Owusu verursachte, die wie die anderen bereits so früh ins Präsidium beordert worden war. Lust und Gore waren draußen am Gang und schlürften Automatenkaffee aus Pappbechern, hüteten sich aber davor, auch nur ein Wort zu wechseln.

Die Abteilung war nicht wiederzuerkennen, das geschäftige Treiben war einer unheilvollen Stille gewichen. Kollegen aus anderen Gruppen, die nach und nach hereinkamen, um ihren Dienst zu versehen, verlangsamten automatisch ihr Schritttempo, wenn sie vorübergingen, und bemühten sich, die Türen leise zu schließen. Niemandem war es angenehm, in diesen Stunden jemandem von der Mordgruppe zu begegnen.

Gierack massierte sich das Gesicht. Er stellte den Blickkontakt zu Owusu her, woraufhin diese verstand, aufstand und den Raum verließ. Jetzt waren Gierack und Lemberg allein im Büro.

»Es tut mir sehr leid«, sagte Gierack unsicher. Er räusperte sich. »Trost und ich hatten unsere Meinungsverschiedenheiten. Aber so etwas wünscht man keinem.«

So etwas.

Erst als sie nach einer Ewigkeit die Augen schloss und nickte, bekam er die Bestätigung dafür, dass sie ihn gehört hatte.

»Ich will nicht heucheln. Wir wissen beide, dass ich mit Trost so meine Probleme hatte«, setzte er erneut an. »Er war einfach kein Teamplayer, ging immer seinen eigenen Weg und ließ sich nie dazu hinreißen, sich an die Regeln zu halten. Mit solchen Leuten ist es schwer im Staatsdienst. Eigentlich unmöglich.«

Gierack beobachtete Lemberg, doch sie zeigte immer noch keine Reaktion.

»Ich weiß, dass Sie einander nahestanden, Frau Lemberg. Nehmen Sie sich ein paar Tage frei. Machen Sie eine Auszeit, fahren Sie ans Meer.«

Jetzt hob sie den Kopf und schaute ihn fragend an.

Er wurde rot bis unter den Haaransatz und hätte sich am liebsten die Zunge abgebissen für diesen unsensiblen Vorschlag. Ans Meer, du Depp.

»… oder in die Berge. Verzeihung. Ich wollte nicht …«, dann schnalzte er verärgert mit der Zunge und verließ den Raum.

Lemberg atmete tief durch.

Kurz darauf war die erste Medienmeldung online. Eine Tageszeitung berichtete, dass ein führender Kriminalbeamter aus Graz an der Küste vor Rimini als vermisst gemeldet worden sei. Es handle sich um einen Unfall. Weitere Medien folgten und füllten den Artikel mit Statements von Polizeichef Balthasar

Gierack auf. Sie wusste, dass er nichts anderes tat, als seine Kontakte durchzurufen und am Telefon Dinge auszuplaudern, die eigentlich diskret hätten behandelt werden sollen. Doch statt Diskretion stand bald im Netz zu lesen: »Weiteres Opfer der Hexe« und »Grenzenlose Aufregung in Europa. Nun ermordet Hexe auch Polizisten in Italien«.

Der Tag schritt langsam und zäh voran, und immer noch herrschte in der Abteilung Leib und Leben schockstarrende Stille. Gierack war außer Haus gelaufen, angeblich weil ihn die Situation so mitnehme, Lemberg traute ihm aber zu, dass er viel eher unterwegs in ein Fernsehstudio war, um dort seine ganz persönliche Art von Trauerarbeit zu leisten. Ein frisches Hemd, gekämmte Haare und ein schneidiger Gesichtsausdruck beim Verlassen des Gebäudes untermauerten ihre Theorie.

Zu Mittag läutete Lembergs Telefon, und sie ging ran. Zwei Minuten später standen sie, Lust und Gore um den Bildschirm im Gemeinschaftsraum herum und starrten auf die Bilder. Gierack war tatsächlich erneut in einem Fernsehstudio aufgetaucht. Sein Gesicht war in Großaufnahme zu sehen. Mit zusammengekniffenen Brauen schaute er in die Kamera und schilderte, was geschehen war.

Ein Film wurde eingespielt. Der Sprecher aus dem Off berichtete, dass die Leute zusehends in Angst verfielen, geheimnisvolle Zeichen würden auftauchen, an Mauern gekritzelte Pentagramme, Halbmonde, die Sonnen flankierten. Wieder war vom Wicca-Kult die Rede, einer esoterischen Bewegung, die das Wesen von Hexen heraufbeschwor.

»Was soll der Blödsinn?«, sagte Lust, doch Lemberg unterbrach sie unwirsch mit einem Zischlaut.

Der Beitrag wurde immer skurriler. In Graz seien Menschen unterwegs, die mit gemalten Henna-Augen auf der Stirn versuchten, bösen Blicken zu entgehen. Ein Reporter, der plötzlich auch im Bild war, sprach mit getragener Stimme davon, dass sogar Leute dabei beobachtet worden seien, die mittelalterlich gerüstet – mit Heugabeln und Messern, Hauptsache spitz und scharf – durch die Straßen flanierten und sich als eine Art Bürgerwehr ausgaben.

Lemberg musste an Trosts nächtlichen Verfolger mit der Armbrust denken, der ein Wams getragen hatte und eine lederne Rüstung und sogar die leichte Version eines Kettenhemdes.

Der Beitrag endete, und Gierack war wieder groß im Bild. »Sie sehen, was passiert«, sagte er und wirkte dabei, als stünde er Esther Befana Aug in Aug gegenüber. Und es war klar, dass er genau das bezweckte. Er sprach nun direkt zur derzeit meistgesuchten Frau im ganzen Land. Sein Blick wurde noch eine Nuance finsterer.

»Hören Sie«, sagte er, »alle jagen Sie. Es gibt keinen Ausweg. Stellen Sie sich dem Gesetz. Niemand kann vorhersagen, was passiert, wenn die Leute Sie in die Finger kriegen.«

Die Leute, dachte Lemberg bei sich und runzelte die Stirn.

Gierack am Bildschirm wischte sich über das schweißglänzende Gesicht, wirkte mit einem Schlag fahrig und schien die Kontrolle zu verlieren. »Ich fordere Sie auf … stellen Sie sich endlich …«, er atmete jetzt so schwer, als würde er einen Berg hinaufrennen. »Sie hatten Ihre Rache. Es ist vorbei.«

Lemberg starrte auf den Bildschirm. Fasziniert von Gierack und zugleich abgestoßen. In ihrem Kopf sah es aus, als würden Ausrufezeichen und Fragezeichen einander rempelnd eine Treppe hinabrennen. Auf das Licht der Erkenntnis zu. Was hatte er da gesagt? Welche Rache?

2 »Spielen jetzt alle verrückt?«, maulte Lust, als sie zurück in den Großraum liefen.

»Na ja«, erwiderte Owusu, die den Beitrag ebenfalls gesehen hatte.

»Ganz von der Hand zu weisen ist es ja nicht. Bevor so eine Wahnsinnige ihr Unwesen treibt und wir ihr erfolglos hinterherjagen, wäre es vielleicht ganz gut, wenn die Leute einmal eingreifen und wir sie in die Enge treiben. Aber nein, wir müssen solche Personen ja in die Irrenanstalt einliefern, anstatt sie zur Rechenschaft zu ziehen. Wir sehen ja, was wir davon haben.«

»Und sollen wir sie dann auch gleich am Hauptplatz verbrennen? Und hackst du ihr dann die Hände ab?«, ätzte Lust.

Owusu hob beschwichtigend die Arme. »Hey, sie wird beschuldigt, Menschen ermordet zu haben.«

»Und vielleicht ist sie auch noch schuld daran, dass das Wetter so scheiße ist? Vielleicht finden wir noch etwas. Das wäre doch praktisch. Vielleicht sollten wir bei der Gelegenheit die vielen Ausländer aus der Stadt vertreiben, oder die Junkies.«

Lemberg packte die beiden Kolleginnen am Kragen und schob sie ins Büro.

»Das reicht, hört auf«, knurrte sie, »ihr redet beide Blödsinn. Lasst das.«

Den Grafen schien das Schauspiel zu amüsieren, und er wollte offensichtlich, dass es weiterging. Er maulte, was Lemberg denn habe. Gierack habe doch ohnehin gerade die Marschrichtung vorgegeben.

»Ja«, sagte Lemberg. »Er hat die Leute gerade dazu aufgefordert, sie fertigzumachen, wenn sie sie in die Finger kriegen. Er rief zur Lynchjustiz auf.«

Sie schaute den Grafen aus schmalen Schlitzen an. »Das Dumme ist nur, dass die wenigsten beurteilen können, ob sie wirklich die richtige ›Hexe‹ erwischt haben.«

Dann wandte sie sich wieder dem Fenster zu und spürte, wie in ihrem Rücken alle nacheinander den Raum verließen. Als sie allein war, schloss sie die Augen und massierte sich die zitternden Hände. Gestern Abend hatte sie den »Wieseln« einen Besuch abgestattet.

Eine Wohnung in der Keplerstraße, zweiter Stock, Altbau, Geruchsnoten von Zwiebel bis WC-Gestank wehten durch die von bunten Teppichen bedeckten Gänge.

Ein blasses Ehepaar mit Goldschmuck auf sommersprossiger Haut ließ sie herein. Die beiden hatten den Verein »Wiesel« vor ein paar Monaten übernommen. Sie träumten davon, ans Meer zu fahren und neue Leute kennenzulernen. Die alten Adressen hatten sie bei der Vereinsübernahme in einem Karton ausfindig gemacht und die Einladungen zum Ferienlager verschickt. Heuer sollte es nur ein loses Treffen geben, in den nächsten Jahren sollte dann die alte Barackensiedlung in Bellezza wiederbelebt werden. Es sollten wieder Reisen wie damals stattfinden. Reisen, an denen sie selbst nie teilgenommen hatten.

Die beiden waren arglos, und als Lemberg die Wohnung nach einer Stunde verließ, war sie fest davon überzeugt, dass sie nichts mit der aktuellen Serie an Gewalttaten zu tun hatten. Etwas anderes wurde jedoch zur Gewissheit.

Sie schnalzte mit der Zunge. Sie hatten den Zusammenhang. Diese Reisen. Die Einladungen. Die Opfer waren tatsächlich allesamt zu dieser Ferienreise eingeladen worden. Nach Bellezza. In den Ort, in dem Trost ermittelt hatte.

Dann folgte die nahezu durchwachte Nacht, in der sie irgendwann dann doch einschlief. Und irgendwann diesen unseligen Anruf aus Italien erhielt. Aufsprang. Ins Büro fuhr. Alles niedergeschlagen war. Gierack im Fernsehen. Und dann dieser Satz. »Sie hatten Ihre Rache.« Welche Rache?

Das Geständnis einer Hexe

1 Ein Streifenwagen stand quer über der Straße und blockierte die Zu- und Abfahrt des Landespolizeikommandos Steiermark. Zwei Polizisten hielten sich hinter den geöffneten Türen bereit, mit ihren Pistolen im Anschlag. Drei Wachbeamte umringten eine Person, die mit dem Gesicht zur Wand an der Wachstube stand. Einer brüllte einen Befehl, woraufhin sich die Person hinkniete. Sie verschränkte ihre Hände im Genick. Nun wagte sich einer vor und fixierte die Hände am Rücken mit Handschellen. Endlich schien sich die Anspannung zu lösen.

Lust sog Luft durch die zusammengebissenen Zähne ein und nickte.

Lemberg atmete hörbar erleichtert aus. »Esther Befana«, sagte sie dann mit gepresster Stimme, »Sie sind festgenommen.« Und zu den Wachbeamten: » Behaltet die Nerven. Die Hexe hat sich gestellt. Sie ist freiwillig hier. Bringt sie rauf zu uns.«

Lemberg stellte sicher, dass Tonband und Kamera eingeschaltet waren. Sie wusste, dass das Licht der Neonröhre ihr Gesicht ebenso entlarvte wie jenes der Frau, die ihr gegenübersaß.

Befana sah mitgenommen aus. Offenbar hatte sie seit Tagen kaum geschlafen, ihre Augenlider öffneten sich nur halb, die Lippen waren rissig, und ihr Haar, das von grauen Strähnen durchzogen war, umrahmte ihr Gesicht wie ein Gemälde, auf dem die Farben austrockneten. Dennoch rührte sie das Glas Wasser, das man ihr auf den Tisch gestellt hatte, nicht an.

Lemberg eröffnete die Einvernahme mit einigen formalen Fragen, ehe sie dazu überging, Befana direkter zu befragen:

»Frau Befana, Sie wissen, was man Ihnen vorwirft?«

Keine Antwort.

»Sie stehen unter dringendem Mordverdacht. Wo waren Sie in der –«

»Hören Sie«, unterbrach Befana Lemberg. »Wir können das gerne abkürzen, denn ich bin zu Ihnen gekommen, um mich zu stellen. Es geht mir gut. Ich habe meinen Plan zu Ende gebracht. Alles ist genau so eingetreten, wie ich es erhofft hatte. Na ja, vielleicht nicht exakt genau so, aber mit demselben Ausgang. Sie können mich jetzt dem Staatsanwalt vorführen, dem Richter und den Geschworenen und was weiß ich, wie das alles abläuft. Mir egal. Sperren Sie mich ein.«

Lemberg saß nur da und musterte die Frau, die fast überschwänglich bereit war, alle Taten zu gestehen.

»Sie geben also zu, Oswald, die Barbiepuppe, das Monster und die Heuschrecke – also Oswald Neunburger, Silvia Stiefing, Titus Braunschweiger und Manfred Haberschreck – umgebracht zu haben?«

Befana nickte.

»Und«, fuhr Lemberg leise fort, »haben Sie auch Jonas und Armin Trost umgebracht?«

Ein Schatten fuhr über Esther Befanas Gesicht. »Ja, das habe ich«, sagte sie mit einer Stimme so leicht und zerbrechlich wie Spinnweben. »Aber das mit dem Polizisten und seinem Sohn tut mir leid. Die beiden waren ein – wie sagt man – Kollateralschaden.«

Lemberg sprang zitternd auf. Ihre Fäuste ballten sich so fest, dass ihre Fingerknöchel weiß wurden, und ihr Oberkörper lehnte weit über der Tischkante.

»Nur zu«, höhnte Esther Befana jetzt, wobei ihre Stimme immer noch kaum hörbar war. Sie blinzelte eine Träne weg. »Schlagen Sie mich. Das ist es doch, was Sie wollen. Aber glauben Sie mir, solche Schmerzen sind nichts für mich. Ich bin viel schlimmere Folterungen gewohnt. Mir wurde das Herz aus dem Leib gerissen.«

Sekundenlang starrten sich die beiden Frauen an. Irgendwie schaffte es Lemberg wieder, sich hinzusetzen, und ohne dass sie danach fragen musste, erzählte Befana, warum sie auf diesem grausamen Feldzug war und all diese Menschen gequält hatte.

»Es war im Sommer 1982, als das Ferienlager ›Wiesel‹ in Bellezza seine Zelte aufschlug. Ich weiß noch, dass damals die Fußballweltmeisterschaft in Spanien stattfand und alle völlig aus dem Häuschen waren und jeder Fernsehapparat in der Umgebung belagert wurde. Italien wurde Weltmeister, Paolo Rossi, Franco Baresi, Dino Zoff und wie sie alle hießen, waren unsere Helden. Alles war völlig durch den Wind und in Partystimmung. Auch im Camp waren viele völlig überdreht, und doch kam mein Junge, mein kleiner Maximilian, der damals acht Jahre alt war, völlig verwirrt und verstört nach Hause. Man hatte ihm am Lagerfeuer Schauergeschichten erzählt, über Tage hinweg hatten Ferienlagermitarbeiter und ältere Jugendliche ihm von mittelalterlichen Folterungen und Gräueltaten berichtet. Das sei normal, sagte man mir später, das gehöre zur Lagerfeuerromantik dazu. Ein bisschen Gruselstimmung habe noch keinem geschadet.«

Befana blickte zur Seite und blinzelte, rang um Fassung.

»Meinem Maxi schadete sie aber schon. Als mich eines Morgens kurz nach dem Ferienlager die Hausmeisterin aus der Wohnung läutete und mir betreten mitteilte, dass unser Bub in der Nacht aus dem Fenster seines Zimmers im vierten Stock gesprungen sei, konnte ich es nicht glauben. Ich rannte in sein Zimmer, riss die Tür auf, sah das offene Fenster und wusste, dass mein Leben zerstört war.«

Sie würgte, konnte die Tränen nicht mehr zurückhalten. Sie fluteten ihre Wangen. Erst nach einer Weile sprach sie weiter.

»Ich habe allerdings eine Zeichnung auf dem Tisch des Buben gefunden, eine Zeichnung, die Figuren zeigte, die aus Daumen bluteten und schreckliche Verrenkungen hatten, ein abgehackter Kopf lag da, jemand wurde gevierteilt, alles schreckliche Dinge. Und dazu der Satz: ›Ich hab solche Angst, Mama.‹ Können Sie sich das vorstellen? Können Sie sich vorstellen, wie es mir da ging?«

Lemberg reichte ihr ein Taschentuch.

»Ich habe diese Zeichnungen der Polizei nicht gezeigt, denn wahrscheinlich ist bereits damals in mir ein erster Entschluss gereift, wer weiß. Allerdings war das Martyrium noch lange nicht ausgestanden. Für meinen damaligen Mann Roberto, einen Italiener aus Ferrara, der seit Jahren in Graz lebte, war Maxi das Ein und Alles. Die beiden waren ein Herz und eine Seele, gingen jedes Wochenende Fußball spielen, spielten im Wald, und Maxi saß wohl mehr auf den Schultern meines Mannes, als er auf zwei Beinen ging. Und dann ... Sie fanden Roberto ein paar Monate später im Wald. Selbstmord. Ich wusste, warum. Er hatte sich solche Vorwürfe gemacht, nicht für seinen Buben da gewesen zu sein. Er hatte sich sogar Vorwürfe gemacht, schuld an seinem Tod zu sein.«

Lemberg rutschte auf dem Stuhl hin und her. Es war eine ihrer größten Schwächen, das wusste sie, aber wenn Geschichten zu bitter wurden, konnte sie kaum noch hinhören. Auch wenn das meist die Knackpunkte der Einvernahmen waren, das eigentliche Ziel solcher Verhöre. Sie fragte: »Wollen Sie eine Pause machen?«, und meinte eigentlich damit, dass sie selbst eine benötigte. Ausgerechnet jetzt.

Befana schüttelte den Kopf, griff jetzt aber erstmals zum Wasserglas und trank. Also riss sich auch Lemberg am Riemen und nahm den Faden wieder auf: »Aber das ist vierzig Jahre her. Warum jetzt dieser Ausbruch?«

Plötzlich veränderte sich Befanas Gesichtsausdruck wieder, und sie bekam einen harten, unnachgiebigen Ausdruck.

»Sagen wir es so, wie ich es Ihrem Kollegen schon geschildert habe, als er mir noch nicht richtig zugehört hat. Die Gedanken an diese Zeit folterten mich mein halbes Leben lang. In meinen Träumen tauchten diese schrecklichen Werkzeuge immer wieder auf, ich sah den zerschmetterten Körper meines Buben, ich sah den hängenden Körper meines Mannes. Und ich sah immer deutlicher die Menschen, die dafür die Verantwortung trugen und niemals zur Rechenschaft gezogen worden waren. Und dann kam diese Einladung an die Teilnehmer von einst. Und ausgerechnet wir haben auch so eine Einladung bekommen, weil wir in irgendeiner alten, dämlichen Kartei auftauchen mussten. Mein Name ist selten in Österreich, da haben sie mich wohl ausgeforscht, was weiß ich. Da reifte jedenfalls der Gedanke in mir, mich mit genau jenen Mitteln zu rächen, mit denen sie meine Liebsten aus dem Leben gezerrt hatten. Ich fand heraus, wer die Geschichtenerzähler von damals waren, ich suchte sie, schmiedete einen Plan und setzte ihn um. Nun sitze ich hier. Basta. Ich hatte meine Rache.«

»Wer waren diese Menschen, die Sie umgebracht haben?«

»Es war mir klar, dass Oswald Neunburger der Einladung nicht folgen würde. Der versoffene Kerl lungerte seit Jahren am Packer Stausee herum. Ossi war in seiner Jugend ein Jugendleiter des Freizeitcamps und machte sich einen Spaß daraus, die Kinder zu schockieren. Titus Braunschweiger, der damals schon ein grobschlächtiger, hässlicher Junge war, den alle nur ›das Monster‹ nannten, hing immer am Rockzipfel von Ossi und war ein willfähriger Kumpan, wenn es darum ging, den Kindern Angst zu machen. Er jagte Maxi einmal einen solchen Schrecken ein, dass der sich in die Hosen machte. Danach hatten er und der später so sehr im Rampenlicht stehende Lackaffe Manfred Haberschreck nichts anderes zu tun, als ihn deshalb vor allen anderen lächerlich zu machen.« Sie nahm noch einen Schluck vom Wasserglas. »Und Silvi, die Barbiepuppe, habe ich bei einem Spaziergang verfolgt. Ausgerechnet vor der Riegersburg habe ich sie erwischt, überwältigt und in die eiserne Jungfrau gezerrt. Alles so einfach. Nur Haberschreck fuhr nach Italien. Dem bin ich nach. Ich habe ihm den Kopf abgeschlagen. Basta.«

Lemberg wagte ihre Fragen kaum auszusprechen. »Sie haben sich also an vier Menschen gerächt. Aber wer ist Hannah, die graue Maus? Und wer ist der Richter? Von denen sprachen Sie doch auch. Was ist mit diesen Leuten?«

Als Lemberg die Namen erwähnte, verfiel Befana in düsteres Schweigen. Lemberg hörte ihren eigenen Sessel unter sich knirschen. Sie war mechanisch aufgestanden. Und verließ den Raum.

Fünf Minuten später kehrte sie zurück.

»So wie Sie aussehen, könnte man meinen, Sie seien die Mörderin und ich die Polizistin«, kicherte Befana aufgeräumt.

Lemberg ignorierte sie. »Kommen wir bitte noch einmal zu den Morden«, sagte sie. »Mir ist da einiges noch nicht klar. Wie haben Sie zum Beispiel diesen Ossi ermordet? Er wird ja kaum darauf gewartet haben, dass Sie ihm Daumenschrauben anlegen.«

Befana blinzelte. »Das war einfach. Er war eh nicht nüchtern. Ich hab ihm schöne Augen gemacht, ihn abgelenkt, dann kam der Rest.«

Lemberg blickte auf.

»Und der Typ im Kino war leicht zu überwältigen. Ich hab ihn gebeten, mir zu helfen, etwas unter den Sitzreihen zu suchen, dann hab ich ihm den Kopf eingeschlagen.«

»Und Barbiepuppe Silvia?«

»War schwach. Schwächer als die anderen beiden. Ein Kinderspiel.«

Befanas Stimme war mittlerweile kaum noch zu hören.

»Haberschreck?«

Befana lächelte versonnen. »Haberschreck, der alte Name für Heuschrecke. Ja, den hab ich auch getötet.«

»Wie genau?«

»Das war wie gesagt der Einzige, der der Einladung gefolgt ist und wirklich nach Italien gefahren ist. Dass dann Trost und sein Sohn auch in Italien schnüffelten, dafür kann ich nichts. Das war deren Schuld.«

Lemberg trommelte mit den Fingern auf den Tisch und kaute auf der Unterlippe.

»*Wie genau*, Esther?«

»Was weiß denn ich? Ist denn das so wichtig? Ich erinnere mich nicht an jedes Detail. Ich war wie im Rausch.«

»Sie glauben doch nicht wirklich, dass ich Ihnen das abnehme, oder? Sie haben keine meiner Fragen wirklich beantwortet.«

Befana machte ein unschuldiges Gesicht.

»Für wie dumm halten Sie mich eigentlich? Sie können diese Morde gar nicht allein durchgezogen haben. Nichts für ungut, aber wenn ich mir Ihre zierliche Gestalt anschaue, frage ich mich, wie Sie jemanden wie Braunschweiger aufgehängt haben sollen. Wie schleppten Sie all diese Leute durch die Gegend? Wie überwältigten Sie Jonas und Armin Trost, zerrten sie in ein Boot und warfen sie ins Meer? Sie binden mir einen Bären auf, Esther Befana. Sie sind vielleicht die Hexe, die alle suchen, aber nicht die Mörderin, für die man sie hält. Jedenfalls nicht Sie allein.«

Befana funkelte sie zornig an, und einen Moment lang wurde Lemberg unsicher. Die Augen der Hexe fixierten sie, durchleuchteten sie geradezu. Ihr schmales weißes Gesicht kam ihr plötzlich älter vor, durchzogen von feinen Fältchen, und als sie ihre Lippen öffnete, offenbarte sie spitze gelbe Zähne. Fast hätte Lemberg überhört, was Befana sagte, so sehr war sie plötzlich von dem Antlitz in Bann gezogen.

»Ich bin hierhergekommen, weil mein Auftrag erfüllt ist«, sagte die Hexe. »Ich habe meine Rache bekommen. Jetzt sperren Sie mich ein und lassen Sie mich in Frieden. Ich sage kein Wort mehr.«

»Sie lügen.«

»Nein.« Befana sprang auf und beugte sich weit über den Tisch. Ihr dunkles Haar klebte an der Stirn, und ihre schwarzen Augen stachen hervor wie Knöpfe auf weißem Leinen.

»*Ich* bin die Hexe, die ihr sucht. *Ich* habe die Teufel umgebracht. *Ich* allein.«

In diesem Moment vibrierte Lembergs Telefon in der Hosentasche. Sie stand auf, machte ein paar Schritte zur Seite. Lauschte. Und verließ den Raum, ohne Befana weitere Beachtung zu schenken.

Zu Tode gestreckt

1 Agente Rossi gähnte in die Sonne und atmete dreimal tief ein. Er hatte gelesen, dass das gegen den Stress helfen sollte. Seither machte er das mehrmals am Tag.

Er hatte soeben erfahren, dass die Hexe sich in Graz gestellt hatte, und auch wenn er nicht verstand, was das mit ihm zu tun hatte, ja der ganze Fall in vielen Phasen seine Vorstellungskraft überstieg, war er fest davon überzeugt, dass die Ereignisse der vergangenen Nacht zu den bedeutendsten gehören würden, die er jemals erlebt haben würde.

Die »Freundin des Meeres« schrie immerfort, und er selbst rief auch immerzu die Namen der Österreicher ins Dunkel der Nacht. Er konnte sich zwar nicht vorstellen, was das bringen sollte, aber er tat es schon allein deshalb, um nicht als kleingeistig dazustehen. Er wollte dieser schönen fremden Frau zeigen, dass auch er Zuversicht und Mut ausstrahlen konnte. Und dann nahm er plötzlich eine Bewegung wahr.

Die »Freundin« fuhr herum, leuchtete in die Richtung, in die er zeigte, und in diesem Augenblick geschahen mehrere Dinge gleichzeitig: Während er den Motor drosselte, verschwand plötzlich eine der beiden Gestalten, die er im Wasser gesehen hatte, und die »Freundin« sprang von Bord.

Es war wahrscheinlich nicht einmal eine Minute, in der er versuchte, sich mit dem Boot behutsam zu nähern, doch es kam ihm wie eine Ewigkeit vor.

Er hatte die Stabtaschenlampe, die die junge Frau fallen lassen hatte, an sich genommen und leuchtete ins Meer. Die eine Gestalt lag am Rücken, doch auch sie war soeben im Begriff zu sinken.

»Hey!«, schrie Rossi, doch es war offensichtlich, dass der Mann ihn nicht hörte.

Indes verschwand auch das Licht der Stirnlampe, die die Frau getragen hatte, im Wasser, wahrscheinlich weil es kaputtgegangen war. Sekundenlang überlegte er, was er tun sollte. Er war ein guter Schwimmer, aber er war voll angezogen, und würde er ins Wasser springen, würde er sich selbst nicht lange an der Oberfläche halten können. Er könnte der »Freundin« außerdem auf den Kopf springen. Oder er könnte daran scheitern, wieder zurück ins Boot zu klettern. Ihm fielen die Filme ein, in denen eine Gruppe Jugendlicher von der Yacht sprang und vergessen hatte, eine Leiter herunterzulassen. Dann kamen die Haie.

Rossi leuchtete ins Wasser. Was, wenn es hier auch Haie gab?

In diesem Moment tauchte die Schönheit mit einem wilden Prusten wieder hoch und hatte einen Mann im Schlepptau. Sie langte im Nachfassen auch nach dem im Sinken begriffenen zweiten Kerl und kam Rossi in diesem Moment wie eine Heldin vor.

»Helfen Sie mir doch«, schnaufte die »Freundin« und weckte den Polizisten damit endlich aus seiner ehrfürchtigen Lethargie.

Er zerrte am Leib des bärtigen Mannes und musste alle Kraft aufbieten, um ihn über den Rand des Bootes zu ziehen. Für den zweiten Mann hatte er dann kaum noch Energie, schaffte es aber mit Hilfe der Frau.

Völlig atemlos lagen sie schließlich im Boot, die »Freundin« begann mit den Reanimationsmaßnahmen bei dem älteren Kerl, und Rossi untersuchte den jüngeren. Es handelte sich tatsächlich um die Österreicher, Armin und seinen Sohn Jonas Trost. Blau angelaufen. Aufgedunsen. Weiße Lippen. Wie es aussah, waren sie für beide zu spät gekommen.

2 Und offenbar hatte Agente Rossi einmal mehr seine voreiligen Schlüsse gezogen und die Erlebnisse falsch bewertet.

Bis sie wieder an Land waren, hatte zumindest Armin Trost das Bewusstsein wiedererlangt. Es war Rossi immer noch ein Rätsel, woher die »Freundin des Meeres«, mittlerweile wusste er, dass sie Franziska hieß, da Trost ihren Namen mehrmals geflüstert hatte, die Kraft genommen hatte, den Mann aus den

Tiefen des Meeres zu ziehen. Trost hatte gestammelt, dass er ein Licht gesehen habe. Er habe zuerst gedacht, dass es das Licht aus dem Jenseits sei, doch ein letzter Funke Hoffnung in ihm habe auf ihn eingeredet, das sei eine Taschenlampe.

Er war gerettet. Er war zwar minutenlang kaum ansprechbar gewesen und erst wieder vollends zu sich gekommen, unmittelbar bevor sie den Strand erreicht hatten, in all dieser Zeit, berichtete Trost später, habe ihm die Hoffnung auf dieses Licht jedoch geraten, nicht aufzugeben.

Nun kauerte dieser mürrische Kollege im Sand und starrte auf seinen Sohn, der immer noch von Rettungskräften, die von den beiden Kollegen der Polizia Municipale alarmiert worden waren, umsorgt wurde. Jonas hatte eine Kopfverletzung erlitten und war den ernsten Gesichtern der Sanitäter zufolge nicht über den Berg.

Umso bemerkenswerter fand Rossi es, dass Trost sich mit einem Nasenreiben von den alptraumhaften Bildern seines offenbar mit dem Tod ringenden Sohnes loslöste und an den Fall dachte. »Mein lieber Agente Rossi«, sagte er mit erschöpfter Stimme. »Holen Sie sofort Gattuso her und sagen Sie ihm, Sie treffen sich mit ihm beim Brachland, er soll sofort zum *Brachland*. Das soll er noch einmal absuchen. Genau absuchen. Er wird wissen, was gemeint ist.«

Dann verschwand Trost im Krankenwagen und begleitete seinen Sohn.

Bevor Rossi Gattuso anrief, schickte er dem fremden Commissario aus Graz ein Stoßgebet hinterher. Er wünschte ihm, dass er seinen Sohn jetzt nicht verlor. Nicht jetzt und nicht hier, im Ort der Schönheit und Leichtigkeit des Lebens, in Bellezza.

3 Andrea Gattuso war erst vor zwei Tagen hier gewesen. Er trat den Zaun mit dem Fuß zur Gänze nieder und vergewisserte sich, dass auch der Rest der Mannschaft ihm folgte. Gut zwei Dutzend Polizisten schwärmten auf dem Brachland zwischen

den Baracken aus und schlugen sich mit extra angeforderten Macheten den Weg durchs Dickicht frei.

»Sucht in jedem verdammten Winkel«, brüllte Gattuso.

Das Morgenlicht fiel schräg durchs dichte Blattwerk, und die Mücken quälten die Polizisten, denen der Schweiß die Hemden an der Haut kleben ließ.

Es stank nach Fäkalien, und Gattuso wollte sich gar nicht ausmalen, was an einem solchen Flecken abseits des Strandes und der großen Hotels noch so alles entsorgt wurde.

Er konnte sich allerdings gut vorstellen, dass hier früher einmal ein Ferienlager gewesen war. Am Ufer des Rubikon hatten die Kinder genug Möglichkeiten, zu spielen, das Meer war zu Fuß zu erreichen, das Verkehrsaufkommen war hier sogar heute noch gering, die Kinder waren behütet, konnten Lärm machen und störten niemanden. Der Ort wäre immer noch bestens dafür geeignet.

Sie hackten sich abseits der Baracken durchs Dickicht, auch wenn Gattuso nicht viel mehr Sinn in diesem Einsatz sah, als den Ort zu roden. Zwei Dutzend Beamte, die anderswo gebraucht wurden, für so eine Sache abzustellen, war gewagt. Er würde sich erklären und rechtfertigen müssen und ärgerte sich schon jetzt über den Papierkram und die elend langen Entschuldigungsmails.

Er hasste es, falschzuliegen. Das passte nicht zu ihm und seiner Erfolgsquote, die vor allem darauf basierte, dass er stets nüchtern und faktenbasiert handelte.

Er ließ sich nicht von Emotionen leiten, das hatte in diesem Job keinen Sinn. Darin hatte er sich immer wesentlich von seinem österreichischen Kollegen Armin Trost unterschieden.

»Ich hätt euch schon im Camp aufspießen sollen …« Das wollte Trost gehört haben, als er verzweifelt um sein Leben gekämpft hatte. Aber ob damit dieser Ort hier gemeint war oder ob sich Trost nicht überhaupt nur alles eingebildet hatte, konnte niemand sagen.

Gattuso stemmte verzweifelt die Arme in die Hüften. Der Gedanke an Trost bedrückte ihn, und prompt ärgerte es ihn noch mehr, hier an diesem *Lost Place* im Urlaubsparadies nichts herauszufinden.

»Verdammt, Leute, lasst nichts aus, schaut euch alles …«

Gattuso hatte sich soeben eine weitere Schrittlänge freigeschlagen, als er erstaunt und erschüttert zugleich innehielt. Er konnte nicht glauben, was er sah.

Das Bild war ohne Vorwarnung auf ihn gestürzt. Gattuso hatte im Laufe seiner langen Berufskarriere schon viele Grausamkeiten zu Gesicht bekommen, doch eine solche Entsetzlichkeit kannte er bisher nur aus alten Stichen in Büchern über die graue Vorzeit.

Da hing eine Frau in den Bäumen, die Gliedmaßen in einem großen X von sich gestreckt, der Kopf zwischen ihren Schultern hängend, das Haar triefnass, die Kleidung in Fetzen vom Körper schlackernd. Ein Speichel- und Blutfaden zappelte aus ihrem Gesicht, Schmutz klebte zwischen ihren Schenkeln. Es stank nach Exkrementen, und gepaart mit dem schaurigen Anblick musste selbst Gattuso an sich halten, um nicht zu würgen.

»Agente Rossi«, hauchte er leise, »sorgen Sie dafür, dass der Tatort gesichert wird. Holen Sie die Tatortspezialisten, machen Sie Fotos und dann sehen Sie zu, dass die Leiche so schnell wie möglich von da oben heruntergeholt wird. Die Frau hat wenigstens im Tod einen letzten Rest Würde verdient.«

4 Es hob Gattusos Laune nicht unbedingt, dass es eine halbe Ewigkeit dauerte, bis die Kollegen aus Rimini vor Ort waren. Es gab Unstimmigkeiten wegen der Zuständigkeit, da Gattuso in der Provinz Rimini ja eigentlich nichts verloren hatte, letztlich wurden die Misstöne aber über die Quästur und die Ministerien geregelt. Alles eine Frage der Zeit. Und der Rangordnung.

In der Zwischenzeit hatte Gattuso eine Flasche Wasser ausgetrunken und ein altes Pizzastück vom Vortag, das er sich zu Hause eingepackt hatte, verschlungen. Die Kollegen musterten ihn unsicher, weil er sich nicht scheute, Stück für Stück der

Pizza in beträchtlicher Nähe zur Leiche zu verzehren. Natürlich war das alles schrecklich, eine Hinrichtung, die ihresgleichen suchte, und er würde auch in den Chroniken nachschauen, ob es Ähnliches jemals gegeben hatte, aber das hinderte seinen Magen nicht daran, vor Hunger zu grummeln, und dagegen musste er etwas tun.

Während er kaute, betrachtete er das Gesicht der Toten, deren Kopf zwischen den Schultern hing. Die Haut war sonnenverbrannt, die Lippen rissig und weiß.

Die Art dieser Streckungsstrafe erinnerte ihn zunächst nicht unbedingt an grausame Strafen im Mittelalter oder in der Frühen Neuzeit, er dachte dabei eher an die gravierenden Methoden der Mafia, ganz egal, welcher, der sardischen, der neapolitanischen, der sizilianischen oder der apulischen – sie waren allesamt grausam, wenn es darauf ankam, Exempel zu statuieren.

Stutzig machten Gattuso die Hände der armen Frau, denn ihre Daumen waren ganz schwarz, aufgeplatzt und gequetscht. Das ließ auf denselben Täter wie bei der geköpften Leiche schließen. Sehr martialische Methoden, sehr umständlich und voller Symbolik, wie er fand.

Wer tut so etwas? Wer tut sich so etwas an? Wenn ich jemanden umbringen will, bringe ich ihn um und quetsche ihm nicht zuvor noch die Daumen.

Er hatte gehört, dass auch Trost so zugerichtet worden war. Dass sein Kollege noch lebte, grenzte an ein Wunder. Er würde Agente Rossi dafür belohnen müssen. Wahrscheinlich würde ihm ein höherer Dienstgrad verliehen oder ein Verdienstabzeichen.

Wie es um Trosts Sohn stand, hatte ihm aber noch niemand sagen können. Gattuso hoffte inständig, dass er nicht auf italienischem Boden verstarb. Nicht in seinem Land.

Der Commissario aus Ravenna näherte sich dem Gesicht der Leiche. Ein Krümel seiner Pizza klebte in seinem Mundwinkel. Die Tote hatte nichts Anmutiges mehr. Dennoch glaubte er unter all dem Blut und den Innereien, die sie ausgekotzt haben musste, und hinter all den Schrammen und blauen Flecken eine durchaus attraktive Mittfünfzigerin vor sich zu haben. Blond, kantiges Gesicht, offenbar jemand, der zeitlebens sportlich war oder zumindest sehr figurbewusst lebte.

Etwas irritierte Gattuso an den Augen. Er wollte sich soeben das letzte Pizzastück in den Mund schieben, als er innehielt und noch ein Stück näher kam, sodass keine Handlänge mehr zwischen ihn und die Leiche passte.

Das eine Auge der Frau war zugeschwollen, aber das andere, das, das offen stand, erschien ihm sonderbar. Es glitzerte wie die Abendsonne am Meeresspiegel. Eine Träne bildete sich und verfing sich in den Wimpern. Das war seltsam. Und plötzlich drehte sich die Pupille in seine Richtung.

Gattuso ließ das Pizzastück fallen und stolperte zwei, drei Schritte rückwärts.

»Um Gottes willen«, stammelte er. Er versuchte, Luft zu holen, und hatte selbst dabei das Gefühl, zu viel Zeit zu verlieren. Sein Brustkorb bebte, und die Stimmbänder zogen sich zusammen und ließen ihn kaum hörbar rufen: »Sie lebt. Habt ihr nicht gehört? Die Frau lebt! Holt sie da runter! Sofort …«

Minuten später, als sich ein Pulk von Rettungsleuten um die Frau gebildet hatte, sprach Gattuso ein halbes Dutzend Stoßgebete. »Bitte mach, dass sie das überlebt. Bitte mach, dass sie sich daran erinnert, wer ihr das angetan hat. Bitte mach …«

5 »Überlebe …«, nichts anderes wünschte sich Armin Trost, nachdem er nun schon Hunderte Male den Gang auf und ab gegangen war, der in eine Doppeltür mündete, hinter der sich die Operationsräume von Bolognas Poliklinik der heiligen Ursula, vom Policlinico di Sant'Orsola, befanden.

Als plötzlich eine ernst dreinblickende Gestalt die Tür öffnete und mit unsicheren Schritten auf ihn zukam, wurde ihm schwindelig. Der Mann im weißen Operationskittel drückte ihm die Schulter und sah ihn mitfühlend an.

Die Neonlampen an der Decke drehten sich im Kreis. Der

Linoleumboden teilte sich und fügte sich wieder zusammen. Er hätte Charlotte anrufen müssen. Schon vor Stunden.

Die Gestalt sagte etwas zu ihm, das er nicht verstand. Er ging in die Knie und weinte.

6 Trosts Gesicht war zu Stein erstarrt. Er blinzelte nicht, zuckte nicht mit den Lippen, nicht einmal sein Atem war auszumachen.

Er saß auf einem Sessel und blickte auf ein Gewirr von Kabeln und Schläuchen, die sich allesamt unweigerlich um ein einziges Ziel wanden. Seinen Sohn.

Jonas lag inmitten des Wirrwarrs unter einer Decke, die ihm bis zum Brustkorb gezogen worden war. Seine Lippen waren weiß, doch im Gegensatz zu Trost bewegten sich die Lider. Wahrscheinlich träumte er im Wattebad der Medikamente einen irren Traum.

Trost ließ ihn nicht aus den Augen. Beide Hände eingegipst, saß er immer noch steif im Sessel, als sich die Tür zum Krankenzimmer öffnete.

Wieder legte sich eine Hand auf seine Schulter, doch er bewegte sich immer noch nicht. Er hatte in der Tat sogar das Gefühl, nicht einmal atmen zu dürfen, so als befände er sich immer noch unter Wasser und müsste befürchten, dass sich seine Lunge mit Wasser füllte, wenn er es täte.

»Herr Trost, es ist vorbei«, sagte eine Stimme.

Jetzt schluckte Trost gefühlt das erste Mal seit Stunden.

Es war derselbe Arzt, der zuvor auf dem Gang auf ihn eingeredet hatte. Der Mann riss die Augen auf und fügte schnell hinzu. »Ich meine, der Todeskampf ist vorbei. Finito.«

Trost wandte ihm das Gesicht zu.

»Haben Sie gehört, was ich gesagt habe, Herr Trost? Verstehen Sie, was ich sage? Der Todeskampf ist vorbei. Ihr Sohn wird *überleben …*«

Der Arzt berichtete ihm, was für einen tapferen Sohn er doch habe. Er würde wieder »ganz der Alte« werden. Er müsse sich keine Sorgen mehr machen. Anfangs sei es ungewiss gewesen. »Manchmal hat man die Ursache, das Puzzle fast gelöst, doch dann verrutscht plötzlich ein altes Puzzlestück, und man erkennt, dass es gar nicht dorthin passt, wo man es zuvor eingefügt hatte. Es passt besser anderswo, und schon ist das Rätsel gelöst. Wie bei einem Buch, das man erst versteht, wenn man die letzte Seite gelesen hat.«

Trost verzog das Gesicht.

»Was ist? Haben Sie Schmerzen? Brauchen Sie stärkere Medikamente? Kommen Sie, Sie müssen sich auch hinlegen.«

»Was haben Sie gesagt?«

»Dass Sie sich hinlegen müssen.«

Der Ermittler schnalzte genervt mit der Zunge. »Nein, davor.«

»Das mit dem Puzzle? Oh, das tut mir leid. Wenn ich Deutsch spreche, werde ich immer kompliziert. Ich suche nach Worten. Ich habe gemeint, dass man manchmal erkennt, dass man ein altes Teil anderswo besser einsetzen kann. Und dass damit alles gelöst ist. Meinten Sie das?«

Trost starrte den Arzt an. Sah in Wahrheit aber durch ihn hindurch. Vor seinem inneren Auge tauchten die Abläufe der vergangenen Tage und Wochen auf. Die Figuren. Die toten und die lebenden. Die zurückgebliebenen. Er musste an die seltsame Frau am Strand denken. Die Frau, die sich als Hobbydetektivin fühlte. Die Frau mit dem Buch in der Strandtasche.

Trost hauchte: »Meine Tasche.«

»Wie bitte?«

»Greifen Sie in meine Hosentasche und geben Sie mir das verdammte Handy. Schnell.«

Trost versuchte, mit dem Gips eine Nummer zu wählen, doch als es nicht gelang, nahm ihm der Arzt das Handy aus der Hand und tippte für ihn. Er schaltete auf Lautsprecher. Ein Summton erklang. Ein Knacken.

Dann die Stimme von General Norbert Pankraz. »Von eins bis zehn. Wie dringend ist es?«

Galgenwald

1 Die Steinsäulen schimmerten durch den Wald wie unheilvolle, bleiche Riesen. Von hier aus hatten die Hingerichteten früher einen wunderbaren letzten Blick über den Schinaglgraben hinweg zur den Heiligen Peter und Paul gewidmeten Birkfelder Pfarrkirche. Sie konnten noch einmal ein Gebet murmeln, ehe ihnen durch den plötzlichen Druck des eigenen Körpergewichts das Genick gebrochen wurde. Dann hingen sie an dieser Vorrichtung, auf der einst Balken und Latten angebracht gewesen waren, so lange, bis die Vögel nicht mehr übrig ließen als abgenagte Knochen.

Einzelne Körperteile waren ihnen von den Kräuterweibern und abergläubischen Bauern zuvor schon abgeschnitten worden. Manche beizten das Menschenfleisch mit Myrrhe und räucherten es. Man sagte, der Genuss lindere das Leiden der Fallsüchtigen. Das Fett vom Fleisch der Hingerichteten wurde gegen alle möglichen Krankheiten verwendet, auch der berühmte Arzt Paracelsus setzte es Anfang des 16. Jahrhunderts häufig ein. Finger, Zehen oder sogar das Gemächt wurden in Bierfässer gehängt, um das Gebräu bekömmlicher zu machen. Die Leute tranken das Blut von Geköpften oder hängten sich die abgeschnittenen Körperteile als Talismane um.

Da Hingerichtete im Besitz der Henker waren, machten diese damit ein gutes Geschäft, weshalb die Toten selten lange vollständig hängen blieben.

Verscharrt wurden ihre Überreste schließlich direkt unter der Hinrichtungsstätte, weil ihnen ein Platz auf dem Friedhof verwehrt wurde.

Zur Erinnerung an diese barbarischen Zeiten standen die drei Steinsäulen von Birkfeld Hunderte Jahre später immer noch. Lange Zeit waren sie allerdings hinter Gebüsch und haushohen Sträuchern versteckt gewesen. Vor einigen Jahren wurde dann der Wald rundherum gerodet und der grausige Todesort zum

Ausflugsziel mit Hinweistafel und Bankerl gestaltet, auf dem sich Liebespaare zum Tête-à-Tête trafen.

J.F.F. Baumschlag konnte sich keinen schöneren Ort vorstellen als seinen Garten, der nicht nur direkten Blick auf diese Hinrichtungsstätte gewährte, sondern auch über ein winziges Gartentürchen verfügte, damit er dorthin spazieren konnte, wenn er Probleme mit der Inspiration hatte.

In letzter Zeit mangelte es ihm aber nicht an Ideen, im Gegenteil, das Schreiben der nächsten Seiten würde ihm leichter von der Hand gehen als je zuvor, davon war er überzeugt.

Sein massiger Körper schob sich durch die Haustür, und noch in Schuhen setzte er sich eine unbestimmte Melodie pfeifend an den Schreibtisch im Wohnzimmer und schaltete den Computer ein.

Um die Tastatur herum lagen haufenweise zerknüllte Taschentücher, abgegriffene Bücher und Zeitschriften und überall verteilt Stifte und Kugelschreiber.

Er wischte sich den Schweiß von der Stirn und nutzte die Zeit, während der Computer hochfuhr, um seine Tasche auszuräumen. Er war unterwegs einkaufen gewesen, eine Eineinhalb-Liter-Flasche Cola, zwei Dosen eines Energydrinks, drei Packungen Gummibären, eine Dreihundert-Gramm-Tafel Schokolade, zwei Vanillekrapfen und eine Fertigpizza, die er sich als Erstes vornehmen würde. Ein perfektes Abendmahl, das ihm die Müdigkeit austreiben und einen wunderbaren Ausklang seines Abenteuers ermöglichen würde.

Grunzend wuchtete er sich in seinen mächtigen Computersessel. Als der Bildschirm während des Hochfahrens kurz wieder dunkel wurde, ließ Baumschlag das Spiegelbild herumwirbeln. Da war ein Schatten vor dem raumhohen Terrassenfenster in seinem Rücken vorübergehuscht.

Ächzend richtete er sich auf, schnappte nach dem erstbesten Büroartikel, den er zu seiner Verteidigung in Griffweite hatte, und öffnete die Terrassentür.

»Wer ist da?«, rief er und spürte, wie der eigene Herzschlag seinen Kopf pochen ließ.

Wieder wischte er sich mit dem Handrücken den Schweiß von der Stirn. Er wartete eine Minute. Lauschte. Da war nichts. Kopfschüttelnd drehte er sich um und ging zurück an den Computer, nicht aber ohne sich zuvor zu vergewissern, dass sämtliche Türen im Haus verschlossen waren.

Er hatte das manchmal, dass er sich Dinge einbildete. Was ihn aber nicht weiter verwunderte. Bei den Geschichten, die er schrieb, konnte es schon vorkommen, dass er an manchen Tagen schreckhafter als sonst war.

Eine halbe Stunde später war Baumschlag nicht nur satt, sondern auch zufrieden mit sich. Die Szene, die er unbedingt aus seinem Gehirn schreiben hatte müssen, hatte ihm den Rest gegeben. Völlig erschöpft wankte er durchs Haus. Der Tag neigte sich dem Abend zu, und weil nirgendwo Licht brannte, warfen die Möbel groteske Schatten. Als er den Computer ausschaltete, hatte er ein Déjà-vu. Die Gestalt hinter der Terrassentür stand wieder da. Ein eiskalter Schauer jagte über seinen Rücken. Schlagartig war er wieder munter. Er neigte den Kopf. Grinste.

»Ach, du bist es«, rief er und stand auf.

Doch als er die große Glasschiebetür zur Terrasse erreichte und hinaus in die Abendluft trat, war die Gestalt abermals verschwunden. Es duftete nach Kräutern, die Sträucher waren dicht und hoch und machten aus dem Garten eine von außen uneinsehbare, idyllische Wohlfühloase, und das Blätterdach der umstehenden Bäume spendete laubenhaften Schatten.

Dass sein Besucher auch hier nicht anzutreffen war, verwunderte ihn nicht weiter. »Weißt du«, rief er in eine unbestimmte Richtung und griff dabei wieder nach dem erstbesten Gegenstand, diesmal einem Spaten, der an der Hausmauer lehnte, »ich habe ehrlich gesagt damit gerechnet, dass du irgendwann auftauchen würdest.«

Er machte ein paar Schritte ins Halbdunkel und leckte sich den Schweiß von der Oberlippe. Dann hielt er inne und fasste einen Entschluss. »Wir machen es so: Ich setze mich jetzt vor den Fernseher. Du kommst nach. Und wir reden. Ich erkläre dir alles. In Ordnung? Danach kannst du immer noch entscheiden, ob du mich töten willst.«

Er wuchtete sich in die breite Ledercouch und schaltete den Fernsehapparat ein. Das Programm interessierte ihn aber nicht, stattdessen aktivierte er einen Streamingdienst und setzte eine Fantasyserie fort, von der ihm nur noch wenige Folgen bis zum Staffelende fehlten. Kreaturen droschen aufeinander ein, Zauberer brüllten Flüche und lösten Infernos aus, das war genau sein Metier. Die Schokolade in seiner Hand wurde warm und flüssig von seinem Schweiß, und er leckte sich Finger um Finger ab, ehe er die nächste Rippe abbrach und warm werden ließ.

Er hörte, wie sich der Besucher in seinem Rücken näherte, und rief ihm, ohne sich umzudrehen, zu, er solle sich setzen. Als er in seinem Augenwinkel eine Bewegung wahrnahm, vollführte er mit seinem Spaten eine überraschend schnelle und gleichsam ästhetische Bewegung, fast so als würde er mit einem Golfschläger ausholen. Ein seltsam hohler Ton erklang, ein Poltern folgte, und vor seinen Beinen landete der Körper einer zierlichen Frau.

J.F.F. Baumschlag stellte den Spaten wieder zur Seite, griff neuerlich nach einer Schokoladenrippe und legte die Beine auf den leblos daliegenden Körper, als wäre er ein Couchtisch.

»Ich habe dich erwartet, Magda«, sagte er, als auf dem Bildschirm soeben ein gerüsteter Krieger zu Pferd seinem Gegner den Kopf abschlug. »Du musst dich aber ein wenig gedulden. Das muss ich mir zuerst fertig ansehen.«

2 Manchmal, dachte er, ist die kleine Dürre, wie er sie bei sich nannte, ein wenig zu sensibel. Es ekelte sie vor seinen Lieblingsfilmen, und seine Bücher mochte sie auch nicht. Seit sie wach war, würgte und brüllte sie. Ihr Kopf musste furchtbar brummen, und sie musste schreckliche Angst haben, war sie doch an Händen und Füßen gefesselt, durch einen Knebel wurde ihr das Atmen erschwert, und trotzdem machte sie so ein Theater.

»Komm her«, rief er ihr dennoch zu. »Setz dich zu mir und lass dich streicheln.«

Das war das Schönste am Daheimsein. Er konnte tun und lassen, was er wollte. Er hatte sich das Leben so eingerichtet, wie er es haben wollte.

»Komm schon. Alles ist vorbei. Wir können miteinander spielen«, gurrte er und leckte sich wieder die Finger ab. Mit dem Handrücken fuhr er sich danach übers Doppelkinn, weil er dort auch immer zum Schwitzen neigte.

Er zog sie zu sich heran und genoss es, dass sie die Augen weit aufriss und am ganzen Leib zitterte. Eigentlich war sie ihm zu alt. Zu ausgemergelt. Zu wenig zurechtgemacht. Und sie stank nach Schweiß. Aber die Gelegenheit war zu einzigartig. Esther war nicht zu Hause und würde auch eine Weile nicht kommen. Er konnte sie sich nicht entgehen lassen.

»Stell dir vor«, sagte er, während er an den Kuppen seiner kurzen, fleischigen Finger lutschte. »Wir sind jetzt *allein*.«

Um seine Lippen hatte sich ein leichter Schokoladenrand gebildet. Die Dreihundert-Gramm-Packung war leer. »Meine Frau ist nicht da.«

Mit einem Ruck setzte er sich sein Opfer auf den Schoß. Magda begann zu wimmern. Am Hals und an den Schläfen traten die Adern hervor. Sie schwitzte.

»Sch, sch«, machte Baumschlag und strich ihr eine Haarsträhne aus dem Gesicht. »Weißt du, ich liebe meine Frau. Ich liebe sie abgöttisch. Sonst hätte ich das alles ja nie für sie getan. Aber ich gehe nicht für sie ins Gefängnis. Schon gar nicht wegen so einer Dürren wie dir. Ich hab gleich gewusst, dass es ein Fehler war, allzu lange um euer Haus herumzuschleichen. Aber weißt du, ich hab das gut vorbereiten müssen. Als diese Einladung für das Feriencamp kam, hat Esther einen Rückfall erlitten. Sie fiel wieder in ihre Lethargie, in ihre furchtbare Trauer, sie weinte immerfort und fing wieder an, Medikamente zu nehmen. Ich hab sie da schon einmal rausgezogen, hab ihr schon einmal das Leben gerettet, aber noch einmal hätte ich das nicht geschafft. Also fasste ich einen Entschluss. Ich musste dem ein Ende setzen. Ich habe alles vorbereitet. Die Villa eignete sich hervorragend dafür. Im aufgelassenen Keller war eine kleine Folterkammer schnell eingerichtet. Und als du auf dieses Ausflugsboot gestiegen bist, hatte ich genügend Zeit, um die Heuschrecke umzubringen. Aber du musst mich irgendwann im Laufe dieser Tage gesehen haben. Ich bin auch kein Unbekannter. Und dann musst du irgendwie die Verbindung zu Esther Befana hergestellt haben. Zu der Hexe, die überall gesucht wird. Ein schlaues Ding bist du. Ganz offensichtlich sehr schlau.«

Er kicherte. Seine Finger strichen um ihren Hals. Glitten auf ihre Schultern.

»Ich massier dich. Dann bring ich dich um. Und ich beseitige alle Spuren von dir. Niemand wird dich finden. Als hätt's dich nie gegeben. Also jetzt, wo du all das weißt, kannst du dich ja entspannen.«

Jetzt bohrten sich seine Finger grob in ihr Fleisch, und die abgekauten Fingernägel verschwanden darin. Die Frau schrie auf.

Baumschlag kicherte wieder. »Komm schon. Zier dich nicht so.«

Da wuchtete er seinen Körper plötzlich mitsamt der Last auf den Armen aus der Couch und strahlte sie an. »Ich habe eine Idee. Du stirbst sowieso. Da ist es doch ein Geschenk von mir, wenn du vorher noch einmal all die Lust verspüren darfst, die ein Körper imstande ist zu verspüren. Lass uns raufgehen ins Schlafzimmer.«

Und während sie sich vergeblich in seinen dicken Armen wand und er abwechselnd keuchte und kicherte, schritt Baumschlag mit seinem Opfer die Treppen nach oben.

Das Schlafzimmer war ein heller Raum, der auf der einen Seite durch das Treppenhaus zu erreichen war, auf der anderen Seite aber in den Garten am Fuße des Galgenwalds mündete. Auch von hier aus waren die schimmernden Steinsäulen zu sehen. Und als Baumschlag jetzt schon laut um Atem ringend auf dem Treppenabsatz stolperte, erkannte sie ihre letzte Chance. Verzweifelt verkeilte sie ihre Füße am Türrahmen, machte eine ruckartige Bewegung und zwang Baumschlag, einen halben Schritt zurück zu machen. Das genügte. Der Koloss rutschte aus. Ließ sie fallen. Und noch bevor sie selbst den Boden erreichte, ruderte Baumschlag wild um sich und verlor das Gleichgewicht. Er verschwand aus ihrem Blickfeld. Und fiel polternd die Stufen hinab.

Magda robbte zum Türstock und presste ihr Gesicht so sehr dagegen, dass sie sich vom Knebel befreien konnte. Sie blies sich das Haar aus dem Gesicht.

Sie robbte zum Treppenabsatz. Rüstete sich dafür, unten einen entsetzlich verdrehten, verkrümmten Leichnam zu entdecken. Dem Fettsack mussten die Knochen aus allen möglichen Körperstellen ragen. Unendlich viel Blut. Gestank. Aber egal. Er war tot. Nur das zählte jetzt.

Sie robbte weiter.

Bekam die Treppe zu sehen.

Und traute ihren Augen nicht.

Statt tot zu sein, kletterte der Kerl jetzt auf allen vieren auf sie zu. Seine Hände mit den abgekauten Fingernägeln patschten immer näher heran und zogen seinen massigen Körper hinter sich her wie einen aufgeblasenen Medizinball.

»Freu dich, du Sau«, hörte sie Baumschlag schnaufen. »Es ist bald vorbei.«

Die Rückkehr der lebenden Toten

1 Lautlos hielten die Fahrzeuge vor der Einfahrt und ließen sich von den Kobolden begutachten. Schatten sprangen aus den Autos, bildeten zwei Reihen zu je vier Männern und eilten geduckt dem Haus entgegen. Die Sagenfiguren funkelten sie an, töteten sie mit Blicken, fauchten und spien, doch die »Cobra« scherte sich nicht um sie.

Die Männer der Spezialeinheit liefen lautlos und schnell. Sie hielten ihre Gewehre im Anschlag, flüsterten sich Befehle zu und gaben einander Zeichen mit den Händen. Ihre grauen Kampfanzüge waren an den Ärmeln hochgekrempelt, und man sah Tätowierungen, die spartanische Helme zeigten oder gekreuzte Schwerter über Totenköpfen. Die von Kratzern und Schnittwunden übersäten Ausbuchtungen an Oberschenkeln und Oberarmen ließen erahnen, dass diese Männer ihre Körper nicht nur in unzähligen Fitnessstudio-Einheiten gestählt hatten. Unter ihren Helmen trugen sie Sturmhauben, ihren Bewegungen haftete etwas Raubtierhaftes an.

Sie näherten sich dem Haus, spähten durch die Fenster, die erste Gruppe drang lautlos vor, hatte schon den Treppenaufgang erreicht, als sie von oben ein Wimmern vernahm.

Ein gezischtes »Zugriff« war zu vernehmen, ein gepresst und hektisch ausgesprochenes Wort. Und wieder: »Zugriff.«

Doch der Wiederholung hätte es nicht bedurft. Die vier Männer, die dem Treppenaufgang am nächsten waren, sprinteten los, die Gewehre im Anschlag, jederzeit bereit zu schießen. Sie stürmten das Zimmer, zielten in einer einstudierten Choreografie in alle möglichen Ecken und ließen erst ihre Waffen sinken, als eine weitere Gruppe den Raum betrat. Leute in Zivil, die ihre Waffen aus den Brustholstern gezogen hatten.

Die Einsatzgruppe teilte sich. Ein Mann betrat das Zimmer. In einer Mischung aus Grimm und Konzentration betrachtete er jedes Detail.

Er blieb vor dem Bett, das den Raum ausfüllte, stehen.

Er blickte auf das Bild eines Mannes, in dessen Oberschenkel ein Messer steckte. Vor dem Bettgestell befand sich eine Videokamera, und die zeigte den nackten Bestsellerautor J. F. F. Baumschlag im Bett liegend. Flehentlich stierte er in die Kamera.

Der Mann schaute sich um. Das Bett war leer. Er blickte aus dem Fenster und erstarrte. Jetzt war auch die Blutspur zu sehen, die hinaus zur Terrasse führte. Und von dort durch den kleinen Garten zum Türchen. Und vom Türchen den schmalen Pfad hinauf.

Zu den Galgen.

2 »Es ist vorbei«, sagte der Mann.

Er richtete keine Waffe auf sie. Das brauchte er auch nicht, denn das erledigten die Schlangenmänner, aus deren schwarzen Masken Augen funkelten, die weder Gnade noch Skrupel kannten. Eine falsche Bewegung, das hieß, egal, *welche* Bewegung, und sie würden schießen – und treffen.

Die Frau starrte den Mann ungläubig an. »Aber … du bist doch tot. Ich habe es gehört. Sie haben es in der Zeitung gesagt. *Er* hat es gesagt.«

Der Mann schaute an sich hinunter. Betrachtete seine Hände, deren Daumen in dicke Verbände und Schienen gehüllt waren. Er zuckte unschuldig mit den Schultern.

»Der vorgetäuschte Tod war notwendig, um ein Ende zu machen. Um den Todesrausch zu brechen, verstehst du. Aber du solltest nicht hier sein. Das war nicht geplant. Ich wollte nicht deinen Todesrausch wecken, sondern seinen beenden.«

Magda schaute auf ihre blutigen Hände.

Zu ihren Füßen lag Baumschlag, reglos wie ein erlegtes Tier.

3 Armin Trost war vor ein paar Stunden gesunken.

Lichtblitze waren aufgezuckt. Er hatte den Kontakt zu Jonas verloren und gesehen, wie auch sein Bub zu sinken begann. Eine tiefe Verzweiflung hatte ihn gepackt. Eine unhaltbare Trauer. Er hatte seinen Sohn nicht retten können.

Was danach passiert war, wusste er nur aus Erzählungen. Es war Franziska gewesen, die bemerkt hatte, dass etwas nicht stimmte. Jonas war nicht mehr da gewesen, doch ein Mann war soeben mit einem Boot zurückgekommen. Sie versteckte sich und hörte ihn wispern. Er murmelte sich selbst Flüche zu, die wie Verse wirkten. Erst später fiel ihr auf, dass sie wie Buchtitel klangen. Der Mann kommentierte seine Umgebung oder das, was er tat, indem er ihnen Buchtitel gab. »Tod auf dem Wasser«, sagte er. Oder: »Die falschen Leichen versinken im Meer.« Und da verstand sie. Jemand war draußen ins Meer geworfen worden.

Franziska wartete, bis der unheimliche Mann verschwunden war, nahm sich ein Motorboot und schob es ins Wasser. In diesem Moment war Agente Rossi dazugekommen. Die beiden hatten sie gerettet.

Erst am Strand setzte Trosts Erinnerung wieder ein.

Dort war ihm das, was die Person gesagt hatte, bevor sie ihn ins Wasser geworfen hatte, eingefallen. »Gib auf.« Nein, nicht das. Er hatte sich auch an den zweite Satz erinnert. »Ich hätt euch schon im Camp aufspießen sollen …«

Und während Gattuso ein weiteres Opfer gefunden hatte, »Hannah, die graue Maus«, waren Jonas und er von Rettungskräften am Strand von Bellezza betreut worden. Im Hintergrund brannten die Lichter der Hotelanlage Locanda delle Dune, des »Gasthauses der Dünen«, in dem das Frühstück für die Urlauber zubereitet wurde, während im L'Ultima Spiaggia, dem »Letzten Strand«, noch immer alles finster war. Die Strandbar würde erst zu Mittag öffnen, wenn die Beachtennisspieler auftauchten und die ersten Biere und Aperol Spritz bestellt wurden. Eine fast dystopisch arglose Atmosphäre verbreitend. Als drehte sich die ganze Welt um diesen letzten Strand. Oder mehr noch: Als wüsste die Welt nichts von diesem Ort.

Ein Anruf ließ Armin Trost aus seiner Erinnerung aufschrecken. Verzweifelt blickte er um sich, als sich ein Cobra-Spezialist erbarmte, in seine Tasche griff, abhob und Trost den Hörer geduldig ans Ohr hielt, als wäre er der Lakai eines Bond-Bösewichts.

»Sie lebt«, hörte Trost Gattusos Stimme zwischen den Baracken am Ufer des Rubikon erleichtert. »Und sie hat uns sogar gesagt, wer ihr Peiniger war.«

Als Trost den Namen vernommen hatte, ließ er auflegen und machte eine ernste Miene: »Herr J. F. F. Baumschlag, Sie werden wegen Mordverdachts in vier Fällen und versuchten Mordes in wiederum drei Fällen verhaftet. Versorgt seine Wunden, bevor er uns noch verblutet.«

Der blutverschmierte Baumschlag rührte sich erst, als Hände nach ihm griffen und an ihm zerrten. Er brüllte und tobte, und erst als ein Ellbogenhieb seinen Kiefer traf, niemand konnte sagen, ob absichtlich oder in der Hitze des Gefechts, gab er Ruhe.

»Ich hab es für meine Frau getan«, schluchzte er. »Sie wissen nicht, wie das war die letzten Jahre. Wie lange sie gebraucht hat, um all das zu vergessen, den Tod ihres Sohnes und den ihres ersten Mannes. Und dann kam plötzlich diese Einladung. Diese dämlichen »Wiesel« wollten sich wieder treffen, da kam alles wieder hoch. Esther verfiel in eine Art Trancezustand. Entweder sie weinte, oder sie starrte in ein Eck. Ich konnte nicht anders. Ich musste dem ein Ende machen. Also war ich ihr Rächer. Die Hand, die ihre Seele rettete. Ich hab die Morde gut geplant. Nur einmal musste sie mir aus der Patsche helfen, damals beim Kino, als Sie einfach nicht gegangen sind, da ist sie mir zu Hilfe gekommen und hat Sie alle mit ihrer Flucht abgelenkt, so lange, bis ich selbst dazustoßen konnte und Ihren Kollegen außer Gefecht setzte. Aber sonst ist sie völlig unschuldig. Sie ist eine arme Seele. Ich musste ihr einfach helfen.«

Trost erinnerte sich jetzt an die Stimme im Keller und im Boot. Das war tatsächlich jedes Mal Baumschlag gewesen. Der gefeierte Autor von Gruselgeschichten hatte seine eigene Gruselgeschichte durchgezogen. Trost schauderte.

»Die arme Seele sind Sie, mein Freund. Aber wir sind hier nicht im Film oder in einer Geschichte«, gab Trost trocken zurück. »Sie müssen mir hier nicht vor aller Leute Augen beim großen Finale Ihre Beweggründe erklären. Man wird Sie zusammenflicken und vor Gericht bringen. Dort können Sie sich dann um Ihr Leben reden.«

Baumschlag starrte ihn mit offenem Mund an. Auch die Beamten, die den Mann an Trost vorüberschoben, schickten dem Ermittler, der mit der Stimme eines Todesengels gesprochen hatte, verstohlene Blicke zu.

»Ich wollte Sie nicht töten«, rief Baumschlag ihm noch zu, als er fast schon außer Sichtweite war. »Sie und Ihr Sohn hätten nie nach Italien kommen dürfen. Ohne Sie …«

Die Stimme verebbte in der Nacht.

»Ohne mich«, vollendete Trost den Satz, »wäre der Mörder jetzt tot.«

Magda stand immer noch regungslos unter den drei Steinsäulen im Wald.

Sie sagte: »Du hast mir meine Rache genommen.«

Trost nickte. »Ich weiß.«

Er drehte sich um. Und ging.

4 Baumschlag war auf dem Weg nach Graz, wo er in der Justizwachanstalt auf seinen Prozess warten würde. Seine ersten Aussagen beeindruckten selbst abgebrühte Ermittler, da der Autor in den letzten Tagen beachtliche Wegstrecken zurückgelegt hatte, um seinen Rachefeldzug durchzuziehen.

Dass er es trotz der zwischenzeitlichen Beschattung seines Hauses geschafft hatte, sollte zu einem späteren Zeitpunkt ernsthaft diskutiert werden und Folgen haben. Jedenfalls kündigte Gierack dies in einem ersten gebrüllten Telefonat an. Er schien aber auch erleichtert darüber zu sein, dass der Fall nun endlich zu Ende war.

Esther Befana würde nun wohl bald auf freiem Fuß sein,

denn Baumschlags Geständnis nahm sie praktisch gänzlich aus der Schuld. Ihre Beihilfe zur Flucht im Kino würde ein guter Anwalt wohl als nicht ausreichenden Haftgrund abtun.

Magda würde allerdings auch eine Zeit lang in Baumschlags Nähe verbringen. Sie hatte zwar niemanden umgebracht, und ihre Rachegelüste waren angesichts des grausamen Todes ihres Lebensgefährten auch durchaus verständlich, das Video, das Trost nun gezeigt wurde, könnte ihr allerdings Probleme bereiten. Es war gemacht worden, nachdem Baumschlag die Treppen zu ihr ins Schlafzimmer hochgekrabbelt war. Sie hatte sich rechtzeitig von ihren Fesseln befreit. Ihn auf dem Bett erwartet. Trost stellten sich die Haare an den Unterarmen auf. Rache konnte grausam sein.

J. F. F. Baumschlag gab nur ein Grunzen von sich. Rotz spritzte aus seiner Nase, deren Flügel sich weiteten und seinen verzweifelten Versuch offenbarten, nicht zu ersticken. Sein Schädel lief rot an. Er bekam kaum noch Luft. Magda zog das Messer aus seinem Schulterblatt und setzte sich an seine Seite. Sie fuhr mit der Klinge über seinen Bauch.

»Es gibt jetzt so viele Möglichkeiten, zum Ende zu kommen. Ich könnte dir den Bauch aufschneiden und zuschauen, was da so alles zum Vorschein kommt.«

Er stöhnte auf, seine Augen traten aus den Höhlen, die Angst brachte seinen Körper zum Zittern.

»Das haben sie früher oft gemacht. Den Darm entrollt und darauf gewartet, dass die Hunde kommen.«

Sie pikste ihn mit der Messerspitze, und er stieß einen spitzen Laut aus.

»Aber ich denke, das wäre selbst mir zu abscheulich. Allerdings könnte ich dir etwas abschneiden.« Ihr Blick wanderte gierig über seinen Körper.

Nun konnte er nicht mehr an sich halten und nässte sich ein. Der beißende Geruch von Urin erfüllte den Raum, denn Magda rümpfte die Nase.

Sie machte ein angeekeltes Gesicht und sprang auf.

»Du Sau.«

Sie holte aus und stach zu.

Doch sie verfehlte ihn, traf nur seinen Oberschenkel, fiel vom Bett und verlor das Messer. Baumschlag kam vor Schmerz brüllend und torkelnd auf die Beine, stieß gegen die Kamera, die plötzlich den Blick hinüber zu den drei Galgen freigab.

Magda lief aus dem Zimmer, Baumschlag mit dem Messer hinterher. Wie ein betrunkenes Paar, das sich gezankt hatte, wankten sie auf die Galgen zu. Magda stürzte. Trat nach Baumschlag. Der verlor den Halt. Ging zu Boden. Der Blutverlust war so groß, dass er nicht mehr auf die Beine kam. Magda nahm das Messer an sich. Da tauchten plötzlich die Cobra-Einheiten auf. Schwarze Schatten. Und dann Trost. Das Ende der Rache.

Das Ende des Schadenzaubers

1 Als Trost mit einem Teil des Cobra-Teams wieder auf dem Weg nach Graz war, drohte die Erschöpfung ihn zu übermannen. Die drei Galgen zogen am Fenster des Wagens vorüber wie mahnende Zeigefinger, und als sie nach der nächsten Biegung endgültig aus seinem Blickwinkel verschwanden, fühlte er ganz deutlich große Dankbarkeit darüber, dass er dem Tod gerade noch einmal von der Schaufel gesprungen war.

Rauschen umwölkte ihn. Er döste dahin. Blinzelte. Und plötzlich hielt der Wagen an.

Eine seltsame Prozession überquerte die Straße vor ihnen. Abgerissene Gestalten mit borstigen Haaren und schmutzigen Kleidern schritten vorüber. Ein in eine Deichsel gespannter Ochse zog einen Karren hinter sich her, auf dem ein Käfig aus massiven Holzstäben angebracht war. Und in dem Käfig richtete sich eine Frau auf, streckte einen Arm zwischen die Gitterstäbe hindurch und ließ ihre Finger wie Krallen in Trosts Richtung zappeln. Sie sah ihn verzweifelt aus einem Gesicht mit eingeschlagenen Zähnen und gebrochener Nase an.

Trost fuhr aus dem Schlummer hoch. Merkte, dass er nur geträumt hatte.

Befana, schoss es ihm durch den Kopf.

»Fahren Sie sofort in die Justizanstalt. Geben Sie Gas. Los.«

In der Justizanstalt fiel ihm der Geruch nach übertriebenem Eau de Toilette auf, der sich mit jenem von Leder und Streichwurstbrot vermischte. Das Wachpersonal ließ sich von seiner Eile nicht beirren, verlangte seinen Ausweis, sprach betont langsam und hielt dabei die Daumen in die Gürtel gehakt, als gehörte das zur Standardhaltung, die man in der Gefängnisaufseherschule eingetrichtert bekam. Trost hatte das Gefühl, dass, wenn er sie noch mehr bedrängte, einer von ihnen zum Gummiknüppel greifen würde, um ihn in die Schranken zu weisen.

Trosts Stimme zitterte, als er verlangte, endlich zu Häftling 666 vorgelassen zu werden. Sie hatten ihr tatsächlich in einem Anflug von derbem Humor die verfluchte »Teufelszahl«, die Zahl des wilden Tieres aus der Bibel, als Namensschild verabreicht. Er folgte ungeduldig den schweren Stiefelschritten und hätte dem Justizwachebeamten, der ihn begleitete, am liebsten den Schlüsselbund aus der Hand gerissen, um schneller an sein Ziel zu kommen.

Es dauerte eine gefühlte Ewigkeit, bis sie die Zellentür erreichten. Bis sie sich öffnete. Bis er Esther Befana zu Gesicht bekam. Und sie ihn mit einem erstaunten Ausdruck im Gesicht anblickte.

Und Trost auf die Knie sank.

2 Schweigen schlug ihm entgegen, als er die Justizwachebeamten befragte. Er forderte die Videoaufnahmen der letzten Stunden an. Bis auf ein Band zeigten alle Befana in ihrer Zelle, wie sie auf und ab ging und ab und zu etwas zu sich nahm. Ein Band fehlte. Wo es war? Schweigen.

Er durchforstete die Dienstpläne, zwei Kollegen hatten zu jenem Zeitpunkt des fehlenden Bandes Dienst gehabt. Die Kollegen waren nicht mehr hier. Lust und Gore wurden in ihre Wohnungen entsandt. Sie fanden sie nicht vor. Er fragte die Kollegen, wo sie sein könnten. Schweigen.

Schweigen, so lange, bis zwei Beamte in Zivil vor ihm standen, Kollegen, die Trost nie zuvor gesehen hatte. Mitarbeiter des BKA in Wien. Er solle aufhören, meinten sie. Befehl von oben. Gierack? Nein, höher.

Der Fall sei abgeschlossen. Trost habe seine Sache gut gemacht. Das mit Befana sei Pech gewesen.

Er dachte wieder an den Moment, als sich die Zellentür geöffnet und Esther Befana ihn erstaunt angeblickt hatte. Jedenfalls konnte man den Blick so deuten, wenn man viel Phantasie hatte. Die Augen hatten nicht mehr geschimmert, die Zunge war aufgedunsen aus ihrem Mund gequollen. Und um ihren Hals hatte sich die Schlinge eines Verlängerungskabels gezogen.

... Pech gewesen.

Trost hatte sie in diesem Augenblick hübsch gefunden. Wie sie dort gehangen hatte. In ein schwarzes T-Shirt gekleidet, in einer schwarzen Leinenhose, ohne Schuhe und Socken.

Es tat ihm leid, ihr nicht von Anfang an besser zugehört zu haben. Sie hatte ihm etwas sagen wollen, vielleicht hätte sie ihm die ganze Geschichte erzählt, doch irgendetwas hatte sie davon abgehalten. Ein unbedachter Satz seinerseits möglicherweise. Oder ein flüchtiger Gedanke ihrerseits.

Egal. Sie hatte es nicht gesagt. Menschen waren gestorben. Die Hetzjagd hatte begonnen. Sie war das letzte Opfer. Aufs Bett gestiegen, Kabel an einem kleinen Haken für die Fixierung einer Lampe an der Decke festgemacht, vom Bett gesprungen. Tot.

Zu einfach. Alles zu einfach.

Trost ließ sich von den beiden BKA-Beamten aus der Justizanstalt hinaus auf den Parkplatz begleiten. Er blickte zu Boden. Bemerkte den Filter einer Zigarette. John Player Special. Er drehte sich zu dem Justizwachebeamten um.

»Wie viel?«

»Wie viel was?«

»Wie viel hat er Ihnen bezahlt?«

Das Antlitz des Beamten versteinerte sich.

»Kommen Sie jetzt. Lassen Sie es gut sein. Sie müssen uns nicht beleidigen«, drängte einer der beiden BKA-Kollegen.

»Ich soll es gut sein lassen? Schaut ihr denn alle weg?«

»Herr Trost«, versetzte der Justizwachebeamte, als würde er ein quengelndes Kind beruhigen wollen. »Sie sind doch einer von uns. Und sie war eine Hexe, die sich umgebracht hat, mehr nicht.«

»Eigentlich ist er einer von uns«, berichtigte einer der BKA-Männer.

Trost schüttelte die Hände von seinen Schultern, warf noch

einen vernichtenden Blick in Richtung der Kollegen und murmelte: »Ich bin keiner von irgendwem.«

Dann ließ er die Männer stehen und ging quer über den Platz auf das geschlossene Metalltor zu. Als es sich nicht öffnete, wartete er einfach.

Der Justizwachebeamte entschloss sich zu einem Nicken, woraufhin sich das Tor langsam quietschend öffnete. Trost schlüpfte hinaus und atmete erleichtert auf.

Die Sonne stand hoch am Himmel. Lembergs Wagen tauchte hinter dem Tor auf. Sie schauten einander schweigend an, und Trost stieg ein.

3 Balthasar Gierack stand auf, schnappte sich sein Sakko von der Stuhllehne, schaltete den Computer endgültig aus, nahm den Autoschlüssel und ging aus seinem Büro, Lemberg und Trost keines Blickes mehr würdigend. Bevor er das Stiegenhaus erreicht hatte, rief Trost ihm nach. »Du rauchst also wirklich wieder?«

Gieracks Absätze hallten über die kalten Flure des Landeskriminalamtes.

Im Stiegenhaus holte Trost ihn ein und packte ihn an der Schulter. Gierack war größer als er, und unter seinen Fingern spürte er, dass sein Vorgesetzter auch durchaus gut in Form war. Gierack fuhr herum und funkelte ihn an.

»Du spielst deine Spielchen in meiner Abteilung, du spielst deine Spielchen mit mir. Aber ich schwöre dir, nicht mehr lange«, knurrte seine Stimme durch den Schlauch, der die Stockwerke miteinander verband. Das Echo seiner Stimme war schon einen Halbstock über und unter ihnen nur noch als basiliskenartiges Zischeln zu vernehmen.

Trost wich einen Schritt zurück, bemühte sich aber um einen harten Gesichtsausdruck, und weil er sich kannte und selten aus der Fassung geriet, wusste er, dass er ihm auch gelang.

»Ich spiele keine Spielchen, Balthasar, und das weißt du ganz genau. Mörderjagen ist kein Spiel.«

»Ach, und jetzt jagst du mich, oder was?«

»Hast du denn jemanden umgebracht?«

Gierack öffnete den Mund und schloss ihn wieder. Dann lächelte er.

»Wir haben den Mörder gekriegt«, fuhr Trost fort. »Befana war es nicht. Ihr Tod war nicht *notwendig*.«

Gieracks Lächeln war zu einer eisigen Fratze erstarrt. Es war ihm anzusehen, dass er sich ganz bewusst darum bemühte, seine Gesichtsmuskeln angespannt zu halten, um nur ja keinen Fehler zu machen.

»›Wenn ich ein Richter wär, und Gott weiß, das wär eine Laufbahn gewesen, die ich einschlagen hätte sollen.‹ Ich erinnere mich noch an diesen Satz vor ein paar Tagen. Du dich auch? Ist dir rausgerutscht, nicht wahr? Was hättest du denn dann gemacht mit mir, als *Richter*, hm?«

»Ich hätt dich wegsperren lassen, du Spinner«, knurrte Gierack.

Trosts eingegipste Hand zielte auf Gieracks Brustbein. »Ich weiß ganz genau, dass du etwas mit den Morden zu tun hast. *Richter.* Sie hat den ›Richter‹ erwähnt. Ein selten dämlicher Spitzname. Aber dein Alter passt. Und dein Benehmen während der letzten Wochen auch. Du hast verzweifelt versucht, die halbe Welt auf Befana zu hetzen. Du hast sie zur Hexe erklärt. Die Angst geschürt, wie die Bannrichter von damals. Und du hast das getan, weil du gehofft hast, dass sie vom Mob einfach irgendwo gelyncht wird. Und weil das nicht der Fall war, musstest du es selbst tun, bevor sie bei all den Einvernahmen und Verhören, die auf sie zugekommen wären, noch deinen Namen ins Spiel bringen konnte. Du hast sie auf dem Gewissen. Du warst es, weil du Angst hattest, dass herauskommen würde, dass du eine Mitschuld an dieser Mordserie hast, weil auch du den Jungen mit deinen Geschichten damals in den Tod getrieben hast. Du bist der *Richter*.«

»Du spinnst dir da etwas zusammen, Armin.«

Trost entging das Zittern in Gieracks Stimme nicht.

»Das tue ich nicht. Wir beide wissen das. Und eines Tages,

Balthasar, kriege ich dich dafür dran. Dafür oder für andere Dinge. Denn ich wette, Leute wie du haben nicht nur einmal Mist gebaut. Sie neigen dazu, es immer wieder zu tun.«

Gieracks Miene fiel in sich zusammen. Er neigte den Kopf etwas zur Seite. »Ich habe dir schon so oft den Rücken freigehalten.«

Er richtete seinen Kopf wieder gerade, und als wischte eine geisterhafte Kraft über sein Gesicht, wurde seine Miene kalt und eisig. Die Distanz zwischen ihm und Trost war niemals größer gewesen: »Aber jetzt verspreche ich Ihnen, Herr Trost, dass ich Sie fertigmachen werde. Sie hätten die Chance ergreifen sollen, die ich Ihnen mit Pankraz geboten habe. Sie hätten abtauchen sollen in diese Sonderermittlungstätigkeit und sich von Graz fernhalten. Aber nein, Sie mussten ja den Schnüffler spielen und sich einmischen.«

Trost spannte seine Wirbelsäule in Erwartung, dass es jeden Moment körperlich werden würde. Er traute Gierack zu, dass er in einem Wutanfall seine Fäuste spielen lassen würde, doch stattdessen wandte sich der Polizeichef abrupt um und stapfte davon. Nicht ohne allerdings zuvor »Sie sind tot, Trost. Mausetot« gezischt zu haben.

Trost blieb ungerührt und erwiderte: »Und du bist erledigt. *Richter.*«

Einen Moment sahen sie einander an, dann gingen sie jeder in eine andere Richtung davon.

Draußen am Parkplatz öffnete Gierack die Tür seines sportlichen Wagens, warf das Jackett auf den Beifahrersitz, drehte sich um und tanzte einen Veitstanz. Er trat in Richtung Mordabteilung im ersten Stock, er zeigte den Stinkefinger so intensiv, als zeigte er ihn jedem Einzelnen im gesamten Stockwerk, sein Haar fiel aus der Form, der Kopf bekam die Farbe von Chili, und sein Speichel flog wie bei einem undichten Wasserschlauch in alle Richtungen. Nur hören konnten sie ihn oben hinter den geschlossenen Fenstern nicht.

Als Gore eines öffnen wollte, bedeutete Lemberg ihm, es

nicht zu tun. So stand die gesamte Abteilung am Fenster und beobachtete ihren Chef, wie er lautlos in einem Tobsuchtsanfall aufging, der durchaus das Potenzial hatte, viral zu gehen und zum Hit in den sozialen Medien zu werden, hätte ihn jemand dabei gefilmt.

Alle schmunzelten, als sie den völlig die Contenance verlierenden Leiter des Landeskriminalamtes beobachteten. Nur Trost, der ihn ebenso die ganze Zeit bei seinem cholerischen Anfall beobachtete, nicht. Er starrte den zappelnden Gierack an, als würde er fieberhaft überlegen, wie er ihm beikommen konnte, denn eines Tages, das wusste er, würde er diesem Kerl wieder Aug in Aug gegenüberstehen, und dann würde es keinen lächerlichen Zornausbruch geben, sondern nur blanken, todbringenden Hass.

4 Er betrachtete die an die Wand gehefteten Bilder emotionslos. Der Mann in Weiß stand davor, deutete mit seinem kleinen Finger auf Einzelheiten der Schädelaufnahmen und erklärte die Schattierungen. Die sonore Stimme näselte ein wenig, und es war dem Arzt anzumerken, dass er sich beim Dozieren wohlfühlte. Für ihn waren diese Bilder theoretische Abstraktionen, Fallstudien, ein weiterer Schritt zu einer tieferen Erkenntnis über die Anatomie menschlichen Lebens.

Für Armin Trost waren sie ein Spiegel, in dem er sich nicht erkannte. Der Mediziner hätte ihm alles erzählen können, er hätte es geglaubt.

Trosts Handflächen schwitzten, und sogar in seinem Mundwinkel bildeten sich Schweißperlen.

Mechanisch kritzelte der Arzt seine Unterschrift unter ein Formular. Seine Stimme donnerte zwischenzeitlich auf ihn ein wie das Trommeln des MRT, dann wurde sie wieder so leise, als spräche er durch einen Wattepolster.

Einige DIN-A4-Zettel lagen vor ihm auf dem Schreibtisch und enthielten eine endlose Reihe von Zahlen. Trosts Laborwerte. Manche Zahlen waren rot markiert, die meisten aber waren schwarz.

Trost hörte den Mann, aber er achtete nur auf den Tonfall in seiner Stimme und beobachtete, ob er besorgniserregend oder aufmunternd klang, bemitleidend oder zuversichtlich.

Irgendwann streckte ihm der Arzt seine Hand über die Tischplatte entgegen. Trost drückte sie fest und hatte dennoch das Gefühl, kaum die Kraft aufzubringen, seine Finger um die seines Gegenübers zu schließen.

»Die Bilder in Ihrem Kopf«, sagte der Arzt noch. »Gewöhnen Sie sich an sie.«

Trost ging hinaus. Schloss die Tür hinter sich. Sein Blick fiel dabei auf das Türschild. »Univ.-Prof. Dr. med. Gerald Not«, stand dort. Und in der nächsten Zeile: »Onkologie«.

5 Als Trost daheim ankam, war es still im Haus. Die Abendsonne hüllte die Räume in romantisches Dämmerlicht, und Zeus, der riesige Hund, der über das Heim wachte, schaute ihn so an, dass Trost gleich wusste, dass er sich Sorgen machte.

»Alles wird gut, mein Freund«, sagte er zum Hund und kraulte ihn am Hals. »Alles gut.«

Zeus schien zufrieden, sperrte das große Maul zu einem Gähnen auf und legte sich wieder hin.

Doch nicht nur die Lethargie des Hundes war sonderbar, auch die Stille war etwas, das ganz und gar nicht hierherpasste.

Trost ging zum Kühlschrank, öffnete eine Flasche Weißburgunder und schenkte sich ein Glas davon ein. Er trank. Auf dem Tisch lag ein Brief.

Immer nur Tod.
Immer nur Leid.
Jetzt hast du auch noch unseren Sohn in Gefahr gebracht.
Wir sind bei ihm in Italien. Komm nicht nach.
Ich will das nicht mehr.

Ich will nichts mehr.
Lass uns das beenden.
Bitte. Geh. Und nimm den Hund mit.
C.

Er nahm einen weiteren Schluck. Legte das Befundblatt neben den Brief. Trank wieder.

Er spürte seinen Herzschlag in den Schläfen pochen.

6 Unweit seines Baumhauses ließ Trost sich auf einer Bank am Rande eines kleines Parks an der Göstinger Busendstation nieder. Er betrachtete die steile Zufahrt zur Burgruine, lauschte dem Rauschen der Linden und streichelte den riesigen Kopf von Zeus, der hechelnd an seiner Seite hockte.

Er musste nicht lange warten.

Der Mann näherte sich ohne Scheu und ließ sich am anderen Ende der Bank ächzend nieder. Er brauchte ein paar Sekunden, um wieder zu Atem zu kommen, offenbar litt er nicht nur unter der Last seines Körpergewichts. Trotz der sommerlichen Temperaturen trug er eine lange schwarze Lederhose und eine ebenso lederne schwarz glänzende Jacke, die, das wusste Trost, ein Wams und ein leichtes Kettenhemd verbarg. Sein halbes Gesicht war mit einer FFP2-Maske bedeckt. Ebenso in Schwarz. Und nur vereinzelt ragten dunkle Haarbüschel unter seiner Baseballkappe – auch die natürlich in Schwarz – hervor.

»Sie haben es also auch ohne mich geschafft«, stellte der Mann schließlich fest, aber es klang nicht anerkennend. Eher wie ein Vorwurf.

»Sieht so aus.«

»Sie werden aber nicht immer so viel Glück haben. Sie werden jemanden brauchen, der Sie wie ein Schatten verfolgt und Ihnen beisteht.«

Trost wandte sich nun erstmals seinem Gesprächspartner zu. »Hören Sie mir gut zu: Ich brauche Ihre Hilfe nicht. Ich habe diesen mächtigen Hund hier. Und ich komme auch gut allein zurecht. Also lassen Sie das. Spielen Sie nicht den Comic-Helden. Ihr Glück, dass ich Sie diesmal ohne Waffe antreffe.«

Er konnte es nicht sehen, aber der Mann schien zu grinsen. Jedenfalls bildete die Haut an seinen Augenenden einen Kranz von Lachfältchen.

»Schon gut, schon gut. Ich weiß, dass Sie das jetzt sagen müssen. Ich schätze Ihre Arbeit sehr. Habe ich vorher schon. Eines Tages werde ich für Sie da sein, um Ihre Dämonen zu vertreiben. Eines Tages. Sie werden sehen.«

»Überfallen Sie bis dahin bitte keine unschuldigen Menschen mehr.«

Der Mann nickte. »Ich weiß, das war ein Fehler. Ich werde es wiedergutmachen.«

»Wie denn, etwa mit Blumensträußen am Hexensabbat? Sie haben auf eine Frau eingeprügelt. Sie sind kein Held, sondern ein Eiferer.«

Sichtlich empört sprang der Mann auf und warf einen langen Schatten auf Trost und Zeus. »Wir sehen uns wieder«, sagte er, drehte sich um und verschwand zwischen den Bäumen.

Dämonen, dachte Trost und blies hörbar Luft durch die Nase. Sie steckten überall.

7 »Am Ende des Tages sind wir immer allein. Das ist unser Schicksal.«

Andrea Gattusos Stimme war vom atmosphärischen Rauschen einer mäßigen Telefonverbindung untermalt.

Trost stand mit Zeus vor seinem Baumhaus.

»Wie geht es ›Hannah, der grauen Maus‹, der beinah gevierteilten Frau?«, wollte er wissen.

»Sie lebt, aber sie befindet sich noch im künstlichen Tiefschlaf. Sag, Armin, was ist da eigentlich passiert? Wie konnte das alles so ausarten?«

»Ein Mann, der das Leid seiner Frau nicht mehr ertragen

konnte, brachte all jene um, die dafür verantwortlich waren. Dabei ging seine Phantasie mit ihm durch. Sie sollten so sterben wie die Menschen in den wilden Geschichten, die sie damals im Ferienlager erzählt hatten und die dazu geführt hatten, dass sich der kleine Junge und letztlich auch dessen Vater umgebracht haben. Grausam und qualvoll.«

»Und du standest ihm dabei im Weg.«

»Offenbar.«

»Und eigentlich wollte Befana das mit ihrem Besuch bei der Polizei ankündigen. Euch warnen. Doch du hast nicht zugehört.«

Trost sagte nichts.

»Tut mir leid, Armin, wenn ich die Dinge so direkt anspreche. Du hättest auch Jonas nicht mitnehmen sollen.«

»Ich weiß.«

»Warum hast du es dann trotzdem getan?«

»Ich wollte ihm nahe sein. Einmal noch. Bevor er geht.«

»Und jetzt? Bist du deiner Familie jetzt nähergekommen?«

Trost zuckte mit den Schultern. Blinzelte.

Ein Anrufer klopfte an. Lemberg. Er wollte sie wegdrücken. Stattdessen starrte er nur auf ihren Namen. So lange, bis sie es aufgab und auflegte. Auch Gattusos Stimme am anderen Ende der Leitung verebbte.

Trost betrachtete seine eingegipsten Daumen. Mit etwas Mühe hatte er es also geschafft, trotz des Handicaps zu telefonieren.

Er würde auch andere Widrigkeiten überstehen.

Allein.

Epilog

Die Stones und ihr »Sympathy for the Devil« hallten aus dem batteriebetriebenen Radio. Das Lagerfeuer knisterte. Rund um die zuckenden Flammen schimmerten die hitzigen Gesichter von fünf Jugendlichen und einem Kind. Die Gesichter schienen zu schweben, da nur sie vom Flammenschein beleuchtet, ihre Körper aber vom Nachtdunkel verschluckt wurden.

Wild gestikulierend erzählten sie einander Horrorgeschichten. Von Schreien aus den Folterkammern. Entsetzlichen Qualen. Finsteren Zeiten. Und mit jeder grauenvollen Geschichte wurden die Augen des kleinen Buben größer, was die Älteren nur noch mehr anstachelte, weiterzumachen. Weiter auszuholen. Tiefer in der Seele des Jungen zu wühlen.

Und während das Gitarrensolo des Lieds erklang, tauchte auch ein Holzkarren in den Lichtschein des Lagerfeuers. Und die drei Steinsäulen des Galgenwalds erschienen. Leblose Körper hingen in der Nacht. Die eiserne Jungfrau klappte ächzend zu. Und plötzlich versank alles im Wasser. Im tiefen schwarzen Wasser des Ozeans der düsteren Gedanken.

Bis der letzte Ton des Lieds verklang.

Eine kurze Geschichte der Hexenverfolgung – *eine Mischkulanz aus der Recherche zu diesem Buch*

Der Name »Hexe« geht auf das althochdeutsche Wort »Hagezussa«, »Zaunreiterin«, zurück.

380 nach Christus
Unter Theodosius dem Großen (347–395) wird das Christentum zur Staatsreligion im Römischen Reich. Menschen, die von der offiziellen Lehre abweichen, nennt man Häretiker oder Ketzer, sie werden mit dem Tode bestraft.

1326
Papst Johannes XXII. (1245/49–1334) bestimmt, dass ebenso wie die Ketzerei auch die Hexerei gerichtlich geahndet werden soll.

1431
Die französische Nationalheldin Jeanne d'Arc (1412–1431) wird zur Hexe erklärt und auf dem Marktplatz von Rouen auf dem Scheiterhaufen hingerichtet. Sie wurde im 20. Jahrhundert heiliggesprochen.

1484
Papst Innozenz VIII. (1432–1492) sorgt mit seiner Schrift »Summis desiderantes affectibus«, der »Hexenbulle«, für die systematische Hexenverfolgung. In dem Dokument sind sämtliche Untaten und Verbrechen aufgelistet, von denen man glaubte, dass sie von Hexen verübt wurden.

1487
Der Dominikaner Henricus Institoris (eigentlich Heinrich Kramer, 1430–1505) verfasst das Buch »Malleus maleficarum«, den sogenannten »Hexenhammer«. Dieses Werk dient als Grundlage für die spätere Hexenverfolgung.

1400 bis 1700
Durch die sogenannte »Kleine Eiszeit« kommt es häufig zu Missernten und Hungersnöten in ganz Europa.

1532
Kaiser Karl V. (1500–1558) schafft auf dem Reichstag zu Regensburg mit der zum Reichsgesetz erhobenen »Peinlichen Halsgerichtsordnung« (Constitutio Criminalis Carolina) die Rechtsgrundlage für die Anwendung der Folter. Dieses erste allgemeine deutsche Strafgesetzbuch, die »Carolina«, umfasst zweihundertneunzehn Artikel, die sich unter anderem mit Delikten wie Hexerei und Zauberei sowie mit Strafen wie Verstümmelung oder Verbrennung befassen.

1546
Erster Hexenprozess im Gebiet des Herzogtums Steiermark: In Marburg im heutigen Slowenien werden sechs Bäuerinnen angeklagt, denen Teufelsbund und Buhlschaft, die Kunst des Hexenflugs und der Hexenlehre, die Teilnahme am Hexensabbat, Giftmorde und Wetterzauber vorgeworfen werden.

1574
Erzherzog Karl II. (1540–1590) von Innerösterreich erlässt in Anlehnung an das von Kaiser Karl V. erlassene Reichsgesetz die steirische Landgerichtsordnung. Jede Form von Schadenzauber war nun mit der Todesstrafe zu belegen.

1631
Der deutsche Jesuit Friedrich Spee von Langenfeld (1591–1635) begleitet während der Hexenprozesse die Opfer seelsorglich. So wurde er zu einem überzeugten Gegner der Verfolgung. Seine Erkenntnisse veröffentlicht er in dem Buch »Cautio Criminalis« – aus Sicherheitsgründen allerdings nicht unter eigenem Namen und ohne Genehmigung seiner Ordensoberen.

In der Steiermark treten später vor allem Pater Christian Jäger in St. Lambrecht, Pater Michael in St. Lambrecht, der

Grazer Beichtvater Elias Stanislaus Otto und der Radkersburger Stadtpfarrer Matthias Jurey als Gegner der Hexenverfolgung auf.

1650
Während in anderen Ländern Europas die Hexenjagd zu Ende geht, kommt es in der Steiermark zu deren Höhepunkt. Allein zwischen 1650 und 1699 stehen hier sechshundertfünfzehn Personen vor Gericht. Von der Verfolgung am stärksten betroffen sind der Südosten der damaligen Steiermark, von Fürstenfeld über Radkersburg und Marburg bis Pettau, sowie das Obere Murtal.

1653
Im Sommer findet in St. Lambrecht im Oberen Murtal ein Zaubereiprozess gegen drei Männer statt. Sie werden vom gefürchteten Bannrichter Johann Andreas Barth verurteilt und hingerichtet. Unter Folter beschuldigen die drei zuvor aber noch zwanzig weitere Personen der Hexerei – darunter auch die Grazer Wirtin Anna Susanna Prandtauer (»Prandtauerin«). Doch die Suppe ist zu dünn für eine weitere Anklage.

1656
In der Peinlichen Landgerichtsordnung von Ferdinand III. (»Ferdinandea«) ist die Feuerstrafe für Hexerei vorgesehen, selbst wenn ein »Schadenzauber« nicht nachweisbar ist.

1657
Bei einem Unwetter über Graz sollen faustgroße Hagelkörner in Form von Totenköpfen gefunden worden sein. Wieder gerät die Prandtauerin ins Visier der Behörden. Am 5. November 1657 tagt in Kapfenberg unter Vorsitz des Bannrichters Barth das Gericht. Ein Bettler und der Peggauer Amtmann werden hingerichtet. Die Prandtauerin hat einen Rechtsvertreter, der sie erfolgreich verteidigt.

1673
Im Feldbacher Hexenprozess werden neunzig Personen angeklagt. Ihm fallen unter anderen die als »Blumenhexe« bezeichnete Katharina Paldauff sowie fünf Geistliche, darunter auch der Hatzendorfer Pfarrer Gregorius Agricola, zum Opfer.

1776
Maria Theresia von Österreich (1717–1780) verbietet per Dekret die Folter als legitimes Mittel des Verhörs.

1782 und 1793
Im schweizerischen Kanton Glarus wird eine Frau hingerichtet. In Posen (Polen) werden zwei Frauen verbrannt, weil sie rot entzündete Augen gehabt haben sollen und das Vieh ihres Nachbarn dauernd krank gewesen sei.

Die Fälle von Glarus und Posen sind die beiden letzten bekannten Hexenprozesse mit anschließender Hinrichtung in Europa.

1792
Aus England ausgewanderte Puritaner veranstalten in Salem, heute ein Vorort von Boston (USA), einen Massenprozess, der mit der Hinrichtung von neunzehn Personen endet.

Die Zahl der Todesopfer durch Hexenverfolgungen in Europa wird auf insgesamt fünfzigtausend bis achtzigtausend geschätzt. Es gibt vereinzelt auch Wissenschaftler, die über hunderttausend Tote als wahrscheinlich ansehen. Für das Heilige Römische Reich geht man von fünfzehntausend bis zwanzigtausend Opfern aus.

In der Steiermark kommt es zwischen 1546 und 1746 zu insgesamt zweihundertzwanzig Verfahren, wobei achthundertzwanzig Menschen vor Gericht stehen. Bemerkenswert ist der regionale Unterschied, was den Anteil der männlichen und weiblichen Angeklagten betrifft. Während in der Untersteiermark auf einen vermeintlichen Zauberer sechs Hexen kommen, steht es in der Südoststeiermark eins zu eins. Im Oberen Murtal hingegen überwiegen sogar die angeklagten Männer.

Aus dem Adelsstand sind für die Steiermark lediglich drei Angeklagte namentlich bekannt: Anna Neumann von Wasserleonburg in Murau, Benigna von Khevenhüller in Radkersburg und Graf Christoph Alban von Saurau im Murtal. Auch Geistliche trifft es: 1653 in St. Lambrecht, 1661 in Gutenhag, 1666 in Rotenfels, 1673–75 in Feldbach, 1692 in Leibnitz und Ende des 17. Jahrhunderts in Straden.

Nachwort und Dank

Die Quästur und die Gerichtsmedizin in Ravenna befinden sich nicht am selben Ort, sondern rund drei Minuten voneinander entfernt. Aus dramaturgischen Gründen habe ich hier geschwindelt.

Auch den Ort Bellezza gibt es nicht, kein italienisches Urlaubsidyll sollte mit dem Grauen dieser Geschichte in Verbindung gebracht werden.

Sollten Ihnen allerdings manche Namen der Protagonisten bekannt vorkommen … ich habe ein Faible für italienischen Fußball …

Meines Wissens gibt es auch keine Organisation, die sich »Wiesel« nennt und Feriencamps organisiert – sollte ich da einem Irrtum unterliegen, mea culpa, ihr wart nicht gemeint.

Ich beschäftige mich seit geraumer Zeit mit Geschichte, vorzugsweise mit jener grauen Vorzeit, die wir gern als düsteres Mittelalter bezeichnen (obwohl wir dann meist ohnehin von der Neuzeit sprechen). Das ist wohl auch der Grund für die Grausamkeiten in diesem Buch. Unter anderem beziehe ich mich dabei auf Ereignisse wie die Exorzismus-Rituale der Jahre 1599/1600 in Graz, als Katharina Herbstin, Maria Eichhornin und Heinrich von Mesyn der Teufel ausgetrieben werden sollte. Danke an dieser Stelle an Gerhard Ammerer und Carlos Watzka und deren wissenschaftliche Arbeit »Der Teufel in Graz« und auch an die vielen anderen Autoren jener Bücher, die meine Geschichte verdichtet haben.

Erstleserin des Manuskripts war wie immer meine Frau Kerstin. Ich hoffe, sie hat nicht allzu sehr gelitten. Harald Schwarz und Michael Novak haben darauf geachtet, dass aus Polizisten keine Zivilgardisten wurden und die Autotypen zu den Figuren passen beziehungsweise überhaupt schon erfunden waren (T8, sic!).

Niki Schreinlechner zeichnet abermals nicht nur für das

Cover und die Illustration verantwortlich, er begleitet mich und meine Arbeit nun schon viele Jahre.

Ich danke euch allen von ganzem Herzen für eure Geduld und Nachsicht und Treue.

Auch der Emons Verlag bleibt der Krimireihe nach wie vor treu, dafür mein Dank ans gesamte Team, ganz besonders an meine überaus motivierende Lektorin Christiane Geldmacher. Sie hat mir meinen eigenen Stil gelassen und den Text da und dort so hingetrimmt, dass die Sätze nun tatsächlich das bedeuten, was ich eigentlich sagen wollte.

Besonders möchte ich diesmal auch den Buchhändlern danken, die trotz der Krisen der letzten Jahre durchhalten und nach wie vor mit Begeisterung auf jedes neue gedruckte Werk warten. Auch all den Veranstaltern von Lesungen, Lesefesten und Festivals sei besonders gedankt.

Ohne sie würden wir Schreiber und unsere Abenteuer kein Publikum erreichen.

Und dann natürlich eine tiefe Verneigung vor Ihnen, werte Leserinnen und Leser. Ich bekomme so viele Mails, dass ich süchtig danach bin und jedes Mal mit Enthusiasmus ans nächste Projekt herangehe. Dafür mein ganz besonderer Dank!

Wenn Sie mir auch diesmal schreiben wollen, tun Sie es unter office@robertpreis.com! Ich werde mich bemühen, so rasch wie möglich zu antworten.

In diesem Sinne, lesen Sie weiter!

Und … schlafen Sie trotzdem gut.

Robert Preis, November 2022
www.robertpreis.com

Die Bücher von Robert Preis im Überblick

Alle Krimis sind auch als eBook erhältlich.

Krimis mit Armin Trost

Der Tod ist ein Spieler aus Graz
ISBN 978-3-7408-1334-5

Graz im Dunkeln
ISBN 978-3-95451-180-8

Die Geister von Graz
ISBN 978-3-95451-446-5

Der Engel von Graz
ISBN 978-3-95451-722-0

Grazer Wut
ISBN 978-3-7408-0204-2

Der Tod tanzt in Graz
ISBN 978-3-7408-0672-9

Der Fall des Grazer Königs
ISBN 978-3-7408-1142-6

111-Orte-Reihe

111 schaurige Orte in der Steiermark,
die man gesehen haben muss
ISBN 978-3-7408-0445-9